Peter Gerdes
Sand und Asche

Peter Gerdes
Sand und Asche
Inselkrimi

Originalausgabe
1. Auflage 2009
2. Auflage 2010

ISBN 978-3-939689-15-7

© Leda-Verlag. Alle Rechte vorbehalten
Leda-Verlag, Kolonistenweg 24, D-26789 Leer
info@leda-verlag.de
www.leda-verlag.de

Lektorat: Maeve Carels
Titelillustration: Andreas Herrmann
Gesamtherstellung: Bercker Graphischer Betrieb GmbH & Co. KG
Printed in Germany

Peter Gerdes
Sand und Asche
Inselkrimi

Für J.K.

1.

Sie spürte es brennen. Sie spürte sich brennen. Endlich. Feuer. Verzehrendes Feuer, reinigendes Feuer. Sie seufzte erwartungsvoll bei dem Gedanken, dass dieses Feuer alles verbrennen würde, was nicht wirklich zu ihr gehörte. All das, was nur an ihr hing wie kiloschwere Kletten, das an ihrem Selbstbewusstsein saugte wie eklige Egel, das um sie herumwallte wie Fett gewordene Häme. Das gute, das herrliche Feuer würde ihr wahres Ich aus diesem widerlichen Kokon herausschälen. Herausbrennen. Herrlich. Endlich.

O loderndes Feuer. O göttliche Macht.

Wo kam das jetzt auf einmal her? Sie grinste. Kaiser Nero in *Quo vadis*, diesem schwülstigen Hollywoodschinken, den sie sich in der Schule hatte anschauen müssen. Peter Ustinov als fette Witzfigur. Nero, der Rom verbrennen ließ, der das verkommene Alte beseitigte, um Platz für das herrliche Neue zu schaffen. Die Römer hatten ihn erst vergöttert, dann gefürchtet, schließlich hatten sie ihn für verrückt erklärt.

Was wussten denn die!

Sie betrachtete sich im Spiegel. Ihr ganzes Zimmer hing voller Spiegel, zwei davon reichten bis zum Boden. Keiner davon war fest montiert, denn die anderen durften sie nicht sehen. Wenn sie richtig stand, konnte sie ihren Körper von allen Seiten zugleich betrachten. Nackt, ungeschönt, schonungslos. Aufgelöst in Facetten, in Fragmente zersplittert, in Stücke gebrochen. In Teile, die so viel mehr waren als das Ganze.

Ihren Körper so zu betrachten, war eine furchtbare Qual, der sie sich trotzdem immer wieder aussetzte. Weil das nötig war. Weil sie es einfach tun musste. Weil sie sich immer wieder darin bestärken wollte, unbarmherzig zu sein gegenüber ihrer eigenen Unvollkommenheit. Das

Unerträgliche musste immer aufs Neue ertragen werden, damit man es nicht ewig ertragen musste.

Natürlich kannte sie ihre Schwachstellen gut. Die schwabbeligen Hüften, den fetten Po, diese viel zu dicken Oberschenkel, diese monströsen Titten. Niemandem sonst war dieser Anblick zuzumuten. Deshalb trug sie auch immer Kleidung, die diese Katastrophe kaschierte, so gut es eben ging. Weite, fließende, locker fallende Klamotten, die nichts zeigten, nichts betonten oder hervorhoben, sondern alles verhüllten, was zu verhüllen war.

Sie wusste selbstverständlich genau, dass das nicht wirklich funktionierte. Dass alle anderen Menschen sie trotzdem als das wahrnahmen, was sie war: ein fetter, klopsiger Trampel, ein Monstrum, das es eigentlich nicht verdient hatte, in der Gegenwart anderer, wirklicher Menschen geduldet zu werden. Jeder sah das, jeder wusste das. Aber man schien ihren Versuch, die Belästigung der Umgebung durch ihre widerwärtige Erscheinung so gut es ging zu mindern, doch anzuerkennen. Jedenfalls insoweit, als niemand mit dem Finger auf sie zeigte, dass sie nicht öffentlich verlacht, geschmäht und davongejagt wurde. Man benahm sich ihr gegenüber rücksichtsvoll. Aber die vielen versteckten Blicke, die sie registrierte, ohne dass jemand das bemerkte, zeigten ihr doch immer wieder, was Sache war. Rücksicht war eben nur eine milde Form der Verachtung.

Und sie selbst hatte für sich, für ihren Körper, nicht einmal Rücksicht übrig.

Sie stöhnte. Das Feuer in ihr brannte heiß, so heiß, dass sie keuchen musste, um ihm genügend Atemluft zuzuführen. Sauerstoff, den es brauchte, um sein gnädiges Zerstörungswerk gründlich zu verrichten.

Heiß brannte es, aber nicht heiß genug. Sie kannte die Vorschriften, aber diejenigen, die diese Vorschriften verfasst hatten, kannten ganz bestimmt nicht sie.

Konnten nicht wissen, welch herkulische Aufgabe es hier zu verrichten und zu vollenden galt. Also weg mit den Vorschriften. Das Feuer musste heißer brennen, musste immer wieder aufs Neue angefacht und genährt werden. Nachschub an Brandbeschleunigern sollte ja ohnehin heute noch kommen. Wozu also sparen?

O loderndes Feuer. O göttliche Macht.

Sie griff nach den Tabletten.

2.

»Mehr Drama, Baby!«

Der Kerl grinste so breit, dass es Stephanie die Sprache verschlug. Was bildete sich dieser Provinzkasper denn bloß ein? Hielt er sich etwa für eine bleichgesichtige Ausgabe von Model-Coach Bruce Darnell? Von wegen. Eine Lachnummer! Eine Billigkopie! Bestimmt war er noch nicht einmal schwul.

Sie drehte ihm den Rücken zu.

Aber eigentlich passte dieser affektierte Stenz ganz gut zu dieser ganzen Veranstaltung, dachte Stephanie, während sie krampfhaft versuchte, in den schmalen, etwas zu groß ausgefallenen High-Heels, aus denen ihre Füße bei jeder unbedachten Bewegung herauszuschlüpfen drohten, einen vernünftigen Performance-Schritt hinzubekommen. Scharf hingestochen und doch elegant, selbstbewusst und doch fraulich. So hatte sie es gelernt. Die Kurse waren teuer genug gewesen. Daddy sollte sein Geld nicht umsonst ausgegeben haben.

Selbstbewusst und doch fraulich. Als ob das ein Gegensatz wäre!

»Steffi, bist du endlich so weit? Du musst da raus!«

Wieder dieser teiggesichtige Conférencier, dieser Mode-Maestro von eigenen Gnaden. Dabei hing doch auch er an Daddys Kohle-Tropf. Verdammt, wenn sie das alles vorher gewusst hätte! Aber jetzt war es zu spät, jetzt musste sie da durch. Und das hieß erst einmal: da raus.

Hinaus auf den Laufsteg. Zur Premiere als Model. Himmel, wie lange hatte sie davon geträumt!

Daddy hatte so geheimnisvoll geguckt, als er ihr den Termin verraten hatte. Vorgestern erst: »Lampenfieber muss kurz und heftig sein.« Jubelnd war sie ihm um den Hals gefallen, hatte einen Freudentanz um ihn herum aufgeführt und weitere Details aus ihm herauszuquetschen versucht. Aber Daddy war diesmal hart geblieben, hatte nur den Kopf geschüttelt und gelächelt: »Musst du alles noch gar nicht wissen. Erfährst du alles noch früh genug.« Und dabei war es geblieben. Alles geschah immer so, wie Daddy es wollte.

Nur einen Zusatz hatte er noch gemacht: »Sieh zu, dass du deine Kleidergröße bis dahin hältst. Nicht noch dünner werden, hörst du, Engel?«

Was Daddy nur immer redete! So clever wie er war, von einigen Dingen hatte er absolut keine Ahnung.

Offenbar auch nicht davon, was eine richtige Modenschau war. Sonst hätte er ihr bestimmt nicht zugemutet, ihr Debüt ausgerechnet in einer Turnhalle zu geben! Sich in einer miefigen Umkleide zu stylen und auf ihren Auftritt vorzubereiten! Was für eine Demütigung. Das würde sie ihm nie vergessen. Natürlich hatte er recht damit, dass es in ihrer kleinen Heimatstadt Leer keine wirklich passende Location gab. Das sogenannte Theater, in Wahrheit nur eine größere Aula mit dem Charme der 60er Jahre, eignete sich nicht. Alle anderen Säle waren zu klein oder falsch geschnitten. Und als Daddy ihr mit der Viehhalle gekommen war – »Den Geruch kriegen wir schon raus, und da gibt es gut zweitausend Sitzplätze!« –, hatte sie sich nur noch die Ohren zugehalten. Fleischbeschau in der Viehhalle! Am Ende gab es dort auch noch Brandzeichen.

Trotzdem, viel besser war eine Sporthalle auch nicht. Obwohl es die größte weit und breit war. Zudem die einzige mit Hochtribüne.

»Wird's bald?«

Stephanie wirbelte herum, einen saftigen Fluch auf den Lippen. Fast wäre sie dabei umgeknickt. Um ihr Gleichgewicht kämpfend, stieß sie sich ihre linke Hand an einem eisernen Kleiderhaken. Mit Mühe unterdrückte sie einen Schmerzensschrei. Teiggesicht kam mit einem bösen Blick davon.

»Also dann, los jetzt.«

Sie stöckelte schlingernd um ein paar Holzbänke herum, zwischen mobilen Kleiderständern hindurch, an improvisierten Schminktischen vorbei. Zugegeben, der Aufwand, der hier getrieben wurde, war ziemlich groß. Die Deko alleine musste Zigtausende gekostet haben. Und den Namen des Modeschöpfers, dessen Kreationen hier präsentiert wurden, hatte sie auch schon einmal gehört. So gesehen, konnte sie Daddy vielleicht doch keinen Vorwurf machen. Mühe gegeben hatte er sich, auch seine Beziehungen spielen lassen. Vom Geld ganz zu schweigen. Daddys Geld war wie ein Universalschlüssel, und er scheute sich nicht, diesen Schlüssel zu benutzen.

Was aber alles nichts daran änderte, dass dies hier eine Turnhalle war. Wenn auch eine große. Es war doch ein neuer Festsaal in Leer geplant, warum war der denn noch nicht fertig? Stephanie stampfte mit dem Fuß auf. Fast wäre sie dabei lang hingeschlagen, aber zum Glück war ein Türrahmen in Reichweite.

In dem Gang von den Umkleidekabinen zur Halle herrschte hektisches Getriebe. Andere Mädchen und junge Frauen in teils abenteuerlich anmutenden Roben eilten hierhin und dorthin, einige stöckelnd und stolpernd, andere barfuß, hochhackige Folterinstrumente in der Hand. Rufe übertönten die Musik, die aus der Halle drang. Applaus rauschte herüber, an- und abschwellend wie Brandungswogen. Plötzlich spürte Stephanie ihren Herzschlag bis in die Mundschleimhäute hinein. Turnhalle oder nicht, es war so weit. Ihr erster Auftritt als Model stand unmittelbar bevor.

Jemand packte sie von hinten am Arm, riss sie halb herum. Die kleine, faltige Frau mit dem Maßband um den Hals und dem Nadelkissen am Handgelenk. »Kind, so kannst du doch nicht hinaus. Los, Füße zusammen! Steh gerade!«

Stephanie spürte, wie sich die Frau hinten an dem Kleid zu schaffen machte, das sie trug, einer Orgie aus blauer Seide und Flitter, schulterfrei und eng anliegend wie ein Schlauch. Größe 34 natürlich. Sie war hineingeschlüpft, ohne einen Gedanken an die Passform zu verschwenden. Größe 34 passte ihr immer, sofern die Länge stimmte.

Die Frau zupfte und zerrte, raffte mit geschickten Fingern Stoff zu verdeckten Falten zusammen, steckte Nadeln so präzise, dass Stephanie das kalte Metall fühlte, ohne gestochen zu werden. Die Seide schmiegte sich an wie eine zweite Haut, formte den Schwung von Taille und Hüfte nach.

»So, jetzt ist es nicht mehr zu weit. Aber bleib gerade!« Die Schneiderin gab ihr einen Klaps auf den Po, als gelte es, ein Zirkuspferd in die Manege zu schicken. »Viel Glück. Los!«

Zu weit? Größe 34 zu weit?

Jemand riss eine große Tür auf, und sie trat hindurch, plötzlich ganz sicher auf den Füßen, präzise und doch elegant, wie sie es gelernt hatte. Adrenalin war eben doch ein Teufelszeug.

Sie durchquerte einen dämmerigen Vorraum, der durch schwarze Tuchbahnen von der übrigen Halle abgetrennt war, erklomm eine kleine Treppe, umrundete die versetzt aufgehängten Hälften eines schweren Vorhangs. Gleißende Helligkeit und tosender Beifall empfingen sie. Ja. Das, genau das war der Moment.

Sehen konnte sie nicht viel; das Scheinwerferlicht errichtete Mauern aus tiefer Schwärze rund um den grell erleuchteten Catwalk. Nur die ersten Reihen kleiner, runder Tische direkt unterhalb des Laufstegs waren schemenhaft zu erkennen, aber sie spürte, dass die ganze große Halle voller Menschen war. Hinter den Tischchen für die VIPs mussten Stuhlreihen dicht an dicht stehen, das hörte sie an der Intensität des Applauses, der ihr entgegenbrandete. Auch von oben. Richtig, die hoch gelegene Seitentribüne. Hatte sie in dieser Halle nicht früher einmal Handball gespielt? Das musste in einem anderen Leben gewesen sein.

Haltung. Arme. Schritte. Lächeln. Kopf wenden. Alles kam automatisch. Vergessen alle Unsicherheit, das Schlingern und Straucheln. Dies war der Laufsteg, und sie mitten darauf. Sie hörte ihren Namen aus den Lautsprechern, hörte die Vorstellung des Kleides, das sie trug, ohne auf den Wortlaut zu achten. Sie war ganz Körper, Bewegung, Anmut, Ausstrahlung. Erneut wurde der Beifall stärker. Ringsherum flammten Blitzlichter auf, und sie badete darin, fühlte ihren Körper in diesen Strahlen noch elastischer, noch biegsamer werden. An die Turnhalle dachte sie nicht mehr. Das hier, das war es, was Daddy für sie gewollt hatte. Und was sie selbst wollte. Jetzt war sie sich sicher.

Und da war Daddy! Er saß ganz weit vorn, an einem der runden Tischchen, die vom Rampenlicht des Laufstegs noch gestreift wurden. Er strahlte und winkte ihr zu. Was sollte das sein, ein Test? Natürlich winkte sie nicht zurück. Sie war doch kein kleines Mädchen auf einer Schulbühne. Sie war jetzt ein professionelles Model.

Drehung, jetzt verharren, Arme ausschwingend, Beine leicht gespreizt. Lächeln nicht vergessen. Dann weiter, bis zum Ende des Catwalks. Wieder eine Drehung, langsamer diesmal, kurz verharren, Kopf herumschwenken. Das

Lächeln kam jetzt schon automatisch. Erneutes Blitzlichtgewitter. Einzelne Rufe durchdrangen den Beifall. Sie klangen begeistert. Es durchrieselt sie heiß. Davon hatte sie geträumt.

Zurück. Und die dritte Drehung auf halber Strecke nicht vergessen.

Da war Daddy wieder. Er war aufgestanden, hantierte mit irgendetwas Glänzendem herum. Wollte wohl ein Foto machen. Waren hier denn nicht schon genügend Fotografen an der Arbeit? Aber so war Daddy eben. Wenn du willst, dass etwas ordentlich gemacht wird, dann mach es selbst.

Jetzt rutschte ihm der Fotoapparat weg. Er bückte sich, erwischte das Ding gerade noch, ehe es aufs Hallenparkett knallte. Von wegen alles selber machen! Manchmal …

Plötzlich schwankte sie. O Gott, die High Heels, schoss es ihr durch den Kopf. Aber die Schuhe waren es nicht. Hatte jemand sie geschubst? Ihr war, als hätte sie einen Schlag gegen ihren Oberkörper gespürt. Aber hier oben auf dem Laufsteg war doch niemand außer ihr.

Brennend heiß wurde es jetzt, als hätte ihr jemand glühende Eisenstangen zwischen die Rippen und in den Oberarm gerammt. Dort begann es feucht zu werden.

Ihr Körper vollendete die eingeleitete Drehung ohne ihr Zutun. Der Rand des Laufstegs näherte sich, passierte ihr Gesichtsfeld, entfernte sich wieder. Eins der runden Tischchen fiel krachend um, und sie begriff nicht, warum sie plötzlich darunter lag. Roter Wein aus berstenden Gläsern und Karaffen durchnässte sie. Köpfe mit runden, stummen Mündern drängten sich vor die gleißenden Scheinwerfer. Das Licht erlosch.

3.

Sonnenschein, eine leichte Brise, gedämpftes Brandungsrauschen, Möwengeschrei, lebhaft plappernde Menschen um ihn herum, ein bunter Strandkorb direkt vor seiner Nase – und das, obwohl er sich nicht etwa am Strand befand, sondern mitten im Ortszentrum: Lüppo Buss war mit seiner Entscheidung, Polizist auf der Insel Langeoog zu werden und zu bleiben, wieder einmal vollkommen zufrieden. Um nicht zu sagen glücklich. Ja, doch. Seit er vor einigen Wochen aus dem Dienstgebäude an der Kaapdüne aus- und zusammen mit Nicole in die schöne Etagenwohnung am Hasenpad eingezogen war, konnte er sich mit diesem Begriff, den er eigentlich hoffnungslos kitschig fand, durchaus anfreunden.

Außerdem, was hieß schon kitschig. Waren das Strandkörbe mitten in der Fußgängerzone etwa nicht?

Andererseits, was hieß auf Langeoog schon Fußgängerzone. Die war hier genau genommen überall, denn Autos waren streng verboten. Nicht einmal Busse oder Taxis gab es, stattdessen Fahrräder, Elektrokarren und Pferdefuhrwerke. Na gut, für die Erhaltungsarbeiten an der sturmflutgefährdeten Seeseite gab es ein paar Traktoren und andere Motorfahrzeuge, und für Notfälle stand auch ein motorisierter Krankenwagen bereit. Ansonsten aber herrschte Autofreiheit – Freiheit nicht etwa *für* das Auto, sondern Freiheit *davon*. Was für die Menschen hier ein Stück wirklicher Freiheit war. Davon war Lüppo Buss überzeugt.

Dabei hatte er heute überhaupt nicht frei. Sondern Dienst. Ob sich die Kollegen auf dem Festland während ihrer Dienstzeit auch so fühlten? Lüppo Buss verschränkte seine Hände hinter dem Rücken, reckte die muskulösen Schultern und grinste. Sein Mittagessen in der *Kupferpfanne* zählte er natürlich zu seinen dienstlichen

Obliegenheiten. Kontaktpflege war wichtig, wer wollte das bestreiten? Tja, in der Tat, wer? Hier war er sein eigener Chef.

Und die Matjesfilets mit Bratkartoffeln waren wieder einmal hervorragend gewesen.

Allzu lange war es nicht her, da hatte Lüppo Buss die Dinge noch etwas anders gesehen. Hatte sich hier auf Langeoog wie auf dem Abstellgleis gefühlt, abgenabelt von wirklich interessanten Fällen und verantwortungsvollen Aufgaben, gegängelt von arroganten Vorgesetzten, die glaubten, vom Festland aus die Dinge besser beurteilen zu können als er. Er war drauf und dran gewesen, das Inseldasein aufzugeben und sich anderswo hin zu bewerben, »nach Deutschland«, wie die Insulaner sagten. Zur richtigen Polizei, wie er es im Stillen nannte.

Ein Glück, dass es dazu nicht gekommen war.

Bester Laune spazierte der Oberkommissar die Barkhausenstraße entlang, Dienstmützenbezug und Uniformhemd faltenfrei, Mützenschirm und Sonnenbrille blitzblank poliert, die Hose messerscharf gebügelt, die schwarzen Schuhe glänzend. Hier zwischen Wasserturm und *Haus der Insel* brodelte, gerade jetzt zu Beginn der Hochsaison und kurz nach der Mittagessenszeit, das Leben – jedenfalls in einer insular gedämpften Form von *brodeln*. Von rechts und links grüßten ihn die Leute, teils weil sie ihn kannten, teils, weil sie in ihm eine ebenso inseltypische Erscheinung sahen wie in den innerorts aufgestellten Strandkörben.

Inselpolizist Lüppo Buss, ein skurriles Stückchen Touristenkitsch?

Er räusperte sich und prüfte den korrekten Sitz seiner Mütze mit der Handkante. Nein, das war er nun doch nicht. Sondern ein gewichtiges Stück staatlicher Autorität. Das sollte mal besser keiner vergessen. Auch er selber nicht.

»Mensch, Lüppo, gut, dass ich dich sehe.« Eine pfannengroße Hand landete krachend auf seiner gestärkten Hemdschulter. Der Oberkommissar zuckte leicht zusammen. Stimmlage und Schlagstärke erlaubten keinen Zweifel daran, wer da gerade seinen staatsautoritären Patrouillengang in der Mittagssonne so respektlos unterbrach. Zumal sich ihm der Betreffende kurzerhand mitten in den Weg gestellt hatte.

Seufzend nahm er die dunkle Brille ab. Jetzt, da dieser Trumm zwischen ihm und der Sonne stand, benötigte er sie sowieso nicht mehr.

»Moin, Backe. Was gibt's?«

Der fleischige Riese verzog seinen Mund zu einem breiten Grinsen und entblößte ein gelbliches, sehr lückenhaftes Gebiss. Ein erschütternder Anblick, der jedoch durch den Ausdruck ehrlicher Freundlichkeit auf dem braunen, wettergegerbten Gesicht gemildert wurde.

»Müll«, sagte der Riese.

»Müll.« Lüppo Buss verzog das Gesicht, als läge der Unrat leibhaftig vor ihm. Gab es ein Thema, das weniger zur sonnenwarmen Sommerstimmung auf der Langeooger Flaniermeile passte als dieses? Und zu den Gedanken, in denen der Inselpolizist eben noch geschwelgt hatte?

Lüppo Buss musterte sein Gegenüber, als handele es sich um einen überquellenden Müllbehälter. Natürlich war es nicht korrekt, solche Vergleiche zu ziehen, trotz der Trümmer in Backes Mund, seiner containerhaften Ausmaße und der fleckigen, kaum noch als weiß anzusprechenden Schürze, die er sich um die massive Leibesmitte geknotet hatte. In seinem übergroßen Fischerhemd sah Beene Pottebakker, genannt Backe, wie ein eingeborener Insulaner aus, noch weitaus mehr Kitsch-Klischee als Lüppo Buss und sämtliche Strandkörbe zusammen. Tatsächlich aber war Backe ein Zugereister und arbeitete erst seit wenigen Monaten auf Langeoog. Lüppo Buss erinnerte sich noch gut an seine beiläufige Routineüberprüfung Beene Pottebakkers, nach der ihm die Haare zu Berge gestanden hatten. Mittlere und schwere Körperverletzung, Rauschmittel- und Eigentumsdelikte in großer Zahl und bunter Folge fanden sich in Backes Akte; ein Wunder, dass dieser Riese immer mal wieder aus dem Strafvollzug entlassen worden war. Aktuell allerdings war kein Strafverfahren anhängig. Kein Grund also, einzuschreiten – Gründe genug aber, diesen Mann im Auge zu behalten.

Was momentan weiter kein Problem war.

»Ja, Müll.« Backe nickte eifrig, als sei er froh, verstanden worden zu sein. »Unser Container. Da hat sich schon wieder einer dran zu schaffen gemacht. Drum herum ist alles siffig, trotzdem ist der Kübel voll. Da entsorgt doch jemand seinen Dreck illegal. Auf unsere Kosten. Sauerei, nicht?«

Der Inselpolizist nickte bedächtig. Auf Langeoog gab es keine Mülldeponie – und natürlich auch keine Verbrennungsanlage. Der Tourismus war die Haupteinnahmequelle, mit weitem Abstand; da musste man mit Wasser, Luft und Landschaft natürlich vorsichtig umgehen. Ebenso wie praktisch alles, was auf der Insel konsumiert wurde, mit Schiffen herangeschafft werden musste, so musste sämtlicher dabei entstehender Müll zurück aufs Festland transportiert und dort entsorgt werden. Das gab es nicht umsonst. Und natürlich achtete jeder Insulaner peinlich darauf, dass er von diesen Kosten nicht mehr zu tragen hatte als unbedingt nötig.

»Und?«, fragte Lüppo Buss. »Wer ist der böse Bube? Hast du schon eine Idee?«

In einer Geste vollkommener Ahnungslosigkeit breitete Backe seine überlangen Arme aus. »Was weiß denn ich? Auf frischer Tat ertappt habe ich noch keinen, und einfach so jemanden beschuldigen, das gehört sich ja nicht, oder?« Seine zwinkernden Augen aber straften Backes Gestik Lügen, als er hinzufügte: »Vor allem nicht die lieben Mitbewerber.«

Der Oberkommissar verzog sein Gesicht. Bloß das nicht! Der *Smutje*, der Laden, in dem Backe an der Friteuse stand, war mehr als einem Langeooger Wirt ein Dorn im Auge. Dort speiste man zwar nicht eben edel – »Paniert, frittiert, serviert«, wie Backe es ausdrückte – dafür aber konkurrenzlos billig. Jedenfalls für Inselverhältnisse. Viele Familien waren hier unter den Touristen, und in Zeiten wie diesen wurde mit dem Cent gerechnet. Jeder Panadefisch mit Pommes oder Kartoffelsalat aus dem Plastikeimer entlastete die Reisekasse. Und brachte den umliegenden Restaurants Umsatzeinbußen. Ob tatsächlich oder nur gefühlt, das machte da keinen Unterschied.

Kleinere Sabotageakte, und seien es nur ein paar illegal entsorgte Müllsäcke, um den billigeren Konkurrenten in Verlegenheit zu bringen, der natürlich nicht mehr Containerraum vorhielt als unbedingt nötig, waren als Reaktion durchaus vorstellbar. Ein bevorstehender Gastronomen-Krieg auch. Hier ging es ums Geld, und das war den Inselwirten heilig.

»Also dann, wir gehen mal gucken«, entschied Lüppo Buss. Kein leichter Entschluss, zumal mit einer guten Portion Matjes mit Bratkartoffeln im wohltrainierten Bauch, dessen Muskeln schon beim bloßen Gedanken an den Geruch von Fischabfällen zu zucken begannen. Aber wo, wenn nicht im Container selbst, waren Hinweise auf den möglichen Täter zu erwarten?

»Spitze.« Backe rieb sich die Bratpfannenhände. »Ich wette, wir finden Innereien. Von Fischen. Dann ist nämlich klar, wer's war. Von uns können die auf keinen Fall sein, wir nehmen die Fische ja nicht selber aus.«

»Logisch«, sagte Lüppo Buss. »Den möchte ich auch mal sehen, der tiefgefrorene Panade-Filets noch ausnehmen kann.«

Interessant, dass Backe so selbstverständlich *wir* sagt, dachte der Inselpolizist, während er sich bemühte, mit dem Riesen Schritt zu halten, der erwartungsvoll in

Richtung *Smutje* eilte. Er scheint sich richtig mit dem Laden zu identifizieren. Dabei gehört ihm der natürlich gar nicht. Und sein Job dort ist alles andere als ein Hauptgewinn. Jeden Tag Überstunden in Hitze, Fisch- und Fettgestank, und das Gehalt ist mit Sicherheit mehr als mau. Sonst hätte der alte Stapelgeld bestimmt jemand anderen dafür gefunden als ausgerechnet einen gewohnheitsmäßigen Knastrologen.

Natürlich hieß der Eigner des *Smutje* nicht Stapelgeld, sondern Stapelfeld. Thees Stapelfeld. Sein Spitzname, den er seinem einst legendären Geiz verdankte, drückte durchaus nicht nur Spott, sondern auch Anerkennung aus. Stapelfeld war einer, der sich nicht mit dem zufrieden gab, was er geerbt, erworben und erheiratet hatte. Er wollte höher hinaus, er wollte mehr, und mehr bekam man eben nicht durch großzügig gezahlte Löhne. Jahr für Jahr erweiterte Stapelfeld das, was er nicht nur bei sich, sondern auch abends an der Theke »mein Imperium« nannte. Ein Spruch, über den auf Langeoog schon länger keiner mehr lachte.

Backe streckte den Arm aus: »Da hinten steht er.«

In einer schmalen Lohne zwischen dem *Smutje* und dem Nachbarhaus stand der Abfallcontainer der billigen Fischbraterei. Offenbar nicht genau auf seinem üblichen Platz, wo die Rollen deutliche Spuren auf den Pflastersteinen hinterlassen hatten. Das musste nichts heißen, konnte aber tatsächlich ein Hinweis darauf sein, dass jemand etwas Voluminöses oder Schweres hineingestopft und sich dann eilig entfernt hatte. Dreck und aufgeplatzte Tüten, aus denen Küchenabfall quoll, lagen um den großen Behälter herum, ganz wie von Backe beschrieben. Über allem hing ein Geruch, der den Matjes in Lüppos Bauch zu neuem Leben zu erwecken schien.

»Mach mal auf«, wies er Backe an.

Die Riese packte zu. Die große Metallklappe knarrte nur leise, als er sie ohne Mühe anhob.

Der Container war fast voll. Obenauf lag, teilweise von Müll bedeckt, die Leiche einer jungen, unbekleideten Frau mit weit aufgerissenen Augen, deren narbenbedeckter Körper aussah wie ein mit Haut bespanntes Skelett.

Lüppo Buss spürte, wie eine unsichtbare Müllpresse seinen Magen zusammenquetschte. Er drehte sich weg und krümmte sich zusammen.

4.

»Von wo kam der Schuss?«, fragte Hauptkommissar Stahnke.

»Von dort oben«, antwortete Kramer und wies auf die Seitentribüne. »Vermutlich aus der näheren Umgebung des Eingangsbereichs. Ganz exakt lässt sich das aber nicht feststellen, weil sich das Opfer zum genauen Tatzeitpunkt nach übereinstimmenden Aussagen gerade in einer Drehung um die eigene Achse befand. Außerdem ist ein Schusskanal ...«

Ungeduldig winkte Stahnke ab. Oberkommissar Kramers Hang zum Perfektionismus war eine wunderbare Sache, wenn ist um die minutiöse Aktenführung ging. Im wirklichen Leben aber konnte einem das ganz schön auf die Nerven gehen.

»Patronenhülse?«, fragte er weiter.

»Negativ«, sagte Kramer. »Vermutlich hat er einen Revolver benutzt. Würde auch zum Kaliber passen. Neun Millimeter.«

Stahnke nickte. Während eine Automatikpistole die Patronenhülse nach dem Schuss auswarf, blieb sie bei einem Revolver in der Trommel stecken, und der Schütze nahm sie einfach mit. Eine Spur weniger.

»Neun Millimeter«, wiederholte der Hauptkommissar. »Da meinte es aber jemand richtig ernst.« Er taxierte die Entfernung zwischen der nächstgelegenen Ecke der Tribüne, dort, wo sich die Tür zum Treppenhaus befand, und den Blutflecken auf dem Laufsteg. »Achtzehn, vielleicht zwanzig Meter«, sagte er. »Man muss schon ein sicherer Schütze sein, um mit einer kurzläufigen Faustfeuerwaffe auf diese Distanz zuverlässig zu treffen.«

Kramer zuckte die Achseln. Klar, das bedurfte eigentlich keiner Erwähnung. Zumal nur ein einziger Schuss gefallen war.

»Vermutlich hat der Täter einen Schalldämpfer benutzt«, erläuterte Kramer. »Sonst hätten die in unmittelbarer Nähe Sitzenden wohl schneller reagiert. So aber haben sich nur wenige umgeschaut – das auch erst mit Verzögerung – und nur einen grauen Rücken durch die Glastür verschwinden sehen. Beschreibung unspezifisch. Etwas über mittelgroß und mittelschlank, keine Angaben zum Alter möglich, nicht einmal das Geschlecht steht eindeutig fest.«

»Schalldämpfer? Ich dachte, Revolver lassen sich nicht dämpfen.« Stahnke bedauerte seine Äußerung, noch ehe er den Satz zu Ende gesprochen hatte. Vor Kramer gab er sich ungern eine Wissensblöße. Auch wenn das Verhältnis zu seinem Kollegen in letzter Zeit stetig enger und vertrauter geworden war. Seit ihrer gemeinsamen Recherche im Rocker-Milieu duzten sie sich sogar. Für Stahnke hieß das schon etwas.

»Sie sind selten, aber es gibt sie.« Kramer war natürlich wieder perfekt informiert. »Man muss der betreffenden Waffe nachträglich ein Laufgewinde schneiden oder schneiden lassen, um einen Dämpfer benutzen zu können. Geht nur mit Spezialwerkzeug und ist nicht billig.«

Stahnke nickte. Wenn dem so war, konnte das ein Anhaltspunkt sein. Solche Spezialisten und ihre Werkzeuge mussten sich finden lassen.

»Die Dämpfungsleistung ist allerdings umstritten«,

fuhr Kramer fort. »Gedämpft werden kann ja nur der Mündungsknall, also die Explosion der Geschossladung. Die anschließende Luftverdrängung durch das Geschoss aber findet selbstverständlich trotzdem statt, und deren Geräuschentwicklung hat es in sich. Eben ein Überschallknall. Von wegen ein leises ›Plop‹ wie bei James Bond!«

»Und wie ist es bei Unterschallmunition?«, fragte Stahnke leise.

Kramer schwieg zwei Sekunden lang. Dann pfiff er durch die Zähne. »Natürlich. Die gibt's ja auch. Ist weniger effizient als die mit Überschallgeschwindigkeit, aber mit entsprechend größerer, langsam brennender Treibladung und erhöhtem Geschossgewicht ...«

»Und mit Kaliber neun Millimeter«, sagte Stahnke und nickte. »Das reicht auch bei Unterschall. Wurde das Geschoss schon untersucht?«

»Ist im Labor«, antwortete Kramer. Es klang ein wenig kleinlaut.

Stahnke bemühte sich, seinen kleinen Triumph nicht zu sehr zu genießen. In der Regel machte ihm Kramers überlegenes Recherchewissen ja auch nichts aus. Aber es konnte gewiss nicht schaden, gelegentlich mal selber einen Punkt zu verbuchen.

Zumal ihm Kramer allein schon durch die Tatsache um Längen voraus war, dass er gestern Abend telefonisch erreichbar gewesen war und Stahnke nicht. Ganz bewusst nicht; er hatte seine erwachsene Tochter in Südniedersachsen besucht, was selten genug vorkam, und sein Handy mit voller Absicht zu Hause gelassen. Wenn er schon zu weit vom Schuss war, um etwas tun zu können, dann wollte er auch nicht mit Anrufen belästigt werden. Außerdem wusste Kramer ja Bescheid.

Trotzdem ärgerlich, dass solch eine Sache ausgerechnet an so einem Tag passieren musste!

Stahnke schob seine Hände zurück in die Hosentaschen, wo er sie bei Tatortbesichtigungen mit Vorliebe aufbewahrte, um nicht unbedacht Spuren zu vernichten, und drehte sich langsam um die eigene Achse. Die BBS-Sporthalle kannte er gut. Ein großes Ding. Hallenfußball-Kreismeisterschaften, Basketball-Regionalliga, Turngala, sogar nationale Titelkämpfe im Taekwon-Do hatten hier schon stattgefunden. Aber eine Modenschau? Wer war bloß auf diese Idee gekommen? Haute Couture und Mattenmief, das passte doch nicht zusammen!

Andererseits hatte solch eine Riesenhalle aber auch Vorteile. Lage und Infrastruktur stimmten, Parkplätze waren in Hülle und Fülle vorhanden, und vor allem bot die Dreifachsporthalle Platz im Überfluss. Man musste nur die entsprechenden Mittel und die richtigen Leute haben, um Funktionalität und Atmosphäre des weitläufigen Innenraums durch Einbauten und Dekoration entsprechend zu verändern.

Stahnke nickte anerkennend. Ganz offensichtlich waren die richtigen Leute zum Einsatz gekommen, denn das Resultat war überzeugend. Nicht unbedingt gerade jetzt, da alle Neon-Leuchtröhren strahlten und das Rampenlicht und die Punktstrahler ausgeschaltet waren. Aber bei geschickt ausgesteuerter Beleuchtung konnte die Sporthalle in derart gediegener Aufmachung bestimmt als Modetempel durchgehen.

An den nötigen Finanzmitteln, das sah man auf den ersten Blick, hatte es nicht gefehlt. Kay-Uwe Venema stand ja auch dahinter.

Venema war Reeder. Einer von denen, die der ostfriesischen Kleinstadt Leer zum Status des zweitgrößten Reedereistandorts Deutschlands gleich hinter Hamburg verholfen hatten. Einer von denen, die an der Globalisierung verdienten, daran, dass Rohstoffe, Halbfertig- und Fertigprodukte seit Jahren in immer größeren Mengen und immer schneller per Schiff um den Planeten strömten, ohne Rücksicht auf ökologische Erfordernisse. Preis und Profit waren die einzigen Maßstäbe. Ein Geschäft, auf das sich Kay-Uwe Venema hervorragend verstand. Er war reich geworden dabei. Schwerreich. Um nicht zu sagen stinkreich.

Stahnke musste grinsen, als er ihm die Herkunft dieses Adjektivs einfiel. Einer wie Venema gab sein Geld sicher nicht für das Privileg aus, eines Tages innerhalb einer Kirche oder gar eines Doms begraben zu werden, unter den steinernen Bodenplatten, um Mitmenschen und Nachkommen durch seinen Verwesungsgestank auch nach seinem Tod noch unter die Nasen zu reiben, um wie viel höher seine eigene soziale Stellung gewesen war als ihre. Nein, ein Kay-Uwe Venema wusste sein Geld so zu investieren, dass es schon zu Lebzeiten seines Besitzers reichen Ertrag brachte.

Venema kaufte und bereederte durchaus nicht nur Schiffe; ewig konnte der überhitzte Welthandel schließlich nicht so weiterlaufen, das zeigte die aktuelle Finanz- und Wirtschaftskrise deutlich. Eine Weile noch, sicher, aber nicht ewig, dafür würde schon der zwangsläufig weiter steigende Ölpreis sorgen. Wenn dann die Transportbranche zusammenbrach, würde das Venema nicht mit in die Pleite reißen, denn er hatte seine multiplen Millionen breit angelegt. Zukunftstechnologie wie Solar- und Windenergie, Gezeitenkraftwerke, Chemie und Pharmazie, medizinische Institute, Technologie und Tourismus. Und das waren nur die Engagements, von denen etwas in der Zeitung stand. Irgendetwas davon würde auch in Zukunft dafür sorgen, dass Venema obenauf schwamm, ganz egal, was aus seinen Schiffen wurde und wen die zyklische und trotzdem so schwer berechenbare Weltwirtschaft demnächst im Abgrund des Bankrotts verschwinden ließ.

Einer wie Venema konnte sich jeden Wunsch erfüllen. Nicht nur sich, sondern auch seinem Töchterchen. Und wenn Töchterchen aus dem Pony-Alter heraus war und Model werden wollte, dann kaufte Papa ihm eben eine eigene Modenschau.

Damit, dass Töchterchen bei dieser Gelegenheit Opfer eines Mordanschlags werden würde, hatte Papa Venema wohl nicht gerechnet. Ob er sich das jemals verzeihen konnte?

Na ja – gut möglich. Schließlich war Stephanie Venema ja nicht tot.

»Wo genau wurde sie denn getroffen?«, fragte Stahnke.

»Das Geschoss ging zwischen Brustkorb und linkem Oberarm hindurch«, berichtete Kramer. »Da der Oberarm zu diesem Zeitpunkt angelegt war, gab es beiderseits Fleischwunden. Schmerzhaft, aber ungefährlich. Das Mädel hat unverschämtes Glück gehabt.«

Stahnke runzelte die Stirn; auf einer Bühne vor Hunderten von Zuschauern mit großkalibriger Munition beschossen zu werden, entsprach eher nicht seiner Vorstellung von Glück. Aber wie auch immer, natürlich hatte Kramer wieder einmal recht.

»Das Projektil haben wir aus dem Hallenboden geklaubt«, fuhr der Oberkommissar fort. »Das Opfer ist nach dem Beschuss vom Laufsteg auf einen der Tische gestürzt, unmittelbar neben dem Tisch, an dem ihr Vater saß. Ihn hat sie im Fallen ebenfalls umgerissen.« Kramers Stoiker-Maske bekam einen Augenblick lang Risse: »Als ob der Schock für den nicht schon groß genug gewesen wäre.«

Stahnke musste an seine eigene Tochter denken; das ließ sich einfach nicht verhindern. »Gib mal die Pressefotos her«, schnauzte er ungewollt barsch.

Stephanie Venema war wirklich wunderschön, das musste ihr der Neid lassen, dachte Stahnke. Auch wenn so hochgewachsene, dünne Blondinen überhaupt nicht sein Typ waren. Aber selbst wie sie so dalag, inmitten von Glasscherben und blutüberströmt, war ihre besondere Ausstrahlung spürbar. Dieses Mädchen schien wirklich das Zeug zu haben, in der Modewelt Karriere zu machen.

Dann stellte Stahnke fest, dass er Stephanie Venema kannte.

Natürlich, die Sache auf Langeoog. Die Chorsängerinnen vom Gymnasium, die um die Tickets für einen Amerika-Trip konkurriert hatten. Das verschwundene Mädchen, der Mann ohne Gedächtnis und all die anderen Verwicklungen. Fälle, die er als Badegast aufzuklären geholfen hatte, zusammen mit seinem Kollegen Lüppo Buss.*) Seinerzeit war ihm auch Stephanie Venema begegnet. Wie lange war das jetzt her? Anderthalb Jahre? Etwas länger sogar.

»Dann müsste sie jetzt siebzehn sein«, murmelte Stahnke.

»Stimmt genau«, bestätigte Kramer und nickte anerkennend. Wieder ein unverdienter Punkt für Stahnke.

»Wo kommt eigentlich das viele Blut her?«, fragte der Hauptkommissar. »Doch nicht von zwei Streifschusswunden. Wurde eine Schlagader verletzt?«

»Das meiste ist überhaupt kein Blut«, antwortete Kramer. »Auf dem Tisch, der den Sturz des Mädchens abgebremst hat, standen mehrere Gläser und Karaffen mit Rotwein. Davon hat sie eine Menge abbekommen. Sieht schlimmer aus, als es in Wirklichkeit ist.«

»Kann man wohl sagen.« Stahnke rieb sich das Kinn. »Vielleicht hat es der Täter ja deshalb bei nur einem Schuss belassen. Weil er glaubte, sein Ziel erreicht zu haben.«

Kramer zog die Augenbrauen hoch, sagte aber nichts. Stahnkes Spekulationen waren bisweilen genial, immer jedoch mit Vorsicht zu genießen.

Der Hauptkommissar hatte ein ähnliches Foto bereits in der Zeitung gesehen, die er sich am Bahnhof besorgt hatte. Natürlich war die Presse präsent gewesen – wer konnte sich schon einer Einladung von Kay-Uwe Venema verweigern? Und da der Schuss rechtzeitig vor dem Andruck gefallen war, hatte die Sensationsmeldung fett auf Seite eins gestanden. Mit Bild. Zwar war das Gesicht des Opfers verdeckt gewesen, aber der Rest reichte für die zweifellos beabsichtigte Schockwirkung. Für eine seriöse Tageszeitung ziemlich grenzwertig, fand Stahnke.

---

*) siehe: *Solo für Sopran*

»Leeraner Reederstochter bei Mordanschlag lebensgefährlich verletzt«, tönte die Schlagzeile. Und im Text hieß es: »*Ob die 17-Jährige eine Überlebenschance hat, stand bei Redaktionsschluss noch nicht fest.*« Das war nun schon jenseits der Boulevard-Grenze. Der Überlebenskampf auf dem Zeitungsmarkt, nicht zuletzt wegen der Konkurrenz der privaten TV-Sender, schien immer härter zu werden, da fielen wohl alle Hemmungen.

Der Name Venema kam auf der Titelseite gleich zweimal vor. *Leeraner Schiff am Horn von Afrika von Piraten geentert*, hieß es weiter unten. Der Text verriet, dass es sich dabei um einen von Venemas Frachtern handelte. Unter anderen Umständen wäre das auch einen Aufmacher wert gewesen.

»Haben wir irgendein Mordmotiv?«, fragte der Hauptkommissar.

»Keins, das auf der Hand liegt«, musste Kramer zugeben. »Stephanie scheint ein richtig nettes Mädchen zu sein, nach allem, was wir bisher gehört haben. Und von tobsüchtigen Exliebhabern weiß auch keiner etwas. Bisher haben sich noch keine Anhaltspunkte ergeben.«

»Vielleicht müssen wir die Fragestellung erweitern«, sagt Stahnke.

»Inwiefern?«

Der Hauptkommissar tippte auf das oberste Foto des Stapels, den er immer noch in der Hand hielt. »Dieses Kleid, das sie trägt. Sieht erfolgversprechend aus. Von wem ist das? Möglicherweise galt der Anschlag nicht dem Model, sondern der Modenschau. Also dem Modeschöpfer.«

»Mordanschlag aus Konkurrenzneid?« Kramers Stimme klang ungläubig.

»Wenn alle wahrscheinlichen Thesen eliminiert sind, muss das, was übrig bleibt, die Lösung sein, so unwahrscheinlich es auch klingt«, sagte Stahnke. »Stimmt's nicht, Watson?«

»Allright, Sherlock.« Kramer grinste pflichtschuldig, aber nur kurz. »Also ehrlich, ich weiß nicht. Würde ein neidischer Konkurrent nicht eher auf den Designer schießen als auf eins seiner Models?«

Stahnke zuckte die Schultern. »Anzunehmen. Aber sicher ist das nicht.«

Kramer blätterte in seinem Notizblock. »Der Modemensch heißt Florian Globeck. Sein Label führt den Namen *Global Flow*. Genau genommen ist es auch nicht wirklich seins, sondern …«

»Lass mich raten«, unterbrach Stahnke. »Der Eigentümer heißt Kay-Uwe Venema. Richtig?«

Kramer verzog den Mund: »Na, so schwer war das wirklich nicht.«

Das stimmte allerdings. Venemas finanzielle Aktivitäten waren eben wirklich breit, sehr breit gestreut. Und wenn Papa seinem Töchterchen eine Freude machen wollte, dann sprach eigentlich auch nichts dagegen, dabei gleichzeitig etwas für den eigenen Profit zu tun.

Der Hauptkommissar erinnerte sich an eine Donald-Duck-Geschichte, die er als Jugendlicher gelesen hatte. Da wusste der schwerreiche Onkel Dagobert nicht, wohin mit seinem Geld, da sein Geldspeicher überquoll und ein Erweiterungsbau nicht genehmigt wurde. In seiner Not musste Dagobert das überschüssige Geld tatsächlich ausgeben, was ihm unheimlich schwerfiel, aber Neffe Donald und die Großneffen Tick, Trick und Track halfen ihm dabei. Sie warfen mit Talern nur so um sich. Das Problem aber konnten sie nicht lösen – denn alle Geschäfte, in denen sie einkauften, gehörten Dagobert, und so floss das Geld immer wieder in den überfüllten Speicher zurück.

Tja, das waren Sorgen! Stahnke dachte an sein Beamtengehalt.

Dann schüttelte er den Kopf, um den Gedanken zu vertreiben. »Bleiben wir lieber beim Opfer selbst. Ganz klassisch. Wer hatte einen Grund, Stephanie Venema zu erschießen, und wer hatte dazu die Gelegenheit?«

»Und wer wird es wieder versuchen, wenn er erfährt, dass es beim ersten Mal nicht geklappt hat?«, ergänzte Kramer trocken.

Ein berechtigter Einwand, fand Stahnke.

Er warf einen erneuten Blick auf die Zeitungs-Titelseite, auf das Foto, das eine blutüberströmte, lebensgefährlich Verletzte zu zeigen schien. Die ebenso gut schon tot sein konnte.

»Der Täter muss es ja nicht erfahren«, sagte er.

5.

»Sie heißt Angela Adelmund«, sagte Doktor Fredermann.

»Eine Patientin von Ihnen?«, fragte Lüppo Buss.

»Wie man's nimmt.« Der Inselarzt musterte den Körper der Toten ohne erkennbare Gemütsbewegung. »Früher ja, als sie noch klein war. Ist hier auf Langeoog aufgewachsen, da kam sie natürlich mit den üblichen Routinesachen zu mir. Oder vielmehr ihre Mutter kam mit ihr. So bis vor ein paar Jahren, etwa bis zum Einsetzen der Pubertät. Ab da kam sie nicht mehr.« Behutsam berührte er eine der zahlreichen wulstigen Narben am Oberarm der Toten. »So habe ich den Beginn der Anorexie nicht mehr mitbekommen.«

»Magersucht?«, fragte Lüppo Buss, ohne mit einer Antwort zu rechnen. Es war offenkundig.

Sie hatten die Tote in die kleine Leichenhalle neben der Inselkirche schaffen lassen. Mit der nächsten Fähre sollte sie nach Bensersiel und weiter nach Oldenburg gebracht werden, in die Gerichtsmedizin; Doktor Mergner hielt sich dort für eine Obduktion bereit. Die weiteren

Ermittlungen auf Langeoog würde Hauptkommissar de Beer aus Wittmund übernehmen. Er hatte mit Lüppo Buss telefoniert und sich ins Bild setzen lassen, aber noch keinen konkreten Zeitpunkt für seine Ankunft genannt: »Wir haben hier auch eine Menge um die Ohren. Sichern Sie mal den Tatort ab, lassen Fotos machen und so weiter, leiten Sie alles Nötige in die Wege, Sie kennen sich doch aus, sind kein heuriger Hase mehr, was?« Und tschüss.

Faule Sau, dachte der Inselkommissar, aber ein bisschen geschmeichelt fühlte er sich auch. Damals, vor gut anderthalb Jahren, als erst dieser Mann ohne Gedächtnis auf der Insel herumgegeistert und dann eins der Mädchen aus dem Leeraner Schülerchor spurlos verschwunden war, hatte ihm de Beer noch überhaupt nichts zugetraut, hatte ihn wie einen Deppen behandelt und ihm die Ermittlungsarbeit so schnell wie möglich aus der Hand nehmen wollen. Als er dann auf der Insel eintraf, konnte Lüppo Buss ihm sämtliche Fälle als abgeschlossen melden. De Beers Gesichtsausdruck seinerzeit war ein Fest gewesen, das für die vorher erlittene Geringschätzung entschädigte. Seither sah de Beer ihn mit anderen Augen. Und, was vielleicht noch schöner war: Er hielt sich meistens auf Distanz.

Sicher, damals war Stahnke an Lüppo Buss' Seite gewesen. Der Hauptkommissar aus Leer hatte natürlich wesentlichen Anteil an der Auflösung gehabt. Aber er hatte Lüppo Buss immer als Gleichberechtigten in die Arbeit mit einbezogen. Sie waren kein schlechtes Team gewesen, der Kriminalbeamte mit der einschlägigen Erfahrung und der Inselpolizist mit seiner Kenntnis von Eiland und Leuten.

Schade, dass er jetzt nicht hier ist, dachte der Oberkommissar. Aber er wischte den Gedanken gleich wieder fort. Immerhin hatte er damals einiges gelernt, das konnte er jetzt zur Anwendung bringen. Und so allein wie damals – ehe Stahnke überraschend auftauchte – war er diesmal nicht.

»Äußere Verletzungen, die zum Tode hätten führen können, kann ich vorläufig keine erkennen«, sagte

Fredermann. »Die vernarbten Schnittverletzungen sind allesamt nicht letal und außerdem schon älter.«

»Was meinen Sie, Doktor, hat sie sich buchstäblich zu Tode gehungert?«, fragte Oberkommissarin Insa Ukena.

Lüppo Buss musterte seine neue Kollegin aus den Augenwinkeln. Sie war deutlich kleiner als er, mit kräftigen Schultern und Oberarmen und einer dunkelbraunen Kurzhaarfrisur. Nicht sein Typ, das hatte er auf den ersten Blick festgestellt – Gott sei Dank. Dafür tüchtig, viel zu tüchtig eigentlich, um mit Anfang vierzig immer noch in beigeordneter Position tätig zu sein. Das Zeug zur Leiterin hatte sie, das konnte Lüppo Buss nach den wenigen Tagen, die Insa Ukena den Posten an seiner Seite innehatte, bereits sagen.

Nicht, dass er das etwa schon getan hätte; der Inselpolizist neigte nicht zu übereilten Äußerungen.

»Durchaus möglich«, beantwortete Fredermann Insa Ukenas Frage. »Zehn Prozent aller Magersüchtigen sterben an dieser Krankheit, das heißt, sie verhungern tatsächlich. Teilweise zieht sich das über viele Jahre hin. Ob das aber auch auf Angela Adelmund zutrifft, muss erst die Obduktion erweisen.«

»Kaum zu glauben. Verhungern im Land des Nahrungsüberflusses«, murmelte Lüppo Buss. »Und dann finden wir sie in einem Container voller Essensreste. Was mir übrigens nicht gerade für eine natürliche Todesursache zu sprechen scheint.«

»Das habe ich auch nicht gesagt«, erwiderte Insa Ukena scharf. »Man kann einen Menschen auch verhungern *lassen*. Einsperren, misshandeln, missbrauchen, quälen bis zum Exitus. Und dann einfach wegwerfen. Da gibt es reichlich Präzedenzfälle, das werden Sie ja wohl wissen. Nicht nur in Belgien oder Österreich.«

Die hat Haare auf den Zähnen, dachte Lüppo Buss und schwieg.

»Die Schnittverletzungen scheinen mir außerdem nicht alle bereits lange zurückzuliegen«, fuhr die Oberkommissarin fort. »Schauen Sie hier, an der Innenseite des rechten Oberschenkels. Die sind gerade mal verschorft.« Sie sprach Fredermann direkt an, ignorierte ihren Kollegen; auch das registrierte Lüppo Buss kommentarlos.

Der Arzt nickte. Er untersuchte die Hände der Toten. »Rechtshänderin, unter Vorbehalt«, sagte er. »Lage und Laufrichtung der Narben, der alten wie der frischeren, lassen Selbstverletzung vermuten.«

»Vermuten«, schnaubte die Polizistin. »Das heißt noch gar nichts.«

»Natürlich äußere ich hier Vermutungen«, entgegnete Fredermann scharf. »Ich sag's ja auch extra dazu. Dachte, es hilft Ihnen weiter, wenn ich Ihnen schon mal meine Meinung sage. Ich kann's auch lassen. Dann können Sie auf den offiziellen Bericht von Doktor Mergner aus Oldenburg warten.« Er stemmte beide Hände in die Hüften.

Lüppo Buss legte ihm beruhigend seine Hand auf den Ellenbogen. »Schon klar«, sagte er sanft. »Aber wieso Selbstverletzung? Warum sollte sich so ein armes Mädchen, das körperlich sowieso schon übel dran ist, auch noch selber Schaden zufügen? Von den Schmerzen ganz zu schweigen.«

Fredermann warf noch einen bösen Blick zu Insa Ukena hinüber, dann wandte er sich Lüppo Buss zu. Dasselbe Spielchen, nur anders herum, dachte der. Albern. Aber so geht's nun mal zu, wenn der Gruppendynamo surrt.

»Diese ganze Magersucht ist doch eigentlich der Krieg eines Menschen gegen sich selbst«, erläuterte der Arzt. »Und der Körper ist dabei das Schlachtfeld. Die Ursachen liegen in der Psyche, grob gesagt. Sie können ganz verschieden sein. Der Körper jedenfalls muss alles ausbaden. Er wird durch Essensentzug für vermeintliche Unzulänglichkeiten bestraft. Und wenn das mal nicht klappt, also diese Art der Bestrafung, dann wird eben zu anderen Mitteln gegriffen. Zum Beispiel zum Messer.«

»Wie, wenn das nicht klappt?« Lüppo Buss hatte zwar eine Vermutung, wollte aber sichergehen. »Warum sollte das Aushungern denn plötzlich nicht mehr klappen?«

»Weil zum Beispiel eine Instanz vorhanden ist, die dafür sorgt, dass das lebensnotwendige Minimum an Nahrung aufgenommen wird«, antwortete Fredermann. »Dann staut sich der Selbsthass an wie ein plötzlich zugeschütteter Fluss, und der Druck muss sich anderweitig entladen. So etwas passiert durchaus nicht selten ...« Er schaute Lüppo Buss in die Augen. »Da sieht man mal wieder, wie wichtig gute Fragen sind. Ihre zum Beispiel führt uns mit einiger Sicherheit zu dem Ort, wo sich Angela Adelmund zuletzt aufgehalten hat.«

»Das wäre doch schon mal etwas«, sagte Lüppo Buss mit der gebotenen Bescheidenheit. »Weil sie doch ansonsten keinerlei Hinweise bei sich hat. Und, was glauben Sie, wo hat sie gewohnt?«

»Im Panoptikum der Arschlosen«, sagte Fredermann.

6.

»Die Presse wollen Sie belügen?« Kriminaldirektor Manningas dunkle Augen fixierten Stahnke unter hochgewölbten Brauen hervor.

»Warum nicht? Die belügen uns schließlich auch dauernd.« Der Hauptkommissar zuckte die Achseln und erwiderte den Blick ohne ein Zwinkern. Er lächelte nicht einmal. Echt cool, Alter, dachte er selbstzufrieden. Und dann grinste er doch.

Manninga lehnte sich zurück, so dass sein Chefsessel in allen Verbänden krachte. Der Leiter der Polizeiinspektion Leer/Emden war ein erfahrener Mann hart an der Pensionsgrenze, breit und massig gebaut, mit großväterlichem Gebaren. Rein äußerlich war er Stahnke nicht unähnlich. Bloß etwas älter, grauer und dicker, überlegte der Hauptkommissar, dessen eigene weißblonde Stoppelfrisur eine natürliche Tarnung für altersgraue Haare bot.

Nun, Manningas Altersvorsprung war Fakt, daran würde sich auch nichts mehr ändern. Figürlich aber, das musste Stahnke sich eingestehen, hatte in den letzten Monaten eine unwillkommene Angleichung stattgefunden. Auch er neigte zur körperlichen Fülle, die zwar von seinen breiten Schultern halbwegs kaschiert, von der Waage aber gnadenlos ausposaunt wurde. Vergangenes Jahr hatte Stahnke es geschafft, durch viel Bewegung und wenig Wein und Bier ein bisschen abzuspecken; auch der mit seinem Hausumbau verbundene Stress hatte das Seine dazu beigetragen. Über den Winter aber war er wieder bequemer geworden. Das Fahrrad hatte Staub angesetzt – etwas, wozu die Flaschen in seinem Weinvorrat gar nicht erst gekommen waren. Das Resultat trug er jetzt oberhalb des Gürtels vor sich her.

»Wo Sie recht haben, haben Sie recht«, antwortete Manninga augenzwinkernd. »Aber wir reden hier nicht von der Blöd-Zeitung, sondern von der seriösen Tagespresse. Und natürlich von der Öffentlichkeit. Was glauben Sie, was wir da zu hören bekommen, wenn die Sache rauskommt! Und rauskommen wird sie früher oder später, das ist Ihnen ja hoffentlich klar.«

Stahnke schob die Unterlippe vor. »Irgendwann sicher, aber nicht so bald, wenn wir es geschickt anfangen«, sagte er. »Und dann wird die Reaktion davon abhängen, wie erfolgreich wir waren.«

»Tja.« Manninga nickte. »Das ist es eben. Können Sie mir für den Erfolg Ihrer Aktion garantieren?«

»Garantien gibt es keine in unserem Geschäft«, sagte Stahnke.

Schweigend schauten sie sich an.

Es klopfte. Ehe Manninga antworten konnte, wurde die Tür geöffnet.

Stahnke kannte Kay-Uwe Venema natürlich von Pressefotos. In natura wirkte er kleiner und schmächtiger. Graues Sakko, legeres weißes Hemd mit offenem Kragen, graue Hose; der Reeder-Tycoon präsentierte sich in unaufdringlicher Allzweck-Eleganz. Seinen schwarzen Schuhen sah man erst auf den zweiten Blick an, wie teuer sie waren. Schweineteuer. Der Hauptkommissar kannte die Marke. Er hatte sich nicht einmal getraut, Schuhe dieses Labels anzuprobieren.

»Herr Venema.« Manninga hatte sich aus seinem Sessel gestemmt und trat mit ausgestreckter Hand hinter seinem Schreibtisch hervor. Auch Stahnke erhob sich zur Begrüßung. Venemas Händedruck war fest, sein Blick direkt. Die schmale, beinahe zart zu nennende Nase erinnerte stark an die seiner Tochter. Ein femininer Zug, der jedoch durch ein energisches Kinn mehr als ausgeglichen wurde. Auch gegenüber den beiden körperlich größeren Amtsträgern zeigte Venema keine Spur von Unsicherheit.

Sie nahmen in Manningas Besucherecke Platz.

»Kaffee? Oder lieber ...«

Venema machte eine knappe, abwehrende Handbewegung. »Was gibt es Neues?«, fragte er.

»Nichts.« Auch Manninga kam gut ohne langes Herumgerede aus. »Das gefundene Projektil wurde untersucht, es passt zu keiner Waffe, die bei uns registriert ist. Nach Fingerabdrücken wurde zwar gesucht, aber das ist bei einem öffentlichen Gebäude wie diesem praktisch aussichtslos. Die Angaben zur Gestalt des flüchtigen mutmaßlichen Schützen sind zu allgemein für ein Phantombild. Im Eingangs- und Außenbereich der BBS-Halle ist die betreffende Person niemandem aufgefallen. Insgesamt wurden an die einhundert Personen befragt. Entweder hat sich der Täter enorm gut in der Gewalt gehabt und ist wie ein normaler Passant davonspaziert, oder er hat die Halle über den Notausgang verlassen und sich dann über das Schulgelände und die angrenzenden Wiesen entfernt.«

Venema nahm Manningas Bericht mit einem leichten Nicken entgegen. Typisch für jemanden in seiner Position, sich dazu nicht an die ermittelnden Kriminalbeamten, sondern an deren Chef zu wenden, überlegte Stahnke. Ob ihm überhaupt bewusst war, dass Stahnke, der ja mehr zufällig mit am Tisch saß, seit seiner Rückkehr *de facto* der Leiter dieser Ermittlungen war?

»Dann haben Sie also überhaupt nichts in der Hand«, stellte Venema fest. Kein Vorwurf klang aus seinen Worten, aber Stahnke stellte sich vor, er sei beruflich von diesem Mann abhängig, und erschauderte.

»Immerhin haben wir das Projektil«, widersprach Manninga. »Außerdem gibt es, äh ... Erkenntnisse zur mutmaßlichen Tatwaffe.« Ein Nicken in Stahnkes Richtung sollte wohl bedeuten, dass damit seine Vermutungen in Bezug auf einen schallgedämpften Revolver gemeint waren.

»Und das nützt Ihnen ... was?« Venemas Stimme blieb unverbindlich, sein Blick aber gewann mehr und mehr die Schärfe eines Seziermessers. Der Alpha-Rüde kommt zum Vorschein, dachte Stahnke. Ohne zu knurren, denn er ist sich seiner Rolle sicher. So sicher, dass er sie nicht eigens zu betonen braucht. Ein höflicher Leitwolf, dem jeder die Fangzähne glaubt, auch ohne sie zu sehen.

»Vorläufig nichts«, schaltete sich Stahnke ein. »Sehr viel aber in dem Moment, wenn uns im Zuge der Ermittlungen die Tatwaffe zum Täter führt. Oder aber wenn wir über einen Tatverdächtigen auf die richtige Waffe stoßen. Dann wird das Projektil zum entscheidenden Beweismittel.«

Der sezierende Blick bohrte sich in Stahnkes Augen. Seine sind auch wasserblau, nur einen Tick dunkler als meine eigenen, stellte der Hauptkommissar fest, während er den Blick lächelnd erwiderte.

»Und was, glauben Sie, könnte Sie in dieser Richtung voranbringen?«, fragte Venema. Auch mit größtem Bemühen war seinem Tonfall keine Spur Ironie zu entnehmen.

»Das Motiv«, antwortete Stahnke.

»Welches Motiv?«

»Das«, erwiderte der Hauptkommissar, »ist genau das Problem. Weder wissen wir, wer ein Motiv gehabt haben könnte, Ihre Tochter umzubringen, noch, welches Motiv das sein könnte. Aber vielleicht können Sie uns in diesem Punkt ja voranbringen.«

Das Blicke-Duell hielt an. Weder bei Stahnke noch bei Venema zuckte auch nur eine Wimper.

»Meine Tochter ist eine junge Frau von ungewöhnlich ausgeprägter sozialer Kompetenz«, sagte der Reeder dann. »Ihr Gerechtigkeitssinn bestimmt ihr ganzes Verhalten, das stets auf Ausgleich gerichtet ist. Ob man sich damit Feinde machen kann, weiß ich nicht. Bekannt ist mir jedenfalls kein einziger. Dafür Freunde. Stephanies Freundeskreis ist nicht sehr groß, aber stabil. Ich kenne alle, die dazugehören. Alle mögen, um nicht zu sagen: lieben Stephanie. Ich wüsste wirklich nicht …«

»Was ist mit der Schule?«, hakte Stahnke ein.

Venema hob sein Kinn ein wenig an. »Keinerlei Konflikte, von denen ich wüsste«, sagte er. »Weder in ihrer Klasse noch in einem der vielen Kurse. Das trifft auf Mitschüler ebenso zu wie auf Lehrer.«

»Wie können Sie das so genau wissen?«

Venema hob kurz die Schultern: »Man informiert sich eben.«

»Offenbar nicht nur beim Elternsprechtag.« Ein Schuss ins Blaue, dessen war sich Stahnke bewusst.

»Ganz sicher nicht nur dort«, antwortete Venema nachdrücklich. »Stephanie ist meine einzige Tochter. Seit dem frühen Tod meiner Frau ist sie mein Ein und Alles. Ich kann es doch nicht riskieren …« Er brach ab und senkte erstmals seinen Blick.

Treffer, dachte der Hauptkommissar.

»Inwiefern Risiko?« Manninga nahm die Vorlage auf.

»Gab es also doch einen Konflikt, eine Bedrohung Ihrer Tochter, von der Sie bisher noch nichts erzählt haben?«

»Missverständnis.« Venema hob beide Handflächen. »Ich spreche von dem Risiko, nach meiner Frau auch noch meine Tochter zu verlieren. Das ist das Risiko, das ich meine, ganz allgemein gesprochen. Stephanie ist ein außergewöhnlich hübsches Mädchen, das sehe ich wohl nicht nur als Vater so ...« Sein beifallheischendes Lächeln in die kleine Runde wirkte routiniert und schien bloßer Konvention zu entspringen. »... und sie wird eines Tages ziemlich wohlhabend sein. Was sage ich, reich wird sie sein, wenn ich nicht noch irgendeinen riesigen Fehler mache.« Wieder dieses Lächeln. Venema schien die Möglichkeit, jemals einen katastrophalen Fehler zu machen, für sich selbst völlig auszuschließen.

»Ihre Stephanie ist sogar ein sehr schönes Mädchen«, bestätigte Stahnke. »Da muss sicher kein Vermögen in Aussicht stehen, um sie für Jungs interessant zu machen. Wie sieht es denn mit ehemaligen Verehrern aus, mit eifersüchtigen Abgeblitzten? Gibt es da vielleicht ein Hass-Potential?«

Energisch schüttelte Venema den Kopf. »Bisher nur Sandkastengeschichten. Und Freundschaften natürlich. Reiterhof, Segelclub, Ruderverein. Wenn Sie wollen, lasse ich Ihnen eine Liste mit Stephanies Kontakten erstellen. Meiner Ansicht nach führt das aber zu nichts.«

»Mit siebzehn noch so brav?« Das war wieder Manninga. »Ungewöhnlich, vor allem heutzutage. Meint sie denn, sie sei noch nicht so weit?«

Diesmal umspielte ein verschmitztes Lächeln Venemas Lippen. »Hab ich sie auch gefragt. Sie meinte, es seien wohl eher die Jungs in ihrem Alter, die noch nicht so weit sind.«

Die drei Männer lachten ein kollerndes Männerlachen. Schau an, dachte Stahnke, eine ehrliche Gefühlsäußerung. Und schon ist sie wieder vorbei.

»Wer ist denn das, der diese Kontaktliste in Ihrem Auftrag erstellen könnte?«, fragte Stahnke, als das Lachen verklungen war.

Venema fixierte ihn wieder scharf. »Meine Büroleiterin«, sagte er dann. Die Verzögerung war kaum messbar.

»Gut«, sagte Manninga. »Diese Liste brauchen wir unbedingt. Irgendwo müssen wir ja anfangen. Auch wenn unser Täter nicht in diesem Kreis zu finden ist – letztlich führt ja doch eins zum anderen. So funktioniert Polizeiarbeit eben, nicht wahr, Stahnke?«

Klingt nach Schlussansprache, dachte der Hauptkommissar. »Eine Chance haben wir natürlich noch, zu einem schnelleren Resultat zu kommen«, schnitt er Manninga das Wort ab. »Wenn man es denn eine Chance nennen will.«

»Was für eine Chance?« Venema, dessen Rücken während des gesamten Gesprächs die Lehne seines Ledersessels nicht berührt hatte, straffte sich noch mehr.

»Nun ja. Dass es der Täter noch einmal versucht, meine ich. Und dass wir ihn dabei überraschen und festnehmen können.«

»Sind Sie wahnsinnig?« Venema schien aus seinem Sessel emporzuschnellen. »Was haben Sie vor? Wollen Sie meine Tochter als Köder missbrauchen? Menschenskind!«

Diesmal hob Stahnke die flache Hand, um Venemas Eruption zu bremsen. »Davon kann überhaupt keine Rede sein«, sagte er. Dann lächelte er den Reeder schweigend an, um ihm die Gelegenheit zu geben, sich zu fangen. Das ging schnell.

»Nicht wir sind es, die etwas vorhaben«, sagte er dann, »sondern der Täter. Davon können, ja müssen wir mit Sicherheit ausgehen. Sobald er erfährt, dass sein Anschlag erfolglos geblieben ist. Und das wird er, und zwar ganz einfach, wenn er morgen früh die Zeitung aufschlägt. Was genau er dann tun wird, wann er es tun wird, das wissen wir nicht. Alle Vorteile sind auf seiner Seite, während wir unsere Kräfte aufteilen müssen, weil wir zugleich schützen und ermitteln müssen. Und das wer weiß wie lange.«

Er schwieg einen Moment, ließ seine Worte einsinken, bemerkte, dass Venema um eine Nuance erblasste. Dann öffnete er den Mund.

Der Reeder aber kam ihm zuvor. »Das machen wir anders«, sagte er. »Ich werde meine Tochter in Sicherheit bringen. Soll die Öffentlichkeit ruhig glauben, dass sie tot ist. Eine Familie, die sich grämen könnte, haben wir ansonsten sowieso keine; Stephanie und ich haben nur einander.«

»Sie wollen Sie für tot erklären lassen?«, fragte Manninga mit aufgerissenen Augen.

»Ich möchte, dass Sie das machen«, sagte Venema fest. »Ich sorge für ein sicheres Versteck. Und ich weiß auch schon, wo. Sie kümmern sich darum, dass der Mörder gefasst wird.« Der Reeder nickte. Für ihn schienen die Segel gesetzt, die Befehle gegeben zu sein.

Manninga schaute Stahnke fassungslos an.

Der breitete die Arme aus. »Wenn Herr Venema das wünscht, dann belügen wir eben mal die Presse«, sagte er und schämte sich seiner Scheinheiligkeit nicht einmal.

7.

Lüppo Buss hielt sich im Hintergrund, als Doktor Fredermann am Rezeptionstisch der Klinik stand und leise auf eine Frau einredete, die dort Dienst tat und deren schneeweiße Kluft das Diensthemd des Inselpolizisten an Blendkraft noch um eine Nuance übertraf. Was der Arzt sagte, war von hier nicht zu verstehen, aber das machte nichts. Der Oberkommissar wusste auch so, worum es ging. Und um das Überbringen schlechter Nachrichten riss er sich nie.

Der Eingangsbereich der Klinik *Waterkant*, mehr Saal als Foyer, war durch einen geschlängelten Weg mit Mosaikpflaster, ausgedehnte Blumenrabatten, zwei Paar gläserne Automatiktüren und großzügig bemessene Fußmattenflächen dazwischen vom Straßentrubel abgeschirmt. Alles hier drinnen schimmerte silbrig oder strahlte bunt, alles sah nicht nur neu aus, es roch auch neu. Und ein bisschen teuer. Dabei war dieser Laden, so hatte der Oberkommissar gehört, durchaus nicht nur betuchten Privatversicherten oder Selbstzahlern vorbehalten. Vielleicht lag es daran, dass entsprechende Überweisungen nicht von Krankenkassen, sondern von den zuständigen Rentenversicherungsträgern vorgenommen wurden. Erstaunlicherweise schien in deren Kassen doch noch Geld übrig zu sein.

Unweit des halbrunden Rezeptionstresens saßen zwei junge Frauen vor einem deckenhohen Blumenfenster und unterhielten sich lebhaft. Erst jetzt bemerkte Lüppo Buss, dass eine von ihnen in einem Rollstuhl saß. Ihre Größe war schwer zu schätzen, aber sie schien mehr als mittelgroß zu sein. Sie trug einen überdimensionierten Sommerpullover mit breiten Querstreifen in Schwarz und Weiß, der ihre Schmächtigkeit nur annähernd kaschierte. Ihre Hände waren langfingerig und zart, mit auffällig dicken Adern auf den Handrücken. Halblange, dunkle Haare bauschten sich über ihren Schultern, ihre Wimpern waren lang und dunkel, ihr dreieckiges, fein geschnittenes Gesicht war blass. Sie trug eine Brille mit schmalem, eckigem Rahmen aus dunklem Metall. Lüppos Blick registrierte lange Beine in aschgrauen Hosen, schlanke Füße in schwarzen Sandalen, gepflegte Zehen, farblosen Lack.

Jetzt schlug sie die Beine übereinander. Merkwürdig. Wenn sie gar nicht gelähmt war, weshalb saß sie dann im Rollstuhl?

Die Frau kreuzte die Arme über ihrem Schoß und lächelte ihre Gesprächspartnerin an. Ihre Wangenknochen traten dabei stark hervor, und dünne Falten bildeten sich, die senkrecht hinab zu den Mundwinkeln führten. Es war, als trete ihr Totenschädel für einen Wimpernschlag aus ihrem blassen Gesicht hervor. Lüppo Buss erschrak und wandte seinen Blick ab.

Fredermann redete immer noch leise auf die Diensthabende in Weiß ein, die ihren Kopf in den Nacken legen musste, um dem langen Inseldoktor ins Gesicht schauen zu können, so dass ihr rotbrauner Pferdeschwanz frei an ihrem Hinterkopf baumelte. Jetzt nickte sie und griff zum Telefon. Die Miene der Frau war angespannt, ihre Stirn in Falten gelegt. Das Wesentliche schien der Doc ihr schon erzählt zu haben. Lange würde es hoffentlich nicht mehr dauern.

Der Blick des Inselpolizisten blieb an einem weiteren Rollstuhl hängen, der leer an der Rezeption stand. Ein ungewöhnlich breites Exemplar. Gab es Rollstühle für Paare? Und wenn ja, wie koordinierten die wohl die Fortbewegung?

Ein lautes Geräusch hinter ihm ließ Lüppo Buss herumfahren. Etwas Großes, Massiges bewegte sich da auf ihn zu, auf den ersten Blick ein Bär, der schwerfällig herantapste und -schlurfte, laut schnaufend und seinen Körper mit beiden Vordertatzen an der Wand abstützend, um ihn mühsam halbwegs in der Senkrechten zu halten. Aber Bären trugen natürlich keine ausgeleierten Trainingsanzüge im verblichenen Ethno-Look, und Bärenhintertatzen sahen nicht aus wie Elefantenfüße und steckten auch nicht in Aldiletten, deren Riemen beinahe von quellenden Fettwülsten unter bleicher, haarloser Haut überwuchert wurden.

Der Mann – natürlich war es ein Mann, kein Bär – lächelte Lüppo Buss entschuldigend zu, während er an ihm vorbeistampfte, mit den Armen rudernd, als gingen die wenigen Schritte ohne Wandstütze schon über seine Kräfte. Erschüttert stellte der Inselkommissar fest, dass dieser Koloss noch relativ jung war, trotz seines zerquälten Gesichtsausdrucks; Anfang oder Mitte dreißig vielleicht. Sein Gewicht mochte an die vier Zentner betragen, vielleicht auch mehr. Himmel, wie konnte man nur so fett werden?

Immerhin war damit die Funktion des überbreiten Rollstuhls erklärt.

Die Frau in Weiß mit dem rotbraunen Pferdeschwanz stand plötzlich vor Lüppo Buss. »Doktor Fredermann hat mich so weit informiert. Natürlich können Sie Angelas Zimmer sehen, auch ohne Durchsuchungsbeschluss. Die Klinikleitung ist einverstanden. Wir sind alle tief erschüttert.«

»Danke«, sagte der Oberkommissar und streckte seine Hand aus. »Mein Name ist Lüppo Buss.«

»Angenehm«, sagte die Frau. Sie mochte knapp über dreißig sein; ihre goldbraunen Augen waren wach und unbefangen auf ihr Gegenüber gerichtet. »Ich bin Sina Gersema.«

Angela Adelmunds Zimmer lag an einem Korridor, der mehr an ein Hotel erinnerte als an eine Klinik. Auch hier lag dieser typische Geruch nach kürzlich verlegtem Teppichboden und frischer Farbe in der Luft, ein Geruch, der eine neue oder zumindest gerade erst generalüberholte Umgebung signalisierte. Allerdings war er durchmischt mit etwas schärfer Riechendem, das an etwas anderes erinnerte. Autowerkstatt, dachte Lüppo Buss. Gummi. Tatsächlich, die kleinen Rampen, mit denen alle Stufen und Treppchen überbrückt waren, hatten einen Belag aus schwarzem Gummi. Anscheinend waren Rollstuhlfahrer hier nichts Ungewöhnliches.

Das Zimmer war recht geräumig, die Einrichtung im Schleiflack-Stil wirkte solide und ebenso praktisch wie schematisch. Eine schmale Glastür führte zu einem winzigen Balkon. Lüppo Buss spähte hinaus: Hochparterre. Also eher eine Terrasse.

»Natürlich konnte Angela leicht dort hinaus«, sagte Sina Gersema scharf. Sie schien Lüppos Blick sofort bemerkt und gedeutet zu haben. »Aber ebenso gut konnte sie das Gebäude auch durch den Haupteingang verlassen. Schließlich sind wir hier keine geschlossene Psychiatrie, sondern eine Klinik für Essstörungen. Unsere Patienten sind hier, weil sie hier sein wollen.«

»Aber sie müssen sich bestimmten Regeln unterwerfen, stimmt's?«, konterte Fredermann. »Und die Einhaltung dieser Regeln wird überwacht. Wer dagegen verstößt, hat Ausgangssperre, soviel ich weiß. Oder arbeiten Sie hier etwa nicht mit Sanktionen?«

Die junge Frau errötete leicht. Eine steile Falte erschien über ihrer Nasenwurzel. »In der Tat, es gibt Sanktionen«, bestätigte sie. »Obwohl längst nicht jeder hier von der Richtigkeit solcher Maßnahmen überzeugt ist. Und natürlich werden die Patienten überwacht, in mehr als einer Hinsicht. Das brauchen sie, sonst wären sie nicht hier. Aber das bedeutet nicht, dass irgendjemand mit Gewalt daran gehindert würde, mal an die frische Luft zu gehen.«

Fredermann schnaubte geringschätzig. »Inkonsequenz hilft doch niemandem«, grummelte er. »Außerdem haben wir es hier nicht mit einer illegalen Spaziergängerin zu tun, sondern mit einer toten Patientin. Ihrer Patientin.«

Lüppo Buss hielt sich aus dem Disput heraus. Solange die beiden nichts anfassten, sollten sie sich seinetwegen über den richtigen Umgang mit Essgestörten zoffen. Er schaute sich lieber um.

Der Raum sah aus wie frisch verlassen, recht ordentlich, aber mit den üblichen kleinen Anzeichen, dass er bewohnt war: Zeitschriften, ein Buch neben dem Bett, ein leerer Teebecher auf dem Beistelltisch. Keine Wäsche auf dem Boden, und auch die Schuhe standen säuberlich beieinander neben dem Kleiderschrank. Angela Adelmund schien eine Ordentliche gewesen zu sein. Hätte sie ihr Zimmer verlassen, um es nie wieder zu betreten, wäre es gewiss picobello aufgeräumt gewesen.

»Dieses Zimmer muss kriminaltechnisch untersucht werden«, sagte der Inselpolizist. »Ich werde es versiegeln, sobald die erste Inaugenscheinnahme beendet ist.«

Fredermann schaute ihn konsterniert an; es schien eine Weile zu dauern, ehe er merkte, dass sich das Wortungetüm *Inaugenscheinnahme* auf das bezog, was sie hier gerade taten.

Sina Gersema hingegen nickte sofort.

Lüppo Buss zog ein Paar Latexhandschuhe aus der Tasche und streifte sie über. Wo beginnen? Bei der Schreibtischschublade, entschied er. Der wahrscheinlichste Aufbewahrungsort für Schriftstücke. Vorsichtig zog er die Lade auf.

Papiere, sorgfältig gestapelt. Obenauf lag ein gefalteter Zettel im DIN-A4-Format, liniert, offenbar aus einem Schreibblock gerissen. Etwas stand darauf, in großen Blockbuchstaben.

Lüppo Buss zog den Zettel heraus und las laut vor: »WENN ICH TOT BIN«.

Selbst Fredermann bekam runde Augen. »Doch ein Abschiedsbrief?«, fragte er. »Wie passt das denn …«

Der Oberkommissar brachte ihn mit einer Handbewegung zum Schweigen. Er faltete das Blatt auseinander. Der Text war kurz.

»Wenn ich tot bin, will ich eingeäschert werden. Mein Körper soll brennen. Meine Asche soll am Osterhook verstreut werden, am Strand und in den Dünen. Alles, was ich besitze, soll mein Bruder bekommen.« Und eine kindlich wirkende Unterschrift. *Angela Adelmund.*

»Kein Abschiedsbrief«, sagte Lüppo Buss, »sondern ein Testament.«

»Und was für eins«, ergänzte Fredermann, der mitgelesen hatte.

»Ach«, sagte Sina Gersema. »Sie hatte einen Bruder?«

8.

Sieht aus wie ein zertretener Schuhkarton, dachte Stephanie, als die Fähre einlief. Und glaubte sich mit einem Déja-vu-Erlebnis konfrontiert. Hatte sie das nicht schon einmal gesehen? Und gedacht?

Natürlich, der Schulchor. Die Reise nach Langeoog, das Trainingslager, die Auswahl für die begehrte Reise in die USA. Damals hatte sie genau hier gestanden, am Kai in Bensersiel. Allerdings nicht alleine wie jetzt. Zu viert hatten sie über das in ihren Augen nicht eben stylische Gefährt gewitzelt.

Stephanie fühlte sich zurückversetzt in eine Zeit, in der alles neu und spannend und aufregend gewesen war und das Leben ein einziger großer Spaß. Wie lange war das jetzt schon her, ein halbes Leben? Natürlich nicht. Keine zwei Jahre. Ein Zeitraum, in dem sich in ihrem Leben viel geändert hatte, sehr viel. Und in dem sie dieses Leben fast verloren hätte.

Verstohlen schaute sie sich um. Der Kai war voller Menschen, und es kam ihr vor, als starrten alle nur sie an. Was natürlich Blödsinn war, denn alle starrten erwartungsvoll der Fähre entgegen, genau wie sie selber auch. Schließlich war Juli, also Urlaubszeit, es war Mittag und sonnig, wenn auch etwas kühl und windig, und die Touristen strömten nur so nach Langeoog und auf die anderen ostfriesischen Inseln. Nordrhein-Westfalen hatte schon seit einer Woche Ferien, in Niedersachsen war heute letzter Schultag gewesen. Hochsaison.

Die Bugschrauben der Fähre wühlten beim Anlegemanöver schlammiges Hafenwasser auf. Noch so ein Anblick, an den sie sich gut erinnerte. Schließlich war sie in Ostfriesland aufgewachsen und hatte die Inseln häufig besucht. Für die Urlauber aber war das vermutlich ein richtig aufregendes Schauspiel. Die hielten einen halbstündigen Fährtrip durchs Wattenfahrwasser ja auch für eine abenteuerliche Seefahrt.

Ausnahmslos alle Urlauber aber zog die Schlammspritzerei doch nicht in ihren Bann, stellte Stephanie fest. Mancher der Umstehenden hatte tatsächlich auch Augen für sie. Männer vor allem, junge wie ältere, aber auch zwei, drei Frauen. Sie kannte das, dachte sich gewöhnlich nichts dabei. Heute aber war ihr das extrem unangenehm.

Was, wenn sie nun doch jemand erkannte?

Sie hatte alles dafür getan, dass das nicht passierte. Ihr langes, hellblondes Haar war dunkel gefärbt und im Nacken zu einem formlosen Knoten gebunden, ihre blauen, leicht schräg stehenden Augen und die hohen Wangenknochen waren hinter einer großformatigen Sonnenbrille versteckt, ihren Körper hatte sie in einen unförmigen, schlammbraunen Parka gehüllt, die langen Beine steckten in dunklen Jeans. Dazu trug sie schmuddelige *Chucks*, Turnschuhe aus Segeltuch, die sie schon vor zwei Jahren hatte wegwerfen wollen. Nur gut, dass ihre Füße seither nicht mehr gewachsen waren.

Ihren Rucksack hatte sie sich nur über die rechte Schulter gehängt, denn ihre linke Seite war noch sehr empfindlich. Sie spürte die Verbände unter der weiten Kleidung zwicken. Bis auf diesen erträglichen Schmerz fühlte sie sich vollkommen fit, obwohl der Anschlag erst sechsunddreißig Stunden her war. Daddys Ärzte hatten grünes Licht für die kurze Reise gegeben. Außerdem warteten auf Langeoog ja bereits weitere Ärzte auf sie.

Eine schriftliche Anmeldebestätigung für die Klinik trug sie bei sich. Auf den Namen Steffi Ventjer. »Gleiche Initialen. Falls einige deiner Kleidungsstücke noch gekennzeichnet sind«, hatte Daddy schmunzelnd erklärt. Gott, machte ihm dieses Versteckspiel etwa auch noch Spaß? Sie hatte nur gelächelt und nichts darauf geantwortet. Auch nicht, dass sie ihr letztes mit Wäschestift markiertes Kleidungsstück schon vor fünf Jahren in den Lumpensack gesteckt hatte.

Endlich lag die Fähre fest vertäut. Die Fahrgäste begannen sich über den brückenartigen Zugang an Bord zu schieben, während Elektrokarren damit anfingen, ganze Züge von Gepäckwagen über eine Rampe an Land und dafür andere Wagenketten aufs Schiff zu ziehen. In anderen Sielorten ging das noch per Kran vonstatten; dieses Verfahren hier fand Stephanie weit professioneller, auf jeden Fall schneller. In gewisser Weise waren die Fähren und ihre Kaianlagen in den jeweiligen Sielhäfen Spiegelbilder der verschiedenen Inseln, die von diesen Schiffen angefahren wurden. Im Gegensatz zu Borkum und Norderney, wo alles nach Massenabfertigung aussah, war Langeoog zwar autofrei, aber in der Hochsaison auch wiederum nicht so verschlafen wie etwa Baltrum, auch nicht so versnobt wie Juist oder so abgehoben wie Spiekeroog. »Fahrräder unerwünscht« – solch ein Schild würde man auf Langeoog wohl nicht finden.

Im Gedränge und Gerempel auf der Gangway begann ihr der Rucksack über den Rücken zu pendeln. Stephanie war froh, dass sie ihren Rollkoffer nicht auch hinter sich her ziehen musste, denn ihre Verletzungen schmerzten doch noch bei jedem Stoß und jeder kleinen Anstrengung. Ihr Koffer lag wohlverstaut in Containerwagen Nummer 42. Die Zahl hatte sie sich eingeprägt, um nach ihrer Ankunft auf der Insel nicht lange suchen zu müssen. Zwar hatte sie außerdem noch einen nummerierten Gepäckschein erhalten, dessen Gegenstück auf dem Koffer klebte, aber die Kofferausgabe ging erfahrungsgemäß viel schneller, wenn man sich gleich beim richtigen Wagen anstellte statt am Schalter.

Die Salons unter Deck füllten sich schnell; vielen Fahrgästen war es auf dem Sonnendeck offenbar zu windig. Stephanie ließ sich davon nicht abschrecken. Sie fand eine sonnenbeschienene Bank auf der Leeseite, lehnte sich mit der rechten Schulter an die eiserne Reling, hob das Gesicht dem wärmenden Licht entgegen und schloss die Augen.

Sonnenstrahlen und die sanften Überbleibsel abgelenkter Windstöße streichelten ihre Haut wie mit warmen, weichen Fingern. So, wie Mama es früher oft getan hatte. Und Lennert heute.

Lennert. Ihr großes, ihr einziges echtes Geheimnis vor Daddy. Ein Wunder, dass ihr Vater in den letzten neun Wochen nichts von ihm mitbekommen hatte. Ein Wunder auch, das Lennert vorgestern Abend niemandem aufgefallen war. Denn er musste in der Halle gewesen sein. Natürlich inkognito. Ob er versucht hatte, zu ihr zu gelangen, nachdem der Schuss gefallen war? Aber bestimmt hatten das viele gewollt. Bestimmt hatte die teure Security, von Daddy angeheuert, alle aufgehalten. Alle, auch Lennert.

Super. Den Täter hatten diese hirnlosen Muskelprotze natürlich nicht aufhalten können.

Die Zeitung, die sie zusammengefaltet in ihrer Innentasche trug, fiel ihr wieder ein. Nicht auszudenken, wenn Lennert heute früh die Titelseite ohne Vorwarnung zu Gesicht bekommen hätte! *Reederstochter erliegt nach Anschlag ihrer Schussverletzung* – dazu eine weitere Variante des grauenhaften Bildes, auf dem sie sich sogar selbst für tot hielt. Nein, ganz ausgeschlossen, das nicht so schnell wie möglich richtigzustellen. Lennert hätte sich bestimmt etwas angetan.

Also hatte sie ihn vorgewarnt, hatte ihm von einem geborgten Handy aus eine SMS geschickt: »Ich lebe!« Dazu die dringende Bitte um absolutes Stillschweigen. Und ihr geheimes gemeinsames Codewort. Mehr nicht. Vorerst jedenfalls.

Genug immerhin, um Daddys Plan zu hintertreiben. »Keiner darf wissen, dass du noch lebst, hörst du? Auch nicht, wohin wir dich bringen werden. Sonst bist du deines Lebens nicht sicher. Versprichst du mir das?«

Natürlich, Daddy. Sie hatte es ihm versprochen, in die Hand, ohne zu blinzeln. Aber nicht gehalten. Sie hatte Daddy belogen.

Na schön. Und? Sie war jetzt siebzehn, da galt es, eigene Prioritäten zu setzen.

Daddy arbeitete schließlich auch nicht immer mit sauberen Methoden. Von wegen »gegenseitiges Vertrauen«! Hatte er wirklich geglaubt, sie würde es nicht merken, dass er sie immer mal wieder ausspionieren ließ? Ihr diesen Schmierlappen auf den Hals hetzte, der sich Privatdetektiv nannte? Gott, wie entwürdigend. Dabei hatte Daddy doch sonst so ein gutes Gespür für Qualität. Mehr als das Honorar dieses Stümpers waren ihre Geheimnisse ihrem eigenen Vater nicht wert? Geradezu peinlich.

Dumm nur, dass dieser Typ trotzdem erfolgreich gewesen war. Blindes Huhn, na ja, das kannte man. Zum Glück war der Mensch außerdem noch korrupt. Und Stephanie konnte über einiges an Geld verfügen, ohne Daddy gleich Rechenschaft ablegen zu müssen. Doppeltes Glück für sie. Und den Schmierlappen. Pech für Daddy.

Die Schiffssirene ertönte. Die Fähre legte ab, wendete, nahm Kurs auf die Fahrrinne. Plötzlich saß Stephanie im Schatten und ungeschützt im Wind. So schnell konnten sich die Verhältnisse ändern. Dort, wo die Sonne hingewandert war, waren die Bänke dichter besetzt. Offenbar saßen dort diejenigen, die sich auskannten, die Fähren-Vielbenutzer. Viele junge Leute darunter.

Ein paar Plätze waren dort noch frei, darunter einer direkt an der Reling. Stephanie schnappte sich ihren Rucksack und setzte sich dorthin. Erneut schloss sie die Augen und genoss das Spiel der Rot-Töne ihrer durchleuchteten Lider.

»Und, wie sieht's bei dir aus?«

Stephanie blinzelte kurz, aber sie war nicht gemeint.

»Mäßig bis saumäßig. Wie immer halt. Weißt ja, die Pauker sind nicht gerade mein Fanclub.«

»Bei mir geht's sogar. Zehn Punkte in Englisch, hätt ich nie gedacht.«

»Ha, die Bergmann steht doch auf dich, ey!«

»Blödsinn. Ausgerechnet die.«

»*Teacher's pet, teacher's pet!*«, tönte es von verschiedenen Seiten. Harmloser Spott, der lachend gekontert wurde. Stephanie war offenbar in eine Gruppe Jung-Insulaner geraten, die zu Ferienbeginn zurück nach Hause fuhren.

Aha, jetzt hatte sie den Begriff »Nige« aufgeschnappt. Niedersächsisches Internatsgymnasium Esens. Wer auf den ostfriesischen Inseln auf höhere Schulbildung erpicht war, der musste aufs Festland, nach Deutschland. Jahrelang in einer Gastfamilie unterschlüpfen. Oder aber aufs Internat. Eine Horrorvorstellung, dachte Stephanie, aller Verklärung des Internatslebens in den Harry-Potter-Büchern zum Trotz. Zwar hatte auch sie, genau wie der Zauberlehrling, schon früh auf ihre Mutter, die jung gestorben war, und häufig auch auf ihren vielbeschäftigten Vater verzichten müssen. Trotzdem, ein Zuhause war ein Zuhause.

Außerdem war Stephanie durch mit der Schule. Nicht wirklich, aber innerlich. Eigentlich hatte sie schon vor einem Jahr damit Schluss machen wollen. Welchen Sinn sollte das denn noch haben, diese stumpfe Paukerei, diese endlosen Debatten in endlosen Kursen, diese abgehobenen Klausurthemen, die bestimmt nicht einmal die Lehrer selber verstanden? Und für ihre Mitschüler hatte Stephanie von einem Tag auf den anderen ebenfalls kein Verständnis mehr gehabt. Kindisch und albern die einen, blasiert und arrogant die anderen. Überall große Klappen, aber nicht einer, der wusste, was er mit seinem Leben überhaupt anfangen wollte. Also erst einmal weitermachen, immer im gleichen Schultrott, Runde um Runde bis zum Abi und dann ab zur Uni, wo dann vermutlich das Gleiche ablief, nur noch spezialisierter und noch abgehobener. Und dann?

Nein, das war nicht ihre Welt, war es nie gewesen und würde es niemals mehr sein. Sie wollte ihr eigenes Leben anpacken, praktisch und konkret. Kein Abitur, kein Studium, sondern runter von der Schule mit der Mittleren Reife, eine Ausbildung machen und dann möglichst schnell auf eigenen Füßen stehen.

Klar, dass Daddy ausgetickt war, als sie ihm damit kam. Nicht, dass er etwa herumgeschrien hätte wie so'n Prolo-Papi. Aber auf seine Weise hatte er sie mindestens ebenso massiv unter Druck gesetzt. Ob sein Vorbild ihr denn überhaupt nichts gezeigt hätte? Was sie denn ohne adäquate Ausbildung mit all den Vermögenswerten anfangen wolle, die sie einmal erben würde? Falls er diese nicht vielleicht doch lieber in eine Stiftung überführte. Ob sie ihn denn unbedingt bis auf die Knochen blamieren wollte?

Natürlich hatte er auf ihre Kompromissbereitschaft gesetzt, ihre Nachgiebigkeit, ihre Abneigung gegen Konflikte. Und natürlich hatte sie nachgegeben. Mein Gott, war sie noch ein Kind gewesen damals! Schon ein Vierteljahr später hätte sie sich in den Hintern beißen können. Und zum Halbjahr hatte sie ihrem Vater dann unmissverständlich klargemacht, dass das elfte Schuljahr ihr letztes sein würde. Unwiderruflich.

Erstaunlicherweise hatte Daddy eingelenkt. Und diese Model-Sache auf den Tisch gebracht. »Spiel deine Stärken aus. Mach dir gleich einen Namen. Lerne den Betrieb von innen her kennen. Und dann steig mit ein, aber auf der Entscheiderebene.« So stellte Kay-Uwe Venema sich das vor.

Kunststück, wenn einem die Firma gehört!

Aber wie auch immer, eine Chance war eine Chance. Stephanie hatte zugegriffen. Und jetzt saß sie hier.

Die Kids um sie herum – viele waren älter als Stephanie, trotzdem kamen sie ihr unglaublich unreif vor – hatten inzwischen das Thema gewechselt, gingen von den Zeugnissen zur anstehenden Abendunterhaltung über.

»Bei Keno wird gegrillt heute Abend, da können wir später noch hin.«
»Klasse. Hat er sturmfrei?«
»Nee, aber *open house*, kein Problem da, kennst ja seine Alten. Musst nur was mitbringen.«
»Logo. Paar Würstchen oder so.«
Gelächter brandete auf. »Was?«, rief die Stimme von gerade irritiert. Stephanie konnte förmlich hören, wie der Junge rot anlief.
»Würstchen, du Seppl!« Ein anderer Junge, einer mit Wortführer-Tonfall. »Wir reden hier von Schnappes! Wodka oder Bacardi, sonst läuft nichts bei Keno. Komm da ja nicht mit 'ner Packung Elefantenpimmel an.«
»Elefanten... – was?«
Wieder hämisches Lachen. Stephanie ergriff innerlich sofort Partei für den gehänselten Jungen. Verdammtes Mutter-Theresa-Syndrom.
Ob sie Lust hätte, mit dieser Bande abends zu feiern? Abgesehen davon, dass das aus anderen Gründen überhaupt nicht in Frage kam? Das »Nein« kam reflexartig. War das etwa noch die alte Stephanie? Die kleine Brave, Daddys Liebling, die ewig auf Ausgleich Bedachte mit dem Eins-A-Sozialverhalten?
Sie runzelte die Stirn und kniff die geschlossenen Augen zusammen. Nein, jetzt ging sie doch eindeutig zu weit. Das hatte Daddy nicht verdient. Er hatte immer zu ihr gestanden, da durfte sie ihn nicht verraten, jedenfalls nicht öfter als dieses eine Mal, in der Sache mit Lennert. Daddy zuliebe musste sie sich zusammenreißen und sich solche Gedanken verbieten. Sie musste ...
Musste sie?
Unwillkürlich hatten sich ihre Arme um ihren Oberkörper geschlungen. So fest, dass sie ihre Schultergelenke knarren hören konnte. Und dass sie ihre Rippen durch Parka, Sweatshirt und Unterzeug hindurch spürte – war das immer schon so gewesen?

Die Wunden schmerzten. Schnell ließ sie ihre Hände tiefer rutschen, in die Hüftgegend, dorthin, wo sie ihre Schwachstellen wusste. Fettschichten, Speckröllchen, kaum dass sie ihren Oberkörper um ein paar Grad aus der Senkrechten bog. Widerlich. Von wegen zu dünn für Konfektionsgröße 34! Blödsinn, sie wusste es besser. Hier lagen ihre wahren Aufgaben, hier galt es, Leistung zu bringen. Auch und vor allem für Daddy. Und das würde sie tun.

Die Insel-Schüler redeten immer noch über Alkohol und darüber, in welchen Mengen sie ihn heute Abend zu vernichten gedachten. Ihren eigenen Worten nach waren sie sämtlich Hardcore-Trinker, für die Wein und Bier lächerlich und hochprozentige Getränke erst flaschenweise interessant waren. Alles Angeberei? Stephanie kannte ihre eigenen Schulkameraden. Angeberei sicher, aber bestimmt nicht alles. Fast alle tranken, und viele tranken viel zu viel. Einige würden dabei auf der Strecke bleiben, das war bereits absehbar. Hatten die eigentlich keine Eltern? Oder interessierte die das einen Dreck? Lebten die ihnen solch ein Leben womöglich vor?

»Und was ist mit Dope?«

»Was soll sein.« Wieder der Junge mit der Angeber-Stimme. »Kannste von ausgehen. Auf Maria Johanna ist Verlass.«

Wieder das allgemeine Gelächter. Dass dieser altmodische Name für Marihuana immer noch in Gebrauch war! Stephanie staunte. Sonst war immer nur von *Gras* die Rede. Oder von *Shit für die Shisha*, also Haschisch für die Wasserpfeife. Drogen, die unter Schülern als völlig harmlos galten und in Ostfriesland fast so verbreitet waren wie im benachbarten Holland. Nur dass sie dort legal waren.

»Woher weißte? Haste was dabei?«

»Also echt. Für wie dumm hältst du mich?« Der Angeber gab sich Mühe, noch überlegener zu klingen, aber es gelang ihm nicht. Offenbar wusste er, wie weit er gehen durfte, was man einem wie ihm noch als Jugendsünde durchgehen lassen würde und was nicht. Außen Revoluzzer, innen Spießer. Die meisten waren doch so.

»Und woher soll's dann kommen?«, insistierte eins der Mädchen.

»Woher wohl. Von Filius natürlich, dem Unkontrollierbaren!«

Wieder dieses Insider-Lachen. Es gab also einen Insel-Dealer, stellte Stephanie fest. Überraschte sie das? Nicht wirklich. So ganz aus der Welt waren die ostfriesischen Inseln eben nicht.

Tja, wieder eine Illusion beim Teufel. Stephanie kam sich unheimlich erwachsen vor und musste grinsen.

Wieder wischten kalte Schatten über sie hinweg. Sie öffnete die Augen. Die Fähre hatte den Kurs gewechselt, die Hafenmolen lagen schon dicht voraus, die Mannschaft bereitete sich auf das Anlegemanöver vor. War das schnell gegangen! Noch schneller als in ihrer Erinnerung. Was, wenn ihr die Insel jetzt auch noch kleiner vorkam als vor zwei Jahren? Dann wurde sie wohl wirklich alt.

Aber Langeoog war so groß wie immer, lang und von ihrem Blickpunkt aus vor allem in östlicher Richtung hingestreckt, mit Deichen, Dünen, Wäldchen, dem beachtlichen Ort mit seinen immerhin über zweitausend Einwohnern und vor allem diesem unendlichen Strand. Das meiste davon war natürlich vom Schiff aus überhaupt noch nicht zu sehen, aber ihr Gedächtnis projizierte ihr bei jeder Wendung des Kopfes problemlos die passenden Bilder ins Hirn. Und die dazugehörigen Gefühle.

Sie musste sich vor zwei Jahren wohl in diese Insel verliebt haben. Komisch, dass ihr das jetzt erst bewusst wurde.

Als Daddy ihr gestern seinen Plan unterbreitet hatte – Plan, nicht etwa Vorschlag – , da war sie noch alles andere als begeistert gewesen. Weder von der Aussicht, auf absehbare Zeit auf einer Insel ab- statt in die Modeszene einzutauchen, noch von der Art ihrer Unterbringung.

»Du willst mich in eine Klapse stecken!?« Fassungslos hatte sie ihn angestarrt. Er hatte natürlich abgewiegelt. Hatte darauf verwiesen, dass psychologische Hilfestellung heutzutage doch zum guten Ton gehöre, für Manager ebenso wie für Leistungssportler, ja sogar für Lehrer, die sich ausgebrannt fühlten. Um am Ende dann doch die Katze aus dem Sack zu lassen: »Kind, du bist wirklich viel zu dünn. Lass dir doch helfen.« Außerdem gehöre die Kurklinik *Waterkant* schließlich ihm. Also bitte.

Zu dünn. Helfen lassen. Ihm gehören.

Gehörte denn eigentlich alles ihm? Auch sie selbst?

Wütend stampfte sie mit dem Fuß auf, eine Bewegung, die im allgemeinen Aufstehen und Treppabdrängeln unbemerkt blieb. Stephanie ließ sich vom Strom der Touristen und heimkehrenden Insulaner mitziehen.

»Also heute Abend dann bei Keno?«, fragte ein Mädchen, das unmittelbar vor ihr lief. Groß und schlank, fast so groß und so schlank wie sie selbst, mit kurzen brünetten Haaren und einer moosgrünen, taillierten Jacke. Das Mädchen aus der Schülergruppe.

Der Junge, der ihr antwortete, war der arrogante Wortführer. »Na, mal sehen. Weiß nicht, ob ich schon wieder Bock auf die ganze Bande habe. Entweder dort oder *Düne 13*. Aber jedenfalls nicht vor halb elf.« Der dunkelhaarige Typ war nicht so groß, wie sie vermutet hatte, machte aber in seiner schwarzen Lederjacke einen kräftigen Eindruck.

Zwei Fahrgastströme trafen sich am Fuß der Treppe. Das Gedrängel nahm zu, Kinder quengelten lauthals, während noch lautere Erwachsene sich hierhin und dorthin drehten und dabei pralle Rucksäcke gegen Körper und Köpfe der hinter ihnen Gehenden klatschen ließen. Mit Rücksicht auf ihre schmerzenden Verletzungen ließ

Stephanie die Drängler vor. Die Schüler verschwanden vor ihr im Gewühl.

Mit den letzten Passagieren verließ sie die Fähre, durchquerte die große gläserne Abfertigungshalle und schlenderte auf die Inselbahn mit ihren quietschbunten Wagen zu. Die meisten Gepäckcontainer waren bereits auf flache Waggons verladen worden. Kaum hatte Stephanie im vordersten Wagen auf einer der unbequemen Holzbänke Platz genommen, ruckte der Zug auch schon an. Schön, nicht warten zu müssen, dachte sie und nahm sich vor, es hier auf Langeoog auch in den nächsten Tagen etwas langsamer angehen zu lassen.

Die Inselbahn schien diesen Vorsatz ebenfalls gefasst und umgesetzt zu haben. Gemächlich zuckelte sie zwischen Salzwiesen und Pferdeweiden, einzeln stehenden Gasthöfen und verstreut liegenden Häuschen dahin. Golfplatz und Flughafen kamen in Sicht und sackten langsam achteraus. Ein beschrankter Bahnübergang, an dem Radfahrer warteten und winkten, zeigte schließlich die Annäherung an den Ort an. Und dann waren sie da. Inselbahnhof Langeoog, Endstation. Lustig.

Nein, irgendwie doch nicht Endstation. Zwischenstation war besser. Von hier aus ging es schließlich auch zurück zum Fährhafen. Wann? Irgendwann. Aber bestimmt.

Wiederum ließ sich Stephanie Zeit mit dem Aussteigen. Die anderen Fahrgäste schienen sich auf jede Gepäckwagenreihe, die auf den überdachten Bahnsteig gerollt wurde, geradezu zu stürzen. Weiß bemütztes Personal beschränkte sich darauf, die seitlichen Schutzplanen zu lösen; danach traten die Männer grinsend beiseite und ließen die Meute wühlen. Sie kannten das schon. Irgendwann, wenn auch die Hotelangestellten mit den Bollerwagen die Koffer ihrer Gäste in Empfang genommen hatten, würden sich die Männer der verbliebenen Reste erbarmen und sie in die eigentliche

Gepäckaufbewahrung schaffen. Bis dahin aber konnten die ungeduldigen Touristen die Arbeit auch gut alleine erledigen.

Stephanies Blick suchte nach dem Gepäckwagen mit der Nummer 42. Ehe der nicht auf dem Bahnsteig stand, konnte sie sich getrost zurückhalten. Und das war bisher noch nicht der Fall.

Nach und nach verlagerte sich das Urlaubergetümmel in Richtung Bahnhofsvorplatz. Dort boten Transporteure mit zwei- oder vierrädrigen Karren, ja sogar mit richtigen Pferdekutschen ihre Dienste an. Die meisten Touristen aber machten sich zu Fuß auf den Weg zu ihren Hotels, Pensionen und Wohnungen. Ein breiter Menschenstrom wälzte sich über Straße und Fußwege in Richtung Wasserturm, der sich markant hinter der Ortsmitte erhob. Ein vielstimmiges Gequietsche überforderter Rollkofferrädchen begleitete den Zug akustisch.

Als das Gewühl auf dem Bahnsteig weniger und das Quietschen allmählich leiser wurde, begann Stephanie sich zu wundern. Immer noch war kein Gepäckwagen mit der Nummer 42 aufgetaucht. Ob ausgerechnet dieser Wagen immer noch auf einem der offenen Pritschenwaggons stand?

Es sah nicht so aus, und während sie dies feststellte, ließ der Lokführer das Signalhorn ertönen, und die Inselbahn setzte sich langsam wieder in Bewegung, zurück Richtung Hafen. Damit wäre das geklärt, dachte Stephanie. Der Wagen muss also schon hier auf dem Bahnsteig stehen, und ich habe ihn bloß übersehen.

Ein wenig schneller aber klopfte ihr Herz doch, als sie die Reihe der offen dastehenden Gepäckwagen abschritt, an denen sich jetzt nur noch wenige Reisende zu schaffen machten. Natürlich hielt sie es prinzipiell für möglich, dass sie sich geirrt und den richtigen Wagen übersehen hatte. In Wirklichkeit aber glaubte sie nicht daran.

Und tatsächlich: keine Nummer 42. Auch beim zweiten

Kontrolldurchgang nicht. Wie war das möglich? Hatte sie sich denn so getäuscht?

Da stand ein Gepäckwagen mit der Nummer 24. Vermutlich war das die Lösung. Sie hatte sich zwar die richtigen Ziffern, aber in der falschen Reihenfolge gemerkt. Erleichtert schritt sie auf den Wagen zu.

Aber zu früh gefreut. Drei schwarze Riesenkoffer, einer davon ohne Rollen, zwei verschnürte Kartons, ein Bündel Strandspielzeug – das war alles, was Nummer 24 noch enthielt. Wieder schlug Stephanies Herz schneller. Deutlich spürte sie die ersten Anzeichen von Panik.

Einige der weiß bemützten Männer standen noch herum, aber keiner von ihnen schaute zu ihr her. Absichtlich? Sie konnte ja hingehen und einen von ihnen fragen. Aber wie würde sie dann dastehen? Wie ein hysterisches Gänschen.

Es half nichts, sie musste die ganze Wagenreihe noch einmal abschreiten und genau in jeden Gepäckwagen hineinschauen. Immerhin lagen ja noch etliche Koffer darin. Ihrer musste einfach noch dabei sein. Wer klaute hier auf Langeoog schon Koffer? Das gab's doch gar nicht.

Na ja, Dealer und kiffende Jugendliche gab es hier ja ebenfalls. Warum nicht auch Beschaffungskriminalität?

Stephanie zwang sich, langsam zu gehen und genau hinzuschauen. Ihr Koffer war relativ klein und schwarz, hatte einen herausziehbaren Bügel mit einer roten Arretierung. Ein gängiges Modell, nicht besonders auffällig. Hier aber waren die meisten Gepäckstücke größer, Familienformat eben. Und die kleineren Koffer sahen deutlich anders aus als ihrer. Mist, verdammter. Ihr Herz begann zu rasen, und die Panik war ganz nahe.

Und dann sah sie ihn doch, ihren kleinen schwarzen Rollkoffer mit dem Bügel und der roten Taste darunter. Zur Sicherheit schaute sie schnell auf ihren Gepäckschein. Ja, die Ziffern stimmten auch überein. Gott sei Dank, alles noch einmal gut gegangen. Sie war einfach etwas unaufmerksam gewesen. Und beinahe hysterisch. Im Weggehen drehte sie sich noch einmal um. Gepäckwagen 35 war das. Warum nur war sie sich so sicher gewesen, dass sie ihren Koffer in die Nummer 42 geschoben hatte? Wie hatte sie sich denn so täuschen können?

Es musste alles mit den Ereignissen der letzten Tage zu tun haben. Vermutlich war sie doch stärker angegriffen, als sie sich eingestehen wollte. Daddy hatte also recht gehabt, wieder einmal. Der Klinikaufenthalt würde ihr bestimmt guttun. Dumm von ihr, das nicht gleich eingesehen zu haben. Kopfschüttelnd trabte sie in Richtung Bahnhofsvorplatz, flüchtig den Gruß eines der weiß bemützten Männer erwidernd, die immer noch herumstanden.

Im Schatten der Bahnsteigüberdachung stand eine große, dunkle Gestalt ohne weiße Mütze und schaute ihr nach.

9.

Als seine Zielperson den Schritt verlangsamte, stoppte auch Mats Müller ab. Schnell drehte er sich seitwärts und baute seine gedrungene Gestalt vor einem Schaufenster auf, den Kopf zwischen die Schultern gezogen, den Blick nur scheinbar auf die Auslage, tatsächlich aber aus den Augenwinkeln weiterhin auf das Objekt seiner Observation gerichtet, das gerade die Zeitschriftenständer eines Kiosks betrachtete. Bis jetzt hatte ihn der Mann nicht bemerkt. Tja, gelernt war eben gelernt! Hauptsache unauffällig, das war die Devise. Sehen, ohne gesehen zu werden. Davon verstand er etwas.

Zwei kräftig gebaute Frauen blieben neben ihm stehen,

die eine rechts, die andere links von ihm. Beide warfen ihm merkwürdige Blicke zu, fragend die eine, empört die andere. Und die eine rümpfte sogar die Nase, als beide weitergingen. Was sollte das denn? Unauffällig senkte er den Kopf noch etwas weiter und schnupperte in Richtung Achselhöhle. Sicher, seit zwei Tagen war er jetzt schon nicht mehr aus den Kleidern herausgekommen, aber war das vielleicht seine Schuld? Und so stark roch er nun auch wieder nicht, dass man es gleich auf zwei Schritt Entfernung wittern könnte.

Oder etwa doch? Er hatte mal irgendwo gelesen, dass die Nase nur fremde, unbekannte Gerüche ans Gehirn weitermeldete. Ein Relikt aus der menschlichen Frühgeschichte: Neues bedeutete entweder Beute oder Gefahr, also Angriff oder Flucht, fressen oder gefressen werden. Bekannte Gerüche waren weder vielversprechend noch gefährlich und wurden unterdrückt. Angeblich funktionierte das Riechorgan heute noch so. In dem Fall konnte es natürlich sein, dass er für andere Leute tatsächlich etwas raubtiermäßig ...

Er schaute nach vorne, in das Schaufenster, vor dem er stand. Damenunterwäsche, Übergrößen. Aha, deswegen. Dann war das mit seinem Körpergeruch also wohl doch nicht so schlimm.

Der Mann, den er observierte, stand immer noch vor dem Kiosk, offenbar unschlüssig, welches Hochglanzmagazin er nun kaufen sollte. Mats Müller fragte sich, ob er seinen Standort wechseln sollte. Vielleicht gab es ja nebenan eine männergerechtere Auslage. Obwohl, was war in dieser Hinsicht gegen Damenunterwäsche einzuwenden?

Außerdem schien er ja nicht der einzige Mann zu sein, der sich für so etwas interessierte. Im Schaufensterglas sah er nämlich, dass sich gerade gleich zwei recht männlich aussehende Gestalten neben ihm aufbauten, die eine rechts, die andere links. Eine mittelgroß und schmächtig, die andere deutlich größer. Breitschultrig, massig, stoppelhaarig. Verdammt.

Hauptkommissar Stahnke legte seine schwere Linke auf Mats Müllers schmuddelige Trenchcoat-Schulter. »*Thou art the man*«, zischte er ihm ins Ohr.

»Was?« Der Privatdetektiv zuckte zusammen. »Wieso Sau?« Er schnüffelte erneut, dann protestierte er: »Ich muss ... Sie dürfen doch nicht ... meine Arbeit! Wissen Sie, ich bin gerade ...«

»Wissen wir«, unterbrach ihn Stahnke knurrend. »Sie observieren gerade das arme Würstchen, das sich an dem Kiosk da vorne eine neue Wichsvorlage kauft. So plump, wie Sie das machen, weiß das doch jeder! Was hat der Typ denn Schlimmes getan? Seiner Schwiegermutter den Rasierapparat geklaut?«

»Eduard Münzberger, Prokurist bei *Weise-Papier*«, murmelte Kramer, während er seine Augen scheinbar nicht von einer hautfarbenen Korsage in Killerwalgröße lassen konnte. »Seine Schwiegermutter rasiert sich nicht. Wer die Frau schon mal gesehen hat, weiß das.«

»Ja, aber ... wie können Sie ... woher?« Mats Müller schnappte nach Luft.

»Da staunen Sie, was?« Stahnkes Hand rutschte abwärts und schob sich unter Müllers Ellbogen. »Wir sind eben Profis. Und als Profi müsste ich mal dringend mit Ihnen reden.«

»Das geht nicht! Was wird mit Münzberger?« Mats Müllers Augen waren kugelrund. Offenbar nicht nur aus Angst vor einer abgebrochenen Observation.

»Keine Sorge. Kollege Kramer übernimmt so lange«, flüsterte Stahnke. »Jede Wette, das merkt Ihr Objekt bestimmt nicht.«

»Höchstens, weil er sich plötzlich so unbeobachtet fühlt«, ergänzte Kramer. Sein Gesicht, das sich in der Schaufensterscheibe widerspiegelte, drückte nichts als heiligen Ernst aus. Stahnke beneidete seinen Kollegen sehr um diese Fähigkeit. Vermutlich hatte er so auch Venemas Büroleiterin dazu gebracht, Mats Müllers Namen herauszurücken.

Dann war Kramer plötzlich weg. Spurlos verschwunden. Noch so eine beneidenswerte Eigenschaft.

»Kommen Sie«, sagte Stahnke, »ich geb einen aus.« Er verstärkte seinen Ellbogengriff, ehe er ergänzte: »Einen Kaffee.«

Sie fanden einen freien Tisch vor einem der Eiscafés in der Mühlenstraße. Ein Glücksfall, denn obwohl es zwar schön sonnig, aber noch nicht so richtig sommerwarm war, waren überall die Freiluftsitzgelegenheiten schon sehr gut ausgelastet. Zum *Grand Café* oder zu den *Schönen Aussichten* wäre Stahnke nur ungern ausgewichen, denn zwischen Denkmalsplatz und Hafen wimmelte es am letzten Schultag vor den großen Ferien nur so von betrunkenen Schülern.

Mats Müller hantierte betont umständlich mit seinem Latte macchiato, als wollte er Zeit schinden. Nicht einmal das kann er geschickt verbergen, dachte Stahnke mehr mitleidig als geringschätzig. Er wusste, dass viele seiner ehemaligen Kollegen, die vom polizeilichen Stress und Frust irgendwann einmal die Nase voll gehabt hatten, heute als Objekt- oder Personenschützer oder eben als *Private eye* arbeiteten. Die wenigstens hatten diese Entscheidung aus Abenteuerlust gefällt; meist war ihnen gar nichts anderes übrig geblieben.

Dieser Müller freilich war ein Sonderfall. Er kam nicht aus dem Polizeidienst, sondern aus dem Strafvollzug. Schon nach wenigen Jahren in der JVA Oldenburg hatte ihn seine eigene Gier zu Fall gebracht. Seine Bestechlichkeit war ebenso legendär wie hemmungslos; gegen entsprechendes Entgelt war bei ihm praktisch alles zu bekommen. »Vorteilsnahme im Amt« nannten Juristen so etwas. Die aber waren in Mats Müllers Fall nicht zum Zuge gekommen. Die Oldenburger Kollegen hatten es vorgezogen, Müller durch energischen Druck zum Abschied zu bewegen, und ersparten es ihm damit, seine Laufbahn, die hinter Gittern begonnen hatte, auch hinter Gittern zu beenden.

Kaum zu fassen, dass einer wie Venema einen wie Müller engagierte, dachte Stahnke. Aber der Hinweis stammte aus sicherer Quelle.

Also brauchte auch nicht lange um den heißen Brei herumgeredet zu werden. »Sie haben im Auftrag des Reeders Kay-Uwe Venema dessen Tochter Stephanie observiert«, sagte Stahnke. »Sie wissen, dass Ihre berufliche Zulassung am seidenen Faden hängt. Uns liegen mindestens zwei Anzeigen wegen Hausfriedensbruchs gegen Sie vor, die zwar beide von den Antragstellern zurückgezogen wurden, was uns aber natürlich nicht daran hindert, von Amts wegen tätig zu werden, wenn wir das für richtig halten. Sie werden mir also alles sagen, was Sie über diese Stephanie rausbekommen haben, und zwar gleich, und wenn Ihnen später noch etwas einfällt, dann eben auch später. Das, oder Sie sind raus aus dem Geschäft. Bedenkzeit entfällt. Los jetzt.«

Mats Müller setzte seine Tasse ab. Auch ohne den Milchschaum in seinen Bartstoppeln wäre er eine traurige Witzfigur gewesen. Immerhin aber schien er in der Lage zu sein, eine Entscheidung zu fällen.

»Venema leidet unter Paranoia, was seine Tochter betrifft«, sagte er leise. »So einer ist für unsereins eine Goldgrube. Jeder andere hätte schon nach einem ersten Bericht auf jede weitere Observation verzichtet. Aber der nicht. Alle paar Wochen klingelt der bei mir durch. Da fühlt man sich fast wie fest angestellt.«

»Kann mich gar nicht erinnern, nach Ihrem Befinden gefragt zu haben.«

Mats Müller ging mit keiner Miene auf Stahnkes Einwurf ein. »Stephanie ist ein echt sauberes Mädchen«, fuhr er fort. »Anständig, intelligent, gutes Benehmen, richtig nett. Allgemein beliebt. Altersgemäße Kontakte, auch viele davon. Aber wenige enge. Die habe ich alle überprüft. Ein Mädchen ist darunter, das Gras raucht, einer der Jungs hat schon mal geklaut, einer kloppt sich manchmal in Diskos herum. Kleinigkeiten, wenn Sie mich fragen. Und Stephanie weiß nicht einmal etwas davon. Sie trinkt auf Feten manchmal ein Glas Wein, und wenn andere betrunken sind oder bekifft, geht sie nach Hause.« Müller seufzte theatralisch: »Ich wollte, ich hätte so eine Tochter.«

Ich auch, dachte Stahnke. Laut sagte er: »Sie haben doch überhaupt keine Kinder.«

»Eben«, sagte Mats Müller. Mit Schwung leerte er sein Kaffeeglas. Eine blassbraune Perle blieb in seinem Mundwinkel hängen. Er schien es nicht zu bemerken.

»Nur in einem Punkt hat sie gelogen«, sagte er dann.

Stahnke hob auffordernd die Brauen.

»Sie hat einen Freund«, fuhr Mats Müller fort. »Seit gut zwei Monaten. Mit dem trifft sie sich regelmäßig. Ihr Vater weiß nichts davon.«

»Warum tut sie das?«, fragte Stahnke. »Ich meine, warum die Heimlichtuerei? Ist das Verhältnis zu ihrem Vater also doch nicht so vertrauensvoll?«

»Doch, ist es«, sagte Müller. »Fast schon unnormal eng, wenn man bedenkt, wie sich andere Mädels in diesem Alter so aufführen. Aber Papa Venema neigt zu hochgradiger Kontrolle. Einer wie er will alles bestimmen. Na, und es gibt eben Dinge, in die will man sich einfach nicht reinreden lassen.«

»Aber warum versteckt sie sich? Hat sie Angst vor einer Konfrontation?«

»Streit mag sie nicht, sie ist eher der ausgleichende Typ«, antwortete Müller. »Ob das aber der alleine Grund ist, weiß ich nicht. Vielleicht muss sie sich auch selber erst noch über einiges klarwerden.«

»Wer ist dieser Typ, wie heißt er, wo wohnt er?« Stahnke fand, dass es Zeit für ein paar Fakten war.

»Vorname Lennert, Nachname unbekannt. Alter jenseits der zwanzig. Fährt einen getunten Golf, Wittmunder Nummer. Die kann ich Ihnen geben. Mehr weiß ich nicht.«

»Mehr wissen Sie nicht? Mann, machen Sie keine Hausaufgaben? Wofür bekommen Sie denn eigentlich Ihr Geld?«

»Dafür«, sagte Müller ruhig, »habe ich mein Geld nicht von Vater Venema bekommen. Sondern von der Tochter.« Er wich Stahnkes Blick nicht aus. »Was soll's, Sie erfahren es ja sowieso. Damit spare ich Ihnen etwas Zeit. Natürlich können Sie mich jetzt bei Venema hochgehen lassen.« Mit einer schnellen Bewegung seiner Zungenspitze schleckte er sich den Kaffeetropfen aus dem Mundwinkel, so zielsicher, als hätte er die ganze Zeit um seine Existenz gewusst. »Aber überlegen Sie sich gut, wen und was Sie damit außerdem hochgehen lassen.«

Ratte bleibt Ratte, dachte Stahnke, während Müller die Wittmunder Autonummer auf ein Stück Serviette kritzelte. Nimmt Stephanies Beziehungs- und Familienglück als Geisel, gegen mich, und ich kann gar nichts machen. Drecksack. Aber egal, ein bisschen was haben wir wenigstens.

Er zückte sein Handy. Kramer war sofort dran.

»Münzberger ist jetzt im *Erotischen Kaufhaus*«, berichtete der Oberkommissar. »Gleich gegenüber vom Parteibüro der *Grünen*.«

Ich weiß, wo das ist, wollte Stahnke sagen, biss sich aber gerade noch rechtzeitig auf die Zunge. »Müller kommt jetzt«, sagte er knapp.

»Ist auch besser. Sonst habe ich nur noch die Wahl zwischen Lackstiefeln und Gesundheitslatschen«, sagte Kramer.

»Eins will ich mal klarstellen«, sagte Stahnke, nachdem er Mats Müller mit einer Handbewegung entlassen hatte. »Ehe du nicht über meine Witze lachst, lache ich auch nicht über deine.«

10.

Die schlanke junge Frau kam ihm irgendwie bekannt vor. Aber er konnte sie nicht richtig einordnen. Sie ihn offenbar auch nicht, denn sie hatte seinen Gruß nur flüchtig erwidert. Vielleicht hatte sie ihn sogar mit einem der Kofferträger verwechselt, die trugen ja auch weiße Mützen. Sogar mit mehr Recht als er, denn die Polizei war inzwischen längst mit dunkelblauen Uniformen und Kopfbedeckungen ausgestattet, so dunkelblau, dass sie schon schwarz aussahen. Dass der Oberkommissar seinen weißen Deckel einfach beibehalten hatte, war genau genommen eine Dienstpflichtverletzung. Aber wo kein Kläger, da kein Richter, und bisher hatte sich niemand beschwert.

Nachdenklich schaute Lüppo Buss der hochgewachsenen Gestalt nach. Dann kam er drauf, an wen sie ihn erinnerte. Obwohl die Haarfarbe anders war. Vorletztes Jahr hatte er mit genau solch einer Schönheit zu tun gehabt, allerdings einer blonden.

Und die, so stand es heute in der Zeitung, war jetzt tot. Kaum zu fassen.

Das hübsche Mädchen damals war fast noch ein Kind gewesen, und Lüppo Buss hatte sich ein bisschen dafür geschämt, dass er sie attraktiv fand. Aber er stand nun einmal auf große Blondinen. Solche wie seine Nicole.

Er nahm die Mütze ab und strich sich durch die Haare. Natürlich war er nicht zum Inselbahnhof gekommen, um nach Frauen Ausschau zu halten. Da würde Nicole ihm auch schön etwas erzählen. Nein, Lüppo Buss war der Schüler wegen hier. Heute war letzter Schultag, da kamen die Festlandsschüler und Internatszöglinge aus dem Exil zurück, und abendliche Feten waren schon Tradition. Feten mit viel Alkohol und gelegentlich auch mit anderen Stimmungsmachern. Und ordentlich Randale und Bambule.

Im Amtsdeutsch hieß das Ruhestörung, Sachbeschädigung und Körperverletzung. Tendenz alljährlich zunehmend. Lüppo Buss kannte seine Pappenheimer, die Rädelsführer ebenso wie die Mitläufer. Und so, wie es aussah, waren sie allesamt wieder da. Beste Voraussetzungen für eine unruhige Nacht.

Ein lautes Pfeifen kündigte die erneute Ankunft der Inselbahn an. Was, schon wieder? Der Oberkommissar schaute zur Uhr: Gerade zwanzig Minuten waren vergangen, seit der Zug seine Fahrgäste auf den Bahnsteig gespieen hatte. Dann kam er drauf: Klar, die Reederei hatte eine Vorfähre eingesetzt, weil zum Ferienbeginn in Niedersachsen mit besonderem Ansturm zu rechnen war. Dieses Schiff war einige Minuten vor dem eigentlichen Termin gefahren, was den Fahrgästen sicherlich gar nicht aufgefallen war. Der nächste Schwung Menschen, der jetzt gerade eintraf, bestand aus den Passagieren der regulären Fähre.

Eigentlich hatte Lüppo Buss genügend zu tun, trotzdem gönnte er sich noch ein paar Minuten, um das Touristengewühl an den Gepäckwagen und die Schlacht um die Koffer noch einmal zu genießen. Niemand schien bereit zu sein, zum Auftakt eines vermutlich mehrwöchigen Urlaubs auch nur fünf Minuten zu warten. Ellbogen wurden eingesetzt wie Rammböcke. Menschen, dachte Lüppo Buss, waren doch faszinierend. Jeder einzelne für sich war vernünftig und intelligent, jedenfalls bis zu einem gewissen Grad. Aber Menschen in Massen waren schlimmer als eine Herde Rinder. Alles Rationale und Kultivierte fiel von ihnen ab wie eine dünne Lackschicht, die in großen Placken zu blättern beginnt, sobald der Untergrund in Bewegung kommt. Irgendwie peinlich für jeden Angehörigen dieser Gattung, aber auch immer wieder spannend.

Die Tatsache, dass beim Verladen des Gepäcks natürlich nicht zwischen Fähre und Vorfähre unterschieden worden war, verstärkte das Getümmel noch. Jedes der beiden Schiffe hatte seinen Anteil der Containerwagen an Bord genommen, ohne Rücksicht darauf, ob der Inhalt nun zu den jeweiligen Passagieren gehörte oder nicht. So hatte manch einer die scheinbar gewonnenen Minuten mit Warten auf seine Koffer verbracht. Andere dürften in dem Glauben, ihr Gepäck sei verloren gegangen, ganz hübsch in Panik geraten sein.

Natürlich hatte sich kein Reedereimitarbeiter die Mühe gemacht, die Passagiere über diese Möglichkeit aufzuklären. Die wollten vermutlich auch ihren Spaß haben, dachte Lüppo Buss.

Wenigstens kamen jetzt, da alle Containerwagen eingetroffen waren, alle Passagiere zu ihren Koffern. Auch die, die ihr Gepäck schon verloren geglaubt hatten. Und diejenigen, die sich bereits zu ihren Unterkünften aufgemacht hatten, nicht ohne schon von unterwegs per Handy Verlustmeldungen auf den Anrufbeantworter des Polizeibüros An der Kaapdüne zu sprechen, würden ihre Koffer nachgeliefert bekommen. Die Hoteliers und Vermieter kannten sich schließlich aus.

Ein hochgewachsener junger Mann in schwarzer Lederjacke schien sein Glück, doch noch zu seinem Koffer gekommen zu sein, gar nicht glauben zu können. Noch auf dem Bahnsteig öffnete er das Gepäckstück, um den Inhalt zu inspizieren. Er nahm sich richtig viel Zeit dafür, fand Lüppo Buss. Schließlich stapfte er dann doch noch in Richtung Ortsmitte davon, den Rollkoffer hinter sich herziehend.

Seufzend schloss sich der Oberkommissar ihm an. Erst mal zur Polizeistation gleich beim Wasserturm, die gegenstandslosen Kofferklau-Meldungen vom Anrufbeantworter löschen, und dann weiter im Text in Sachen Angela Adelmund. Bisher war jede einzelne Überprüfung im Sande verlaufen. Die Mutter der Toten war vor zwei Jahren verstorben, und einen Vater schien es nie gegeben zu haben. Blieb der angebliche Bruder – und von dem wusste überhaupt niemand irgendetwas. Angela, so hieß es, sei ein Einzelkind gewesen, und genau das stand auch in der Einwohnermeldekartei. Eine Tatsache, die ihnen die Arbeit nicht gerade erleichterte.

Jedenfalls war für den Rest des Tages für Beschäftigung gesorgt. Und für die halbe Nacht auch – in dieser Hinsicht war auf die Inseljugend Verlass. Wenn er Glück hatte, reichte die Zeit noch für ein Abendessen mit Nicole. Aber nicht einmal das war gewiss.

In solchen Momenten beneidete er doch die Urlauber, die hier auf Langeoog nichts als Müßiggang erwartete. Solche wie den jungen Mann mit dem Rollkoffer, der unmittelbar vor ihm das Bahnhofsgelände verlassen hatte.

Komisch. Eigentlich hätte der Typ direkt vor ihm laufen müssen. Aber das war nicht der Fall. Er war wie vom Erdboden verschluckt.

11.

»Ach. Das ist ja interessant.« Stahnke griff nach dem Zettel, den Kramer ihm unter die Nase geschoben hatte, und blickte zu dem Oberkommissar hoch. »Ein Kollege also?«

»Ex-Kollege, besser gesagt.« Kramer wies auf eine Datumszeile am Ende des kurzen Textes: »Letztes Jahr ausgeschieden. Auf eigenen Wunsch.«

»Trotzdem allerhand.« Stahnke drehte sich auf seinem Stuhl zum Fenster hin, wandte dem hektischen Getriebe der emsig arbeitenden Mordkommission den Rücken zu. »Stephanie Venemas heimlicher Lover ist also ein SEK-Rambo.«

»Ehemaliges Mitglied eines Sondereinsatzkommandos«, korrigierte Kramer milde. »Lennert Tongers, 25 Jahre. Stand zuletzt im Rang eines Kommissars. Hat die Hochschule für Verwaltung mit Auszeichnung absolviert. Ausgebildet in allen möglichen Kampftechniken und mit den verschiedensten Waffen. Alle Lehrgänge mit gut bis sehr gut bestanden. Der Junge hatte eine Karriere vor sich.«

»Und warum schmeißt er die weg?«, fragte Stahnke. »Doch nicht etwa, um so ein schmieriger Privatschnüffler zu werden wie dieser Mats Müller?«

»Wissen wir nicht«, antwortete Kramer, stoisch wie immer. »Da nichts gegen Tongers vorlag, bestand ja auch kein Grund, ihn nach seinem Ausscheiden unter Beobachtung zu halten. Es gibt schließlich die verschiedensten Motive, eine einmal gefällte berufliche Laufbahnentscheidung nach entsprechenden Erfahrungen zu verändern, auch nach Jahren noch. Die meisten dieser Motive sind ehrenhaft.«

»Das kann man wohl sagen«, stimmte Stahnke zu und grinste mehrdeutig. Aber natürlich glitt auch dieser Versuch der Selbstironie spurlos an Kramer ab.

Dass der hier stand und ihm, Stahnke, Untersuchungsergebnisse zur Bewertung vorlegte, zeugte wieder einmal von seiner maßlosen Loyalität. Schließlich war er es gewesen, der den sogenannten ersten Angriff bei der Untersuchung des Mordversuchs an Stephanie Venema koordiniert hatte. Er hatte – mit Manninga zusammen – die Mordkommission *Modenschau* personell zusammengestellt und ihre Leitung übertragen bekommen. Kommissarisch natürlich, denn Stahnkes Rückkehr stand ja kurz bevor. Trotzdem, über zwanzig Männer und Frauen, unterstützt von der Analysestelle Fahndung und der Kriminaltechnik, hatten unter seiner Führung ihre Arbeit aufgenommen. Kramer hätte sehr wohl darauf dringen können, auch nach Stahnkes Eintreffen mehr als nur die Rolle des Aktenführers für sich zu beanspruchen, schließlich konnte die nachträgliche Übergabe der Leitung an den Hauptkommissar durchaus zu Reibungsverlusten führen. Das aber hatte er nicht getan, hatte nicht einmal ein Wort darüber verloren.

Wie hätte er sich in einer vergleichbaren Situation verhalten? Stahnke war sich da gar nicht so sicher.

Er betrachtete das mitgelieferte Foto von Lennert Tongers, übermäßig kontrastreich, vom Faxvorgang leicht entstellt. Kein eckiger Testosteron-Kiefer, wie vermutet, stattdessen ein eher gemütlich wirkendes, ovales Gesicht mit ausgeprägter, leicht gebogener Nase und breitem, vollem Mund. Nur der rasierte Kahlschädel entsprach dem Klischee.

Was wollte ein Mädel aus gutem Hause wie diese Stephanie bloß mit solch einer Krawallglatze?

Mit einer durchtrainierten, sicherlich nicht dummen Krawallglatze. Hm, da gab es diverse mögliche Antworten. Stahnke zog die Frage zurück. Anders herum: Was wollte ein 25-jähriger ehemaliger SEK-Kommissar mit einer 17-jährigen Schülerin? Auch diese Frage führte nicht weiter, sie beantwortete sich von selbst, wenn man die Beziehung der beiden auf das rein Sexuelle reduzierte. Vielleicht war's das ja auch, vielleicht erschöpfte sich das beiderseitige Interesse darin. Man musste …

Kramer Zeigefinger erschien wieder in Stahnkes Blickfeld. »Hier, schau mal. Noch ein interessantes Detail.«

Geburtsort hieß die Rubrik. Und der Eintrag lautete *Langeoog*.

12.

Stephanie warf ihren Koffer mit Schwung aufs Bett. Das Aufnahmeverfahren der Klinik hatte ihre Geduld bis an die äußerste Grenze strapaziert, und das wollte bei ihr etwas heißen. Was dachten sich diese Ärzte, die Psychologinnen und Diätberaterinnen nur dabei, sie zu behandeln, als sei sie krank? Wussten die denn allesamt nicht, wer sie war und dass man sie aus ganz anderen Gründen hergeschickt hatte?

Nun ja, möglicherweise wussten sie das wirklich nicht, sollten es auch nicht wissen. Trotzdem, die Art und Weise, wie man sie ausgefragt, gewogen und vermessen hatte, vor allem, wie die Resultate anschließend stirnrunzelnd kommentiert worden waren, setzte Stephanie doch mächtig zu. Fast könnte man glauben, ich wäre wirklich krank, dachte sie. Anorektisch. Magersüchtig. Was für ein Gedanke!

Der einzige Spiegel befand sich im Bad. Viel zu klein natürlich. Mit automatisierten Bewegungen streifte Stephanie ihre Kleidung ab, straffte ihren Körper, begann zu posieren, sich nach beiden Seiten zu drehen, ohne ihr Spiegelbild aus den Augen zu lassen. In manchen Augenblicken fand sie sich selbst durchaus vorzeigenswert. Meistens aber erkannte sie die Mängel, die Makel ihres Körpers klar und unbarmherzig. So wie jetzt. Schenkel und Hinterbacken schwabbelten immer noch, und an den Hüften ließen sich nach vorn kleine Röllchen formen. Daran musste sie unbedingt noch arbeiten.

Was hieß da schon Bodymass-Index 14,8! Lächerlich.

Der Gedanke lenkte sie einen Augenblick lang ab. Ihr Blick wurde unstet, löste sich kurz aus dem unbarmherzigen Zugriff des Spiegels. Aus den Augenwinkeln heraus sah sie plötzlich andere Dinge. Hervortretende Rippen unter- und oberhalb eines stark geschrumpften Busens, kugelige Schultergelenke, die dicker waren als die dazugehörigen Oberarme, schaufelartige Beckenknochen, eine knubbelige Ader, die das Dekolletee verunstaltete. Heißer Schreck durchzuckte sie. Was war denn das? Das war doch nicht sie.

Natürlich war sie das nicht. Ein erneuter kontrollierter Blick in den Spiegel stellte das klar. Diese Ärzte hatten sie dermaßen durcheinandergebracht, dass sie schon das zu sehen begann, was die ihr einzureden versuchten. Darauf wollten die doch nur hinaus. Das durfte nicht noch einmal passieren. Sie musste sich dagegen wappnen.

Stephanie ging zurück ins Zimmer. Ein weißes Nachthemd und ein ebenfalls weißer, flauschig-neuer Bademantel hingen einladen außen an den Schranktüren. Sie wollte schon danach greifen, fühlte sich dann aber doch noch nicht müde genug. Schläfrig schon gar nicht. Schließlich war Sommer, draußen war es noch hell, überall waren Leute, viele davon jung. Warum sollte sie hier in diesem kleinen Klinikzimmer versauern?

Sie erwog, ebenfalls noch auszugehen. Ein Spaziergang würde ihr guttun. Das viel zu reichhaltige Abendessen, das diese Diätassistentin ihr aufgenötigt hatte, lag ihr wie ein Stein im Magen. Diese Frau hatte ihr die Bissen buchstäblich einzeln in den Mund geguckt. Entwürdigend! Lediglich ein Stückchen Käse hatte Stephanie in ihrer Serviette verschwinden lassen können und ein wenig von der Butter gleichmäßig über den Teller verteilt. Ab morgen würde sie bei Tisch etwas findiger sein müssen.

Aus dem Bad piepste es gedämpft. Sie tappte zurück und fummelte das Handy aus ihrer Jeans. Eine SMS. Bestimmt von Lennert! Ihre Laune besserte sich schlagartig. Wenn die SMS wirklich von ihm kam, dann war die Entscheidung getroffen. Auf jeden Fall würde sie noch ausgehen. Mit ihm.

Schnell noch unter die Dusche. Vorher rasch frische Wäsche herauslegen. Nackt wie sie war, beugte sie sich über ihren Koffer, zog den Reißverschluss schwungvoll auf und klappte den Deckel zurück.

Dann erstarrte sie.

Der Koffer war voller silberner Päckchen. Dazwischen Streifen mit Tabletten, Pillen und Kapseln verschiedenster Art. Einige Medikamente in Originalverpackung. Und eine pralle weiße Plastikwurst. Rundherum waren zerknüllte Zeitungen gestopft.

Panisch warf sie den Kofferdeckel wieder zu. Oben drauf klebte der rote Gepäckschein. Nummer 06996 – verdammt, das war doch ihre Nummer! Wer hatte sich denn bloß an ihrem Koffer zu schaffen gemacht?

Noch einmal rannte sie ins Bad, schnappte sich die Jeans, zerrte den Tascheninhalt heraus. Da, ihr Gepäckscheinabschnitt. Nummer 06996, genau identisch. Also warum …

Dann schaute sie genauer hin. Da war auch noch Text auf dem Gepäckschein, der am Kofferdeckel klebte, klein gedruckt, und der stand auf dem Kopf.

Es dauerte noch eine Sekunde, bis sie drauf kam, dass sie den Koffer umdrehen musste.

Jetzt stand der Text richtig herum, und die Nummer lautete 96690.

Wem immer dieser Koffer gehören mochte – ihrer war das nicht.

13.

Zuerst schien alles genau so zu verlaufen, wie Lüppo Buss es sich vorgestellt hatte.

Sobald sich die Sonne dem Horizont näherte, zogen Gruppen junger Leute ausgelassen durch den Ort, über die Deichpromenade und den Strand entlang. Je dämmeriger es wurde, desto ungehemmter und lauter wurden die Unterhaltungen, der Ton großspuriger, die Gesten ausladender. Mehr und mehr Alkohol ließ die Augen der hoffnungsvollen Inseljugend glänzen, die Schritte unsicherer werden und das Selbstbewusstsein ins Unermessliche wachsen. Die Grundstimmung aber schien fröhlich zu sein, und Lüppo Buss durfte hoffen, nicht mehr tun zu müssen als ein paar überlaute Ghettoblaster einzuziehen und ein paar Volltrunkenen Platzverweise zu erteilen. Schließlich kannte er die meisten Feiernden beim Namen, die Wege hier waren nicht sonderlich weit, und per Handy waren die zuständigen Eltern schnell alarmiert.

Dann aber fiel dem Oberkommissar auf, dass etwas nicht stimmte.

Es dauerte eine Weile, bis er draufkam. Die johlenden Zecher waren einfach zu jung.

Das war für sich genommen schon schlimm genug; Jugendalkoholkonsum und -alkoholismus grassierten wie Krebsgeschwüre, die sich von den älteren zu den jüngeren Jahrgängen hinunterfraßen. Ein Vorgang, der von gewissenlosen Profiteuren gefördert und von hilflosen oder desinteressierten Eltern nicht wirksam behindert wurde. Momentan waren es die 16-, 15-, ja bereits die 14-Jährigen, Jungs wie Mädchen, die mit dösigem Hirn und blödem Lächeln durcheinanderstrumpelten. Wie mochte die nächste Steigerungsstufe aussehen?

Dass aber die betrunkenen Kinder das Bild prägten,

hieß ja nun nicht, dass die Jahrgänge von 17 aufwärts plötzlich abstinent geworden wären. Bloß: Wo waren die? Bis auf vereinzelte Ausnahmen nicht in Sicht.

»Die feiern woanders«, knurrte Lüppo Buss und machte sich auf den Weg.

Nicht, dass er der Jugend keinen Spaß gönnte, keineswegs. Der Oberkommissar hatte selber früher wenig ausgelassen. Und früh damit angefangen. Er war ein »wildes Kind« gewesen, wie die versammelte Tantenschaft beiderlei Geschlechts immer wieder beklagt hatte. Halbwaise, seit dem vierten Lebensjahr ohne Vater aufgewachsen, von der berufstätigen Mutter zuerst verwöhnt, dann mit übertriebenen Geschenken und übermäßiger Freizügigkeit für das viele Alleinsein entschädigt, später mit hilflosen Vorwürfen überschüttet und dann doch nie mit konsequenten Regeln gebändigt. Genau genommen war er gründlich verdorben worden. Und trotzdem hatte er doch jederzeit gewusst, wo genau die Grenzen gewesen wären, die einzuhalten ihn nie jemand wirklich genötigt hatte. Irgendwann war er reif genug gewesen, sich aus eigener Einsicht an diese Regeln und Grenzen zu halten. Und schließlich hatte er die Einhaltung dieser Regeln und Grenzen sogar zu seinem Beruf gemacht.

Tja. Und dabei fühlte er sich oft allein auf weiter Flur. Vielen Lehrern, das wusste er aus Gesprächen, ging es ebenso. Gegen die gossenmäßig geizgeile Erziehungsarbeit des Privatfernsehens kamen sie einfach nicht an. Wo aber waren die Eltern, wenn es um so unbequeme, so uncoole Sachen wie Regeln und Grenzen ging? Vor der anderen Glotze, vor dem anderen PC? Oder auf einer anderen Fete, mit dem gleichen Stoff?

Gemessenen Schrittes ging Lüppo Buss die Höhenpromenade entlang, die Schultern rückwärts gegen den zunehmenden Westwind gestemmt, der ihn vor sich her trieb. Seine Dienstmütze hielt er vorsichtshalber unter den Arm geklemmt, denn das Lustspiel eines rennenden

Ordnungshüters, der seiner rollenden Kopfbedeckung hinterherhetzte, gönnte er keinem, Touristenkitsch hin, Inselfolklore her. Um die Schultern trug er eine neutrale dunkelblaue Jacke ohne Rangabzeichen. Der Oberkommissar wollte weder provozieren noch frieren.

Den Bäder- und Sportanlagenbereich hatte er schon hinter sich. Er näherte sich bereits dem Dünenfriedhof am nördlichen Ortsrand, als ihn zwei junge Männer überholten, ohne von ihm Notiz zu nehmen. Oberstufenschüler der richtigen Altersgruppe, fand Lüppo Buss. Die beiden drehten nach links ab und liefen in Richtung Surfstrand, eilig und zielstrebig. Der Inselpolizist ging ihnen nach.

Die vorerst noch mäßig bewegte Nordsee glitzerte malerisch im Sonnenuntergang, romantisch ergänzt vom Rauschen der Brandung. Wenn der auffrischende Westwind weiter auf Nordwest drehte, würde aus dem Rauschen schon bald ein Donnern werden. Dann würde die See ein anderes ihrer verschiedenen, gleichermaßen wahren Gesichter zeigen. Und der Blanke Hans seine Muskeln. Im Sommer blieb es zumeist beim Drohen, im Winter jedoch griffen Wellen und Sturm regelmäßig ernsthaft an und schlugen der Insel oft tiefe Wunden. Manchmal war der Küstenschutz das ganze Jahr über damit beschäftigt, die Schäden zu beseitigen und Langeoog für die Sturmfluten des nächsten Winters zu wappnen. Auch jetzt gerade waren Bauarbeiten im Gang. Einer dieser Baustellen näherten sich die beiden Jungen gerade.

Und wie es aussah, wurden sie dort erwartet.

Ein mächtiger Bagger mit imposantem, in der Mitte geknicktem Ausleger und voluminöser Löffelschaufel stand da inmitten eines Ringwalls aus aufgehäuftem Sand wie ein orangefarbener Drache in einer besetzten Burg. Selbst gegen den dunklen Osthimmel war seine Silhouette noch gut auszumachen. Von unten wurde der Gigant flackerig angestrahlt, was den archaischen Gesamteindruck noch verstärkte. Brennende Gartenfackeln steckten im Sand, und auch ein Treibholzfeuer wurde gerade entfacht. Zahlreiche Gestalten bewegten sich um den Bagger herum oder hockten innerhalb des Walls, über dem sich ihre Schultern und Köpfe abzeichneten. Rockmusik war selbst gegen den Wind, der von den menschlichen Stimmen nur ein undefinierbares Brummeln durchließ, gut zu hören.

»Hier also«, murmelte Lüppo Buss vor sich hin. Ihm fiel ein, dass er ja den immer noch rosigen Westhimmel im Rücken hatte und gut auszumachen sein musste, und wandte sich der Dünenkante zu. Dort hockte er sich in den Sand.

Die Party war bereits in vollem Gange. Je heller das Lagerfeuer loderte, desto mehr Details waren zu erkennen. Drei oder vier Dutzend Leute mochten es sein, die sich zwischen den Sandwällen amüsierten, und es kamen immer noch neue dazu. Flaschenböden wurden gen Himmel gereckt, Leergut flog in hohem Bogen in alle Richtungen. Gründe, dem Treiben ein Ende zu machen, gab es bereits; schon das Betreten der Baustelle war einer. Aber war das klug? Ein derartiges Eingreifen entsprach gewiss nicht der offiziell verordneten Deeskalationsstrategie. Abgesehen davon, dass er in diesem Fall Gefahr lief, die Jacke voll zu bekommen.

Leicht hatten es diese jungen Leute hier auf der Insel ja nicht, überlegte der Oberkommissar. Alles war den Interessen der Touristen, der Gäste untergeordnet. Die bekamen alles vorgesetzt, denen wurde möglichst jeder Wunsch von den Lippen abgelesen, und die durften um keinen Preis beim Urlaubmachen gestört werden. Kein Wunder, dass sich bei vielen Jugendlichen ein Unwillen, wenn nicht sogar Hass gegenüber den Touristen herausbildete. Ein Gefühl, dem man aber keinesfalls Ausdruck verleihen durfte, denn die eigenen Eltern – und damit letztlich auch die Jugendlichen selbst – waren schließlich vom Wohlwollen ihrer Gäste finanziell abhängig. Die

Urlauber durften alles, die Inseljugend durfte nichts – so kam das letztlich bei den jungen Leuten an.

Sollte man sie da nicht wenigstens hin und wieder mal über die Stränge schlagen lassen?

Bei zunehmender Dunkelheit strahlten Feuer und Fackeln immer heller. Immer besser konnte Lüppo Buss die Feiernden erkennen. Die beiden Blonden mit den hochgegelten Stachelköpfen da, das mussten die Zwillinge von Gastwirt Westerholt sein, Kevin und Patrick. Der Langhaarige war eindeutig Torben Huismann, der daneben sah aus wie der Sohn von Doktor Fredermann. Und die mit dem Zopf konnte nur dessen Freundin Denise sein, deren Eltern beide Hausmeister in der Klinik *Waterkant* waren. Und die daneben ...

Lüppo pfiff durch die Zähne. Das war doch schon wieder die hübsche Dunkelhaarige aus der Inselbahn, die ihn so an das Mädchen von damals erinnerte! Inzwischen hatte er deren Namen nachgeschlagen. Venema, Stephanie Venema. In Leer erschossen worden. Jammerschade um das nette Mädchen.

Na, die Dunkelhaarige hatte aber schnell Anschluss gefunden! Der Typ neben ihr hatte eine Glatze, auf der sich der Schein des Lagerfeuers widerspiegelte. Ob er den auch kannte? Lüppo Buss fingerte in seiner Jacke, bis er das kleine Fernglas gefunden hatte. Sehr lichtstark war das Ding ja nicht, es war also zweifelhaft, ob es unter diesen Umständen etwas nutzte. Ein Versuch aber konnte nicht schaden.

Er setzte den Feldstecher an. Im selben Moment jedoch verschwanden Stephanie und der Glatzköpfige aus seinem Blickfeld, verschluckt vom Kamm des Sandwalls, hinter dem sie sich offenbar hingehockt hatten. Dafür bekam er anderes, ein bekanntes Gesicht ins Visier: Philipp, den Sohn von Thees Stapelfeld. Seit wann war der denn wieder auf der Insel? War er mit den Schülern gekommen? Na klar, jetzt erinnerte sich Lüppo Buss wieder; Philipp war der gewesen, der seinen Koffer inspiziert hatte. Am Bahnhof hatte er ihn nur von hinten gesehen, sonst hätte er ihn gleich erkannt.

Philipp hatte die Schule schon vor über einem Jahr geschmissen, sehr zum Unwillen des alten Stapelfeld. Seitdem, so hieß es, machte er eine Lehre als Hotelfachwirt, irgendwo im Süden. Andere sagten, er hätte auch dort die Brocken schon wieder hingeschmissen.

Na ja, dachte Lüppo Buss, entweder das, oder er hat sich Urlaub genommen, um seine alten Kumpels zu treffen und mit ihnen abzufeiern. Jedenfalls steckten er und drei andere junge Männer gerade die Köpfe zusammen. Offenbar hatte man sich viel zu erzählen.

Ein breiter Rücken samt Stiernacken, gekleidet in abgewetztes braunes Leder, nahm ihm die Sicht auf die Viererguppe. Dieser Riese da konnte nur Backe sein. Teufel, was trieb der denn hier bei den Kindern?

Schnell rief er sich Beene Pottebakkers Akte in Erinnerung. Diverse Einträge, Verstöße gegen das Betäubungsmittelgesetz betreffend, blinkten ihn an wie mit Textmarker unterlegt. Sollten die jungen Leute hier nicht nur Bier und Schnaps konsumieren?

Ein lautes Klirren ließ Lüppo Buss knurren. Schlimm genug, dass die mit ihren leeren Flaschen um sich warfen. Aber wenn die hier am Strand jetzt auch noch Scherben produzierten, war das Maß voll. Dann musste er wirklich mal etwas unternehmen.

Er setzte das Fernglas ab. Sofort erkannte er, dass es keine Flaschen gewesen waren, die da geklirrt hatten. Die Westerholt-Zwillinge hatte die linke Seitenscheibe des Baggerführerhauses eingeschlagen. Gerade öffneten sie die Tür und zwängten sich hinein, alle beide. Jetzt langte es aber wirklich, fand der Oberkommissar. Er zückte sein Handy und sprach eine Nachricht auf den Anrufbeantworter der Polizeistation. Vielleicht hatte er ja Glück, und Insa Ukena hörte sie heute Abend noch ab. Dass seine Kollegin noch nicht Feierabend gemacht hatte, wusste er. Immerhin lief eine Todesermittlung, da gab es so etwas nicht.

Ein lautes Donnern ertönte, härter und in schnellerem Rhythmus auf- und abschwellend als das Donnern der Brandung. Ein Dieselmotor, eine absolute Rarität auf dieser autofreien Insel. Ein großer Diesel. Der Motor des Baggers war angesprungen.

Die jungen Leute sprangen kreischend auf, als die Lichter des Fahrzeugs erstrahlten und die Baggerschaufel zu schwingen begann, und brachten sich auf und hinter den Sandwällen in Sicherheit. Der Baggerarm knickte ein, bis die Schaufel beinahe die Ketten des Fahrwerks erreicht hatte, dann reckte er sich so schwungvoll aufwärts, dass das ganze schwere Fahrzeug zu beben begann. Dicke Wolken schwarzen Dieselqualms quollen aus dem Heck.

Die Schüler standen jetzt außerhalb der Reichweite der Schaufel und applaudierten. Offenbar betrachteten sie die Aktion der Westerholt-Zwillinge als willkommene Bereicherung ihre Schuljahres-Abschlussfete. Dass sie sich allesamt strafbar machten, die Bagger-Besetzer vorneweg, interessierte sie natürlich einen Dreck.

Jetzt begann sich der Bagger auf seinem Fahrwerk zu drehen. Linksherum zuerst, immer schneller werdend, dann wieder abstoppend. Und rechtsherum, ebenfalls langsam beginnend ...

Lüppo Buss keuchte vor Schreck, als er sah, wie zwei kompakte Schatten aus dem Führerhaus hinunter in den Sand fielen, einer nach dem anderen. So schnell wie möglich krochen die Zwillinge aus dem Radius des Schaufelarms heraus; der zweite entging dabei nur knapp der rotierenden Schaufel. Als sie den Kamm des Sandwalls erreicht hatten, reckten die beiden Jungs die Fäuste und hopsten herum, als hätten sie soeben eine Heldentat vollbracht. Die anderen Schüler johlten und jubelten ihnen zu. Sie sahen das ähnlich.

Der führerlose Bagger drehte sich weiter. Das Rotationstempo nahm zu. Das Fahrzeug schwankte immer bedenklicher, die offene Fahrertür schlug hin und her, Splitter der zerschlagenen Scheibe wurden in die Runde katapultiert. Die Jugendlichen sprangen noch ein paar Schritte weiter zurück, das Johlen aber wurde immer lauter. Das große Schauspiel versprach noch weitere Höhepunkte.

Ein Schuss krachte. Und gleich darauf noch einer.

Die Scheibe der rechten Führerhaustür zersplitterte. Wohin die zweite Kugel gegangen war, konnte Lüppo Buss nicht erkennen. Auch nicht, woher die Schüsse gekommen waren. Der Schütze musste von ihm aus gesehen hinter dem Sandwall stehen. Vielleicht waren es auch mehrere.

Der Bagger drehte sich jetzt immer schneller. Wie auch immer es die beiden Jungs geschafft hatten, das Baufahrzeug so einzustellen, es war ihnen sauber gelungen. Die Schaufel wie eine Faust drohend erhoben, begann der rotierende Bagger immer stärker zu schlingern. Die Panzerketten, auf denen das Fahrwerk ruhte, verloren abwechselnd die Bodenhaftung. Der Riese hopste auf der Stelle.

Noch ein Schuss. Diesmal in den rechten Frontscheinwerfer, exakt mitten hinein. Das Licht erlosch, und der verbliebene linke Scheinwerfer verlieh dem Bagger das Aussehen eines verwundeten Zyklopen.

Die Jugendlichen zogen sich weiter und weiter zurück. Nur noch wenige jubelten, die meisten waren still geworden. Die Eskalation der Ereignisse schien sie zu ernüchtern. Die ersten wandten sich ab, liefen den Strand entlang in Richtung Ort oder in die Dünen. Lüppo Buss lief ihnen entgegen, in Richtung Sandwall, seine Dienstwaffe in der Hand, ohne Plan, aber entschlossen.

Da flammten links von ihm Lichter auf. Starke Taschenlampen, zwei Handscheinwerfer. Eine laute Stimme, verstärkt durch ein Megaphon, überbrüllte den donnernden Diesel des Baggers. »Hier geblieben, ihr Bagaluten! Wi wullt ji wat! Blief stan!«

Acht oder zehn Mannsbilder waren es, die da herandrängten, allesamt Väter feiernder Schüler, offenbar alarmiert durch Lüppo Buss' aufgezeichneten Anruf, den seine Kollegin wie erhofft abgehört und weitergegeben haben musste. Angeführt wurde die Gruppe vom baumlangen Inseldoktor Fredermann, der drohend mit einer Flüstertüte fuchtelte. Oberkommissarin Insa Ukena lief ebenfalls vorneweg, auch sie mit gezogener Dienstwaffe. Die Schüsse waren schließlich nicht zu überhören gewesen.

Der Effekt dieses Auftritts war durchschlagend. Die Schülerinnen und Schüler spritzten davon wie Wassertropfen auf einer heißen Herdplatte, bis auf diejenigen, die zum Rennen nicht mehr in der Lage waren. Alles rannte den Strand entlang ostwärts oder gleich in die Dünen hinein. Nur die allerbesoffensten oder bekifftesten Jugendlichen torkelten der Väter-Brigade in die Arme.

Als Lüppo Buss die Stelle erreichte hatte, wo die Schüsse mutmaßlich abgegeben worden waren, befand sich dort niemand mehr. Der Oberkommissar stoppte. Zwar sah der Sand aus wie durchgepflügt, so dass sich wohl kaum Spuren sichern lassen würden, aber vielleicht lagen die Patronenhülsen ja noch hier herum, und die wollte er nicht versehentlich tief in den weichen Boden treten.

Von hier aus hatte er einen ausgezeichneten Blick aus den röhrenden Bagger, dessen rotierende Lichter rote und weiße Kreise zu bilden begannen und dessen Schaufel in ihrem Gelenk quietschte und kreischte, als wollte sie jeden Augenblick dem Zug der Zentrifugalkraft nachgeben und wie ein tödliches Katapultgeschoss davonfliegen. Unwillkürlich zog der Inselpolizist den Kopf ein.

Das Geschoss aber flog nicht. Stattdessen kippte der

Bagger auf seine rechte Laufkette, schwang seinen Ausleger samt Schaufel ein letztes Mal gen Himmel und schmetterte ihn dann wuchtig in den Sand. Mit lautem Krachen erstarb der Diesel. Alle Lichter erloschen.

Was für ein Finale, dachte Lüppo Buss. Dabei fängt es gerade erst richtig an.

14.

»Dass Sie um diese Zeit noch arbeiten!« Die Frau klang aufrichtig bewundernd. Sie öffnete die Haustür weit. »Kommen Sie doch herein.«

Kunststück, um diese Zeit noch zu arbeiten, die hat mich doch extra um diese Zeit herbestellt, weil sie selber so lange im Büro zu tun hat, dachte Kramer, während er höflich dankend nickte und lächelte. An sich aber machte das keinen Unterschied. Zu diesem Zeitpunkt einer Mordermittlung – auch wenn es beim Mordversuch geblieben war – galt das Wort *Feierabend* als unanständig.

M. und H. Siemers stand auf dem Türschild des schmucken Häuschens in Leer-Loga, aber allem Anschein nach wohnte Frau Siemers hier alleine. Dass Kay-Uwe Venemas Büroleiterin schon seit Jahren geschieden war, wusste Kramer bereits. Offenbar gab es keinen neuen Mann an ihrer Seite.

Dabei sah Hannelore Siemers für Ende fünfzig noch ganz gut aus, fand Kramer. Schlank und apart, die vollen Haare so brünett, dass man es fast glauben mochte. Gekleidet war sie in ein apfelgrünes Kostüm, das gleichzeitig flott und korrekt aussah. Für das Wohnzimmer, in das sie ihn bat, galt exakt das gleiche. Einzig die klinische Sauberkeit ließ den Oberkommissar leicht schaudern.

»Vielen Dank nochmals für Ihre Auskunft«, sagte er, nachdem er auf einem nach Pflegewachs duftenden Ledersofa Platz genommen und Frau Siemers ihm trotz der späten Stunde einen frisch gebrühten Ostfriesentee kredenzt hatte. »So konnten wir gleich mit Privatdetektiv Mats Müller Kontakt aufnehmen. Hat uns bestimmt eine Menge Zeit gespart.«

»Ich bitte Sie. Man hilft doch, wo man kann«, sagte Hannelore Siemers mit einem Lächeln, das kein bisschen gekünstelt wirkte.

Kramer lächelte zurück. Er konnte, wenn er wollte, recht jungenhaft aussehen, auch mit gut vierzig Jahren noch. Das nutzte er bedenkenlos aus. Hatten Frauen, die keine Mütter waren, dennoch einen Mutterinstinkt? Offenbar, denn Hannelore Siemers' Lächeln steigerte sich zu einem Strahlen.

»Herr Venema sagt, sie hätten ein besonders gutes Verhältnis zu seiner Tochter«, sagte Kramer.

Hannelore Siemers lächelte weiter, aber das Strahlende war plötzlich wie ausgeknipst, trotz des kolportierten Lobes. Konnte allein die Erwähnung ihres Chefs das bewirkt haben?

»Vielleicht können Sie uns in der Frage weiterhelfen, wer einen Grund gehabt haben könnte, auf Stephanie zu schießen«, fuhr der Oberkommissar fort. »Was wissen Sie über Konflikte, Streitigkeiten, womöglich Feinde, die das Mädchen hatte oder hat?«

Die Frau ließ sich Zeit mit der Antwort, ihr leichtes Kopfschütteln aber verriet gleich, was kommen würde. »Glauben Sie mir, ich habe mir die ganze Zeit schon den Kopf darüber zerbrochen. Seit dem Attentat, meine ich. Aber da ist nichts.« Frau Siemers gehörte zu den wenigen Eingeweihten; sie wusste, dass Stephanie am Leben war, aber nicht, wo sie sich aufhielt. Ihr Kopfschütteln wurde einen Moment lang stärker, dann nahm sie Kramer wieder fest in den Fokus. »Ich meine, ich kenne ja alle ihre

Freunde und Bekannten. Alle, die sie schon einmal zu Hause besucht haben, und auch die, mit denen sie sich in der Schule mehr oder weniger regelmäßig unterhält. Stephanie erzählt mir ja immer alles.« Sie stockte, senkte kurz den Blick, straffte sich dann jedoch wieder. »Wissen Sie, ich behaupte das nicht leichtfertig. Herr Venema ist ja nicht immer und jederzeit verfügbar, und so hat es sich mit den Jahren eingebürgert, dass Stephanie mit allem zu mir kommt. Seien es nun Probleme mit Hausaufgaben oder etwa mit, äh, so Frauengeschichten. Immer zu mir. Zu wem auch sonst.«

Sie wird ja direkt ein bisschen rot, konstatierte Kramer. Aber nur ein bisschen, leicht rosé, ganz dezent. Konnte man so etwas irgendwo lernen?

»Kurz und gut, mir sind keinerlei Konflikte oder Feindschaften bekannt«, zog Hannelore Siemers ihr Resümee. »Natürlich kann ich nicht ausschließen, dass Stephanie mir etwa doch etwas verheimlicht hat. Möglich ist das, aber nicht sehr wahrscheinlich.«

»Und was ist mit Feindschaften, von denen sie selber nichts weiß?«, fragte Kramer. »Andere Jugendliche, die sie etwa beneiden? Die sich allein durch ihre privilegierte finanzielle Situation provoziert fühlen?«

Hannelore Siemers' Miene wurde strenger. »Erstens, Herr Kommissar, wie sollte ich von Stephanie etwas erfahren haben, das sie selbst nicht weiß? Und zweitens, das kann ich Ihnen versichern: So unsensibel ist meine Stephanie nicht. Wenn jemand auf sie sauer ist oder etwas gegen sie hat, dann merkt sie das sofort. Als ob sie negative Schwingungen erspüren könnte. Das Mädchen ist wirklich sehr empfindsam. Und allein deshalb benimmt sie sich auch niemals so, dass jemand sie für eine arrogante Neureiche halten könnte. Glauben Sie mir, so eine ist Stephanie nicht.« Wieder stockte sie einen Moment, ehe sie in milderem Ton fortfuhr: »Außerdem, wer Stephanie wegen ihres zukünftigen Reichtums beneidet, der sollte auch bedenken, welchen Verlust sie erlitten hat. Nämlich ihre Mutter. Das ist mit Geld nicht aufzuwiegen. Möchte wissen, wer da mit ihr tauschen wollte.«

Möchte ich lieber nicht, dachte Kramer. Teenager neigten zu brutalen Urteilen. Coole Millionen in Aussicht statt einer uncoolen Erziehungsberechtigten im Nacken? Diese Perspektive würde wohl manchem durchaus gefallen, zumal wenn so eine liebevolle Ersatzmutter wie Frau Siemers zur Stelle war.

Dann kam ihm eine Idee. »War Frau Venema eigentlich auch vermögend?«, fragte er wie beiläufig.

Hannelore Siemers' Hände verkrampften sich, die Knöchel wurden weiß. Sekunden später hatte sich die Frau wieder in der Gewalt. Kramers Interesse aber war geweckt, und das schien der Büroleiterin bewusst zu sein.

»Recht wohlhabend, würde ich sagen«, antwortete sie. »Kein Vergleich mit Herrn Venemas heutigen finanziellen Verhältnissen, natürlich. Man kann jedoch sagen, dass der Grundstein für das Venema-Vermögen von ihr gelegt wurde.«

Auch so können Mordmotive klingen, dachte Kramer. Dem Tod von Stephanies Mutter aber war eine lange Leidensgeschichte vorausgegangen, über viele quälende Stationen säuberlich dokumentiert. Knochenkrebs ließ keinen Platz für Spekulationen, nicht einmal für einen wie Stahnke.

»Frau Venema wusste, dass sie sterben würde«, sagte Kramer. »Wie hat sie denn ihr Erbe seinerzeit geregelt? Berliner Testament, alles an den Ehegatten?«

Hannelore Siemers schüttelte den Kopf. »Nein. Sie hat alles gleichmäßig zwischen Herrn Venema und Stephanie aufgeteilt. Sie war eben sehr vorsichtig.«

»Vorsichtig? Hat sie ihrem Mann denn etwa nicht getraut?«

»Das war es nicht. Jedenfalls nicht so, wie sie jetzt andeuten.« Hannelore Siemers machte eine ärgerliche, wegwischende Handbewegung. »Es war einfach so, dass Herr Venema auch seinerzeit schon hochspekulative Geschäfte gemacht hat. Die Globalisierung war noch in der Entwicklung, keiner konnte mit Sicherheit sagen, welche Richtung die Weltwirtschaft nehmen würde. Herr Venema hat sehr hoch gepokert. Durchaus mit dem Einverständnis seiner Frau. Schließlich kam sie aus einer Bankiersfamilie und wusste selbst, dass man allein durch Vorsicht und ehrliche Arbeit nicht reich werden kann.«

Was für ein aufrührerischer Gedanke für die rechte Hand eines Großkapitalisten, dachte Kramer. Aber andererseits: Wenn diese Leute nicht wussten, wie die Welt wirklich funktionierte, wer denn dann?

»Sie ließ ihn also pokern, mit ihrem Geld, obwohl sie wusste, dass man beim Pokern auch verlieren kann«, stellte der Oberkommissar fest. »Und damit in diesem Falle ihre Tochter nicht mittellos dastehen würde, hinterließ sie ihr die Hälfte ihres Vermögens. So weit, so gut. Aber Stephanie war doch minderjährig, ist es heute noch. Hätte Kay-Uwe Venema sich nicht trotz dieser Erbschaftsregelung des Vermögens seiner Tochter bedienen können?«

»Nein.« Hannelore Siemers schluckte. Einmal, zweimal. Dann sagte sie: »Frau Venema hat mich als Verwalterin von Stephanies Erbe eingesetzt.«

Hammer, dachte Kramer und staunte über sich selbst; Jugendsprache vermied er sonst völlig. »Ergab sich denn aus einer solchen Regelung kein Loyalitätskonflikt? Ich meine – damit standen Sie ja nicht nur zwischen Herrn Venema und der Hälfte des Vermögens seiner verstorbenen Frau, sondern auch zwischen ihm und Stephanie. Jedenfalls in gewisser Weise.« Er korrigierte sich: »Nicht standen. Stehen ist das richtige Wort.«

Hannelore Siemers schüttelte energisch den Kopf. »Für mich gab und gibt es einen solchen Konflikt nicht. Meine Loyalität erstreckt sich auf die gesamte Familie

Venema, auf Stephanie ebenso wie auf ihren Vater und den Willen ihrer verstorbenen Mutter. Und tatsächlich hat sich in all den Jahren auch nie eine solche Konfliktsituation ergeben.«

Ja, weil Venemas Pokerspiele erfolgreich verliefen und er auf Stephanies Geld nie angewiesen war, dachte Kramer. »Von was für Summen reden wir denn eigentlich?«, fragte er.

»Von sechsstelligen.« Hannelore Siemers verschränkte die Arme vor der Brust. Offenkundig hatte sie sich genau überlegt, wie viel sie preisgeben wollte. Weitere Fragen in diese Richtung waren sinnlos, das konnte man sehen.

»Und wenn Stephanie achtzehn ist, kann sie über ihre Hälfte frei verfügen?«

»Das kann sie praktisch schon jetzt«, verbesserte die Büroleiterin. »Seit sie sechzehn ist. So hat es ihre Mutter verfügt. Formal geht alles immer noch über meinen Tisch, aber ich richte mich da ganz nach ihren Wünschen. So kann sie lernen, eigenverantwortlich mit Geld umzugehen, und ist doch nicht ganz auf sich allein gestellt.«

»In etwa wie beim Führerschein mit siebzehn«, sagte Kramer. »Der Jugendliche lenkt, aber ein Erwachsener sitzt daneben und kann im Notfall eingreifen.«

»In etwa.« Hannelore Siemers nickte.

»Aber der Jugendliche sitzt am Steuer.«

»Wie meinen Sie das?«

»Ich meine«, sagte Kramer, »dass, so wie Sie die Regelung schildern, Sie zwar beraten und warnen können, aber Stephanie letztlich doch die Entscheidungen trifft, wie ihr Geld angelegt oder ausgegeben wird. Im Zweifelsfall gegen Ihren Willen. Richtig?«

»Richtig.« Wieder diese Rosétönung der Wangen.

»Und – sind solche Zweifelsfälle schon vorgekommen?« Pause. Kramer lehnte sich zurück.

»Ja«, sagte Hannelore Siemers dann. »Einmal.«

»Kürzlich?«

»Ja.«

»Worum ging es?«

Wieder eine Pause. Die Büroleiterin rang mit sich. »Um Lennert«, sagte sie dann.

»Lennert?«

»Lennert Tongers, Stephanies Freund.« Sie blickte ihr Gegenüber forschend an, aber Kramers Miene blieb unbewegt.

»Und?«

»Sie hat ihm einen Kredit gegeben. Zum Aufbau eines Geschäfts.«

»In Höhe von?«

»Siebzigtausend.« Hannelore Siemers war anzumerken, wie sehr sie sich quälen musste, diese Summe überhaupt auszusprechen.

»Was für eine Art von Geschäft?«

Die Büroleiterin breitete die Arme aus. »Nichts weiß ich darüber, gar nichts. Sie wollte mir nichts darüber sagen. Das hätte sie ihm versprochen. Ich hab ihr gesagt, Kind, wenn das eine solide Sache ist, dann wird er eine Kreditzusage von einer Bank oder Sparkasse bekommen, und dann kannst du ihm die Summe immer noch geben, von mir aus zu günstigeren Zinsen.« Die Worte sprudelten jetzt nur so hervor. »Aber das wollte sie nicht. Das ist eine Sache des Vertrauens, hat sie gesagt, ich vertraue Lennert vollkommen, und Zinsen will ich sowieso nicht von ihm. Gib mir das Geld einfach, hat sie gesagt.«

»Und das haben Sie gemacht?«

Sie nickte.

»In bar?«

Noch ein Nicken.

»Einfach so? Ich meine, ohne einen schriftlichen Beleg vom Empfänger?«

»Ich habe jedenfalls keinen«, sagte Hannelore Siemers.

15.

Sie hatte damit gerechnet, die Klinik heimlich betreten zu müssen, und deshalb die Tür zu ihrer Mini-Terrasse angelehnt gelassen. Als sie jedoch gegen Mitternacht beim Haupteingang eintraf, stelle sie fest, dass dort noch reger Betrieb herrschte. Zahlreiche Patienten schlenderten dort auf und ab, allein, zu zweit oder in kleinen Gruppen, unterhielten sich leise und rauchten. Vielmehr Patientinnen, korrigierte sich Stephanie. Männer waren hier die große Ausnahme.

Die Automatiktüren waren nach wie vor in Betrieb. Die Rezeption im Hintergrund war zwar besetzt, niemand aber schien das Hin und Her zu registrieren oder gar einschränken zu wollen.

Stephanies flache Schuhe waren immer noch voller Sand, und sie setzte sich auf ein niedriges Mäuerchen seitlich des Eingangs, streifte die Schuhe ab und klopfte sie aus. Socken trug sie keine. Der Sand fühlte sich feucht und klebrig an, und sie musste ihn sich regelrecht von der Haut reiben. Auch 'ne Art Peeling, dachte Stephanie, während sie zwischen ihren Zehen herumpolkte.

Ihr Herz klopfte immer noch stark, ihre Wangen waren erhitzt, und die Muskeln in Waden und Oberschenkeln brannten von der anstrengenden Flucht durch die Dünen. Der Riese, hinter dem sie hergerannt war, hatte sie am Dünenfriedhof vorbei direkt ins Ortszentrum geführt, ehe er in einer Seitenstraße verschwunden war. Immer noch konnte sich Stephanie auf das Erlebte keinen Reim machen. Wer hatte da geschossen, und warum? Wer waren diese Männer mit den Lampen, die da plötzlich aufgetaucht waren, zusammen mit der pistolenschwingenden Polizistin? Und wohin war Lennert auf einmal verschwunden?

Lennert. Seinetwegen hatte sie heute Abend die Klinik

doch überhaupt verlassen, jedenfalls in erster Linie. Hatte in aller Ruhe mit ihm reden, ihm alles berichten, sich endlich ausweinen und von ihm trösten lassen wollen. Er hatte vorgeschlagen, an den Strand zu gehen, sich unter die feiernden Jugendlichen zu mischen, um auf andere Gedanken zu kommen. Gute Idee, hatte sie gedacht. Von wegen. Erneut war sie ins Chaos gestolpert, hatte sich wieder bedroht und panisch gefühlt. Und jetzt saß sie hier, ohne Lennert, kaputt und verschwitzt und noch verwirrter als zuvor.

Verschwitzt. Der Gedanke an frische Kleidung stellte sich automatisch ein. Woher sollte sie jetzt welche bekommen? Ob es in den Läden hier auf der Insel etwas Vernünftiges zu kaufen gab? Geld war nicht das Problem, sie hatte weder Kreditkarten noch Papiere in ihrem Koffer aufbewahrt, so unvorsichtig war sie nie. Die Frage war nur, wann sie die Zeit finden würde, einkaufen zu gehen. Im ersten Aufnahmegespräch hatte man ihr für die nächsten Tage ein volles Programm versprochen.

Oder angedroht?

Jetzt erst fiel ihr die Polizei ein. Natürlich musste sie den Diebstahl ihres Koffers melden. Vielmehr das Vertauschen. Der Inhalt dieses fremden Rollis würde die Beamten mächtig interessieren. Wen nicht? Dass dieses Zeug womöglich ihr gehörte, würde ja wohl niemand ernsthaft vermuten.

»Hallo. Na?«

Es war die junge Frau mit dem quergestreiften Pullover. Sie schaute sie fragend an, und Stephanie konnte gar nicht anders, als auf den Mauerplatz rechts neben sich zu deuten und einladend zu nicken.

»Die erste Nacht hier ist besonders schlimm. Kann mich noch gut erinnern.« Die Frau mit den brünetten Haaren und der schwarzen Metallbrille setzte sich, die linke Hand in ihren Pulloversaum gewickelt, die rechte mit einer Zigarette, die fast nur noch aus Glut und Filter bestand, wie einen Schutzschild vor ihren Mund gelegt. Gierig zog sie noch einmal, dann warf sie die brennende Kippe achtlos ins nächste Blumenbeet.

Sie ist hübsch, dachte Stephanie. Auf andere Art als ich, aber richtig hübsch. Bloß – ihre Haut sieht so alt aus, überhaupt nicht frisch, beinahe runzlig, obwohl sie sich doch so über den Knochen spannt. Und ihre Finger. Alle Gelenke sind dicker als die Glieder selbst. Ob das bei ihren Armen und Beinen auch so ist? Erkennen kann man es nicht, weil sie so weite Sachen trägt.

Hatte sie diese Frau wirklich sekundenlang schamlos angestarrt? Schuldbewusst wandte Stephanie den Blick ab, schaute zu den anderen hinüber, die langsam vor dem Klinikeingang flanierten, leise miteinander redend und rauchend. Alle trugen sie weite Sachen. Sweatshirts, die gerade und glatt von eckigen Schultern herabfielen, Hosen, die keine Beulen zeigten, wo das Gesäß hätte sein müssen.

»Das Panoptikum der Arschlosen.«

»Was?« Jetzt starrte Stephanie ihre Nachbarin wirklich an, mit offenem Mund.

Die Frau lachte rau, hustete, lachte erneut. »Tja, der Laden hier hat viele Namen. Klapse, Ballerburg, Kalorientempel, Maststall. Und eben Panoptikum der Arschlosen. Das hat mal eine verzweifelte Mutter quer durch die Cafeteria gebrüllt. Als ob die ihre Tochter auf diese Art erreichen könnte!«

»Wie kann eine Mutter ihre Tochter nicht erreichen? Warum soll das nicht gehen?« Stephanie schluckte trocken. »Meine Mutter ist tot, schon lange. Ich würde viel darum geben, noch einmal mit ihr reden zu können.«

Die Frau mit dem gestreiften Pullover schaute Stephanie kritisch an. »Du weißt noch nicht viel von Ana, nicht? Sehr lange hast du sie noch nicht, stimmt's?«

»Wer ist Ana?«

»Na, Anorexie. Magersucht. Wir nennen sie Ana.

Manchmal ist sie eine gute Freundin. Und manchmal ist sie ein verfluchtes Biest. Eine Krankheit, an der man sterben kann. Und, wie lange?«

Abwehrend hob Stephanie die Hände. »Überhaupt nicht! Ich bin nicht krank. Ich bin nur hier, weil ...« Verdammt, die Wahrheit kam natürlich nicht in Frage. »Weil mein Vater sich Sorgen um mich macht.«

Wieder dieses raue Lachen. »Ach ja, verstehe. Natürlich bist du nicht krank. Keiner ist hier krank, irgendwie. Genauso muss es im Knast sein. Keiner hat irgendetwas gemacht, jeder ist unschuldig, aber trotzdem sind alle drin. Eigenartig, nicht wahr?«

Plötzlich lag eine langfingerige, dickadrige Hand auf Stephanies Schulter, umfasste das Gelenk, fuhr hinab zum Oberarm. Stephanie konnte spüren, wie sich die Finger um ihre mageren Muskeln schlossen, mühelos.

Wütend schüttelte sie die Hand ab. »Was soll das?«

Die junge Frau blieb gelassen. »Keine von uns will es wahrhaben, jedenfalls meistens. Warum sollte es dir anders gehen? Bei anderen, ja, da sieht man es leicht. Darum schau mich ruhig an, schau auch alle anderen an, das macht nichts, die tun das genauso. Alle vergleichen sich mit den anderen, immer. Das geht nicht nur den Männern so.« Wieder lachte sie rau und zündete sich eine weitere Zigarette an.

»Ich bin übrigens Anni«, sagte sie dann. »Nicht Ana. Anni.«

»Ich bin Steph ... Steffi.« Ihre Stimme zitterte. Sie hüstelte nervös.

Wieder die Hand. Diesmal schüttelte sie sie nicht ab. Fühlte, wie sie von der Schulter über ihren Rücken strich, warm, freundlich, tröstend. Warum war Lennert nicht hier, um sie zu trösten? Warum nicht Mama, warum nicht wenigstens Hannelore Siemers? Warum hatte Daddy sie hierher abgeschoben?

Die Hand strich weiter und erreichte den Verband

am linken Oberarm. Es schmerzte. Stephanie zuckte zusammen.

»Oh, Verzeihung.« Anni zog ihre Hand zurück. »Viele von uns tragen solche Verbände«, sagte sie sanft. »Je mehr sie uns hier zum Essen zwingen, desto mehr wird geritzt. Ist halt ein Ausgleich. Irgendwo muss der Druck ja hin.«

Stephanie schüttelte den Kopf, sagte aber nichts. Sie musste die Wahrheit für sich behalten. Vielleicht war es ja sogar schon falsch gewesen, Lennert einzuweihen. Sollte diese Anni doch denken, dass sie eine von ihnen war. Eine von diesen Kranken, von diesen ... Gestörten. Essgestörten. Sollte sie doch.

Und wenn es stimmte?

In ihrer Hosentasche vibrierte es. Ihr Handy, stumm geschaltet. Eine SMS. Stephanie nickte Anni entschuldigend zu und rief die Nachricht aufs Display. *Wo bist du? Hab dich verloren. Bin bei Freunden. hdl L.*

Na toll. Immerhin hatte Lennert sie nicht völlig vergessen. Mit gelenkigen, wohltrainierten Daumen tippte sie eine Antwort: »Klinik. Alles klar. Melde mich morgen. cu.« *See you* – ein etwas spröder Gruß unter Verliebten, aber genau so sollte es ja auch rüberkommen.

Nicht einmal die Adresse, wo er sich aufhielt, hatte er ihr gesagt!

Sie steckte das Handy wieder ein. Augenblicke später vibrierte es wieder. So, Lennert hatte es also eilig mit der Antwort. Wie auch immer, ich kann es abwarten, dachte Stephanie und ließ das Handy stecken.

Anni stand auf. »Zeit für die Koje«, sagte sie und reckte sich, dass die Gelenke knackten. Ihr Pullover war so lang, dass er sich nicht einmal jetzt über die Gürtellinie hob. Aber die Ärmel rutschten bis zu den Ellbogen zurück. Stephanie schauderte, als sie die skeletthaften Handgelenke erblickte. Elle und Speiche waren deutlich zu erkennen, schienen nur von Haut überzogen zu sein.

Jetzt fiel ihr wieder ein, dass Anni bei ihrer Ankunft

im Rollstuhl gesessen hatte. Dabei funktionierten ihre Beine doch anscheinend tadellos. Konnte es sein, dass diese junge Frau einfach schon zu dünn war, als dass ihr die Ärzte das Gehen noch erlauben wollten?

Anni bemerkte ihren Blick und schlenkerte die Ärmel schnell wieder zurück bis auf die Handrücken. Das mit dem Hinschauen schien für sie doch seine Grenzen zu haben, jedenfalls, wenn es um sie selber ging.

Die junge Frau mit dem quergestreiften Pullover ging zum Haupteingang, und Stephanie erhob sich und folgte ihr. Das Foyer war gedämpft beleuchtet und knisternd still. Die Diensthabende hinter dem Rezeptionstisch hatte sich in irgendwelche Papiere vertieft und hob den Kopf nicht.

»Vergiss nicht, in deinen Postkasten zu gucken«, sagte Anni im Flüsterton. »Manchmal werfen die spät abends noch Terminzettel für den nächsten Morgen ein und sind sauer, wenn du nicht rechtzeitig da bist. Blöde, nicht? Als ob wir hier nicht alle Zeit der Welt hätten. Das Leben ist sowieso draußen, hier drinnen ist Pause. Zauberberg, wenn du verstehst, was ich meine.«

Stephanie nickte abwesend. Jetzt schon Post, kaum dass sie angekommen war? Unwahrscheinlich. Trotzdem folgte sie Anni, die sie zu einer Wand führte, die komplett aus Einwurfschlitzen und kleinen Türchen zu bestehen schien. Im Eingangsflur eines Plattenbaus konnte es nicht bestürzender aussehen. Gab es in dieser Klink wirklich so viele Patienten?

Stephanies Kasten war auf der rechten Seite; Anni identifizierte ihn sofort und zeigte ihn ihr. Sie musste schon eine ganze Weile hier sein.

Das Türchen ließ sich mit ihrem Zimmerschlüssel öffnen. Wider Erwarten war tatsächlich bereits Post drin. Ein brauner Umschlag, DIN-A5-Format, mit ihrem Namen in Blockbuchstaben drauf. Der Umschlag fühlte sich recht dick und weich an. Wenn das Formulare waren, die sie ausfüllen musste, dann würde sie wohl eine Weile damit zu tun haben.

»Na siehst du.« Anni winkte ihr zu, während sie sich einer der gläsernen Gangtüren zuwandte. »Dann mach's mal gut. Bis morgen!«

Stephanie grüßte fahrig zurück, während sie sich zu erinnern versuchte, wo denn der Gang abzweigen mochte, der zu ihrem eigenen Zimmer führte. Ach ja, dort beim Feuerlöscher. Die Glastür öffnete sich von alleine. Das war wohl wegen der Rollstuhlfahrer.

Ihr Zimmer kam ihr fremder vor als jedes Hotelzimmer, in dem sie schon übernachtet hatte. Es gab ja auch keine persönlichen Dinge, die sie im Raum hätte verteilen können. Die waren ja alle in ihrem Koffer gewesen, und der war weg. Stattdessen stand da dieser andere Koffer, ein dunkler Fremdkörper mit beängstigendem Inhalt, der ihr nicht gehörte und mit dem sie auch nichts zu tun haben wollte.

Als sie die Zimmertür hinter sich schloss, knisterte das Kuvert in ihrer Hand. Richtig. Lieber gleich nachschauen, was die Klinikleute von ihr wollten. Sie riss das Kuvert auf.

Der Inhalt war wirklich weich, noch weicher, als sie gedacht hatte. Papier war das nicht. Eher schon Stoff. Sie schob ihre Finger hinein und zog.

Tatsächlich, Stoff, seidig und weich. Und Spitze. Das Ganze erinnerte an ... Unterwäsche!

Wer schickte ihr denn Unterwäsche? Wusste etwa bereits jemand, dass es ihr daran mangelte?

Aber dies war schwarze, spitzenbesetzte Unterwäsche. Reizwäsche, genauer gesagt. Wer anders als Lennert sollte ihr so etwas kaufen?

Sie zog weiter. Ein Teil des Stoffs blieb zwischen ihren Fingern, ein anderes Stück fiel zu Boden. Dann noch eins. Kleine Stücke waren das. Sah fast so aus, als ob ...

Stephanie erkannte zweierlei im selben Augenblick:

Dass jemand dieses Unterwäsche-Set zerschnitten hatte. Und dass es sich um ihre eigene Wäsche handelte.

Sie schleuderte das Kuvert von sich wie eine giftige Schlange. Dass sie nicht um Hilfe schrie, wunderte sie selbst, aber die Stille dieser nächtlichen Klinik machte sie stumm. Immerhin jedoch dachte sie an Hilfe.

Lennert!

Sie riss ihr Handy heraus. Da war ja noch Lennerts letzte SMS. Schnell rief sie sie auf.

Aber die SMS war nicht von Lennert. Sie war von – niemandem. Weder Absender noch Unterschrift. Stephanies Herz begann zu rasen.

Da stand: *Ich will meinen Koffer zurück. Keine Polizei, kein Wort. Sonst ...*

Jetzt schrie Stephanie doch.

16.

Er spürte es brennen. Schon wieder. Verdammtes Höllenfeuer.

Ächzend richtete er sich auf, drückte beide Hände auf die Magengegend und presste seinen Atem zischend durch die Zähne. Langsam klang der Anfall ab. Der Schmerz aber schien jedes Mal stärker zu werden.

Vertrug er denn wirklich überhaupt keinen Rotwein mehr?

Hauptkommissar Stahnke tastete nach der Wasserflasche, schraubte sie auf und trank gierig. Wasser ohne Kohlensäure, denn die vertrug sein überempfindlicher Magen auch schon lange nicht mehr. Warum kaufte er das Zeug eigentlich teuer im Supermarkt und schleppte es kistenweise nach Hause? Das Leitungswasser in Leer war doch ebenso gut und schmeckte auch nicht anders. Nach jüngsten Untersuchungen sollte es sogar frei von Dioxin sein. Na, wenn das kein Trost war!

Erneut massierte er die Magengegend. Was er da fühlte, gefiel ihm überhaupt nicht. War das da etwa noch die Leber? »Wenn einem die Leber am Herzen liegt, muss man mit dem Trinken aufhören«, murmelte er vor sich hin. Blöder Witz. Wo hatte er den nur zuletzt gelesen? Bestimmt nicht in der Apothekenzeitung, die warf er nämlich immer ungelesen weg.

Letztes Jahr hätte er über diesen Witz noch gelacht. Da hatte er sich doch ziemlich gut in Form gebracht, hatte durch viel Fahrrad fahren, vernünftig essen und weniger trinken sein Gewicht auf ein erträgliches Maß reduziert. Sicher, schlank war er dadurch nicht geworden, aber er hatte sich beim Blick in den Spiegel guten Gewissens als stattlich bezeichnen können. Nicht als fett.

Und jetzt? Rückfall. Alte Gewohnheiten, alte Optik. Und altes Gewicht. Mindestens. Die Löcher, die er neu in seinen Ledergürtel gestanzt hatte, um ihn enger schnallen zu können, benutzte er schon lange nicht mehr.

Das Telefon klingelte.

Der Wecker zeigte kurz vor sechs. Stahnke zuckte die Schultern, erhob sich und schlurfte in den Flur. »Ja?«

Es war Venema. »Wir müssen Stephanie da rausholen«, stieß er hervor. »Sie ist in Gefahr.«

»Guten Morgen.« Stahnke versuchte der aufkeimenden Panik des Reeders mit betonter Ruhe zu begegnen. »Sagen Sie mir bitte zunächst mal ganz knapp, was eigentlich passiert ist.«

»Stephanie ist gestern nach Langeoog gefahren, wie Sie wissen. Seitdem wurde ihr Reisekoffer gegen einen Koffer voller Drogen ausgetauscht, sie wird bedroht und erpresst, und am Strand, wo sie sich gestern Abend aufgehalten hat, ist geschossen worden.«

Stahnke rieb sich die Stirn. Venema klang zwar nervös, aber gefasst, und es bestand kein Grund, ihn für durchgeknallt zu halten. Aber wenn das stimmte, was er da sagte ...

»Danke. Und jetzt noch einmal mit Details, bitte.« Mit dem Hörer am Ohr schlurfte er in die Küche und machte die Kaffeemaschine startklar, während er sich Venemas ausführliche Version der gestrigen Vorgänge anhörte. Der Mann wusste sich präzise auszudrücken, das musste man ihm lassen. Und auch seine Beherrschung war bemerkenswert. Von dem anfänglichen Panik-Anflug war jedenfalls längst nichts mehr zu bemerken.

»Geschossen wurde also auf den Bagger?«, fragte Stahnke nach. »Ganz sicher? Ich meine, ist es ausgeschlossen, dass die Schüsse wieder Ihrer Tochter galten?«

»Sie meint ja«, erwiderte Venema. »Sie stand wohl nicht annähernd in der Schussrichtung. Außerdem haben alle Schüsse den Bagger getroffen, das sah schon sehr nach Absicht aus.«

»Gut«, sagte Stahnke. »Ich meine, schlimm genug, aber doch eindeutig ein anderer Fall. Gefährdung von Personen durch Schusswaffengebrauch, schwere Sachbeschädigung, unbefugtes Mitführen einer Waffe nehme ich auch mal an, vielleicht auch illegaler Waffenbesitz. Aber nichts davon betrifft die Sicherheit Ihrer Tochter unmittelbar. Da wird sich schon mein Langeooger Kollege Lüppo Buss drum kümmern.«

»Und was ist mit diesem Drogenkoffer? Was ist mit der Drohung per SMS? Nehmen Sie die etwa nicht ernst? Das Zerschneiden von Unterwäsche ist doch ein eindeutiges Signal, eine symbolhafte Handlung, die auf Gewalt hinausläuft. Dem kann man meine Tochter doch unmöglich aussetzen!«

»Vollkommen richtig«, sagte Stahnke. »Aber sagen Sie mir eins: Glauben Sie, dass diese Drohungen in irgendeiner Form mit dem Attentat, das hier in Leer auf Ihre Tochter verübt wurde, in Zusammenhang stehen?«

Der Reeder zögerte einen Moment. »Möglicherweise« sagte er. Noch eine Pause. »Eher nicht«, verbesserte er sich dann. »Stephanie ist durch einen unglücklichen Zufall in den Besitz einer Lieferung Drogen und illegaler Medikamente gelangt. Sie sagt, der fremde Koffer sei mit ihrem praktisch baugleich, und die Gepäckscheinnummern waren zum Verwechseln ähnlich. Aber jetzt will dieser Strolch seine Ware zurückhaben, und das bedeutet für Stephanie auf jeden Fall Gefahr. Das werden Sie doch nicht abstreiten wollen!«

»Auf gar keinen Fall«, versicherte Stahnke. »Nur frage ich mich, ob ein überstürzter Aufbruch Ihrer Tochter zum jetzigen Zeitpunkt die Gefahr wirklich vermindert. Und sie nicht etwa noch vergrößert.«

»Wie meinen Sie das?« Venema klang keineswegs feindselig, sondern ernsthaft interessiert. Er musste wirklich über einige Erfahrung in Sachen Krisenbewältigung verfügen.

»Die Gefährdung Ihrer Tochter auf Langeoog, die ich derzeit ausmachen kann, ist nicht personen-, sondern sachbezogen«, erläuterte Stahnke. »Hier wird eine klare Forderung erhoben, die mit Stephanie genau genommen nichts zu tun hat. Der Täter Nummer zwei, also der Drogenhändler oder -kurier, will seinen Koffer mitsamt Inhalt zurück. Darüber hinaus will er von Ihrer Tochter nichts. Anders der Täter Nummer eins, der in Leer auf Stephanie geschossen hat. In dessen Fall kennen wir das Motiv nicht, wohl aber das Ziel. Gehen wir davon aus, dass beide Täter nicht identisch sind – und das tun wir –, dann ist Stephanies Gefährdung auf dem Festland weit größer einzuschätzen als auf der Insel. Zumal durch eine schlecht vorbereitete Ortsveränderung Täter Nummer eins, der, so hoffen wir jedenfalls, Stephanies Aufenthaltsort momentan nicht kennt, überhaupt erst wieder auf ihre Spur gebracht werden könnte.«

Während Stahnke dozierte, massierte er sich weiter die

schmerzende Bauchgegend. Die Küche hatte er wieder verlassen, weil die Kaffeemaschine lautstark vor sich hin prustete, und so fiel sein Blick in den Flurspiegel. Sein eigener Anblick in Shorts und T-Shirt mit bloßem, haarigem Bauch wirkte lächerlich und stand in geradezu groteskem Kontrast zum autoritären Duktus der Ansprache, die er Venema gerade gehalten hatte. Nur gut, dass es hier kein Bildtelefon gibt, dachte er und konnte sich das Lachen nur knapp verbeißen, dem Ernst der Lage zum Trotz.

»Ich kann Ihrer Einschätzung folgen«, sagte Venema. »Zumindest für den Augenblick sollten wir Stephanie also auf Langeoog lassen. Zumal ihr der Aufenthalt in dieser Klinik, die sich auf Essstörungen spezialisiert hat, auch in anderer Hinsicht guttun wird, wie ich zumindest hoffe. Allerdings bestehe ich darauf, dass sie dort besser geschützt wird. Diese Dorfpolizisten dort scheinen solchen Aufgaben ja nicht gewachsen zu sein.«

Stahnke dachte an Lüppo Buss. Genau so hatte der sein Image immer eingeschätzt. Sein Image, nicht aber sich selbst, und das zu Recht.

»Meine Kollegen auf Langeoog sind nicht minder qualifiziert als wir hier auf dem Festland«, entgegnete er, ohne seine Stimme zu heben. »Allerdings ist ihre personelle Stärke für solche Anlässe nicht berechnet. Ich werde dafür sorgen, dass sie entsprechende Verstärkung bekommen.«

»Gut. An wen dachten Sie dabei?«

Stahnke warf noch einen Blick in den Spiegel und taxierte die Rundung seines Bauches. »An mich selbst«, antwortete er.

17.

Zum Glück gab es in ihrem Zimmer einen Fön. Damit konnte sie ihre getragene Unterwäsche, die sie im Waschbecken mit warmem Wasser und etwas Flüssigseife aus dem Spender kurz aufgefrischt hatte, halbwegs zügig trocknen und gleich wieder anziehen. So fühlte sie sich annähernd sauber, als sie zum Frühstück ging, dem etwas miefigen Sweatshirt zum Trotz.

Die lange Essenstheke schien gerade erst geöffnet worden zu sein, denn alle Patientinnen und Patienten strebten gleichzeitig darauf zu, die vielen hageren bis dürren ebenso wie die wenigen annähernd normal aussehenden und die Minderheit der dicken. Auch das Vier-Zentner-Walross schob und tastete sich schnaubend und prustend in diese Richtung. Schnell huschte Stephanie an ihm vorbei, um nicht womöglich hinter ihm anstehen zu müssen.

Warum eigentlich? Sie war überhaupt nicht hungrig. Das war sie morgens nie. Im Gegenteil, der Gedanke an Essen verursachte ihr sogar leichte Übelkeit. Die reichhaltige Abendmahlzeit, die sie sich gestern hatte aufdrängen lassen, war immer noch wie ein Brocken aus Fett und Schleim im Magen zu spüren. Trotz des anstrengenden Laufs durch die Dünen war ihr Körper bestimmt immer noch mit Kalorien überversorgt. Nein, eigentlich wollte sie im Moment wirklich überhaupt nichts essen. Aber das würde sich wohl nicht vermeiden lassen, zumindest musste sie so tun als ob. Deshalb wollte sie es so schnell wie möglich hinter sich bringen.

Dieser Gedanke schien alle hier anzutreiben. Obwohl es mehrere Essensausgaben gab, herrschte über die gesamte Länge der Theke ein unglaubliches Gedränge. Zweimal wurde Stephanie beim Versuch, einen Teller zu ergattern, rücksichtslos zur Seite geschoben, und auch, als sie nach dem Besteck griff, spürte sie spitze Ellbogen zwischen ihren Rippen. Nichts zu fassen, dass diese traurigen Klappergestalten mit den welken, runzligen Gesichtern, den skelettartigen Fingern und Gelenken und den senkrecht herabhängenden Klamotten so begierig waren, ans Essen zu gelangen!

Aber das waren sie natürlich nicht, und das war der eigentliche Grund für das große Gedränge an den Ausgaben. Teller wurden zwar hingehalten, aber schnell und leer wieder zurückgezogen. Dafür wurde diskutiert, mit erregten und erhobenen Stimmen. »Wenn ich statt des einen Stücks Gurke zwei nehme, kann ich dann den Teelöffel Marmelade weglassen?« – »Statt des Weichkäses hätte ich gerne Harzer, aber nicht 75 Gramm, sondern nur 50, sonst ist mit das einfach zu viel.« – »Warum sollen anderthalb Scheiben Mischbrot ebenso viele Kalorien haben wie vier Scheiben Knäckebrot? Ich meine, ich esse gerne Knäcke, aber doch nicht vier Scheiben, nie im Leben, das muss man sich mal vorstellen!« – »Was heißt hier sieben Löffel Cornflakes? Gehäufte Löffel oder gestrichene? Ich meine, wenn ich den Löffel sooo voll mache, dann ist das doch …«

Die Frauen hinter der Theke beantworteten jede dieser Frage mit größter Ruhe. Die müssen ja eine wahre Engelsgeduld haben, fand Stephanie. Ich würde hier in kürzester Zeit wahnsinnig werden. Anschreien würde ich diese Zicken! Was denken die sich bloß dabei, sich dermaßen asig aufzuführen!

Dann dachte sie darüber nach, wie sie es fände, vier Scheiben Knäckebrot zum Frühstück zu essen. Womöglich noch mit etwas drauf! Oder dazu! Was für eine Zumutung.

Dieser unvermittelte innere Rollenwechsel erschreckte sie. Auf welcher Seite stehe ich denn eigentlich, fragte sie sich, auf der Seite der Vernunft oder der der Abscheu? Oder etwa auf beiden gleichzeitig? Bin ich womöglich schizophren? Sind das vielleicht alle hier? Sind wir deswegen krank? Oder ist das vielleicht unsere Krankheit? *Unsere* Krankheit? War *sie* denn krank?

»Moin«, sagte eine bekannte Stimme hinter ihr. Es war Anni, die schon wieder diesen überweiten, quergestreiften Pullover trug. Hatte man ihr etwa auch den Koffer geklaut?

»Na, hast du dran gedacht, heute früh in dein Postfach zu gucken?«, fragte Anni.

Ja, daran gedacht hatte sie schon. Aber nach diesem Fund letzte Nacht hatte sie nicht das Bedürfnis, sich jemals wieder diesem Fach zu nähern. Außerdem hatte Daddy ihr am Telefon eingeschärft, bloß die Hände vom Postkasten zu lassen, ehe die Polizei ihn nicht auf Fingerabdrücke untersucht hatte. Aber das konnte sie Anni so natürlich nicht erklären.

»Nein, hab ich vergessen«, sagte sie stattdessen.

»Das habe ich mir schon gedacht.« Anni reichte ihr ein paar zusammengeheftete, vielfach geknickte und fleckige DIN-A4-Bögen hin. »Hier, das ist mein Essensplan. Deiner liegt bestimmt in deinem Fach. Aber sie sind ja bestimmt identisch, so wie ich deinen BMI einschätze.«

Es waren vier Bögen, offenbar ausgedruckte Excel-Tabelle, überschrieben mit »Frühstück«, »Mittag«, »Abend« und »Zwischenmahlzeiten.« Nahrungsmittel waren da aufgelistet, eingeteilt in jeweils vier Gruppen. Unter »Frühstück, Gruppe eins« standen diverse Brotsorten, Müsli, Haferflocken und Cornflakes, dahinter Mengen- und Gewichtsangaben. Gruppe zwei bestand aus Milch, Milchprodukten wie Quark und Käse sowie Eiern, Gruppe drei Gemüse und Obst, ergänzt durch Honig, Marmelade und – tatsächlich, sogar Nutella. Ekelhaft! Gruppe vier waren Getränke, Kaffee und diverse Teesorten, allesamt kalorienfrei. Das also war die Grundlage dieser endlosen Thekendiskussionen!

Tatsächlich, da stand bei Knäckebrot *vier Scheiben*.

Mein Gott, eine war doch mehr als genug, schon gar, wenn sich vielleicht noch etwas Margarine oder sogar Marmelade darauf befand!

»Ist das etwa verbindlich?«, fragte sie Anni mit geweiteten Augen.

»Verlass dich drauf«, erwiderte Anni mit zynischem Lächeln. »Die Ernährungsberater achten peinlich darauf. Manchmal lassen sie zu, dass du zwischen den Gruppen etwas tauschst. Aber nicht immer, vor allem dann nicht, wenn sie merken, dass du beim Tauschen tricksen willst. Nee, beim Essen verstehen die hier keinen Spaß.« Ihr Blick verdüsterte sich, als sie leise hinzusetzte: »Kein Wunder, dass viele hier drinnen wesentlich häufiger ritzen als draußen. Manche setzen sich auch die ganze Nacht nach draußen auf den Balkon, weil der Körper bei Kälte mehr Kalorien verbraucht. Bringt bloß im Sommer meistens nicht so viel.«

Endlich ließ das Getümmel an den Essensausgaben nach, und es gelang Anni und Stephanie, bis zu den Auslagen vorzudringen. Bis auf das Brot war dort alles, was auf der Liste stand, in kleinen Porzellan- oder Glasschälchen säuberlich portioniert zur Ansicht aufgereiht. Die Fülle verschlug Stephanie die Sprache. Sie entschied sich für Roggenbrot, einfach weil es die geringste Menge aller Brotsorten zu sein schien, und nahm aus dem gleichen Grund Schnittkäse dazu. Aber dass es zur Tomate noch 75 Gramm Marmelade dazu geben sollte? Ehe sie es sich versah, fand sie sich in eine heftige Diskussion mit der Ernährungsberaterin verstrickt. Als ihr das bewusst wurde, unterbrach sie sich mitten im Satz und akzeptierte das winzige Schälchen mit der süßen roten Masse darin.

Anni führte sie zu einem freien runden Tisch in einer Ecke des Speisesaals, von wo sie einen guten Überblick hatten. Fast alle anderen Plätze waren besetzt, und es schien feste Gruppen und gewohnheitsmäßige Sitzordnungen zu geben. Die Übergewichtigen saßen zusammen;

die Portionen auf ihren Tellern kamen Stephanie erstaunlich groß vor, wenn man bedachte, dass diese Leute doch hier waren, um abzunehmen. Ihre eigene Portion hingegen war erschreckend groß. Anderthalb Scheiben Brot, 45 Gramm Schnittkäse, Tomatenscheiben, Marmelade und ein Becher Früchtetee. Wie sollte sie das alles nur herunterbekommen?

An einem der Tische saßen lauter Rollstuhlfahrerinnen. Hatte nicht Anni gestern noch ebenfalls in solch einem Ding gesessen? Stephanie entschied sich, einfach nach dem Grund zu fragen.

»In solch eine Karre setzen sie dich, wenn du hier abnimmst«, erklärte Anni. »Oder wenn dein BMI deutlich unter 14 rutscht. Dann musst du sogar noch die Kalorien sparen, die du beim Stehen und Gehen verbrauchen würdest. Ich hatte drei Tage lang abgenommen. Hatte ein bisschen beim Essen gepfuscht.« Sie schlenkerte augenzwinkernd ihre weiten Pulloverärmel. »Nach zwei Tagen hatte ich zwar damit aufgehört, aber dann klappte es plötzlich mal wieder auf der Toilette. Tja, und wieder ein paar Gramm weniger!« Sie grinste spitzbübisch. »Gestern habe ich dann mal wieder ein paar hundert Gramm zugelegt. Zwei Flaschen Wasser getrunken, dazu ein paar mit Orangensaft getränkte Wattebäusche geschluckt, das hilft. Dieser Rollstuhl geht einem doch ziemlich auf den Geist.«

Stephanie schüttelte sich. »Kannst du das wirklich einfach so steuern?«, fragte sie. »Ich meine, mal abgesehen von ...« Sie errötete und ärgerte sich darüber.

»Klar kann ich das«, sagte Anni leichthin. »Die meisten können es. Egal, ob das Essen stinkt oder man es aus anderen Gründen eklig findet, wenn man wirklich will, dann ignoriert man das eben. Kommt nur drauf an, was gerade schlimmer empfunden wird, das Fett oder die Klinik. Wenn ich die Klinik nicht mehr ertrage, dann fresse ich mich eben raus.«

»Dann tust du – was?«

»Ich fresse mich raus!« Anni schaute Stephanie verständnislos an. »Noch nie vom Rausfressen gehört? Man frisst einfach alles auf, was die einem hier vorsetzen, plus noch etwas extra, so viel eben reingeht. Bis der BMI hochgeht wie eine Rakete. Irgendwann entlassen die einen dann. Tja, und dann kann man ja wieder machen, was man will. Was einem guttut, wobei man sich wohlfühlt.« Sie schüttelte den Kopf. »Mensch, Baby, du weißt aber auch gar nichts über uns. Dabei ist das doch so wichtig.«

Stephanie starrte die Rollstuhlfahrerinnen an, die sich angeregt unterhielten und bester Dinge zu sein schienen. Längst nicht alle waren Jugendliche, mindestens zwei der Frauen schätzte sie auf vierzig oder fünfzig, selbst wenn man bedenken musste, dass die schrumpelige Haut sie älter aussehen ließ. Wie lange die sich wohl schon in dieser Klinik oder in anderen dieser Art aufhielten? Wie viele Rückfälle hatten die schon hinter sich? Und sollte sich dieser Wechsel von »rausfressen«, hungern und vom Notarzt wieder eingewiesen werden immer und immer wiederholen? War das ein Leben?

»Zehn Prozent von uns sterben sowieso«, murmelte Anni. Entweder konnte sie Gedanken lesen, oder aber Stephanies Blick und Gesichtsausdruck waren zu offensichtlich gewesen. Wieder röteten sich Stephanies Wangen.

Immerhin hatte sie während der Unterhaltung gegessen, fast ohne es zu bemerken. Die ganze Brotscheibe war schon weg, ebenso die Tomate und ein Teil vom Käse. Die Marmelade hatte sie über ihren ganzen Teller verteilt. Nur die halbe Brotscheibe und etwas Käse waren noch übrig. Und der Tee, aber der war kein Problem. Trinken war gut, solange es nichts Süßes war. Flüssigkeiten füllten den Magen und verhinderten Hungergefühle. Sie trank ihren Becher in einem Zug leer.

»Geht's nicht mehr?« Anni griff wie absichtslos über den Tisch, warf den Salzstreuer um, richtete ihn mit der anderen Hand wieder auf, wischte die Salzkörnchen weg. Ihre weiten Pulloverärmel streiften über das Tischtuch. Stephanies Blick folgte Annis Bewegungen. Als er sich wieder auf ihren Teller richtete, war der leer, bis auf die Marmeladeschlieren. Anni lächelte ein verschwörerisches Lächeln. »Ich helfe dir doch gern«, flüsterte sie.

Klar, dachte Stephanie. Der Dealer, dessen Drogenkoffer in meinem Zimmer steht, hilft seinen Kunden ganz bestimmt auch gern. Bedürfnisse wollen eben befriedigt werden.

Plötzlich kam sie sich sehr krank vor. Und fragte sich, ob das nicht vielleicht ein sehr gesundes Gefühl war.

Eine der klinisch weiß gekleideten Frauen schlenderte durch den Speisesaal und ließ ihren Blick über die Tische schweifen. Ob sie Annis Aktion bemerkt hatte? Wenn ja, dann ließ sie sich nichts anmerken. Stephanie hatte noch nicht die Routine, auf den ersten Blick zu unterscheiden, ob es sich um eine Ärztin, eine Diätassistentin, eine Schwester oder eine Angehörige des sonstigen Hauspersonals handelte. Erst als sich die Frau umwandte und ihren rotbraunen Pferdeschwanz ausschwingen ließ, erkannte Stephanie, dass es dieselbe war, die sie gestern in Empfang genommen hatte.

»Das ist Sina Gersema, die Psycho-Praktikantin«, raunte Anni. »Eigentlich ist sie noch Studentin, kommt aus Oldenburg. Steht wohl kurz vor dem Examen, darum darf sie sich schon mal ein bisschen an uns als Gehirnklempnerin versuchen, natürlich unter Aufsicht der Halbgötter, versteht sich. Ansonsten wird sie hier mächtig ausgebeutet. Muss so gut wie jeden Job machen für fast kein Geld, weil sie später den Beleg für ihre Prüfungszulassung braucht. Ich sag's dir, die *Generation P*! Mit der kann man es machen.«

»Generation P?«, fragte Stephanie. Sie war etwas irritiert, weil diese Sina sie jetzt direkt anschaute und auf sie zukam. Hatte sie doch etwas bemerkt?

»P wie Praktikum«, erklärte Anni. »Kapitalismus in Reinkultur. Statt wenig zahlen sie dir einfach nichts – und statt viel Profit machen sie allen. Habe ich selbst auch schon am eigenen Leibe erlebt.«

Lächelnd trat Sina Gersema an ihren Tisch. »Guten Morgen«, sagte sie. »Na, schon fertig? Das passt gut, es ist nämlich jemand für Sie da, Stephanie. Ob Sie mir vielleicht folgen würden?«

»Wer denn? Mein Daddy?« Stephanie sprang auf.

Sina Gersema legte ihr die Hand auf den Arm. »Nein, nicht Ihr Vater«, sagte sie leise und zog sie, immer noch fröhlich lächelnd, sanft mit. »Aber keine Angst, es ist nichts Schlimmes. Kein Grund zur Beunruhigung.«

Sollte sie vorgehabt haben, Stephanie zu beunruhigen, dann hätte sie das nicht besser sagen können.

18.

»Himmel noch eins, so viel geballte Persönlichkeit!« Amtsarzt Dr. Bessen kam ins Sprechzimmer gehuscht wie ein Geist, die Schritte geräuschlos, die Wangen eingefallen und grau. Bleiche Augen lauerten hinter halb gesenkten Lidern. Finger wie Spinnenbeine tasteten wie beiläufig über Stahnkes Bauch. Bessens viel zu weiter weißer Kittel bauschte sich hinter ihm und verstärkte den gespenstischen Eindruck noch. Seine Stimme klang hohl und grabestief. »Reicht für dich eigentlich noch eine Planstelle, oder haben sie dir schon eine zweite bewilligt?«

»Ich bin hier im Auftrag des Personalrates«, sagte Stahnke. »Uns ist zu Ohren gekommen, dass Patienten vom medizinischen Personal gemobbt und in ihrer Würde herabgesetzt werden. Ich soll da mal nach dem Rechten sehen. Wie mir scheint, bin ich ja auch gleich an den Rechten geraten.«

Bessen blinzelte nicht einmal. »Schluss mit dem Stuss. Was willst du?«

»Auf die Insel«, erwiderte der Hauptkommissar.

Bessen seufzte. »Wer nicht. Was muss ich tun, um eine vernünftige Antwort zu bekommen? Kramer anrufen?«

»*Ich* brauche eine Antwort. Sag mal, findest du mich wirklich zu dick?«

Jetzt stutzte Doktor Bessen doch. »Äh ... wie lange, glaubst du, sind wir jetzt verheiratet? Miteinander?«

»Nee, mal im Ernst. Ich brauche deine hochoffizielle Bestätigung, dass ich zu dick bin. Und dringend eine Kur in einer Spezialklinik für Essstörungen benötige. Und zwar unverzüglich.«

»Auf der Insel, wie ich annehme?«

»Erraten.«

»Na gut, dann zieh dich mal aus. Und hab dich nicht so, denk daran ...«

»... verheiratet, natürlich.« Stahnke streifte Schuhe, Hemd und Hose ab. Er hasste es, sich vor Weißkitteln zu entblößen und damit automatisch in die Rolle des Hilflosen, des Unterlegenen zu geraten. Klar, wer hasste das nicht. Als Kriminalpolizist aber war Stahnke eine genau gegenteilige Rolle gewohnt, deren Macht ihm Rückhalt gab, und es fiel ihm ungeheuer schwer, diese aufzugeben. Selbst einem alten Kumpel und Segelkameraden wie Edwin Bessen gegenüber.

»So, dann mal rauf hier«, sagte der Doktor und scheuchte Stahnke auf eine museal anmutende Waage. »Okay, mal sehen.« Er schob kleine Gewichte an abgeschabten Stangen, deren Skalen kaum noch zu entziffern waren, hin und her. Dann pfiff er leise. »Donnerknispel, der Fall ist ja noch schwerer, als ich dachte. Einhundertfünf Kilo, also sag mal!«

»Über hundert? Das kann überhaupt nicht angehen.«

Zu Hause auf seiner Badezimmerwaage hatte er es auch heute Morgen noch geschafft, unter der magischen Einhundert zu bleiben. Sicher, er hatte dazu ein wenig auf den Zehen balancieren müssen, bis der wankelmütige Zeiger in der gewünschten Region verharrt hatte. Immerhin aber war Selbstbetrug kein Straftatbestand.

Hier allerdings kam er damit nicht durch. Und das war auch gut so, denn es gehörte zum Plan.

»Liegt alles nur an meinen schweren Knochen«, maulte er trotzdem. Immer hübsch in der Rolle bleiben.

»Na klar.« Bessens tiefes, sattes Lachen schien direkt aus einer wenig belegten Familiengruft zu kommen. »Das sagen sie alle. Wollen mal sehen: Das menschliche Skelett wiegt im Durchschnitt etwa zehn Kilo, Abweichungen nach oben oder unten höchstens zehn Prozent. Na, sagen wir mal zwanzig Prozent, weil du's bist. Macht zwei Kilo mehr für deine überschweren Knochen. Die kannst du dir von deinem Übergewicht abziehen. Also nicht dreißig, sondern nur achtundzwanzig Kilo zu viel.«

Jetzt schaute Bessen unvermittelt ernst, und sofort erinnerte er wieder an einen unterernährten Schlossgeist. »Wenn du nicht schon Hauptkommissar wärst, sondern noch Anwärter, könntest du deine Verbeamtung vergessen. Mit dem Gewicht wäre das ausgeschlossen.«

»Mist«, sagte Stahnke, »und andererseits auch wieder nicht. Kommt mir im Augenblick ganz gut zupass. Sag mal, ab wie viel Kilo ist Übergewicht denn eigentlich gesundheitsgefährdend?«

Bessen winkte ab: »Diese Grenze hast du längst hinter dir.« Er schwang sich auf seinen Bürostuhl und hackte ein paar Zahlen in seinen Laptop. »Also, mal sehen ... hundertfünf Kilo ... wie groß bist du, immer noch einsachtzig, oder schon geschrumpft? Also, lass mal sehen. Dein BMI ist 32,41. Das ist tief im Adipositas-Bereich. Fast schon Adipositas Stufe II, die beginnt bei einem BMI von 35. Was ist, soll ich's dir übersetzen?«

»Danke, kein Bedarf«, schnaubte Stahnke. Was Fettsucht und Body-Mass-Index bedeuteten, wusste er.

»Adipositas zweiten Grades ist auf jeden Fall gesundheitsgefährdend«, fuhr Bessen fort. »Den hast du zwar noch nicht ganz erreicht, aber viel fehlt nicht mehr. Wenn du also eine Kur beantragen möchtest, könnte ich dir schon ein paar passende Zeilen schreiben. Soll ich?«

»Und du meinst, das würde klappen?« Stahnke hatte keinerlei Erfahrung in solchen Dingen. Bisher hatte er Ärzte nach Kräften gemieden, von Rechtsmedizinern und Segelkameraden einmal abgesehen, und Kuren waren seiner Ansicht nach etwas für Mütter, Schwerkranke und Drückeberger.

»Ach, sicher nicht beim ersten Mal«, antwortete Bessen. »Der erste Antrag wird praktisch immer abgelehnt. So sind sie, die Kassen. Das nennt sich Kostendämpfung. Man muss es aber einfach immer wieder versuchen, damit die Brüder merken, dass es einem ernst damit ist. Beim zweiten oder dritten Antrag klappt es dann meistens.«

»Das dauert mir zu lange«, knurrte Stahnke. »Irgendwie müssen wir das schneller deichseln.«

»So, so.« Bessen stellte die Ellbogen auf den Schreibtisch, verflocht seine Spinnenfinger miteinander und platzierte sein spitzes Kinn darauf. »Schneller, hm? Wann möchtest du denn gerne auf der Insel sein?«

»Heute noch«, sagte Stahnke.

»Heute noch? Heute noch kannst du vielleicht tot umfallen, aber doch keine gesundheitsfördernde Maßnahme bewilligt bekommen«, sagte Bessen in tadelndem Ton. »Unser Gesundheitssystem hat doch nichts zu verschenken, ich bitte dich! Aber um Gesundheit geht es dir ja auch nicht, so viel habe ich längst kapiert. Wenn dir deine Gesundheit nicht vollkommen egal wäre, wäre deine Klamottengröße ja nicht die, die sie ist. Also, spuck's aus, worum geht es?«

»Ich will heute noch in eine Spezialklinik für Essstörungen auf Langeoog eingewiesen werden«, sagte Stahnke. »Dort hält sich eine junge Magersüchtige auf, deren Leben womöglich in Gefahr ist. Um sie unauffällig überwachen zu können, will ich in der Klinik als Patient auftreten. Der Besitzer der Klinik weiß Bescheid und spielt mit, die Klinikleitung wird eingenordet. Du musst dafür sorgen, dass der ganze Papierkram stimmt, damit sonst keiner Verdacht schöpft. Kapiert?«

Einen Augenblick lang bekam Bessens Gesicht eine vollkommen unnatürlich wirkende natürliche Färbung, und seine Augenlider öffneten sich fast vollständig. Schnell aber normalisierte sich das Aussehen des Doktors wieder. Er lehnte sich zurück, breitete die langen, dürren Arme aus und rief: »So ist das also. Warum hast du das denn nicht gleich gesagt?«

19.

Der hochgewachsene junge Mann mit der schwarzen Lederjacke spähte vorsichtig über den Dünenkamm. Es war noch früh am Tag, trotzdem gab es unten schon allerhand Bewegung. Allerdings waren es nicht die Wind- und Kitesurfer in ihren schwarzen Neoprenanzügen, die ansonsten diesen Strandabschnitt bevölkerten, sondern Gestalten in weißen Kapuzenoveralls, die durch den aufgewühlten Sand stapften, sich in ihn hineinknieten, ihre Hände in ihn senkten und mit allerlei Gerätschaften, die aus der Distanz nicht so genau zu erkennen waren, in ihm herumstocherten. Auch auf dem Wrack des umgestürzten Baggers wimmelten diese Weißkittel herum wie Maden auf einer Elefantenleiche.

Die Kriminaltechniker mussten noch in der Nacht

oder im ersten Morgengrauen auf der Insel eingetroffen sein. Vermutlich mit einer Sonderfähre oder einem Fahrzeug der Wasserschutzpolizei, denn Flugzeuge oder Hubschrauber hätten mehrere Flüge benötigt, um so viele Menschen herüberzuschaffen, und das wäre dem Beobachter sicher nicht entgangen.

Im selben Moment donnerte ein Hubschrauber über ihn hinweg in Richtung Festland, wie um seine Gedanken zu bekräftigen. Sieht so aus, als würden die Bullen jetzt Druck hinter die Sache machen, dachte er.

Der Mann rutschte vorsichtig an der Dünenflanke hinab, bis er sichere Deckung hatte, dann stand er auf und stapfte ins Tal, begleitet von Kaskaden losen Sandes. Unten warteten drei weitere junge Männer auf ihn; der kleinste von ihnen war so wie er in schwarze Lederjacke, schwarze Jeans und schwarze Arbeitsschuhe gekleidet, die beiden anderen ganz in Blau: Seglerjacken, Jeans, Turnschuhe. Alle drei blickten ihm erwartungsvoll entgegen.

»Alles voller Bullen«, sagte er. »Schätze, wir müssen erst mal die Füße stillhalten.«

Die beiden Blauen nickten, blieben ansonsten unbewegt. Der kleinere Schwarzgekleidete aber zappelte unruhig, strich sich immer wieder mit beiden Händen die Haare zurück. Sie waren ebenfalls schwarz und reichten ihm bis auf die Schultern. »Du hast leicht reden«, sagte er. »Und was mache ich? Ich hab dir das Geld besorgt, oder? Du hast gesagt, ich krieg es innerhalb von drei Tagen zurück, plus X. Darauf habe ich mich verlassen! Was glaubst du wohl, was passiert, wenn das Geld innerhalb dieser Zeit nicht wieder da ist! Nein, mein Lieber, abwarten ist nicht. Die Kohle muss her.« Sein Kopf ruckte vor und zurück, so dass ihm die Haare immer aufs Neue über die Augen fielen.

Die beiden Blaugekleideten schwiegen weiterhin, warteten aufmerksam und gespannt. Einer von ihnen war dunkelblond, der andere trug eine Glatze.

»Scheißspiel, ich weiß.« Der Wortführer versuchte abzuwiegeln. »Das mit dem vertauschten Koffer ist Mist. Aber wer konnte denn auch so was ahnen?«

»Wer konnte so was ahnen?«, äffte ihn der Langhaarige nach. »Na jeder doch, Mensch, der eine Lieferung von sechzigtausend Ocken unterwegs hat! Da ist man doch wohl auf alles gefasst. Warum hast du dich denn nicht einfach ein bisschen beeilt? Dann hätte dir diese Tusse das Ding nicht vor der Nase weggeschnappt. Musst du denn immer so lahmarschig sein?«

»Na hör mal.« Der Große schüttelte den Kopf, breitete wie entschuldigend die Arme aus, wischte sich ein Stäubchen Dünensand vom Lederjackenärmel. In der nächsten Sekunde hatte er den Langhaarigen mit einer blitzartigen Bewegung an der Gurgel gefasst. »Lahmarschig, ja? Jetzt hör mal zu, du Penner«, zischte er ihm aus nächster Nähe ins Gesicht. »Wenn du glaubst, dass du hier was zu melden hast, nur weil ich dir erlaubt habe, dich an meinem Deal zu beteiligen, dann hast du nicht mehr alle Kerzen am Baum. Du hast deinen Teil des Geldes beschafft, der Kahle die andere Hälfte, Kevin übernimmt die Organisation der Verteilung, ich besorge den Stoff und übernehme Transport und Lieferung, so war es abgemacht. Von festen Lieferfristen war nie die Rede, klar? Wenn du so was willst, dann kannst du ja weiter im Supermarkt Dosen stapeln. Da weißt du immer, wann die kommen.« Er stieß den anderen abrupt von sich. Keuchend und mit angstgeweiteten Augen ging der Langhaarige zu Boden.

Die beiden Blaugekleideten hatten die Aktion schweigend mit angesehen, ohne die Hände aus den Taschen zu nehmen. Ihre Blicke blieben weiter auf den Wortführer gerichtet.

Der schlug jetzt einen versöhnlicheren Ton an. »Ist doch wahr.« Betont lässig zupfte er seine Lederjacke zurecht. »Der Bulle stand am Bahnhof, als ich ankam. Hab ihn gleich gesehen in seiner Paradeuniform und mich ein bisschen bedeckt gehalten. Etwas Vorsicht kann nicht schaden, auch wenn ich der *Unkontrollierbare* bin.« Er grinste breit. Die beiden Blauen grinsten nicht zurück.

»Wie auch immer, als der Bulle sich verzogen hatte, war auch mein Koffer weg, mitsamt der Sore. Dafür habe ich mir den Koffer der Tusse geschnappt. Der kam erst mit der zweiten Fähre, das hat die dumme Kuh wahrscheinlich gar nicht gewusst. Jetzt weiß ich immerhin, wie sie heißt, und ich weiß auch, wo sie wohnt. Und ich hab auch schon Maßnahmen eingeleitet, um meine Sachen zurückzubekommen.«

»Unsere Sachen, Alter«, sagte der Dunkelblonde.

»Und es eilt wirklich, da hat der Kleine schon recht«, sagte der Glatzkopf und zeigte auf den Langhaarigen, der immer noch auf dem Boden hockte. »Wir brauchen die Ware. Unsere Leute werden unruhig. Bald werden sie anfangen, sich in Deutschland zu versorgen. Oder gleich in Holland. Dann haben wir Trouble am Hals, so oder so.«

»Und wenn der Kleine auffliegt, weil er das Geld nicht rechtzeitig zurückzahlen kann, ist uns auch nicht gedient«, ergänzte der Dunkelblonde. »Es hilft alles nichts, das Zeug muss so schnell wie möglich wieder her.«

»Wenn du weißt, wo die Tusse ist, warum holen wir uns den Koffer denn nicht einfach wieder?«, fragte der Langhaarige. Seine Stimme krächzte und klang quengelig.

»Weil – das – nicht – geht«, sagte der Wortführer, als hätte er es mit einem Begriffsstutzigen zu tun. »Keine Chance, verstehst du? Viel zu viele Leute um sie herum. Aber keine Sorge, ich habe sie schon unter Druck gesetzt. Sie wird uns den Koffer freiwillig zurückgeben, verlasst euch drauf.«

»Wie kannst du da so sicher sein, wenn du dich gar nicht an sie herantraust?«, fragte der Dunkelblonde.

»Genau«, sagte der mit der Glatze. »Was, wenn die das

Ding nicht rausrückt? Dann stehen wir da. Vergiss nicht, mein Geld steckt da auch mit drin.«

»Vergesse ich schon nicht«, sagte der Große. Er musterte den Glatzköpfigen aus den Augenwinkeln. Wo hatte der so viel Geld überhaupt her? Aber das würde er schon noch herausbekommen.

»Wir brauchen unbedingt einen Plan B«, sagte der Dunkelblonde. »Nämlich neue Ware. Also Geld. Und außerdem das Geld für den Kleinen, damit wir nicht allesamt auffliegen. Doppeltes Geld. Wo sollen wir das herkriegen?«

Der Wortführer lächelte. So selbstsicher, dass die anderen ihn erwartungsvoll anstarrten. »Wie wir an Geld kommen können, da hätte ich eine Idee«, sagte er. »Darauf hat mich ausgerechnet diese Tusse gebracht. Sobald die Sache spruchreif ist, mache ich 'ne Ansage.«

»Gut«, sagte der Kahle. Er öffnete den Reißverschluss seines Anoraks zur Hälfte und zog einen Revolver heraus, gerade so weit, dass man sehen konnte, wie groß er war. »Mit mir kannst du rechnen.«

20.

Wenn schon nicht Daddy, dann vielleicht Lennert, hatte Stephanie gehofft. An der Rezeption aber wartete eine Frau auf sie. Sie war mittleren Alters, eher klein und recht stämmig, trug die braunen Haare kurz und war sportlich gekleidet. Auf den ersten Blick hielt Stephanie sie für eine Postbotin. Die Haltung der Frau aber ließ auf mehr Autorität schließen.

»Insa Ukena«, stellte sie sich vor. Ihr Händedruck war bemerkenswert fest. »Meinen Dienstausweis zeige ich

Ihnen, wenn wir auf Ihrem Zimmer sind. Ich möchte möglichst jedes Aufsehen vermeiden.«

»Polizei also«, sagte Stephanie leise. Sie fühlte sich ebenso erleichtert wie enttäuscht.

»Als Erstes hätte ich gerne das Postfach gesehen, in dem Sie das Kuvert gefunden haben«, sagte die Polizistin. »Und fassen Sie es dann bis auf weiteres bitte nicht mehr an. Ist das möglich?«

»Wir können Frau Venema ein anderes Fach zuweisen, es sind noch welche frei«, antwortete Sina Gersema an Stephanies Stelle.

Insa Ukena öffnete das Fach mit dem Zimmerschlüssel, ohne den Klappdeckel zu berühren. Stephanies Herz stolperte, als sie schon wieder etwas darin liegen sah, aber es war nur der Essensplan, wie Anni schon angekündigt hatte. Die Polizistin nahm ihn mit spitzen Fingern heraus und reichte ihn Stephanie nach kurzer Prüfung. Dann schloss sie das Fach wieder.

»Sie hatten doch gestern Abend Dienst an der Rezeption«, wandte sich die Oberkommissarin an Sina Gersema. »Ist Ihnen denn nicht aufgefallen, wer den Brief hier eingeworfen haben könnte?«

Eine sehr vorwurfsvolle Fragestellung, fand Stephanie, während Sina Gersema den Kopf schüttelte. »Das kann ich leider nicht mit Bestimmtheit sagen. Ich bin ja noch nicht sehr lange hier und kenne daher längst nicht jeden, der hier ein und aus geht. In der Klinik ist viel Betrieb, wissen Sie, auch abends. Unsere Patienten bekommen viel Besuch. Die meisten melden sich zwar an oder fragen nach Zimmernummern oder wo sich bestimmte Personen gerade aufhalten. Aber das tun längst nicht alle.«

»Und wenn Sie versuchen, sich diejenigen Personen ins Gedächtnis zu rufen, die Sie nicht zuordnen konnten oder können?«

Sina Gersema zuckte die Achseln. »Ich weiß es wirklich nicht. Ein paar junge Männer, würde ich noch an ehesten sagen. Wir haben ja überwiegend jüngere Patientinnen hier, wenn auch nicht ausschließlich. Aber Genaueres – nein, leider nicht.«

»Na gut.« Insa Ukena machte aus ihrer Unzufriedenheit keinen Hehl. »Dann führen Sie uns doch bitte zum Zimmer von Frau Venema.«

Der Koffer stand immer noch mitten im Raum. Die Polizistin schloss die Tür sorgfältig hinter ihnen, dann streifte sie sich transparente Handschuhe über und öffnete den Deckel. »Was haben Sie alles angefasst?«, fragte sie Stephanie.

Die bekam rote Ohren. »Na ja – den Griff, den Reißverschluss und so. Ich habe das Ding ja schließlich transportiert.«

»Und innen drin?«

Das Rot wurde dunkler. »Die Pillen. Ich meine, die Medikamentenstreifen. Die hier, die obenauf liegen.«

Die Oberkommissarin musterte sie streng, sparte sich aber eine Zurechtweisung. Stephanies schlechtes Gewissen war deutlich genug zu erkennen. »Worum handelt es sich denn?«, fragte sie stattdessen.

Auch Sina Gersema beugte sich über den geöffneten Koffer, die Hände hinter dem Rücken verschränkt, um gar nicht Versuchung zu kommen, irgendetwas anzufassen. »Die eine Sorte kenne ich«, sagte sie.

Die doppelreihigen Pillenstreifen lagen wild durcheinander, einige mit den silbrigen Unterseiten nach oben. Verschiedene Fabrikate waren auszumachen, einige mit Aufdruck, einige ohne. Die Sorte, auf die Sina Gersema zeigte, hieß *Guarana-Thyroxin*.

»Und was für ein, äh, Stoff ist das nun?«, fragte die Polizistin, diesmal drängender.

»Das ist ein Fatburner«, erklärte Sina Gersema. »Einige unserer Patientinnen haben damit herumexperimentiert. Haben sich Tabletten übers Internet beschafft, denn in Deutschland ist dieses Präparat nicht zugelassen, wegen der viel zu hohen Dosierung der Wirkstoffe. Hier in der Klinik ist Zeugs dieser Art natürlich sowieso streng verboten.«

Insa Ukena nickte verstehend. Damit kann sie also etwas anfangen, dachte Stephanie. Klar, wer nicht? Vor allem: Welche Frau nicht? Schon gar eine mit so einer Figur. Wobei, dick ist sie eigentlich nicht, nein, das kann man nun wirklich nicht sagen. Aber eben massiv. Und diese Schultern und diese Bollerarme, also wirklich! Da könnte man doch bestimmt etwas machen.

Und da war es wieder, dieses Gefühl, sehr krank zu sein. Und wieder frisches Rot in den Ohrmuscheln.

»Wie funktionieren diese Präparate eigentlich?«, fragte die Oberkommissarin. »Ich meine, was für Wirkstoffe sind da drin, und was lösen die im menschlichen Körper aus?«

»Guarana ist eine Pflanzenart, die vor allem am Amazonas vorkommt und viel Koffein enthält«, antwortete Sina Gersema. »Wirkt anregend bis aufpeitschend auf den Organismus, je nach Dosierung. Weil der Wirkstoff dieser Pflanze an Gerbsäure gebunden ist, wird er langsamer freigesetzt als etwa beim Kaffee. Die stimulierende Wirkung hält vier bis sechs Stunden vor.«

»Und so lange läuft der Körper also auf höheren Touren?«

»Könnte man so sagen«, nickte die Praktikantin. »Bei diesem Zeug hier auf jeden Fall. Ein Feuer, dem extra viel Sauerstoff zugeführt wird, brennt ja auch heißer und verzehrt dabei mehr Brennstoff. In diesem Fall die Kalorien der zugeführten Nahrung. Beziehungsweise der körpereigenen Reserven. So heißt es jedenfalls.«

»Und Thyroxin, was ist das?"

»Ein Hormon, das eine Überfunktion der Schilddrüse bewirkt. Bewirkt unter anderem Herzrasen und Schweißausbrüche.«

»Ach. Und so etwas nehmen Leute freiwillig ein?«

Sina Gersema verzog den Mund. »Tja, sicher. Weil sie sich etwas davon versprechen. Etwas, das sie zwanghaft wollen. Vergessen Sie nicht, Frau Ukena, wir reden hier von Kranken.«

»Richtig.« Die Oberkommissarin ließ ihre behandschuhte Rechte über die Medikamenten-Schicht wandern, ohne aber etwas zu berühren. »Und die anderen Präparate? Was meinen Sie, was ist das?«

»Weiß ich nicht«, sagte Sina Gersema. »Die Beschrifteten kann man sicher anhand der Bezeichnungen relativ schnell identifizieren. Aber die Unbeschrifteten? Keine Ahnung.«

»Nun, dafür gibt es Labore. Ebenso wie für den Rest.« Sie deutete auf die Päckchen in Plastik- und Alufolie. »Rausch- und Betäubungsmittel, keine Frage. Hasch, Kokain, es könnte auch Heroin dabei sein, jedenfalls eine ganze Palette. Scheint so, als wären wir hier auf einen Hauptlieferanten der gesamten Drogenszene der Insel gestoßen.« Sie erhob sich. »Vielleicht sogar auf *den* Hauptlieferanten.«

»Auf Langeoog gibt es eine Drogenszene?«, fragte Stephanie. Und bereute die Frage gleich darauf, denn die beiden anderen Frauen lächelten sie mitleidig an.

»Natürlich gibt es die«, antwortete Insa Ukena. »Bedarf gibt es auf einer Ferieninsel genau so wie anderswo, und wo Bedarf ist, da sind auch immer welche, die diesen Bedarf stillen. Und sich daran 'ne goldene Nase verdienen. Geschäft ist Geschäft.«

»Aber – warum hier?« Stephanie konnte sich die Frage einfach nicht verkneifen. »Hier ist es doch so – so schön!«

Insa Ukena rollte die Augen zur Decke. Sina Gersema aber schien die Frage durchaus ernst zu nehmen. »Drogen sind ein Ersatz«, erklärte sie. »Genau genommen eine Ersatzbefriedigung. Immer, wenn in unserem Leben etwas fehlt, das wir anders nicht kompensieren können, neigen wir dazu, diese Lücken mit einem Ersatzstoff aufzufüllen.

Natürlich nur scheinbar, denn in Wirklichkeit wird ja überhaupt nichts verbessert, sondern nur verschlimmert. Und was die Menschen hier angeht – denk an die Belagerung im Sommer, an die ständige Abhängigkeit von Fremden, von Touristen. Denk an die tristen Winter, wenn auch zufriedene Menschen mal den Blues kriegen. Und denk daran, dass sich hier alles Wesentliche unter kaum mehr als zweitausend Menschen abspielt. Da kann man höllisch alleine sein und sich trotzdem nicht verstecken!«

»Genau, ganz recht«, unterbrach Insa Ukena ungeduldig. »Und wo Sie schon von Bedarf reden: Wer, glauben Sie, hat denn Bedarf an diesen Fatburnern? Wo wir die Abnehmer der anderen Drogen zu suchen haben, weiß ich. Aber wo befinden sich wohl diese Kunden?«

»Genau hier«, sagte Sina Gersema leise. »Natürlich. Wir sind die einzige Klinik für Essstörungen auf der Insel. Mag sein, dass es noch weitere Magersüchtige auf Langeoog gibt, aber sicher nirgendwo solch eine Konzentration wie bei uns im *Haus Waterkant*.«

»Wo Medikamente dieser Art jedoch streng verboten sind«, rekapitulierte Insa Ukena. »Wie Schnaps im Trockendock, stimmt's? Trotzdem finden die Patienten dort immer wieder Mittel und Wege, Alkohol einzuschmuggeln. Was meinen Sie, sind Ihre Leute hier dümmer als der durchschnittliche Alkoholiker?«

»Ganz gewiss nicht«, murmelte die Praktikantin mit abwesendem Blick. »Eher klüger. Magersüchtige sind oft überdurchschnittlich intelligent, was ja nicht zuletzt ein Grund dafür ist, dass sie so sehr unter ihren zumeist eingebildeten Defiziten leiden und deshalb ...« Der Vortrag, der sehr nach Lehrbuch geklungen hatte, brach ab, und Sina Gersema hob den Kopf. »Angela«, sagte sie. »Angela Adelmund! Ihre Blutwerte waren bei den letzten Untersuchungen nicht in Ordnung. Näheres wissen natürlich nur die Ärzte, aber ich habe das am Rande mitbekommen.

Ob sie deshalb … Ist sie etwa daran gestorben?«

»Wir werden sehen«, sagte die Polizistin, schlug den Koffer zu und verschloss ihn. »Die gerichtsmedizinische Untersuchung der Toten dürfte zur Stunde stattfinden. Wenn wir das Ergebnis haben, wissen wir mehr.« Sie zögerte kurz und ergänzte dann: »Ja, ich denke da ganz genau so wie Sie.«

Die Oberkommissarin blickte sich suchend um. »Was ist wohl unauffälliger, den Koffer vorne herauszurollern oder mich gleich hier in die Rabatten zu schlagen?« Sie öffnete die schmale Glastür und spähte hinaus. »Niemand in Sicht, und besonders hoch ist es auch nicht. Also dann, vielen Dank, wir lassen wieder von uns hören. Tschüss.« Sie zog sich den linken Latexhandschuh aus und streifte ihren Ärmel über den rechten, schnappte sich dann den Koffer, trat auf die kleine Terrasse, sprang behände über das Geländer hinunter ins überwiegend mit Sträuchern bepflanzte Beet und war im nächsten Moment verschwunden.

»Herrgott, mein Dienst!« Auch Sina Gersema eilte aus dem Zimmer, allerdings durch die Tür.

Stephanie blieb allein zurück. Die drei Zwölfer-Pillenstreifen, die sie sich schon am Morgen in die Hosentasche gesteckt hatte, brannten durch den dünnen Stoff wie Feuer auf der Haut.

21.

Das Umherstapfen im tiefen Sand bereitete auf Dauer selbst einem durchtrainierten Mann wie Lüppo Buss Probleme. Er richtete sich gerade auf, stemmte seine Hände rechts und links der Wirbelsäule in den Rücken und bog sich nach hinten durch, so weit es eben ging. Es war einfach angenehm, mal wieder ein paar Muskeln zu strecken, auch wenn der dumpfe Schmerz dadurch kaum geringer wurde. Überlastung, vermutete der Oberkommissar. Zeit, sich mal wieder etwas Ruhe zu gönnen.

Ein Gedanke, der angesichts des Gewimmels der Kollegen um ihn herum ziemlich unsinnig erschien, tatsächlich aber gar nicht so abwegig war. Denn zusammen mit den Kriminaltechnikern, den Fotografen und den Spurenspezialisten mit ihren Aluminiumköfferchen war auch Hauptkommissar de Beer auf Langeoog eingetroffen, und damit kam sich Lüppo Buss wieder einmal wie das fünfte Rad am Dienstwagen vor. De Beers herablassende Art stieß ihn ab, und seine eigene, daraus resultierende Bockigkeit führte auch nicht gerade dazu, dass der neue Ermittlungsleiter den Inselpolizisten in seine Aktivitäten hätte einbeziehen mögen.

So blieb Lüppo Buss einstweilen außen vor, offiziell dazu auserkoren, »anfallende Resttätigkeiten« zu erledigen. Dass er das genau hier, am jüngsten Tatort, besorgte, war seine eigene Entscheidung, in die ihm de Beer nicht hineinredete. Weil er ja praktisch gar nicht mit ihm redete.

Lüppo Buss fand diese Reste-Rolle gar nicht so schlecht, gab sie ihm doch die Möglichkeit, am großen Ermittlungs-Feuer sein eigenes Süppchen zu kochen. Und er hatte auch schon eins angesetzt.

Sein Handy klingelte. Pünktlich wie eine Küchenuhr, dachte Lüppo Buss und schaute aufs Display. Kramer aus Leer. Perfekt.

»Hallo, hier Buss.«

»Moin. Sagen Sie mal, woher haben Sie das denn gewusst?«

»Lieber Kollege Kramer, Sie klingen aber gar nicht wie Sie selbst.« Lüppo Buss schmunzelte in sein Mobiltelefon hinein. Er kannte Stahnkes bessere kriminalistische Hälfte von einem gemeinsamen Lehrgang her. Seit wann gab Kramer sich denn so unkontrolliert? »Was, bitte, soll ich gewusst habe? Und warum ist es so bemerkenswert, wenn ich auch mal etwas weiß, hm?«

»Ach herrje, so habe ich das doch nicht gemeint.« Jetzt geriet Kramer, ansonsten stoischer Herr jeder Situation, ernsthaft ins Trudeln. »Ich meine doch nur, da muss man erst einmal draufkommen, dass diese beiden Fälle derart eng in Verbindung stehen.«

Jetzt war Lüppo Buss ernsthaft überrascht. Die beiden Fälle standen in Verbindung? Die magersüchtige Tote und der missbräuchliche abendliche Schusswaffeneinsatz am Langeooger Strand? Darauf wäre er nie gekommen. Und er fragte sich, wie Kramer darauf kam, ihm das zu unterstellen.

Der Leeraner Kollege lieferte die Antwort umgehend. »Geniale Idee, das gefundene Projektil gleich per Hubschrauber zur Ballistik zu schicken und die Sache dringend zu machen«, sagte er. »Das Resultat der Untersuchung liegt mir vor. Hundertprozentige Übereinstimmung. Gratuliere zu diesem Näschen!«

Lüppo Buss widerstand der Versuchung, seinen so gelobten Riechkolben zu betasten. Natürlich hatte er das im Bagger gefundene Projektil zur ballistischen Untersuchung geschickt, das verstand sich doch von selbst. Und weil Hauptkommissar de Beer nicht mit dem Gros seiner Leute per Sonderfähre auf die Insel gekommen war, da er sich nicht rechtzeitig zum Abfahrttermin am Anleger in Bensersiel eingefunden hatte, sondern mit einem Hubschrauber der Flugbereitschaft eingeschwebt war, hatte der Inselpolizist die Gelegenheit genutzt, dem Piloten das Geschoss gleich mitzugeben. So musste der wenigstens nicht völlig leer zurückfliegen. Dass damit eine reine Routineangelegenheit zur Expresssache mit Priorität aufgewertet worden war, wurde Lüppo Buss jetzt erst klar.

Was aber konnte das mit der toten Angela Adelmund zu tun haben? Deren Leiche hatte doch gar keine Schussverletzung.

»Bitte genauer«, sagte Lüppo Buss. »Übereinstimmung womit?«

»Mit dem Projektil, das vorgestern in Leer auf Stephanie Venema abgefeuert worden ist«, antwortete Kramer. »Beide Geschosse sind aus derselben Waffe abgefeuert worden. Es handelt sich auch um dieselbe Munition. Unterschall. Damit ist die Wahrscheinlichkeit, dass es auch derselbe Schütze war, ausgesprochen hoch. Hallo? Sagten Sie was?«

»Nein. Ist bloß so windig hier«, sagte der Inselpolizist, der gerade überrascht durch die Zähne gepfiffen hatten. So war das also! Die Waffe von gestern Abend war eine Mordwaffe. Damit bekam die Sache ja eine völlig neue Dimension.

Das dunkelhaarige Mädchen vom Inselbahnhof fiel ihm wieder ein. War das nicht sonderbar, solch eine Ähnlichkeit, und das gerade zu diesem Zeitpunkt?

»Dass Stephanie Venema in Wahrheit den Anschlag überlebt hat, wissen Sie ja sicher schon«, fuhr Kramer fort. »Und dass sie sich gerade zu ihrem besseren Schutz auf Langeoog befindet, in der Klinik *Haus Waterkant,* wissen Sie bestimmt auch. Wir hatten es jedenfalls Ihrer Kollegin mitgeteilt.«

»Klar«, erwiderte Lüppo Buss und biss die Zähne zusammen. Schock, Freude und Ärger wechselten sich in wildem Wirbel ab, ehe die Freude obsiegte. Stephanie am Leben, das war schön, das freute ihn ehrlich. Eine kräftige

Prise Ärger aber blieb. Natürlich hatten Insa Ukena und er in den letzten vierundzwanzig Stunden so viel um die Ohren gehabt, dass sie sich immer nur kurz zu Gesicht bekommen hatten. Aber war das eine Entschuldigung dafür, solch eine Information für sich zu behalten?

»Der Entscheidung, das Mädchen auf die Insel zu bringen, ging, wie ich jetzt sagen muss, eine Fehleinschätzung voraus«, fuhr Kramer fort. »Nämlich die, dass Stephanie auf Langeoog sicher ist beziehungsweise im Fall einer Bedrohung besser geschützt werden kann. Jetzt aber, wo wir wissen, dass sich auch der Täter auf der Insel aufhält – auf jeden Fall aber die Waffe, und die wird ja wohl kaum alleine unterwegs sein –, müssen wir davon ausgehen, dass sich das Mädel in höchster Gefahr befindet.«

»Das kann man wohl sagen«, bestätigte der Inselpolizist. »Momentan bin ich gerade am Strand, am Tatort von gestern Abend, aber hier bin ich wohl abkömmlich. Ich mache mich gleich auf den Weg.«

»Gut«, sagte Kramer. »Aber inzwischen müsste Stahnke dort auch eingetroffen sein.«

»Stahnke?« Lüppo Buss war erneut angenehm überrascht. An die letzte Zusammenarbeit mit seinem schwergewichtigen Kollegen hatte er beste Erinnerungen. »Betätigt der sich jetzt als Personenschützer?«

»Tja«, antwortete Kramer. »Das war eine schwerwiegende Entscheidung. Die hat er sich bestimmt nicht leicht gemacht.«

Der kichert ja, staunte Lüppo Buss. Sogar ausgesprochen albern. Über seine eigenen Anspielungen. Himmel, das soll Kramer sein?

»Was hat er sich nicht leicht gemacht?«, vergewisserte er sich.

»Na, sich! Sich hat er nicht leicht gemacht!« Kramers Kichern wurde immer penetranter. »Sie werden ja sehen. Grüßen Sie ihn von mir. Sagen Sie ihm, er soll es nicht so schwer nehmen.«

Mit einem letzten Kiekser brach das Gespräch ab.
Kopfschüttelnd machte sich Lüppo Buss auf den Weg zu seinem Fahrrad. Erst auf halbem Weg zurück zum Ort fiel ihm ein, dass er sich gar nicht bei Hauptkommissar de Beer abgemeldet hatte. Mehr als ein Achselzucken aber konnte ihm das nicht entlocken.

22.

Die Klinik *Haus Waterkant* zu finden, war keine Herausforderung. Sie zu betreten, schon eher. Den ganzen Weg von Leer bis nach Langeoog hatte Stahnke sich blendend gefühlt, ganz wie im Urlaub, nein – noch besser. Wie einer, der sich durch Geschick und ein klein wenig Beschiss eine zusätzliche Wohltat ergaunert hatte. Ohne damit jemand anderem etwas wegzunehmen, natürlich, aber eben etwas mehr abgesahnt, als ihm eigentlich zustand. Dieses diebische Wohlgefühl hatte seine Zufriedenheit angenehm ergänzt, während der Autofahrt nach Bensersiel, auf der Fähre, in der Inselbahn. Selbst während des Fußmarsches in der quietschenden Rollkoffer-Kolonne in Richtung Wasserturm noch.

Dann aber, als er nach rechts in die Barkhausenstraße eingebogen und den Hinweisschildern zur Klinik gefolgt war, hatte sich sein Befinden nach und nach geändert. Nicht etwa, weil er sich der Aufgabe erinnert hätte, die es hier zu erfüllen galt; die hatte er nie aus dem Auge verloren. Wohl aber angesichts der Tatsache, dass diese Aufgabe es verlangte, sich selbst zur Disposition zu stellen. Seine eigene Körperlichkeit. Seine Stärke und zugleich seine größte Schwäche.

Jetzt stand er vor dem Hauteingang und zauderte.

Allen kann ich erzählen, dass meine Einweisung in diese Essgestörten-Klinik hier nur ein Scheinmanöver ist, dachte er. Allen, nur mir nicht.

Er machte einen weiteren Schritt voran. Lautlos glitten die Glastüren vor ihm auseinander. Jetzt gab es wohl endgültig kein Zurück mehr.

Eine großzügige Eingangshalle, gehobene Ausstattung, alles fast neu. Er registrierte automatisch. Da war die Rezeption, dort eine weiß gekleidete junge Frau. Erst einmal anmelden. Aha, jetzt drehte sie sich zu ihm um und schenkte ihm ein routiniertes Begrüßungslächeln.

Laut knallte sein Rollkoffer auf den Boden; der Griff war seinen plötzlich kraftlosen Fingern entglitten. Auch sein Unterkiefer tendierte abwärts, allerdings geräuschlos. Sina! Was machte Sina denn hier?

Auch die Praktikantin hinter dem Rezeptionstresen stand wie vom Donner gerührt; ihr rötlichbrauner Pferdeschwanz zitterte an ihrem Hinterkopf. Sina Gersema fasste sich jedoch schneller als ihr Gegenüber, und ihr Gesichtsausdruck wechselte von oberflächlicher Freundlichkeit zum erstaunten Wiedererkennen und dann zur Sorge. »Hey! Sag mal ... ist es jetzt so schlimm mit dir geworden?«

Stahnke bückte sich nach seinem Koffergriff, froh, mit dieser Übersprungshandlung etwas Zeit zu gewinnen. Als er sich wieder aufrichtete, war sein Gesicht puterrot.

Sinas Miene wechselte ins Mitleidige. »Mensch, Stahnke«, sagte sie, »wenn es dir konditionell so schlecht geht, wird es aber höchste Zeit, etwas dagegen zu unternehmen.«

Der Hauptkommissar spürte, wie sich auf seiner Stirn Schweißperlen bildeten. Sein Blutdruck musste die einhundertachtzig längst überschritten haben, jedenfalls gefühlt. Zeit, eine Entscheidung zu fällen.

»Du hast vollkommen recht, Sina«, sagte er mit gezwungenem Lächeln. »Darum bin ich ja hier.« Jetzt bin ich mal gespannt, dachte er dabei. Früher bin ich mit keiner Lüge bei ihr durchgekommen, mit keiner einzigen. Jedenfalls nicht, während wir zusammen waren. Und danach auch nicht.

Sie kannte ihn in- und auswendig, weit besser als er sie. So kam es ihm jedenfalls vor.

Sina kramte ein Formblatt hervor und schob es ihm über den Tresen hinweg zu. »Das musst du ausfüllen«, sagte sie, »dann geht es gleich zum Aufnahmegespräch.« Ihr Gesichtsausdruck war jetzt wieder ganz sachlich. Anzumerken war ihr nichts.

»Hast du dein Studium denn schon beendet?«, fragte er, während er Namen und Adresse in die nummerierten Felder des Aufnahmeformulars krakelte.

»Fast.« Jetzt lächelte sie wieder so sonnig wie früher. »Dieses eine Praktikum muss ich noch zu Ende bringen, dann kommt meine Abschlussarbeit. Das Thema habe ich schon, jedenfalls grob. Ist nicht ganz korrekt, so eine Absprache im Vorfeld, aber allgemein üblich. Es wird etwas mit Essstörungen sein. Passt ja ganz gut.«

»Dann kannst du mich ja gleich als Versuchsobjekt buchen«, feixte Stahnke. Statt aber ihr Lächeln mit dieser Bemerkung zu verstärken, wischte er es weg.

»Ich finde das nicht lustig«, sagte Sina leise. Es klang tatsächlich traurig.

Die Zeit, die Stahnke mit Sina verbracht hatte, gehörte auch rückblickend zu den schönsten Phasen seines Lebens, und als sie sich von ihm abgewandt hatte, hatte er befürchtet, einen wichtigen Halt zu verlieren. Überraschenderweise aber hatte ihm die Beziehung auch nachträglich noch viel Kraft verliehen. Jedenfalls hatte er sich anschließend weit stabiler gefühlt als vorher und sein Leben seither besser gemeistert. Das konnte Sina natürlich nicht wissen. Und so, wie sie klang, würde sie ihm das wohl auch nicht glauben.

Ehe er antworten konnte, wurde Stahnke durch ein lautes Schnaufen abgelenkt. Ein unglaublich fetter Mensch hangelte sich am Tresen entlang und ließ sich in einen überbreiten Rollstuhl fallen, dessen Reifen empört aufquiekten. Sein Gesicht, das auf einem fünffachen Kinn ruhte, war ähnlich rot wie das des Hauptkommissars. Der schmal ausrasierte Bart, der den Mund und das eigentliche Kinn kastenförmig umrahmte, verzog sich in die Breite, als der Mann Stahnke gequält zulächelte, ehe er langsam davonrollte.

Stahnke wandte sich wieder Sina zu. Ihre goldbraunen Augen waren so weit aufgerissen, dass er sich darin spiegelte.

»Also nein, wirklich!«, sagte er. »Du glaubst doch nicht, ich könnte auch einmal so – na hör mal.«

»Wir müssen uns den Dingen stellen«, sagte Sina und senkte die Augenlider. »Wenn du mit dem Formular fertig bist, zeige ich dir erst einmal dein Zimmer. Und dann frage ich mal nach, ob das Aufnahmegespräch noch vor oder erst nach dem Mittagessen stattfindet.«

Stahnke nickte. Auch ein klärendes Gespräch mit Sina würde wohl warten müssen. Bedenken, sie in die wahren Gründe seines Hierseins einzuweihen, hatte er keine. Aber hier in aller Öffentlichkeit ging das natürlich nicht.

Sie nannte ihm seine Zimmernummer und zeigte ihm den richtigen Gang, dann rief das Telefon sie schon wieder an ihren Arbeitsplatz zurück. Kaum hatte Stahnke die Zimmertür hinter sich geschlossen und sich ein wenig umgesehen, da klopfte es auch schon. Wer außer Sina kann das denn schon sein, dachte er und öffnete.

Es war Lüppo Buss.

»Ganz ruhig«, sagte der Inselpolizist. »Ich bin eingeweiht, habe deine Zimmernummer von der Klinikleitung, die natürlich auch Bescheid weiß, und habe gut aufgepasst, dass mich keiner sieht. So, und jetzt lass mich schnell rein, sonst fliegst du doch noch auf.«

Drinnen streckte er Stahnke erst einmal die Hand hin.

»Moin!« Selbstverständlich wusste der Hauptkommissar, dass die Kollegen auf Langeoog über seine Undercover-Aktion informiert werden mussten, hatte sich sogar selbst vergewissert, dass das auch geschah. Und er hatte sich auf ein Wiedersehen mit Lüppo Buss gefreut. Nur dass das so unmittelbar nach seiner Ankunft stattfinden würde, und dann auch noch an diesem kompromittierenden Ort, damit hatte er nicht gerechnet.

Es gab nur einen einzigen Stuhl im Zimmer; Lüppo Buss besetzte ihn und überließ es Stahnke, auf dem niedrigen Bett Platz zu nehmen. »Es gibt allerhand Neues und Überraschendes«, sagte der Inselpolizist. »Hat Kramer dich schon informiert?«

Stahnke schüttelte den Kopf. Dass er heute früh sein Handy zwar eingesteckt, aber nicht angeschaltet hatte, sagte er nicht.

Lüppo Buss berichtete vom Resultat der ballistischen Untersuchung. »Die Waffe, mit der gestern Abend hier am Strand auf den Bagger geballert worden ist, ist also dieselbe wie die, mit der auf deinen Schützling geschossen wurde«, fasste er zusammen. »Die Munition war auch die gleiche, sagt das Labor. Also müssen wir davon ausgehen, dass der Täter auf Langeoog ist. Was wiederum heißt, dass euer ganzer schöner Plan, das Mädel hier versteckt zu halten, gescheitert ist. Ihr seid aufgeflogen. Tarnung verbrannt.«

»Nun mal nicht so hastig.« Der Hauptkommissar erhob abwehrend die Hand. »Du warst Zeuge der Schießerei am Strand, richtig? Und Stephanie war auch dort. Vater Venema sagt, es sei nicht auf seine Tochter geschossen worden. Siehst du das auch so?«

»Absolut«, bestätigte der Inselpolizist.

»Na schön. Und warum tat der Schütze das nicht?«

»Weil er dachte, dass sie tot ist«, antwortete Lüppo Buss. »So wie ich auch bis vor, äh, vor kurzem. Ich hätte Stephanie selber auch kaum erkannt, mit ihrem gefärbten Haar.«

Stahnke breitete die Hände aus. »Wenn diese Vermutung zutrifft, wäre ja alles in Ordnung. Der Täter glaubt, Erfolg gehabt zu haben, und stellt für das Opfer keine Bedrohung mehr dar. Jedenfalls, solange ihm keiner steckt, dass er sich irrt.«

»Das stimmt«, musste Lüppo Buss zugeben. »Dann willst du Stephanie also nicht wieder von der Insel wegschaffen?«

»Scheint mir ein zusätzliches Risiko zu sein«, erwiderte Stahnke. »Natürlich hätte ich sie niemals hergeschickt, wenn ich geahnt hätte, dass sich der Täter ausgerechnet hier aufhält. Mutmaßlich, jedenfalls. Aber da sie nun einmal hier ist, sollte sie auch hier bleiben. Sonst exponieren wir sie doch nur erneut.«

»Sie müsste ja nicht mit Bahn und Fähre reisen. Flugzeug oder Hubschrauber gehen doch auch.«

»Je individueller, desto auffälliger.« Stahnke schüttelte den Kopf. »Ich bin dagegen, solch ein Risiko einzugehen. Jedenfalls nicht sofort und überstürzt. Lass uns erst einmal dafür sorgen, dass sie die Klinik möglichst nicht verlässt, jedenfalls nicht alleine. Apropos, wo ist sie eigentlich gerade?«

»Therapiegespräch.« Der Inselpolizist erwies sich als gut informiert. »Anschließend Mittagessen, da kannst du sie direkt treffen. Übrigens, meinst du, sie erkennt dich wieder?«

Stahnke zuckte die Achseln. »Weiß nicht, seinerzeit hatte sie ja vor allem mit dir zu tun. Und wenn, auch egal. Ich bin ja nur ein fetter Kerl auf Kur, egal ob Bulle oder nicht.« Da wird sie nicht die Einzige sein, die das denkt, überlegte er und dachte an Sina. Wieder gab ihm das einen Stich.

»Stephanie Venemas Zimmer liegt übrigens hier über Eck.« Lüppo Buss deutete zur Glastür. Dahinter lag eine kleine Terrasse, und von dort konnte man über zahlreiche Büsche hinweg den anderen Gebäudeflügel überblicken, der rechtwinklig angesetzt war. »Gleich die erste Terrasse dort ist ihre.«

»Sehr gut«, sagte Stahnke. Ächzend erhob er sich aus einer unbequemen Haltung, akustisch begleitet vom noch bedenklicheren Ächzen des Lattenrostes, und spähte durch die Gardine. Nicht nur Zimmer und Terrasse, auch der daran entlangführende Spazierweg war gut zu überblicken. Keine schlechte Zimmerwahl. »War dieser Raum eigentlich frei, oder musstet ihr jemanden hinauskomplimentieren?«, fragte er.

»War nicht nötig«, antwortete Lüppo Buss. »Die Patientin, die hier wohnte, wollte sowieso ein anderes Zimmer. Gleich nebenan auf der anderen Seite« – deutete mit dem Daumen in Richtung Bad – »liegt nämlich der Raum der toten Angela Adelmund.« In dürren Worten setzte er Stahnke nun auch über diesen Fall ins Bild.

Der Hauptkommissar stand einige Sekunden lang still, grübelnd zu Boden blickend, eine Hand in die Gardine gekrampft. »Siehst du irgendwelche Zusammenhänge?«, fragte er dann, ohne den Inselpolizisten anzusehen.

»Bisher nicht«, erwiderte der. »Angela Adelmund starb vermutlich an Auszehrung aufgrund ihrer Magersucht, nicht durch eine Schussverletzung.«

»Kay-Uwe Venema hält seine Tochter ebenfalls für magersüchtig«, sagte Stahnke leise. »Jedenfalls für gefährdet. Darum hat er ja letztlich zugestimmt, sie hierher zu bringen. Und weil die Klinik ihm gehört.«

Lüppo Buss lachte. »Ach, was für ein Zufall! Da hätte er auch zwischen fünf oder sechs Hotels auswählen können. Die gehören ihm nämlich auch.«

Stahnke runzelte die Stirn. Was war nun das schon wieder? Auf dieser Riesensandbank schien es weit mehr Untiefen zu geben, als er gedacht hatte. »Glaubst du an Zufälle?«, fragte er.

Der Oberkommissar wackelte mit den Händen. »Das halbe Leben besteht aus Zufällen«, sagte er. »Wie willst du die von der anderen Hälfte unterscheiden? Die Tatsache, dass zwei junge Mädchen dieselbe Krankheit haben, allerdings in höchst unterschiedlichen Stadien und ohne eine erkennbare sonstige Parallele, halte ich jedenfalls erst einmal für Zufall.«

Stahnke straffte sich und ließ endlich die Gardine los. »Schön. Lassen wir das. Reden wir über die Schüsse gestern Abend an deinem Strand. Du sagst, du hast den Schützen im entscheidenden Moment nicht sehen können, weil ein Sandwall dazwischen war. Aber einige der Typen, die zur Tatzeit mit am Strand waren, hast du erkannt, richtig?«

»Richtig. Die meisten sind Schüler oder waren es bis vor kurzem. Einige davon hatten heute früh auch schon Besuch von mir, und einige werden noch von mir hören.« Lüppo Buss grinste und begann an den Fingern abzuzählen: »Die Westerholt-Zwillinge, Torben Huismann, Fredermann junior, Denise de Vries – dass solche Namen nicht verboten sind! Außerdem Philipp Stapelfeld. Dann war noch ein Glatzkopf dabei. Und als Senior dieser Beene Pottebakker.«

»Backe.« Stahnke hatte mitbekommen, dass sich die Langeooger Kollegen nach dem zwielichtigen Riesen erkundigt hatten, weil er seit einiger Zeit auf der Insel arbeitete. Irgendein Billigjob. Merkwürdig, hatte der Hauptkommissar schon seinerzeit gedacht. Hatte dieser Mensch, dessen Vergangenheit ihn zum gewohnheitsmäßigen Kriminellen stempelte und der doch ein ausgesprochen gutartiges Gemüt besaß, nicht vor einiger Zeit eine Erbschaft gemacht und in den Niederlanden ein Antiquariat betrieben? Na gut, er hatte den Versand alter Bücher originell genutzt.*) Das hätte ihn durchaus ins Gefängnis bringen können, zum wer-weiß-wievielten Mal. Aber nach Langeoog?

»Pottebakker hat aber ein Alibi«, fuhr der Inselpolizist fort.

Stahnke verstand nicht. »Wieso Alibi? Ich dachte, du hast ihn am Strand gesehen?«

---
*) siehe: Der siebte Schlüssel

»Ein Alibi für den Zeitpunkt der Tat in Leer«, erklärte Lüppo Buss. »Da hat er den ganzen Abend an der Friteuse gestanden und anschließend noch den Laden aufgeklart. Dafür gibt es mehr als genug Zeugen, allen voran Thees Stapelfeld, den Besitzer vom *Smutje*.«

Stahnke nickte. Dieser Lüppo Buss wird schon genau so effizient wie Kramer, dachte er. Praktisch. Aber auch ein bisschen besorgniserregend.

»Und, kommt er für den Schuss am Strand trotzdem in Frage?«

Lüppo Buss breitete die Arme aus: »Wir haben keine Waffe bei ihm gefunden. Und keine Schmauchspuren an seinen Händen.«

Backes Hände! Stahnke lachte vor sich hin. Für diese Dinger allein hätte der Riese schon einen Waffenschein nötig. »Hat er gesagt, was er da am Strand zu suchen hatte?«, fragte er. »Neue Kundschaft aufreißen für einen noch aufzubauenden Drogenhandel? Das könnte doch ein Grund sein, sich hier herumzudrücken und nach außen hin den Grillmaxe zu machen.«

»Mit den jungen Leuten feiern wollte er«, antwortete der Oberkommissar. »Sagt er jedenfalls. Im Herzen sei er den Jungen immer noch näher als – wie nannte er das noch? Richtig, dem Establishment. Damit meint er vermutlich uns.«

»Mich bestimmt«, knurrte Stahnke. »Und, glaubst du ihm?«

»Das Jungvolk findet ihn cool«, sagte Lüppo Buss. »Viele jedenfalls. Einige glaubten anfangs, sie hätten es mit einer Witzfigur zu tun. Aber du kennst ihn ja, da reicht ein Blick, und die Faxen hören auf. Angefasst hat er bisher noch keinen. Soviel ich weiß.«

»Schätze, ich werde mal mit ihm reden«, sagte Stahnke. »Während Stephanie hier drinnen Therapie hat, kann ich ja raus.«

Lüppo Buss nickte. »Dann knöpf dir doch gleich noch

den jungen Stapelfeld vor«, sagte er. »Während er auf Langeoog ist, geht er mittags meistens in den *Smutje* essen. Und immer erst relativ spät, wenn der größte Andrang vorbei ist.« Er macht ein nachdenkliches Gesicht. »Ist nämlich komisch. Da machen die Leute Urlaub und hätten eigentlich alle Zeit der Welt, auch mal für einen anderen Tagesablauf. Und was tun sie? Immer zur selben Zeit stürmen sie die Restaurants, alle auf einmal, und stöhnen über das Gedränge. Du musst nur eine Dreiviertelstunde warten, dann hast du fast jeden Laden praktisch für dich. Macht aber kaum einer. Merkwürdig, nicht?«

Stahnke starrte ihn an. Es dauerte einen Moment, bis er erkannt hatte, dass es seinem Kollegen ernst war und er ihn nicht verulken wollte. Sorgen hatte der Mann! Die wegwerfende Handbewegung, die er im Ansatz nicht verhindern konnte, bog er gerade noch um und strich sich durch die stoppelkurzen, weißblonden Haare. »Apropos essen«, sagte er dann. »Ich werde wohl jetzt im Speisesaal erwartet. Kannst mir ja Gesellschaft leisten, die haben bestimmt noch einen Teller für dich übrig.«

»Ach, weißt du.« Blitzschnell war Lüppo Buss auf den Beinen und an der Tür. »Eigentlich habe ich gar keinen Appetit. Und die Arbeit ruft außerdem. Ich muss los. Melde mich heute Nachmittag.« Und weg war er.

Der hat es ja merkwürdig eilig, dachte Stahnke, während er sich auf den Weg zum Speisesaal machte.

23.

Als Mats Müller seinen Kopf durch die Tür steckte, fand Kramer, dass dies genau zum richtigen Zeitpunkt geschah. Allerdings hasste er sich für diesen Gedanken.

Tatsächlich aber hatte er das Gefühl, tief in einer Sackgasse zu stecken, die von meterhohen Mauern umgeben war und an deren gerade noch offenem Eingang soeben eine tiefe Baugrube ausgehoben wurde. Niemals in seiner gesamten Zeit als Stahnkes linke Gehirnhälfte im FK 1 hatte er sich so hilflos gefühlt, und niemals hatte er sich vorstellen können, dass er sich einmal als faktischer Leiter einer Mordkommission dermaßen überfordert vorkommen würde. Schließlich hatte er seinen intuitionsstarken Vorgesetzten dank seiner eigenen Fähigkeit zur Systematik schon mehr als einmal vom glatten Eis geholt, einmal sogar wortwörtlich, und war sich dabei jedes Mal, er musste es sich eingestehen, ganz schön souverän vorgekommen. Und jetzt? Kaum war der Alte auf der Insel, schon wusste sein Adlatus nicht mehr weiter. Denn der einzige gangbare Weg, den er momentan sah, führte ebenfalls dorthin.

»Nehmen Sie Platz«, forderte er den Privatdetektiv nach flüchtigem Gruß auf. Der folgte der Aufforderung bedächtig, rundäugig überrascht. Vermutlich hatte er eher mit einem Wartemarathon oder gar einem achtkantigen Rauswurf gerechnet. Immerhin sah er halbwegs gepflegt aus, und auch seine Kleidung war unauffällig adrett. Lediglich die abgeschabte *Multi*-Tüte, die auf seinen Knien lag, passte nicht recht ins Bild. Vielleicht, dachte Kramer, habe ich ihm ja Unrecht getan. Wer weiß, wie viele Stunden einer wie der auf den Beinen sein muss, am Stück. Und wann seine Klienten so ihre Rechnungen zahlen.

»Und?«

Mats Müller beantwortete Kramers knappe Aufforderung nicht verbal, sondern nur mit einem Hochziehen seiner Augenbrauen. Er begann in seiner Plastiktüte zu wühlen. Kramer stöhnte leise und wandte sich ostentativ wieder seinem PC-Monitor zu. Zeit für solche Spielchen hatte er aus Prinzip nicht.

Obwohl – wirklich tun konnte er im Augenblick auch nichts. Ausgedehnte kriminaltechnische Untersuchungen des Tatorts BBS-Halle hatten keine, aber auch wirklich gar keine Anhaltspunkte erbracht. Kein einziger der vielen gesicherten Fingerabdrücke hatte sich in einer der einschlägigen Karteien gefunden, auch der Online-Abgleich war ohne Resultat geblieben. Und die unzähligen Zeugenvernehmungen hatten sie ebenfalls nicht weitergebracht. Viele Menschen glaubten, den Täter gesehen zu haben, aber allesamt nur flüchtig, und ihre zu Protokoll gegebenen Beobachtungen gaben nicht einmal einen einheitlichen Eindruck. Wer konnte sagen, wer da wen gesehen haben wollte?

Und dann diese Bombe, das Geschoss, gefunden auf Langeoog. Plötzlich eine heiße Spur. Aber was hieß das für Kramer und die MK? Klare Sache eigentlich: Sofortige Verlagerung des Aktionsfeldes auf die Insel, eingehende Befragung aller dortigen Jugendlichen im fraglichen Alter, Hausdurchsuchungen – angesichts einer derart überschaubaren Einwohnerschaft von unter dreitausend Menschen sollte es doch möglich sein, mit konventionellen Methoden bei einem gewissen personellen Aufwand zeitnah zum Erfolg zu kommen.

Wenn da nur nicht Stahnkes Alleingang gewesen wäre! Ein solch massiver Einsatz würde den Zielen seiner Undercover-Aktion natürlich zuwiderlaufen, würde seine Legende gefährden – und vor allem auch die Person, die es zu schützen galt, nämlich Stephanie Venema. Nein, auf gar keinen Fall durften Kramer und seine Leute zum jetzigen Zeitpunkt auf Langeoog aktiv werden. Jedenfalls nicht, ohne sich vorher bei Stahnke ein Okay eingeholt zu haben.

Und ausgerechnet jetzt war der Hauptkommissar per Handy nicht zu erreichen.

Verstohlen musterte Kramer sein Diensttelefon. Erstaunlich, was dieses Ding aushielt! Nach dem zwanzigsten »*The person you've called is temporarily not available*« hatte er es in die Ecke gepfeffert. Um es gleich darauf schuldbewusst wieder aufzuheben, abzuwischen und zu überprüfen. Das Gerät hatte die unverdiente Misshandlung vollkommen unbeschadet überstanden. Und ihm den Spruch flugs zum einundzwanzigsten Male aufgesagt.

Vater Venema hatte er dafür unverzüglich erreicht. Ihm die neue Lage erläutert, fairerweise, wie Kramer fand. Der Reeder war erstaunlich gelassen geblieben. Im Finanzbusiness musste man wohl starke Nerven haben. Er werde sich mit Stahnke in Verbindung setzen, hatte Venema gesagt. Kramer hatte ihm viel Erfolg dabei gewünscht.

Und wenn er Stahnke nun über Festnetz in der Klinik zu erreichen versuchte? Er konnte dazu ja sein privates Handy statt des Diensttelefons benutzen, überlegte Kramer. Und einen falschen Namen.

Mats Müller war in seiner Plastiktüte endlich fündig geworden. Triumphierend zog er etwas hervor, präsentierte es stolz und warf es dann auf den Schreibtisch. Es war ein Päckchen farbiger Fotos, Hochglanz, das sich beim Aufprall auffächerte. Eine Sportveranstaltung, wie es auf den ersten Blick aussah. Lauter Körper und Köpfe, dunkel überwiegend und von hinten zu sehen. Was sollte das denn?

»Was soll das denn?«, fragte Kramer.

Mats Müller grinste spitzbübisch. »Man weiß ja nicht immer, was seine Leute so treiben, nicht wahr? Sonst wäre ich natürlich früher gekommen. Aber sobald ich es gesehen habe, bin ich hierher. Schneller ging's nicht.«

Der Oberkommissar griff zu, ließ die glatten Bilder durch seine Finger gleiten. Die BBS-Halle, fotografiert von der Tribüne aus, so weit stimmte sein erster Eindruck. Sitz- und Stehplätze waren gut gefüllt. Im Hintergrund jedoch, unten auf dem Hallenparkett, spielten weder Handballer noch Hallenkicker. Dort lief gerade eine Modenschau ab. Das konnte doch nur ... Kramer hob fragend den Blick.

»Ganz genau.« Mats Müller nickte selbstgefällig. »Mein Mitarbeiter – Sie kennen ihn nicht, und warum auch? – war sozusagen dienstlich anwesend. Die Observation Münzberger, Sie erinnern sich? Irgendwo dort, vorne auf der Tribüne, soll er angeblich sitzen und mit einer jungen Brünetten poussieren. Ist aber in dem Getümmel auf den Fotos praktisch nicht zu erkennen, jedenfalls nicht so deutlich, dass es irgendeine Beweiskraft hätte. So gesehen, hat mein Mann Mist abgeliefert. Dafür hat er aber etwas anderes draufbekommen, mehr zufällig. Im richtigen Moment abgedrückt, sozusagen.«

Und das nicht nur einmal, dachte Kramer. In der richtigen Reihenfolge ergaben diese Fotos beinahe einen holprigen Film. Im Zentrum der Laufsteg. Ein blondes Mädchen, groß und gertenschlank, mit unendlich langen Beinen, von einer extravaganten Robe kaum bedeckt. Im Vordergrund verschwommene Rundköpfe, überwiegend Männerschädel offenbar, hoch oder seitlich gereckt, um nichts zu verpassen. Das weit ausschreitende Mädchen, die Wende mit seitlich auswehendem Stoff und noch weiter vorgereckten Männerköpfen. Und retour. Im Hintergrund ein Mann, der sich erhebt. Aha, Vater Venema mit seiner Kamera. Und da lässt er sie fallen, genau wie protokolliert.

»Jetzt kommt's«, raunte ihm Mats Müller ins Ohr. Wieso stand der plötzlich hinter ihm? Fast hätte Kramer ihm den Ellbogen in die Rippen gerammt.

Aber es stimmte. Stephanies Beine waren eingeknickt, sie musste soeben von dem Schuss getroffen worden sein, war im Begriff zu stürzen. Von ihrem Vater war nur der gebeugte Rücken zu sehen. Gleich würde sie auf ihn fallen, ihn und den Tisch mit zu Boden reißen und in einer Weinlache zu liegen kommen, die aussah wie ihr eigenes Blut.

»Da, sehen Sie?« Mats Müllers Zeigefinger drängte sich ins Bild. Kramer kniff die Augen zusammen. Ja, doch, er sah es. Es gehörte aber eine Menge Kombinationsvermögen dazu, um diese Linie, diesen Knick, diese Rundung zu deuten. Arm, Hand mit Waffe, Täter.

»Mein Mann schwört, dass der Schütze zwei Reihen vor ihm gestanden hat«, sagte der Privatdetektiv. »Der Knall hat ihn aber genauso geschockt wie alle anderen, auch wenn er nicht sehr laut war. Immerhin aber hat er vor lauter Schreck den Finger gekrümmt – genau wie der Täter unmittelbar zuvor. Schon komisch, nicht?«

»Sehen Sie mich lachen?«, knurrte Kramer zurück. Aber es war nur ein Reflex. Er musste Mats Müller wirklich dankbar sein. Endlich hatte er etwas in der Hand.

Auch wenn der Nutzen dessen, was er da in der Hand hielt, nicht so ohne weiteres zu erkennen war. Das Blitzgerät der Kamera hatte zwar einen spärlich behaarten Kopf gleich rechts vorne in weißes Licht getaucht, sich damit jedoch völlig verausgabt. Der mutmaßliche Täter blieb im Dunkeln, buchstäblich. Details waren nicht zu erkennen, nicht einmal Ohr oder Frisur. Höchstens, dass der Mann weder Segelohren noch Künstlermähne besaß, ließ sich halbwegs feststellen. Trug er etwa eine Mütze? Wenn es denn überhaupt ein Mann war.

Aber wofür gab es schließlich eine Kriminaltechnik? Diese Abzüge hier, offenbar von Mats Müller selbst ausgedruckt, waren bestimmt noch nicht der Auflösung letzter Schluss.

»Die Kamera?«, fragte Kramer.

»Hier.« Der Privatdetektiv hielt das kleine silberfarbene Gerät bereits in der Hand und überreichte es ihm. »Wiedersehen macht Freude. Eilt aber nicht. An diesem Münzberger bin ich jetzt wieder selber dran, und ich knipse natürlich längst mit dem Handy. Man geht ja mit der Zeit.«

Kramer räusperte sich. Einmal, zweimal. »Danke«, sagte er dann. »Vielen Dank auch.«

»Da nicht für.« Nachlässig winkte der Privatdetektiv ab. Dann drehte er sich zum Fenster, vielleicht, um sein Strahlen zu verbergen.

Kramer telefonierte bereits. Das Fachkommissariat fünf versprach, sich vorrangig um die Kamera zu kümmern. Falls Kramer sie selbst vorbeibrächte: »Botendienste können wir nicht auch noch machen, Kollege.«

Ein geringer Preis, fand Kramer und erhob sich. Dann erstarrte er. Dort, wo eben noch Privatdetektiv Mats Müller gewesen war, stand jetzt einer, den der Oberkommissar noch nie zuvor gesehen hatte. Rechtsscheitel, Haare in die Stirn gekämmt, modisch schmale Brille, vorgerecktes Kinn, herabhängende Mundwinkel. Ein Banker, entschied Kramer, und zwar ein richtig unsympathischer.

Und er hieß natürlich Mats Müller.

Der Privatdetektiv steckte Kamm und Brillenetui wieder ein und verabschiedete sich. Selbst seine Stimme klang verändert; richtig fies. Kramer entschied, dass er beeindruckt war.

Auf dem Weg zum FK fünf dachte er darüber nach, dass er immer noch Menschen zu schnell beurteilte, aller beruflichen Routine zum Trotz. Und darüber, dass ihm noch etwas anderes komisch vorgekommen war. An den Bildern. Ohne jedoch zu wissen, was und warum. Das irritierte ihn so sehr, dass er zweimal an der richtigen Tür vorbeilief.

24.

»Ihr größter Feind jedoch«, sagte der Weißkittel mit erhobener Stimme, vorgebeugtem Oberkörper, gerecktem Zeigefinger und vorquellenden Augen, »Ihr größter Feind ist das Bauchfett.« Er fällte seinen Zeigefinger-Arm wie einen Karabiner samt Bajonett und deutete einen Ausfall an. Erschrocken zog der Hauptkommissar seinen bedrohten Bauch ein, so gut es eben ging.

Der Mediziner, zufrieden mit dem Erfolg seiner kleinen Aufführung, lehnte sich zurück und lächelte sardonisch. »Das, mein lieber Herr Stahnke, nützt Ihnen gar nichts«, säuselte er. »Ein leicht durchschaubarer Akt der Solidarisierung mit der Bedrohung. Stockholm-Effekt auf Kulinarisch, sozusagen. Näher, mein Feind, zu mir! Aber es nützt nichts, mein Bester, das Böse in sich aufnehmen zu wollen. Loswerden müssen Sie es! Abstoßen! Weg damit! Bekämpfen müssen Sie das Fett, und dabei kommt es vor allem auf den Willen an. Den Willen zur Vernichtung.«

Der ist doch nicht ganz dicht, dachte Stahnke und verschränkte schützend seine Arme über dem Bauch. Der hat doch nicht alle Grieben im Schmalz! Wie viele Jahre hat es gedauert, bis ich meinen eigenen Körper zu lieben gelernt hatte, oder na, sagen wir mal, bis ich mich selbst halbwegs leiden konnte. Und jetzt soll meine eine körperliche Hälfte einen Vernichtungskrieg gegen meine andere führen? Blödmann. Verhandlungen, okay. Bilaterale Abrüstung der Fettzellen, klar, darüber kann man reden, auch mit sich selbst. Habe ich ja auch schon gemacht. Natürlich nicht geredet, sondern abgespeckt, energisch, aber maßvoll. Ohne in Selbsthass zu verfallen. Und jetzt erzählt mir der etwas von Vernichtung. Was kommt als Nächstes – Selbstverbrennung vielleicht? Ob Venema eigentlich weiß, was für Deppen auf seiner Gehaltsliste stehen?

Am liebsten wäre der Hauptkommissar zu diesem Pflichttermin überhaupt nicht erschienen. Das ging aber nicht, denn nur die oberste Leitungsebene der Klinik wusste um seine Identität und seine Mission, für alle anderen, auch die Mitarbeiter, war er nichts anderes als ein übergewichtiger Patient. So sollte es ja auch sein. Also musste er das Spiel wohl oder übel mitspielen.

»Das, was Sie da umarmen, könnte einmal Ihr Tod sein«, fuhr der Doc fort. Er lächelte immer noch, als hielte er Stahnkes mögliches Ableben für nichts Bedauerliches. »Ihr Bauchfett ist nämlich dabei, sich zu einem eigenständigen Organ zu entwickeln. Es wächst nicht nur nach außen, sondern auch nach innen. Ihre Leber hat es mit Sicherheit bereits durchdrungen, wie ein wucherndes Gewächs. Als Nächstes wird es Ihre Energieflüsse umleiten. Ihre Lebensenergie, Mann! Fett *first*, wird es dann heißen. Während Sie immer schlapper, müder und leistungsunwilliger werden, geht es Ihrem Fett immer prächtiger. Am Ende leben Sie dann nur noch für Ihr Bauchfett. Ein Wirtstier, das komplett im Dienste seines Parasiten steht, der es beherrscht und benutzt. Ein Leibeigener des eigenen Leibes, sozusagen.«

Unter Stahnkes verschränkten Armen rumpelte und rumorte es vernehmlich. Irgendwo dort mussten sich die Fragmente jener gedünsteten Lächerlichkeit befinden, die man ihm unter der Bezeichnung »Mittagessen« serviert hatte. Ein blasses, weitgehend geschmacksneutrales Gemenge von Vitaminträgern, offenkundig frei von Stärke, Fett und Gaumenfreude. Kein Wunder, dass sich seine Innereien ob dieser Veralberung lauthals beschwerten.

Ihm gegenüber am runden Tisch, an den ihn die Diätassistentin nachdrücklich bugsiert hatte, hatte das Vier-Zentner-Gebirge mit dem ausrasierten Kinnbart gesessen und ihn verständnisinnig angelächelt. Als ob es zwischen ihm und diesem Koloss irgendwelche Gemeinsamkeiten gäbe! Obwohl – natürlich gab es die doch, schließlich bekamen sie beide exakt die gleichen Portionen serviert. Und das nannte sich dann »individuell gestalteter Therapie- und Diätplan«! Ein Skandal war das.

Genau genommen, erinnerte sich der Hauptkommissar, während ihn der Redefluss des Arztes weiterhin umspülte, hatte ihn der Klops nicht verständnisvoll, sondern eher verschwörerisch angegrinst. Und er hatte seine Winzportion Mischgemüse nicht einmal vollständig aufgegessen. Merkwürdig. Konnte man sich das Essen hier etwa wirklich abgewöhnen?

Stahnke zuckte zusammen. Sein Gegenüber war verstummt. Warum? Verdammt, der Doc hatte ihm eine Frage gestellt. Mühsam versuchte er, sich an den Wortlaut zu erinnern. Irgendetwas mit Alkohol. Wie er es damit hielte, so in etwa.

»Nun ja.« Stahnke breitete die Arme aus. »Ein Bier oder ein Glas Wein, das ist doch etwas Gutes, nicht wahr? Wenn man es nicht übertreibt, selbstverständlich. Also, nach einem anstrengenden Arbeitstag, da freue ich mich richtig darauf, mich abends bei einem Gläschen entspannen zu können.«

Plötzlich lag Stille über dem Konsultationsraum, drückend wie ein Sargdeckel. Hatte er gerade etwas Falsches gesagt?

Der Arzt drehte seinen Stuhl langsam zu seinem Schreibtisch hinüber, ohne Stahnke aus den Augen zu lassen. Das sardonische Grinsen war wieder da, begleitet von angehobenen Augenbrauen. »Sie freuen sich darauf, sagen Sie?«, fragte er so langsam, dass die Worte wie zäher Schleim von seinen Lippen zu tropfen schienen.

»Nun ja, ich meine ... ein kleiner Ausgleich ...« Warum sollte man das nicht zugeben können? Die Wahrheit sah ja ohnehin zuweilen weit drastischer aus.

Der Doktor beugte sich vor und kritzelte etwas auf einen Block. »Ich mache Ihnen mal einen Termin mit unserem Suchtberater«, sagte er. »Sie finden dann die

Benachrichtigung in Ihrem Postfach. Das wäre für den Moment alles.«

»Suchberater?« Stahnke schoss förmlich von seinem Stuhl hoch. »Wie kommen Sie denn darauf? Das ist doch ... na hören Sie mal!«

»Das wäre für den Moment alles«, wiederholte der Arzt, ohne seine Stimme zu erheben. Sein Lächeln spielte ins Mitleidvolle. Stahnke klappte den Mund zu und stürmte aus dem Zimmer.

Draußen wäre es fast mit einer hochgewachsenen, gertenschlanken jungen Frau zusammengestoßen, die mit langen Schritten durch den Korridor eilte. Schnell senkte Stahnke den Blick, als nehme das Bedienen der Türklinke all seine Aufmerksamkeit in Anspruch. Stephanie Venema aber würdigte ihn keines Blickes, sondern hastete bis zum Ende des Flures, klopfte kurz an eine Tür, öffnete sie, ohne eine Antwort abzuwarten, und verschwand dahinter. Offenbar war sie zu einem Therapietermin spät dran.

Der Hauptkommissar vergewisserte sich, dass niemand in der Nähe war, tappte dann ebenfalls zum Flurende und inspizierte das Türschild. »Maltherapie.« Aha, davon hatte er schon gehört. Das ging unter zwei Stunden nicht ab. Gute Gelegenheit für ihn, außerhalb der Klinik aktiv zu werden.

Zunächst aber kam er nicht einmal aus dem Korridor heraus, denn das Vier-Zentner-Gebirge walzte ihm entgegen, schnaufend und mühevoll an ächzenden Unterarmstützen gehend. Eine Plastiktüte baumelte an seinem rechten Zeigefinger. Immerhin, dachte Stahnke, die Krücken sind gegenüber dem doppelt breiten Rollstuhl eindeutig ein Fortschritt. Er schmiegte sich an die Wand, um den Koloss vorbeizulassen. Der lächelte ihm dankend zu. Wieder wirkte es ein bisschen verschwörerisch. »Dann bis nachher, beim Happy-Hippo-Schwimmen«, keuchte er. Stahnke starrte ihm mit offenem Mund nach.

Als er seinen Weg fortsetzte, immer noch voller Entrüstung, wehte ihm ein Geruch in die Nase, der nicht zu diesem Ort zu passen schien. Was war das? Schwer zu bestimmen, so dünn war die Geruchsspur. Ach, egal. Vermutlich hatte sowieso nur der Dicke etwas in den Kleidern hängen gehabt.

Das, was ihm beim Haupteingang in die Nase stieg, erkannte Stahnke sofort: Zigarettenqualm. Offenbar fand sich jeder Klinikinsasse, der gerade keine Therapiestunden oder sonstige Anwendungen absolvierte, in jeder freien Minute hier zum kollektiven Quarzen ein. Und was sagte der Suchberater dazu, hä? Vermutlich stand er dabei und befriedigte gleichfalls gierig seine Nikotinsucht. Unwillkürlich hielt der Hauptkommissar nach weißen Kitteln Ausschau.

Und entdeckte tatsächlich einen. Darin steckte Sina Gersema. Sie wandte ihm den Rücken zu, während sie sich mit einer Patientin in einem schwarz-weiß geringelten Pullover unterhielt, ein weißes, qualmendes Stäbchen zwischen den schlanken Fingern. Stahnke zog den Kopf zwischen die Schultern und stapfte eilig weiter.

Er schaute erst wieder hoch, als unvermutet ein großer Schatten auf ihn fiel. Sein Blick glitt über eine rissige, braune Lederjacke und verfing sich hoch oben in einem zahnlückigen Grinsen.

»Sieh an, Backe. Gar nicht im Dienst?« Stahnke versuchte, seine Überraschung zu überspielen.

»Sie und ich, wir beide sind doch immer im Dienst!« Der Riese lachte kollernd. Das Faltennetz um seine Augenschlitze herum wurde dichter und erinnerte an eingeworfene Fensterscheiben.

»Wenn ich so eine Akte hätte wie Sie, würde ich das nicht zu laut sagen.« Der Hauptkommissar bemühte sich, seine Sympathie für diesen notorischen Gesetzes-Ignoranten zu unterdrücken. »Immer im Dienst soll doch wohl nicht heißen, dass Sie die Versorgung der Insel mit illegalen Narkotika betreiben, wenn Sie nicht gerade an der Friteuse stehen – oder etwa doch?«

Beene Pottebakker wehrte ab: »Ach, wo denken Sie hin! Die Position des Cheftickers hier auf Langeoog ist doch längst besetzt. Außerdem halte ich mich inzwischen aus diesen Dingen raus. Ich beschränke mich auf die Versorgung mit legalen Lebensmitteln.« Wieder lachte er überlaut: »Soweit hochdosiertes Fritierfett legal ist, jedenfalls.«

Stahnke runzelte die Stirn. Wieder war ihm dieser ominöse Geruch in die Nase gestiegen, stärker diesmal. Offenbar ging er von Backe aus. Diesmal konnte der Hauptkommissar ihn identifizieren. Schlagartig erkannte er den Zusammenhang.

»Sie versorgen die übergewichtigen Klinikinsassen mit Nahrung, stimmt's? Mit stark kalorienhaltiger Nahrung. Zu stark überhöhten Preisen, möchte ich wetten.«

»Och.« Backe winkte ab. »Botendienste gibt es nicht umsonst, ist doch klar. Schon gar nicht hier auf einer Insel, wo alles etwas teurer ist. Von meinen Kunden hat sich noch keiner beschwert.«

»Kein Wunder, mit vollem Mund und rumpelndem Magen.« Stahnke gab sich Mühe, empört auszusehen, aber sein eigenes knurrendes Gekröse machte ihm einen Strich durch die Rechnung. »Sie nutzen die Notlage hilfloser Menschen aus, ist Ihnen das klar? Abgesehen davon, dass Sie den Erfolg schweineteurer Kuren torpedieren. Volkswirtschaftlich eine Katastrophe. Und Ihre armen Opfer werden kränker und kränker. Alles in allem sind Sie also doch immer noch ein Dealer!«

»Tja. Wenn man nun einmal nichts anderes gelernt hat«, sagte Backe lakonisch. »Und? Was wollen Sie jetzt machen?«

»Mittag essen«, knurrte Stahnke. »Aber richtig, im Restaurant, ohne Dealer-Zuschlag.«

»So ist's recht.« Backes polterndes Lachen klang deutlich erleichtert. »Wissen Sie was? Ich lade Sie ein. In den *Smutje*. Ist zwar kein Luxusschuppen, weiß Gott nicht, aber ein paar Sachen dort kann man wirklich essen, ohne dass einem schlecht wird. Und was die Rechnung angeht, da weiß ich schon ...« Er spürte Stahnkes scharfen Blick und formulierte um: »Die zahle natürlich ich, wie gesagt.«

»Na dann.« Stahnke nickte. »Danke bestens.« Diese Einladung passte ihm gut, in zweierlei Hinsicht. Auch sein Magen stimmte begeistert zu.

»Was ist eigentlich aus Ihrem Erbe geworden?«, fragte der Hauptkommissar, während sie Seite an Seite die Barkhausenstraße entlanggingen. »Das Antiquariat in Holland, gibt es das noch? Sie waren doch damals so begeistert vom Handel mit alten Büchern.« Dass Backe den Versand antiquarischer Werke auch als Tarnung für den grenzüberschreitenden Handel mit weichen Drogen genutzt hatte, ließ er unerwähnt. Sie wussten es eh beide.

»Tja, den Laden gibt es noch, aber er ist nicht mehr meiner.« Backe zuckte die Schultern. »Das Problem bei dieser Art von Geschäft ist, dass die Kunden manchmal plötzlich nicht mehr zahlen. Weil sie es nicht können. Oder weil sie – na, eben weg sind. In dieser Branche muss man eine Menge Vertrauen investieren, verstehen Sie? Und ich habe mich in dieser Hinsicht wohl etwas übernommen.« Welche Branche er genau meinte, sagte er nicht, aber Stahnke hatte genügend Phantasie, um sich das zu denken.

»Am Ende hatte ich so viele Schulden, dass ich froh war, mit dem Verkauf des Ladens alles ablösen zu können«, fuhr der Riese fort. »Nicht einmal mein Motorrad ist mir geblieben. Da hab ich mir gedacht, was soll's? Gehste eben mal auf eine autofreie Insel, da fällt das nicht so auf.«

Keinem anderen würde ich abnehmen, dass er das alles ernst meint, dachte Stahnke, während er weitere Gelächterwellen abwetterte. Aber ihm schon. Der ist so.

Die Barkhausenstraße war sehr belebt. Fast halb drei, da waren die meisten Gäste natürlich längst mit dem

Mittagessen fertig. Backe lenkte Stahnke in eine seitliche Lohne hinein. Der *Smutje* lag in zweiter Reihe, gut ausgeschildert, aber eindeutig keine erste Adresse. Hier wurden die satt, denen das Geld fehlte, um regelmäßig fein oder auch nur solide zu speisen. Langeoog dachte auch an sie. Und wies ihnen ihren Platz zu.

Der Laden mit der Edelstahltheke, den Plastikstühlen an Resopaltischen und der übersichtlichen Kreidetafel, die die Speisekarten ersetzte, war noch erstaunlich gut gefüllt. Ein junger Mann in Jeans und blauer Seglerjacke drängte sich schon in der Eingangstür an Stahnke vorbei. Drinnen empfing ihn genau der Geruch, der ihm heute schon zweimal in die Nase gestiegen war, nur ungleich intensiver und mit Tabaksqualm vermischt. Vom landesweit geltenden Rauchverbot in Speiselokalen schien man hier noch nicht gehört zu haben.

Backe grüßte zu einem der mit jungen Leuten besetzten Tische hinüber, ehe er sich hinter den Tresen begab. Die Gruppe an dem Tisch voller leerer Teller und zerknüllter Servietten bestand aus drei jungen Männern und einem verhuscht aussehenden Mädchen mit allerhand Piercings im Gesicht. Der Mann am Kopfende, ein hochgewachsener Lederjackenträger mit dunklem Haarschopf, grüßte zurück, ehe er Stahnke kritisch musterte. Die beiden anderen, einer mit ziemlich langen schwarzen Haaren und ein Glatzenträger, der dem Hauptkommissar den Rücken zuwandte, reagierten ebenso wenig wie das Mädchen.

Stahnkes Blick blieb an einem Mann hängen, der alleine an einem Stehtisch in der Ecke stand. Mittelgroß und schlank, eine eigentlich alltägliche Erscheinung in Jeans und dünnem Sommersakko, hätte ihm nicht graues, strähniges Haar wirr, ungepflegt und deutlich zu lang in und über den Kragen gegangen. Auf dem Tischchen vor ihm stand kein Teller, dafür ein Kaffeebecher und ein Aquavitglas. Es war eindeutig leer, trotzdem griff der Mann danach, ohne hinzusehen, und führte es zum

Mund, wie um ganz sicherzugehen, dass es auch bis zur Neige geleert war. Trinkerallüren, dachte der Hauptkommissar. Hierher sollte die Klinik mal ihren Suchtberater schicken!

Stattdessen aber erschien Backe, eine eisig beschlagene Flasche in der Hand, und füllte das Gläschen nach. Der Mann leerte es mechanisch. Tiefer Gram sprach aus den Zügen seines erhobenen Gesichts. Dann senkte er Kopf und Glas wieder, Backe goss erneut ein. Auf ein kaum erkennbares Nicken hin entfernte sich der Riese wieder.

»Wer ist denn das?«, fragte Stahnke, als Backe ihn auf dem Rückweg zum Tresen passierte.

»Stapelfeld«, raunte der zurück. »Thees Stapelfeld, mein Chef. Ist total down im Moment.«

»Nimmt ihn die Sache mit dem Leichenfund in seinem Müllcontainer dermaßen mit?«

»Weiß nicht.« Backe schüttelte nachdenklich den Kopf. »Er hängt schon etwas länger so durch, zwei oder drei Wochen, schätze ich. Obwohl, seit dieser Geschichte ist es noch ein bisschen schlimmer geworden mit ihm. Könnte also schon sein. Vielleicht denkt er, dass sich alles gegen ihn verschworen hat.«

»Wieso das?«, fragte Stahnke. »Ich dachte, als Wirt auf einer Nordseeinsel kann man ganz gut leben.«

Backe lachte ein für seine Verhältnisse gedämpftes Lachen, während er Stahnke an einen freien Stehtisch lotste und auch die Aquavitflasche dort abstellte. »Davon können Sie ausgehen! Jedenfalls, solange einer die Arbeit nicht scheut.« Er knuffte den Hauptkommissar in die Seite: »Vor allem die Arbeit von schlecht bezahlten Saisonkräften, wenn Sie verstehen, was ich meine.«

Stahnke rieb sich die Rippen. »Na und? Ich denke, das tut er nicht. Deren Arbeit scheuen, meine ich. Und warum ist er trotzdem so mies drauf?«

»Da kommt allerhand zusammen.« Backe spähte kurz in Richtung Tresen; in den Friteusen wallte das heiße

Fett, aber noch schien seine Bestellung nicht servierfertig zu sein. »Zunächst einmal der Ärger mit seinem Sohn. Klassischer Fall von Problemkind. Vaters großer Hoffnungsträger, alles auf ihn ausgerichtet, silberner Löffel im Popo und so, und dann in der Pubertät der große Rückschlag. Kennt man, ist ja alles kein Einzelfall. Nur, dass sich zwischen den beiden wohl nichts wieder eingerenkt hat. Jetzt steht Vater Stapelfeld da mit seinem Lebenswerk und weiß nicht, für wen er die ganze Asche eigentlich angehäuft hat. Es sei denn …«

»Es sei denn, was?« Stahnke revanchierte sich für den Rippenstoß, aber Backe schien überhaupt nichts zu spüren.

»Es sei denn«, fuhr er trotzdem fort, »es stimmt, was die Leute so reden, und es gibt da noch einen anderen Erben. Außerehelich. Das heißt, einen potentiellen Erben, denn formal ist Philipp als einziger ehelich geborener Nachkomme natürlich auch der Haupterbe, komme was da wolle. Aber so alt ist Stapelfeld ja nun nicht, dass er nicht noch zu Lebzeiten einen anderen Nachfolger aufbauen und ihm den Löwenanteil seiner Besitzungen übergeben und überschreiben könnte.«

»Besitzungen? Das klingt ja nach Gutsherr. Oder nach Überseekolonie.« Auch Stahnke peilte zum Tresen hinüber, denn sein Magen randalierte immer wütender. »Demnach ist Stapelfeld wohl kein durchschnittlicher Langeooger Restaurantwirt.«

»Weiß Gott nicht!« Backes Züge, die die ganze Zeit über ein Spektrum zwischen stiller Heiterkeit und überbordendem Frohsinn widergespiegelt hatten, verdüsterten sich plötzlich. »Wohlhabend war er von Anfang an, durch Erbschaft. Aber im Gegensatz zu mir hat er sein Erbe nicht nur zusammengehalten, sondern vermehrt. Und zwar richtig heftig. Manche Leute sagen, ihm gehöre mittlerweile schon die halbe Insel. Was natürlich weit übertrieben ist.« Backe strich sich über das ausladende Kinn. »Aber ein Viertel könnte hinkommen.«

Stahnke musterte erneut den einsamen Mann am Stehtisch, der sein Gläschen inzwischen wieder geleert hatte und bewegungslos vor sich hin stierte. Einen Finanzmagnaten oder Immobilienmogul stellte er sich anders vor. Bei näherer Betrachtung wirkte Stapelfeld zwar längst nicht so verkommen wie auf den ersten Blick. Aber dieser Mann schien sich auf keinem guten Weg zu befinden.

»Schwer zu glauben, dass das der reichste Mann der Insel sein soll«, sagte er.

»Ist er auch nicht mehr«, gab Backe zurück. »Das ist ja sein anderes Problem. Ah, unser Essen ist fertig.« Er setzte sich in Richtung Stahltresen in Bewegung, streifte dabei den Stehtisch, und Stahnke musste blitzschnell zugreifen, um die Schnapsflasche am Absturz zu hindern. Schade, dass Backe nicht auch die passenden Gläschen dazugestellt hat, dachte er.

Als er wieder zu Stapelfeld blickte, schaute er genau in dessen Augen. Dunkel und klar stachen sie aus einem grauen, knitterig wirkenden Gesicht hervor. Einer Eingebung folgend, nahm Stahnke die Aquavitflasche, die immer noch eiskalt war, ging zu Stapelfeld hinüber und schenkte dessen Glas wieder voll. Die Flasche stellte er daneben. »Bitte sehr«, sagte er freundlich.

Stapelfelds Antwort bestand aus einem Kopfnicken, so herrisch und eisig, dass sich die Schnapsflasche dagegen lauwarm anfühlte. Als Stahnke zu seinem Platz zurückkehrte, schauderte es ihn.

Backe hatte derweil zwei dampfende, gut gefüllte Teller auf ihrem Stehtisch abgestellt und arrangierte jetzt eifrig Gläser, Besteck, Servietten, Salzstreuer und Remouladetöpfchen. »Wasser oder Bier?« Damit, dass Stahnke Wasser nehmen würde, hatte er offenkundig gerechnet. Er schob sich den Hals seiner Bierflasche zwischen die Zahnlücken und knackte den Kronkorken. Stahnke schloss seine Augen, erneut schaudernd, und wartete ab, bis das Zischen verklungen war. Sein Wasserfläschchen hatte zum Glück einen Schraubverschluss.

»Seehecht«, verkündete Backe und zeigte mit seinem Messer auf das panierte Stück Fisch, das auf Stahnkes Teller weiter vor sich hin brutzelte. »Fertigfutter, klar, wie alles hier, aber durchaus essbar. Wohl bekomm's!«

Dazu gab es Pommes und bunten Salat, der unangenehm nach Säure und Eimer schmeckte. Der Fisch aber war wirklich nicht schlecht, jedenfalls inwendig nicht so trocken wie befürchtet, und die Fritten ließen sich mit Kräutersalz durchaus genießbar machen. Insgesamt für die paar Euro, die die Kreidetafel für dieses Gericht auswies, wohl akzeptabel.

»Dann war Stapelfeld also der reichste Mann dieser Insel«, knüpfte der Hauptkommissar den Gesprächsfaden wieder an, mit gedämpfter Stimme, denn der *Smutje* hatte sich in den letzten Minuten geleert und der Geräuschpegel war gesunken. »Und jetzt ist er es nicht mehr. Wie kam denn das?«

»Genau weiß ich es natürlich nicht«, antwortete Backe, laut wie immer, aber dank seines vollen Mundes wenigstens undeutlich sprechend. »Einer der reichsten aber war er sicher. Vor allem Immobilien. Häuser, Pensionen und Hotels, da hat er mit den Jahren regelmäßig zugekauft, und die Wertsteigerungen waren nicht von Pappe. Dann die Läden, die er entweder selber betreibt oder verpachtet hat. Hotels, Gaststätten – sehr feine darunter – und Läden, meist für Klamotten und Andenken. Da ist schon allerhand zusammengekommen.« Er nahm einen tiefen Zug aus der Bierflasche.

»Und wie kam es dann zu seinen Verlusten?«, fragte Stahnke.

»Verluste?« Backe mache große Augen und rülpste unterdrückt. »Keine Verluste. Jedenfalls keine nennenswerten. Nein, das haben Sie falsch verstanden. Er ist immer noch reich, unser Stapelgeld. Aber inzwischen hat ihn ein anderer übertrumpft. Einer, der ihn weit in den Schatten stellt. Gegen dessen Möglichkeiten Stapelfeld ein armes Würstchen ist.«

»Und wer soll das sein?«

»Venema«, sagte Backe.

»Unser Venema?«, entfuhr es Stahnke. »Ich meine, der Reeder?«

»Genau der.« Backe feixte. »Sie müssen sich nicht zurückhalten, übrigens, was das angeht. Ist mir schon klar, dass Sie nicht wegen Ihrer Wampe hier in der Inselklinik sind. Und auch nicht wegen Ihrer Verflossenen.« Er wurde wieder etwas ernster. »Obwohl, verdammt süße Frau, die Sina. War sie schon immer.«

Stahnke fixierte die Reste seines Panadefischbrockens. Kaum zu glauben, dass ihm allein die Erwähnung von Sinas Namen die Röte in die Wangen trieb! Hatte er dieses Kapitel nicht seit langem bewältigt und abgehakt? Hatte er denn nicht längst eingesehen, dass es für einen sturen alten Bock wie ihn und diese fast zwanzig Jahre jüngere Frau, deren geistiger wie intellektueller Entwicklung er zudem längst nicht mehr folgen konnte, keine gemeinsame Perspektive gab?

Nun, offenbar nicht.

»Was treibt dieser Venema denn hier auf Langeoog?«, fragte der Hauptkommissar. Er hatte sich die Befragung von Backe zwar etwas anders vorgestellt, aber jetzt galt es vor allem, schnell aus diesen thematischen Untiefen heraus und zurück ins Hauptfahrwasser des Gesprächs zu kommen.

»Tja, was treibt er nicht?«, gab Backe zurück. »Man hört so allerhand. Auf dieser Insel wird ja viel getratscht, kein Wunder bei so wenigen ständigen Einwohnern. Dass ihm das Panoptikum der Arschlosen gehört, wissen Sie ja – ich meine, die Klinik *Haus Waterkant*, die nennt man hier so. Aber eben nicht nur die, sondern viele weitere medizinische Einrichtungen, Kurhäuser und so weiter.

Überwiegend gehobener Standard. Offenbar geht er davon aus, dass sich in Zukunft zwar längst nicht mehr jeder eine Kur leisten kann, die Reichen aber dafür umso sicherer.«

»Da könnte er richtig liegen«, murmelte Stahnke. Nicht nur in dieser Hinsicht sah er die deutsche Gesellschaft auf dem Weg zurück in die Vergangenheit.

»Aber auch alles, was sonst an Immobilien in den Verkauf kommt, landet seit einiger Zeit mit tödlicher Sicherheit bei Venema«, fuhr der Riese fort. »Hotels, Geschäfts- und Wohnhäuser, einfach alles. Im Gegensatz zu Stapelfeld beschränkt sich Venema aber anschließend nicht auf die Bewirtschaftung, sondern restauriert entweder aufwändig oder lässt gleich abreißen, um neu zu bauen. Größer, teurer, mit neuem Konzept für neue Kundschaft. Und damit sind natürlich nicht Hartz-IV-Empfänger gemeint.« Er hob die Handflächen: »Und glauben Sie bloß nicht, ich hätte mir das nur ausgedacht. So viel verstehe ich ja nicht davon, sonst hätte ich mein Erbe vielleicht noch. Aber es gibt hier genügend Leute, die etwas davon verstehen. Und glauben Sie mir, die sind stocksauer. Nicht nur der alte Stapelfeld alleine.«

Stahnke blickte verstohlen hinüber zu dem grauen Mann, der beide Arme gegen die Tischplatte gestemmt hatte und regungslos auf sein leeres Glas stierte. Der Flüssigkeitspegel der Aquavitflasche schien in der Zwischenzeit weiter gefallen zu sein. Sauer sah der Mann eigentlich nicht aus, eher verbittert. Und traurig, tieftraurig. Der Hauptkommissar dachte an Backes Worte. Was ging diesem Insel-Magnaten mehr an die Nieren, die Enttäuschung über seinen Sohn oder die Tatsache, dass es auch für den Größten immer einen noch Größeren gab?

»Sehen sein Sohn und er sich denn noch hin und wieder?«, fragte er. »Oder meiden sich die beiden völlig?«

»Von wegen«, antwortete Backe. »Wenn Philipp auf Langeoog ist, wohnt er ganz normal in seinem Elternhaus, spaziert seinem Vater quasi ständig vor der Nase herum. Er geht keinem Treffen und keinem Gespräch aus dem Wege. Nur lässt er seinen Vater eben immer spüren, wie sehr er ihn verachtet. Nicht etwa hasst, oh nein, das wäre ja ein zu intensives Gefühl. Er schätzt ihn einfach gering, und das tut er bei jeder Gelegenheit kund.«

»Ein bisschen heftig für einen nachpubertären Konflikt, so ein Verhalten«, sagte Stahnke. »Was steckt denn sonst noch dahinter?«

Backe zuckte die Schultern. »Keine Ahnung. Aber frag Philipp doch, er sitzt gleich da hinten.« Er drehte sich zu dem Tisch um, an dem bei ihrer Ankunft noch eine Gruppe Jugendlicher gesessen hatte. Aber dieser Tisch war inzwischen leer.

Stahnke aß langsam zu Ende. Kinder, die ihren Eltern seelische Schmerzen bereiteten, gab es gewiss ebenso viele wie umgekehrt. Oft gab es dafür konkrete Gründe, zuweilen aber reichte auch ein misslungener Abnabelungsprozess. Und häufig taten sich beide Seiten gegenseitig gleichermaßen weh, litten gemeinsam, ohne aber einen Weg aus der Feindseligkeit heraus finden zu können. Familiäre Bindungen waren eben etwas Ungeheuerliches. Sie konnten Menschen glücklich machen, sie konnte sie aber auch zur Verzweiflung bringen.

Und wozu Menschen imstande waren, wenn sie erst einmal so richtig verzweifelt waren, wer wusste das besser als ein Kriminalpolizist?

Wozu war ein Thees Stapelfeld imstande? Konnte sich die Liebe zu seinem Sohn in zerstörerischen, tödlichen Hass verwandeln? Denkbar, aber dafür gab es offenbar keine Anzeichen. Noch. Stapelfelds Verzweiflung konnte sich auch nach innen wenden. Sein isoliertes, fast autistischen Dastehen und der Schnapskonsum am helllichten Nachmittag schienen dafür zu sprechen. Andererseits war Stapelfeld – nach allem, was Backe erzählt hatte – keiner, der kampflos unterging. Ehe er sich selbst zerstörte, würde sich so einer ein anderes Ziel für seine Wut, seinen hilflosen Zorn suchen. Wen oder was?

Etwa die Tochter seines größten Konkurrenten? Weil der ihn gleich doppelt, geschäftlich und familiär, übertrumpft zu haben schien? Weil es nicht so leicht war, einem ökonomisch überlegen Venema auf diesem Gebiet etwas anzuhaben, während dessen Tochter exponiert und leicht zu treffen war?

War das denkbar? Stahnkes Hände krampften sich um sein Besteck. Er kannte sie mittlerweile, seine dahinschäumenden Assoziationskaskaden, und er misstraute ihnen, hatten sie ihn doch zuweilen schon gründlich blamiert.

Öfter noch aber hatten sie ihn der Lösung eines Falles auch schon nähergebracht.

Aus den Augenwinkeln bemerkte er, dass Stapelfeld seinen Halt an der Stehtischplatte aufgegeben hatte. Einen Moment lang stand er unschlüssig da, gerade aufgerichtet wie ein Ladestock, gänzlich ohne zu schwanken, als hätte er zum Kaffee nur Wasser getrunken. Dann verließ er das Lokal, gemessenen Schrittes, die Arme auf dem Rücken verschränkt, ganz Gutsherr auf eigener Scholle. Einzig der graue Teint wollte dazu nicht passen.

»So.« Backe wischte sich gründlich den Mund ab und knüllte seine Serviette zusammen. »Nun mal Tacheles. Sie sind wegen Venema hier, so viel ist ja klar. Vielmehr wegen des Attentats auf Venemas Tochter. Und dass Sie jetzt mit mir hier stehen, liegt sicher nicht nur daran, dass ich Ihnen den Fisch bezahle. Also, wollten Sie mich nicht etwas fragen?«

Irritiert blickte Stahnke ihn an. »Na gut. An dem Abend, als auf Stephanie geschossen wurde ...«

»Habe ich Ihrem netten Kollegen schon gesagt«, unterbrach Backe. »Da war ich hier, im *Smutje*, hatte Dienst bis spät abends. Dafür gibt es reichlich Zeugen.«

»Was für Zeugen?«, fragte Stahnke.

Backe zählte an seinen fleischigen Fingern auf: »Einmal die kleine Denise de Vries, die hier ebenfalls jobbt, dann Doktor Fredermann, der mit seinem Sohn hier war. Außerdem natürlich Herr Stapelfeld. Der war zwar nicht durchgehend anwesend, dafür aber mehrmals an diesem Abend. Der ist viel unterwegs und guckt seinen Leuten gerne auf die Finger. Die zeitlichen Abstände hätten auf keinen Fall gereicht, um mal eben einen Flieger zu klauen und nach Leer-Nüttermoor zu düsen. Und zurück.«

Stahnke nickte. So viel dazu, dachte er.

25.

Als Lüppo Buss das Polizeibüro in dem unscheinbaren Haus An der Kaapdüne betrat, legte Insa Ukena gerade den Hörer auf. »Das war Oldenburg«, verkündete sie. »Gerichtsmedizin. Vorläufiger mündlicher Bericht zur Untersuchung des Leichnams von Angela Adelmund. Ohne Gewähr natürlich. Näheres folgt schriftlich.«

»Das ging ja schnell«, sagte Lüppo. »Und nett von den Kollegen, sich vorab zu melden. Hätten sie ja nicht müssen.«

»Ich habe angerufen«, sagte die Oberkommissarin.

Lüppo Buss spürte plötzlich seinen Magen. Dabei hatte er doch sonst keine Probleme mit Säureüberproduktion. Stahnke, der ja, aber der war ja auch ... Verdammt, unterbrach er seinen abgelenkten Gedankenstrom. Bleib bei der Sache. Stahnke ist jetzt nicht das Problem.

Insa Ukena sah ihn nachdenklich an. Wartete sie auf eine Reaktion von ihm? Erkennen ließ sie das nicht. Oder vielleicht erkannte er das nicht. Diese Frau war für ihn ein Buch mit sieben Siegeln. Beziehungsweise ein rotes

Tuch. Ein siebenfach versiegeltes Buch, eingeschlagen in ein rotes Tuch.

»Gut«, zwängte er zwischen den Zähnen hervor. »Sehr gut. Und?«

»In Angela Adelmunds Magen waren Reste eines Medikamentencocktails nachweisbar«, sagte Insa Ukena. »Thyroxin in Verbindung mit einer Mischung unbekannter Substanzen, die aber vermutlich eine ganz ähnliche Wirkung zeitigen.«

»Das Zeug aus dem Koffer?«, fragte Lüppo Buss.

»Das wissen wir noch nicht«, antwortete seine Kollegin. »Proben sind unterwegs, wenn die analysiert sind, sind wir schlauer. Aber die Vermutung liegt nahe.«

»Und was verstehen die Kollegen unter, äh, einer ganz ähnlichen Wirkung?«

Insa Ukena beugte sich vor. Ihr Kopf hing schwer nach vorne, der Blick schien sich in die Schreibtischplatte bohren zu wollen. »Aufpeitschung des Organismus, Anheizung des Brennstoffumsatzes«, sagte sie langsam. »Und zwar heftig. In der Dosierung, auf die die gefundenen Restmengen schließen lassen, muss die Wirkung katastrophal gewesen sein.« Jetzt ruckte der Kopf hoch. Lüppo Buss war zu überrascht, um den Blick auszuweichen. Wellen von Zorn schienen über ihn hinwegzurauschen. Zorn, der nicht in erster Linie ihm, irgendwie aber doch auch ihm galt. »Sie ist praktisch innerlich verbrannt. Jedenfalls muss es sich so angefühlt haben.«

»Ausgebrannt«, murmelte Lüppo Buss. Er rang schwer nach Luft und Fassung. »Bis nichts mehr da war.«

»Nur noch Asche«, gab Insa Buss zurück.

Die Blickverbindung hielt. Die erste Verbindung zwischen uns, stellte der Inselpolizist fest. Was ist ihr Problem mit mir – dass ich ein Mann bin? Daran wird sie sich gewöhnen müssen. Musste ich ja auch.

»Wir müssen wissen, wem dieser Koffer gehört«, sagte er.

»Das Ding enthält keine Hinweise«, erwiderte die Oberkommissarin. »Die Fingerabdrücke an den Griffen sind entweder die von Stephanie, oder aber sie sind bis zur Unkenntlichkeit verwischt. Das Ding selbst ist Massenware, wurde und wird in diversen Kaufhausketten vertrieben. Da ist nichts zu holen.«

»Vielleicht beim Inhalt«, spekulierte Lüppo Buss. »Schließlich sind da nicht nur diese Medikamente drin, sondern auch Drogen.«

»Was ja praktisch dasselbe ist«, sagte Insa Ukena. »Der Unterschied zwischen Medizin, Droge und Gift liegt doch allein in der Dosierung. Worauf wollen Sie hinaus?«

»Die Stückelung«, sagte der Inselpolizist. »Von allen gängigen Drogen etwas, dazu diese Pillenstreifen. Das ist doch nicht zufällig so gemischt. Das wurde so bestellt. Und wozu?«

»Für den hiesigen Markt«, antwortete Insa Ukena. »Halt genau die Sachen, die hier erfahrungsgemäß innerhalb eines bestimmten Zeitraums konsumiert werden. Meinen Sie das?«

»Genau. Und wer weiß das so genau? Wer hat den Überblick über die Drogenszene hier?«

»Wir leider nicht«, seufzte die Oberkommissarin. »Und den, der diesen Überblick hat und dafür sorgt, dass all dieses Zeug auf die Insel kommt, genau diesen Typen kennen wir leider nicht. Falls es das ist, worauf Sie hinauswollen. Sonst hätten wir ihn doch längst ...« Sie runzelte die Stirn: »Oder wissen Sie etwas, das ich nicht weiß?«

Lüppo Buss rieb sich die Stirn. Revanchegelüste waren spürbar, aber nicht sehr intensiv, und er bekam sie locker in den Griff. »Von wissen kann überhaupt keine Rede sein«, sagte er, und er staunte, wie leicht ihm das plötzlich fiel. »Aber ich glaube, ich habe da so eine Idee.«

Dann fiel ihm ein, dass er ja nicht mehr alleiniger Herr seiner Entscheidungen war. Er seufzte. »Ehe wir etwas in dieser Richtung unternehmen, müssen wir uns natürlich das Okay holen.« Er angelte nach dem Telefon.

Insa Ukena zog es ihm unter den Fingern weg. »Von

Hauptkommissar de Beer etwa? Der ist schon wieder in Deutschland, zusammen mit den Kriminaltechnikern. Sagt, er meldet sich wieder. Wir wüssten ja, was einstweilen zu tun sei. Und er lässt schön grüßen.«

Lüppo Buss spürte selbst, dass sein Grinsen eine geradezu unanständige Breite annahm. Sieh an, dachte er, es gibt also doch noch gute Nachrichten.

26.

Mit heftigen Bewegungen wischte Stephanie sich die Farbe von den Fingern und schleuderte das fleckige Handtuch in die Ecke. Blöde Kleckserei! Was daran Therapie sein sollte, war ihr schleierhaft. »Enthüllt euer Innerstes durch Farben und Formen. Bilder sagen mehr als tausend Worte.« Von wegen! Esoterische Kuh, dusselige. Gehörte selber mal gründlich therapiert. Als ob sie so einer auch nur das Geringste über ihre Innenwelten verraten würde!

Irgendwo tief in diesem Inneren wusste sie, dass sie der in ihrer Plumpheit tatsächlich an eine Kuh erinnernden, jedoch außerordentlich netten und einfühlsamen Maltherapeutin Unrecht tat. Aber Pech für die, dass sie ihr das, was doch ihre größte Stärke war, unbedingt als Krankheit einreden wollte! Und typisch, dass sie selbst zeitweise geneigt gewesen war, diesen Gedanken wirklich an sich heranzulassen. Typisch Stephanie, verfluchte sich Stephanie. Muss ja immer auf jeden eingehen, kann ja nicht ein einziges Mal klar und krass sagen, was Sache ist. Ihre Sache. Meine Sache. Verflucht, wer wollte sich denn noch alles in ihre Sachen einmischen!

Tja, da hatte die bunte Malkuh nun mal schlechte Karten gehabt. Und außerdem hatte es Stephanie furchtbar genervt, dass ihr das Vibrieren in ihrer Hosentasche den Eingang einer neuen SMS angezeigt und sie mitten beim Malen und mit bekleckten Fingern keine Chance gehabt hatte, das Handy zu zücken und den Text zu checken. Da war sie sauer geworden. Und gar nicht mehr die liebe Stephanie gewesen.

Jetzt endlich hielt sie das Mobiltelefon in der Hand und ließ die Daumen zucken. Ah ja, wie erwartet. Lennert. Stephanies Gesicht erblühte zu einem seligen Lächeln. Schnell drückte sie *lesen*.

Und fluchte laut. Da stand: *Wichtiges Gespräch. Es geht voran! Kann erst später. Melde mich. Italy L.*

Italy? Ach ja: *I trust and love you*. Ha! Wütend warf sie das Handy aufs Bett. Was dachte sich dieser Typ eigentlich dabei! Was hatte der denn jetzt so Wichtiges zu tun? Und wenn es wirklich so wichtig war, okay, mochte ja sein – was war für ihn denn jetzt wichtiger als sie? Gerade jetzt, wo sie ihn so dringend gebraucht hätte, einfach so, zum Hiersein, zum Drücken, zum zusammen schweigen, zum sich warm und sicher Fühlen. Gerade jetzt hatte er ja sooo was von keine Zeit! Und was war mit ihr? Hatte sie nicht immer Zeit für ihn gehabt, wenn er sie gebraucht hatte? Und nicht etwa nur Zeit, oh nein, weiß Gott nicht nur Zeit.

Sie ging ins Bad, ließ kaltes Wasser ins Becken und schnaufte tief. Tja, vielleicht war das ja das Problem. Sie war eben immer für ihn da, Stephanie war immer da, Stephanie war halt so. Immer zu haben, kostete ja nichts. Und wie dachten Ostfriesen über so etwas? »Köst nix, döcht nix.« Oh ja, Stephanie, da hast du für deine eigene Inflation gesorgt. Überangebot ohne Tauschwert. Und das ist jetzt die Quittung.

Mit Schwung schaufelte sie sich kaltes Wasser ins Gesicht, bis sie keuchte und ihre Haut sich rötete. Dann drehte sie das warme Wasser auf und wusch sich gründlich die Hände. Sie beruhigte sich langsam, und schon hasste sie sich wieder für das soeben Gedachte. War sie denn irre, Werte wie Liebe, Treue und Partnerschaft plötzlich mit Wert und Gegenwert, mit Geld und Gegenleistung gleichzusetzen? Hatte sie nicht immer die armseligen Zicken bedauert und verachtet, die so redeten und vermutlich auch so dachten? Sie sollte sich was schämen.

Ja, das tat sie auch. Lennert aber tat das offensichtlich nicht.

Stephanie trocknete sich ab, ging zurück ins Zimmer und holte sich ihr Handy vom Bett. Zum Glück war es weich gelandet. Ihr gut trainierter Daumen zauberte Lennerts Nummer aufs Display. Ein Druck aufs grüne Telefonsymbol. Sie musste, sie würde ihn zur Rede stellen, ganz egal, ob er gerade mitten in einer Besprechung steckte und wie wichtig die war. Ganz ruhig und besonnen würde sie sein, aber bestimmt. Sie war genau in der richtigen Verfassung dazu.

»The person you have called is temporarily not available.«
Diesmal knallte das Mobiltelefon hart an die Wand und rutschte klappernd durch den Spalt hinter dem Bett auf den Boden. Stephanie zuckte zusammen, ihre Wut kühlte ab. Respekt gegenüber Dingen, die Geld kosteten, hatte Daddy ihr förmlich eingeimpft. »Was mit Mühe gemacht und mit Mühe erarbeitet und erworben wurde, das ist es auch wert, anständig behandelt zu werden. So reich können wir gar nicht werden, dass wir anfangen, schamlos zu protzen wie die hochgekommenen Armleuchter, nicht wahr, mein Schatz?« Die Ansprache wurde oft wiederholt, und Stephanie hatte die Lehre in sich aufgesogen wie so viele von Daddys Weisheiten. Jetzt zwickte sie die Reue. Was, wenn sie ihr Handy ganz armleuchterhaft zerstört hatte?

Dann würde sie sich ein neues kaufen. Genau wie sie jetzt losgehen und sich neue Klamotten kaufen würde. Zeit genug hatte sie dazu, denn der Herr Lennert war ja unabkömmlich vor lauter Wichtigkeit. Und Geld genug hatte sie auch, in Form von Plastik und einem brauchbaren Gedächtnis für Pincodes.

Auch Lennert wusste zu würdigen, dass sie nicht gerade arm war. Als er ihr von seinem geheimnisvollen Projekt erzählt hatte und sie ihm wenig später die siebzigtausend Euro gab, obwohl sie nicht gerade hingerissen war ...

Wieder zuckte Stephanie zusammen, denn unter ihrem Bett klingelte es. Also war ihr Handy doch nicht kaputt! Sie warf sich auf den Bauch und streckte ihren linken Arm aus. Zum Glück hatte sie lange Arme, und nach zwei, drei Tastversuchen hatte sie das Gerät zu fassen.

»Hallo?«, meldete sie sich atemlos.

»Hallo, Stephanie. Alles klar bei dir?«

Sie rollte sich auf den Rücken und schloss die Augen. Es war nicht Lennert. Es war Daddy.

»Kleines?«

»Ja. Hallo«, hauchte sie.

»Was ist? Du klingst nicht gut.«

»Müde«, sagte sie. »Ist alles etwas anstrengend hier, die Klinik und so. Aber sonst – alles okay.«

»Bestimmt?«

»Klar, Daddy. Ganz bestimmt.« Sie stemmte sich auf die Ellbogen hoch und versuchte, zuversichtlich zu klingen. »Alle kümmern sich sehr gut um mich, wirklich. Brauchst dir keine Sorgen zu machen.«

Nein, auf keinen Fall sollte Daddy sich um sie sorgen. Daddy musste sich um die großen Dinge kümmern, um ganze Schiffen und ihre Ladungen, die Millionen wert waren. Daddy jonglierte mit der ganzen Welt, sozusagen. Da durfte Stephanie mit ihren kleinen Problemen ihn auf keinen Fall ablenken.

Wer hatte ihr das eingetrichtert? Frau Siemers? Oder war das Daddy selbst gewesen?

»Schön zu hören«, sagte ihr Vater. »Fühlst du dich aber auch wirklich sicher? Ich meine, wenn man bedenkt, was du durchgemacht hast ... du hast doch keine Angst, oder?«

Es klingt, also müsste ich welche haben, dachte Stephanie. Ihr Herz begann stärker zu schlagen, und ein Schwall Hitze stieg ihr bis in die Schläfen.

»Bis jetzt nicht«, sagte sie. »Gibt es denn etwas Neues?«

»Ja und nein. Nichts, was dich betrifft.« Venemas Stimme klang ruhig und abgeklärt, aber Stephanie konnte die mitschwingende Spannung heraushören. »Ärger im Geschäft, sonst nichts. Es gibt Leute, die sich darum kümmern können.«

»Welches Geschäft?«, fragte sie. Daddy hatte viele Geschäfte laufen. *Ärger im Geschäft* konnte letztlich alles Mögliche sein. Wenn auf das Model einer Venema gehörenden Modefirma geschossen wurde, war das in gewisser Weise ja auch *Ärger im Geschäft*.

»Kerngeschäft«, antwortete Venema. »Betrifft eins unserer Schiffe. Ein Zwischenfall vor Somalia. Im Golf von Oman. Du weißt, dort, wo dieses Desperados in ihren schnellen kleinen Booten die See unsicher machen.«

»Eins deiner Schiffe? Gekapert?«

»Na ja, eine dieser Lösegeldgeschichten. Aber mach dir mal keine Sorgen, wir sind sehr gut versichert.«

Stephanie stellte sich vor, wie es war, Seemann auf einem von Daddys Schiffen zu sein. War es für den ein gutes Gefühl, wenn der eigene Reeder hoch versichert war?

»Musst du da jetzt nicht hin?«, fragte sie. »Mit den Piraten verhandeln? Dich um die Leute kümmern?«

Venema lachte. »Ach, wo denkst du hin, mein Liebling! Das ist doch nicht meine Sache, dafür gibt es andere Zuständigkeiten. Außerdem weiß ich noch gar nicht, ob überhaupt verhandelt wird. Es sind inzwischen allerhand Kriegsschiffe da unten, die werden sich schon um die Angelegenheit kümmern. Ansonsten sind das Auswärtige Amt und die Versicherungsgesellschaft am Zuge.«

Nein, dachte Stephanie. Als Seemann auf einem Venema-Schiff hätte sie wirklich kein gutes Gefühl.

»Kümmern werde ich mich, aber um andere Dinge«,

fuhr Venema fort. »Wichtige Dinge. Unter anderem um dich.«

»Schön, dass du mich zu den wichtigen *Dingen* rechnest«, platzte Stephanie heraus. Sie biss sich auf die Zunge. Hatte sie denn ein Recht, so etwas zu sagen? Sich derart in den Vordergrund zu spielen? Musste sie Daddy dermaßen von seinen elementaren Verpflichtungen ablenken? Himmel, wer war sie denn!?

Wieder einmal stellte sie fest, dass sie darauf keine Antwort wusste. Ja, wer war sie eigentlich? Ein Anhängsel, eine Last, eine Kopie, ein Nichts. Alles, was sie tun konnte, war, den anderen nicht im Weg zu sein. Bestenfalls.

Ihr Herz raste jetzt, und ihr Magen krampfte sich zusammen. Wieder einmal. Es wurde Zeit, endlich jemand zu werden. Jemand zu sein. Das aber funktionierte nur, wenn sie ihren eigenen Weg konsequent zu Ende ging. Wenn sie sich nicht von allem und jedem ablenken und nutzloses Zeug einreden ließ. Schon gar nicht von irgendwelchen Ärzten. Oder Maltherapiekühen.

»Aber Steffi, was glaubst du denn.« Daddy schien der sarkastische Unterton ihrer Bemerkung völlig entgangen zu sein. »Du weißt doch, wie wichtig du für mich bist. Und darum komme ich auch zu dir.«

»Das ist schön.« Es dauerte einen Augenblick, bis sie das Gehörte richtig realisierte. »Wie, wieso zu mir? Du kommst hierher?«

Venema lachte. »Klar, mein Engel! Das bietet sich doch an. Es ist ja nicht so, als ob ich auf Langeoog nicht auch noch anderes zu erledigen hätte. Ich habe schon eine ganze Menge Geld in diese Insel gesteckt. Da muss man doch auch mal gucken kommen, wie es dem Geld so geht, nicht wahr?« Nach einer kleinen Pause setzte er hinzu: »Vor allem will ich natürlich schauen, wie es dir geht, mein Goldschatz.«

»Das ist schön«, sagte Stephanie automatisch. Nur mühsam konnte sie ein Keuchen unterdrücken. Selten zuvor war ihr dermaßen deutlich bewusst gewesen, was für einen Druck schon der Gedanke bedeutete, dass eine direkte Begegnung mit ihrem Vater bevorstand. Dabei war er doch ihr großes Vorbild, mehr noch, ihr strahlendes Idol. Warum fühlte sie jetzt nicht mehr Freude, mehr Wärme?

Weil sein Schatten so lang war. So groß und so kalt. Plötzlich war es ihr klar. Wie sollte sie wachsen in solch einem Schatten? Wie sollte sich da ihr eigenes Ich entwickeln können?

Sofort schämte sie sich für diese Gedanken. Gleichzeitig wurde ihr bewusst, dass sie immer noch rücklings auf dem Boden lag. Opferhaltung. Sie zog die Beine an und richtete sich mit einer fließenden Bewegung auf.

»Ich komme mit der *Dagobert*«, fuhr ihr Vater fort. »Zwei Geschäftsfreunde kommen mit. So kann ich gleich zwei Fliegen mit einer Klappe schlagen. Oder mehrere. Gespräche führen, Eindruck schinden, Abmachungen treffen und ein paar Transaktionen durchführen. Manchmal ist Bargeld einfach das beste Argument.«

Die Erwähnung von Daddys Yacht ließ Stephanie gegen ihren Willen schmunzeln. Der Name ging auf ihr Konto. Sie liebte den alten Geizkragen aus den Micky-Maus-Heften, obwohl er in den Geschichten so viel schlechter wegkam als der chaotisch-cholerische Donald oder die drei cleveren Neffen Tick, Trick und Track. Entscheidend war doch, dass er es war, der letztendlich immer die Oberhand behielt. Er war reich und mächtig, er saß in seinem Geldspeicher und ließ sich die glänzenden Taler lustvoll auf die Glatze prasseln. Stephanie fand das toll. Und Daddy hatte laut gelacht, als sie den Namen vorgeschlagen hatte, und zugestimmt. »Passt«, hatte er gesagt. »Schließlich bezahle ich das Ding ja auch mit Kohle aus dem Speicher. Mit schwarzer Kohle.«

Was er damit sagen wollte, hatte Stephanie erst viele Jahre später verstanden.

»Wieder einmal Schwarzgeld-Geschäfte?«, fragte sie.

»Kleine Fische«, antwortete Venema. »Belaste dir damit mal nicht dein hübsches Köpfchen.«

Stephanie setzte sich, um den Druck, der sich in ihrem hübschen Köpfchen aufgebaut hatte, nicht noch weiter zu steigern. Vor ihr auf dem Tisch lag die Zeitung, die sie mitgebracht hatte, die mit ihrer eigenen Todesmeldung auf der Titelseite. Sie griff nach einem Kugelschreiber mit Werbeaufdruck der Klinik und begann den Zeitungsrand zu bekritzeln. *Dagobert.*

»Was heißt für dich schon kleine Fische«, sagte sie. »Das hast du früher auch immer gesagt, und dann war es manchmal doch über eine Million.« Er hatte ihr einmal den Geldkoffer gezeigt, und sie hatte sich gewundert, wie wenig Platz solch eine Summe in großen Banknoten doch einnahm. Um einen richtigen Speicher zu füllen, brauchte man bestimmt weit mehr, selbst in Münzen.

»Ach, das waren doch D-Mark«, erwiderte ihr Vater. »Diesmal ist es wesentlich weniger. Kaum mehr als zweihunderttausend.«

»Aha. Peanuts«, murmelte sie. Sie malte die Zahl auf den Zeitungsrand. Eine Zwei und fünf Nullen, immerhin. Dahinter das Eurozeichen. »Wann kommst du denn?«, fragte sie.

»Morgen«, sagte Venema. »Um die Mittagszeit herum, schätze ich. Muss mal schauen, wie die Tide läuft und wann wir loskommen. Ich melde mich dann bei dir. Dann mach's mal gut, mein Liebling. Ciao.«

»Ciao, Daddy«, antwortete sie. Dann wartete sie, bis sie sicher war, dass ihr Vater das Gespräch beendet hatte.

Daddy kam also. Daddy war schon so gut wie unterwegs. Daddy würde sich um sein Töchterchen kümmern, Daddy, der doch eigentlich so viel Wichtigeres zu tun hatte, der sich um alles Mögliche kümmern musste, rund um den Erdball. Stand sie nicht schon tief genug in Daddys Schuld? Jetzt kam noch etwas obendrauf auf den Schuldenberg. Wieder einmal.

Zeit, dass sie mal etwas abbezahlte. Zeit, eigene Ziele energisch anzusteuern. Das eigene Ich endlich ins rechte Licht zu rücken.

Sie hatte Model werden wollen, weil sie glaubte, dass sie das werden konnte, dass sie dafür genügend mitbekommen hatte. Von der Natur. Von ihrer Mutter. Und natürlich von Daddy. Der war begeistert gewesen, hatte ihr zugeredet, ihr Türen geöffnet und Wege geebnet: »Mein hübsches kleines Püppchen!« Gut. Ein paar Schritte hatte sie ja getan auf diesem Weg, dann war sie gestoppt worden. Jetzt kam es darauf an, wieder auf den richtigen Kurs zu gehen, Fahrt aufzunehmen. Daddy sollte nicht länger durch sie belastet werden, Daddy sollte endlich stolz sein können auf seine Tochter.

Stephanie zog einen der Medikamentenstreifen, die sie aus dem mysteriösen Koffer genommen und eingesteckt hatte, aus ihrer Hosentasche. Einen ohne Aufdruck. Aber sie wusste ja auch so, wofür diese Tabletten gut waren.

Sie atmete tief ein und aus, streckte die Wirbelsäule, bog die Schultern zurück. Dann begann sie, eine Tablette nach der anderen in ihre Handfläche zu drücken.

Zeit, das Feuer stärker anzufachen.

27.

»Na, auch unterwegs zum Happy-Hippo-Schwimmen?«

Stahnke hatte sich mit einem knappen Nicken an dem Vier-Zentner-Gebirge vorbeidrücken wollen. Jetzt blieb er wie angenagelt stehen. Schon wieder dieser Spruch! »Was soll das denn eigentlich sein?«, fragte er.

Der Fette lachte, dass seine Massen in Schwingungen gerieten und er sich kaum an seinen Krücken halten konnte. »Unterwassergymnastik, Mensch! Die nennen wir hier so. Nach den Happy Hippos. Kennst du doch, das sind diese kleinen Nilpferdfiguren aus den Überraschungseiern.«

Stahnke hatte schon mitbekommen, dass sich die Patienten hier untereinander duzten, und theoretisch war ihm auch klar, dass die Regel ihn mit einbezog. »Und?«, fragte er. »Was habe ich damit zu tun?«

»Du bist dafür eingeteilt, Alter! Hat der Doc gesagt.« Wieder lachte der Fette. Es klang freundlich, kollegial sozusagen. Der Hauptkommissar beschloss, sowohl das Gelächter als auch die Anrede einfach hinzunehmen. Außerdem war der Koloss vermutlich wirklich um einige Jahre jünger als er.

»Und warum weiß ich davon nichts?«, erkundigte er sich.

»Weil du dein Postfach nicht leerst. Ja, daran muss man sich erst einmal gewöhnen, aber das ist wichtig hier. Am besten guckst du jedesmal rein, wenn du an der Rezeption vorbeikommst. Und das tue sogar ich mehrmals am Tag.« Sein Grinsen deutete an, dass er sich, seine Erscheinung und die Konsequenzen daraus mit Fassung und Selbstironie zu tragen bereit war. Vielleicht sollte ich das auch mal tun, überlegte Stahnke. Ich nehme mich immer noch viel zu ernst.

»Wann findet denn das statt?«

»In zehn Minuten. Da hinten, den linken Gang bis ganz zu Ende.« Der Koloss deutete die Richtung mit einem Kopfnicken an. »Sei pünktlich und vergiss dein Handtuch nicht.« Er begann wieder zu schlurfen. Nach zwei Schritten keuchte er schon wieder jämmerlich.

Der Hauptkommissar öffnete sein Postfach. Tatsächlich, darin lag ein Therapieplan, den oben sein Name zierte. Die Dichte der eingetragenen Termine ließ Stahnke die Stirn runzeln. Das passte ihm überhaupt nicht. Wie sollte er Stephanie im Auge behalten, wenn er gerade Therapien absolvierte, während sie frei hatte und die Klinik verließ? Am besten war es, die Pläne zu synchronisieren. Dazu musste er sich Stephanies Plan unauffällig besorgen. Wie? Das galt es zu klären. Unmöglich war das sicher nicht.

Blieb die Frage, was er genau jetzt tun sollte. Das Schwimmen schwänzen? Nicht gut. Das würde zu unwillkommenen Fragen führen, die seine Tarnung gefährden konnten.

Hilfesuchend blickte er sich um. Die Weißgekleidete hinter dem Rezeptionstresen? Nein, Sina war das nicht. Wäre ja auch zu schön gewesen. Sie hätte er vielleicht bitten können …

Ein Zwicken oberhalb der Hüfte, dort, wo die Pfunde seine Taille nach außen ausgebeult hatten, ließ ihn herumfahren. Da stand sie, fast einen Kopf kleiner als er, mit einem sonnigen Lächeln, der rotbraune Pferdeschwanz am Hinterkopf herausfordernd wippend. Sina. Dass er sie begehrenswert fand wie eh und je, hätte ihn nicht überraschen sollen. Trotzdem fand er die Reaktion seines Körpers schockierend. Mit angenehmen Erinnerungen an Vergangenes hatte das nichts mehr zu tun.

»Na, was ist los? Zimmerschlüssel verloren?« Ihre Hand ruhte immer noch auf seiner Taillenbeule. Ihr Gesicht war leicht angehoben, ihr Mund ein wenig geöffnet – spöttisch zwar, aber das tat der Wirkung keinen Abbruch.

Ihr Duft, verstärkt von einem anstrengenden Arbeitstag, ließ ihn angenehm schaudern. Wie unter Zwang legte er seine Arme um ihre Mitte, zog sie an sich, spürte ihre Wärme, ihre weiche Festigkeit. Sollte er sie küssen? Er wollte es, keine Frage. Aber eine schrillende Alarmglocke irgendwo in seinem Hinterkopf hielt ihn davon ab.

Sina schaute ihn zwei Sekunden lang überrascht und fragend an. Dann schlang sie beide Arme um ihn, legte ihre Wange an seine Brust und drückte ihn fest. Eine innige, gleichwohl eher freundschaftliche Geste. Sie lösten sich gleichzeitig voneinander.

»Schön, dass du hier bist«, sagte Sina leise. »Wie wär's mit einem Kaffee? Hast du etwas Zeit? Oder ...« Unschlüssig blickte sie ihn an. Hielt sie ihn immer noch für einen Patienten?

»Leider nein«, antwortete Stahnke. »Genau genommen müsste ich mich sowieso schon teilen. Rein massemäßig vorstellbar, aber biologisch leider noch unmöglich. Ich muss jemanden im Auge behalten und gleichzeitig den Patienten mimen, sonst fliegt meine Tarnung auf.«

Sina nickte. Falls sie erleichtert war, ließ sie es sich nicht anmerken. »Steffi? Unsere Neue?«, fragte sie.

»Woher ...?«

Sie lächelte schelmisch. »Wann hättest du jemals etwas vor mir verbergen können? Ich sehe doch, wen du anguckst. Und ich weiß, dass du zwar auf jüngere Frauen stehst, aber doch nicht auf Kinder.«

»Na hör mal, Stephanie ist siebzehn! Ist man da noch ein Kind?«

Sina nickte nachdrücklich. »Sie auf jeden Fall. Wenn du Psychologie studierst, entwickelst du einen Blick dafür, sonst kannst du es gleich lassen. Mit siebzehn bist du entweder ein junger Erwachsener oder ein altes Kind. Sie ist letzteres. Psychisch auf jeden Fall. Und körperlich setzt sie alles daran, sich wieder zum Kind zurückzuentwickeln.«

Der Hauptkommissar runzelte die Stirn. »Sie ist doch

nur einen Tag länger hier als ich. Wie kannst du dir da schon so sicher sein?«

Sina zuckte die Achseln. »Ist halt so.«

Stahnkes Blick fiel auf die große Uhr über dem Rezeptionstisch. Beinahe 16 Uhr. Die Zeit drängte. »Wie sieht es aus«, fragte er, »kannst du mir helfen?«

»Steffi im Auge behalten? Vielmehr Stephanie, wie du sie nennst, ganz korrekt vermutlich, owohl sie hier als Steffi eingecheckt hat? Im Prinzip ja. Ich habe jetzt Feierabend, wollte eigentlich los. Bestimmt fällt es nicht gleich auf, wenn ich mich hier noch ein Weilchen herumdrücke.«

»Das ist schön. Danke dir. Ich muss jetzt nämlich wirklich los.«

»Wohin denn?«

Es rutschte ihm heraus, ehe er es verhindern konnte: »Zum Happy-Hippo-Schwimmen.«

Nein, sie platzte nicht heraus vor Lachen, sie nickte ihm nur bestärkend zu. Dafür war er ihr noch mehr dankbar als für ihre Hilfe.

Und er war sich jetzt ganz sicher, dass er sie immer noch liebte.

28.

»Schon wieder dienstfrei? Ich denke, wir haben Hochsaison und alle Läden brummen.«

Backe zuckte die ausladenden Schultern, ohne sich nach dem Inselpolizisten umzudrehen. »Freier Tag ist freier Tag. Das ist ja das Schöne daran, wenn man ausgebeutet wird. Die Ausbeuter haben es da schon schwerer. Die können sich beim Ausbeuten keine Pause gönnen.« Er gähnte ausgiebig. »Sollen die Läden doch mal ohne mich brummen. Ich habe in meinem Leben schon genug gebrummt.«

Lüppo Buss folgte Backes Blick, der über Strand und Spülsaum hinweg hinaus auf den Horizont gerichtet war, dorthin, wo See und Himmel sich zu treffen schienen. Er musste die Augen zusammenkneifen, so hell und gleißend strahlte die Nachmittagssonne über den spielerisch dahinrollenden Wellen. Noch wurde der Ausblick nicht von den rotierenden Flügelspitzen Dutzender Windkraftanlagen verstellt, noch war der optische Eindruck von Freiheit und Unendlichkeit vollkommen. Vermutlich hatte Backe ganz recht, wenn er sich keine Sekunde davon entgehen lassen wollte.

Der Oberkommissar umrundete die Sitzbank und ließ sich neben dem Riesen in seiner unvermeidlichen braunen Lederjacke nieder. Erstaunlich, wie schnell sich jeder auf dieser Insel für seinen ganz persönlichen Lieblingsplatz entschied, fand er. Und praktisch, wenn man jemanden suchte. Für Backe war es diese weite Ausbuchtung der Höhenpromenade ganz in der Nähe der *Düne 13,* eines beliebten Lokals. Keine besonders originelle, aber bestimmt keine schlechte Wahl, auch wenn man hier den gelegentlichen Böen ungeschützt ausgesetzt war. Backe war kein besonders empfindlicher Typ, und richtig warm würde dieser Sommer schon noch werden. Da war Lüppo Buss ganz zuversichtlich. Auch so eine Sichtweise, die man hier fast automatisch annahm.

»Wirklich schon genug?«, fragte er, den Blick nach vorne gerichtet. »Ich meine, gebrummt?«

Er hörte die abgewetzte Lederjacke knarren, als Backe sich nun doch zu ihm herumdrehte. Die Stimme des Riesen knarrte ganz ähnlich. »Selten so ein reines Gewissen gehabt. Was willst du mir anhängen?«

Jetzt war es an Lüppo Buss, die Schultern zu zucken. »Hier hängt doch keiner, weder an noch auf. Keinen Stress, Alter. Lass uns lieber über das Wetter reden.«

»Wetter?« Backe, der mit allen Wassern gewaschene und abgebrühte Backe, klang tatsächlich verwirrt. Lüppo Buss war richtig stolz auf sich.

»Klar, warum denn nicht?«

»Du meinst, Sonne, Wind und Badewasser?«

»Sicher.« Jetzt drehte der Inselpolizist den Kopf. »Oder auch Schnee, von mir aus.«

Nein, da war kein Erschrecken in Backes Augen. Nur der Wechsel von Überraschung zu Verstehen. Und dann zu Erleichterung und Heiterkeit. »Ach so«, sagte der Riese. »Und ich dachte schon, du wolltest mir Angst machen.«

»Schnee am Strand von Langeoog, und das mitten im Sommer – also mir macht das Angst«, erwiderte der Inselpolizist.

»Schon«, nickte Backe. »Aber ich bin raus aus der Nummer. Beziehungsweise war niemals drin, soweit es Langeoog betrifft. Nicht mal als Kunde. Im Moment komme ich mit etwas Alkohol ausgezeichnet zurecht, und Alk verticken sie hier alle.« Sein zahnlückiges Grinsen legte Zeugnis davon ab, dass sein Konsumverhalten einmal anders gewesen war. Selbst ein so widerstandsfähiger Körper wie Backes hatte die früheren Drogenexzesse nicht ohne sichtbare Verwüstungen überstanden.

»Und wer ist dann drin in der Nummer?«, fragte der Oberkommissar. »Wer sorgt hier für Schnee im Sommer?«

Backe machte gar nicht erst den Versuch, den Unwissenden zu spielen. Selbst wenn er augenblicklich keine Aktien in dieser Branche hatte, so registrierten seine einschlägig geschärften Sinne doch zwangsläufig die entsprechenden Signale. Und daran mangelte es auch im Dünenparadies nicht. »Wer hier etwas braucht, der geht zur Viererbande«, antwortete er. »Die haben es entweder da, oder sie besorgen es in relativ kurzer Zeit. Preise nur leicht über Festlandsniveau. Tja, ich sag's ja immer, Handel ist Handel, da sind die Gesetze immer die gleichen.«

»Das sind sie sowieso«, korrigierte Lüppo Buss.

Backe winkte ab. »Doch nicht *diese* Gesetze! Die gelten im Geschäftsleben doch bloß als unverbindliche Gestaltungsvorschläge.« Er lachte rostig. »Die wirklich wichtigen Gesetze sind die des Marktes. Angebot und Nachfrage, Tauschwert und Profit. Da kannst du jeden Dealer fragen, legal oder illegal.«

»Schietegal«, unterbrach ihn der Oberkommissar. »Jetzt komm mal rüber mit den Namen. Vier Stück, ja? Und wer ist die ganz große Nummer?«

»Die Namen kannst du kriegen.« Backe sprach jetzt ganz leise, ohne die Lippen zu bewegen. Konspirativ aus Gewohnheit. »Torben Huismann, Karl Onnen, dann einer, dessen Namen ich nicht kenne, kann ich dir aber zeigen. Und Philipp Stapelfeld. Tja, das sind sie. Aber wer von denen der Boss ist, das weiß ich nicht. Sagte ja schon, keine Umsätze mehr bei mir in letzter Zeit.«

»Philipp Stapelfeld?« Lüppo Buss runzelte die Stirn. »Der Sohn von deinem Chef? Heftig. Bist du dir da sicher?«

»Klar«, sagte Backe. »Ich glaube, er ist es, der die Ware auf die Insel bringt. Aber bloß ein Kurier ist er nicht. Eigentlich recht unvorsichtig, den Transport von einem Eingeweihten besorgen zu lassen. Hätte ich ...« Wieder machte er eine wegwerfende Handbewegung: »Aber was soll's. Ihr sollt ja schließlich auch eine Chance haben, nicht?«

»Philipp Stapelfeld«, wiederholte der Inselpolizist. »Starkes Stück. Weiß sein Vater davon?«

»Ach wo, kein bisschen. Woher denn?«

»Na, vielleicht von dir.«

Knarrend rückte Backe ein Stückchen von Lüppo Buss weg. »Sag mal, wofür hältst du mich? Wie komme ich dazu, den Jungen bei seinem Alten zu verpfeifen?«

»Wieso? Mit mir redest du schließlich auch.«

»Na hör mal. Das ist doch ganz etwas anderes«, erwiderte Backe im Brustton der Überzeugung.

Lüppo Buss hatte die nächste Frage schon auf der Zunge, erkannte aber, dass Backe seinen Blick wieder fest an den fernen Horizont geheftet hatte. Für ihn schien das Gespräch beendet zu sein. Nachhaken dürfte jetzt wenig Zweck haben.

Der Inselpolizist erhob sich, tippte kurz an seine Mütze und ging. Backe zeigte keinerlei Reaktion.

Eigentlich ganz gut, dass ich nicht gefragt habe, was denn der Unterschied zwischen einem Vater und einem Polizisten ist, dachte Lüppo Buss. Versteht sich schließlich von selbst. Nein, das war hier wirklich nicht die Frage.

Und die eigentliche Frage, nämlich die, warum Backe lieber die Polizei über die kriminellen Aktivitäten eines Jugendlichen in Kenntnis setzte als dessen Vater, die würde er sich wohl selbst beantworten müssen.

29.

Mit leichtem Widerwillen betrat Sina den Aufenthaltsraum.

Der langgestreckte Raum mit seinem weichen, cremefarbenen Teppichboden, der nussbraun glänzenden Kaffeetheke, den erdbeerroten Cocktailsesselchen und Sofas und den runden Tischchen wirkte großzügig und edel, genau wie diese ganze Klinik. Angenehm eigentlich, wenn man dieser gehobenen Ausstattung nicht gar so deutlich angemerkt hätte, dass sie exakt diesen Eindruck erzeugen sollte. Dass die Tischchen Platten aus Marmorimitat besaßen und an der Längswand gegenüber der Fensterfront ein überdimensionierter Flachbildfernseher hing, steigerte die Wirkung ins Protzige, fast Parodistische. Sina schauderte unwillkürlich.

Nur wenige Plätze waren besetzt; das Nachmittags-Therapieprogramm lief noch, die meisten Patienten hatten ihre Termine abzuarbeiten. Hinten am Fenster saßen zwei strickende junge Mädchen, die so erschreckend dürr waren, dass Sina nur hoffen konnte, dass es wirklich ihre Stricknadeln waren, die da so heftig klapperten. Rechts, gleich neben der Tür zu den Toiletten, saß Anni in ihrem unvermeidlichen quergestreiften Pullover allein an einem Tisch, eine Tasse schwarzen Kaffees vor sich, und las in einer Illustrierten. Die beiden Frauen am Nebentisch kannte Sina nicht; offenbar Neuaufnahmen. Beide zwischen vierzig und fünfzig, mutmaßte sie, auch wenn sich das Alter magersüchtiger Patientinnen nur sehr schwer schätzen ließ, denn mit ihrer welken, runzligen Haut sahen die meisten älter aus. Manche viel älter. Wie lange die beiden wohl schon anorektisch waren? Manch eine ließ die Krankheit ein ganzes Leben lang nicht mehr aus ihren Krallen.

Steffi war nicht unter den Anwesenden, stellte Sina fest. Und auch kein einziger der Adipösen. Ach ja, das Happy-Hippo-Schwimmen! Sina musste lächeln. Manchmal war sie richtig stolz auf ihre Patienten.

Sie dachte an Stahnke und spürte, wie sich ihr Lächeln veränderte.

Anni erhob sich, ohne sich umzudrehen, und verschwand hinter der Toilettentür. Ihre Zeitschrift ließ sie offen auf dem Tisch liegen. Sina trat ein paar Schritte näher. Eine Schlagzeile brüllte sie förmlich an: *Amerikanisches Abnehmprodukt sorgt für absoluten Durchbruch.* Teufel, was war denn das nun wieder? Sie griff nach dem Heft.

Abnehmen ohne zusätzliche Bewegung, das will doch jeder!, lautete die Unterzeile der Überschrift. Der Text war PR pur: *Die Gerüchte sind wahr. Das Mittel, um enorm viel abzunehmen, wurde endlich entdeckt. Trimgel! Die Anwendung führt zu derart überraschenden Ergebnis-*

sen, dass das Gel sogar die Oprah-Winfrey-Show erreicht hat! Durch den großen Erfolg in Amerika ist Trimgel jetzt endlich auch in Europa erhältlich. Das Produkt, ein Abnehmgel, das auf unter anderem der vielbesprochenen südafrikanischen Kaktusart Hoodia gordonii und dem derzeit absoluten Abmagerungshype aus Amerika, Geraniumöl, basiert, sorgt dafür, dass Fettansammlungen unter der Haut wie Schnee vor der Sonne verschwinden!

Und so weiter, und so fort. Das Wörtchen *Anzeige* stand schamhaft und winzig ganz rechts oben auf der Seite, wo es bestimmt niemanden störte.

Sina wurde wütend. Warum lag so ein widerliches Zeug ausgerechnet hier aus? Sie schaute auf die Titelseite: Ein ganz normales Mode- und Lifestyle-Magazin, wie es zu Dutzenden in allen erdenklichen Variationen und doch erschreckend verwechselbar an jedem Kiosk aushing. Klar, dass ihre Patientinnen solche Artikel, auch wenn's nur getarnte Anzeigen waren, gierig verschlangen. Weit gieriger als jede Mahlzeit. Wie, verdammt, sollte man das verhindern? Sollte man etwa eine Zensur einführen, jedes dieser Hefte vorher durchmustern, ganze Seiten herausreißen oder schwärzen, alles Bedenkliche entfernen?

Eine der beiden Neuen hatte einen Laptop vor sich stehen und klapperte auf der Tastatur herum. Sina seufzte. Der weltentrückte Zauberberg war passé. Der ganze Dreck dieser Welt hatte via Internet jederzeit fast überall freien Zugang. Sie legte das Heft zurück auf den Tisch und verließ den Aufenthaltsraum.

Was jetzt? Sie hatte Stahnke versprochen, Stephanie im Auge zu behalten. Therapie hatte die gerade keine, davon hatte Sina sich schon vorhin an der Rezeption überzeugt. Ob sie die Klinik schon verlassen hatte?

Das lässt sich ja feststellen, dachte Sina und machte sich auf den Weg zu Stephanies Zimmer. Ihr Klopfen wurde umgehend mit einem lauten »Herein!« beantwortet. Als Sina eintrat, stand Stephanie mitten im Zimmer, die

Hände seitlich vom Körper halb erhoben, und blickte ihr mit großen Augen entgegen. »Ja? Habe ich etwa irgendwas auf dem Plan übersehen?«

»Nein, alles im Lot«, sagte Sina beruhigend. »Ich wollte nur mal nach dir schauen. Geht es dir gut, Steffi? Hast du alles, was du brauchst?«

Zwar war es in der Klinik ehernes Prinzip, alle Patientinnen und Patienten zu siezen, auch die Minderjährigen, aber ihr Gefühl sagte ihr, dass in dieser Situation das Du angebracht war, und Sina war bereit, ihrem Gefühl zu folgen.

»Ja«, antwortete Stephanie fahrig. »Oder vielmehr nein. Ich habe immer noch keine Klamotten zum Wechseln. Oder ist mein Koffer inzwischen wieder aufgetaucht?«

»Nicht, dass ich wüsste«, antwortete Sina. Kritisch musterte sie die Jüngere. Deren Verhalten war alles andere als normal, ihr starrer Gesichtsausdruck zeugte von schlecht verborgener Panik. Stand sie unter Schock, oder hatte sie vielleicht etwas eingenommen?

Stephanie stand immer noch mit dem Rücken zu dem kleinen Schreibtisch am Fenster, Arme und Hände leicht abgespreizt, so als wollte sie etwas verdecken und wäre sich nicht sicher, ob ihr dünner Körper allein dazu ausreichte.

»Was hast du denn jetzt vor?«, fragte Sina. »Lässt du dir von zu Hause etwas schicken?«

Stephanies Augen schienen noch größer zu werden, und Sina fühlte sich unangenehm an die Hungeraugen afrikanischer Kinder in Spendenanzeigen erinnert. »Daran habe ich gar nicht gedacht«, sagte das hochgewachsene Mädchen. »Nein, ich wollte mir ein paar neue Sachen kaufen. Es gibt doch Läden auf Langeoog, nicht? Ich meine, wo man nicht nur Muscheln und Andenken und solches Zeugs bekommt?«

»Na, und ob!«, antwortete Sina. »Wenn du willst, kann ich dir ein paar davon zeigen. Ich kenne mich hier inzwischen ganz gut aus.« Sie war selbst ganz begeistert von ihrem Vorschlag. So hatte sie Stephanie ganz unauffällig im Blick und kam selbst mal ein bisschen aus dieser Klinik raus. Schließlich hatte sie heute Abend schon wieder Dienst.

Stephanies Ausdruck entspannte sich ein wenig. »Würdest du das tun? Ich ... ja, das wäre nett. Hättest du denn Zeit? Ich meine, ich brauche ja praktisch alles.« Jetzt lächelte sie sogar. Ihre Position vor dem Schreibtisch aber gab sie nicht auf.

»Was, ihr wollt shoppen gehen? Doch wohl nicht ohne mich!« Anni erschien so plötzlich im Türrahmen, dass sowohl Stephanie als auch Sina zusammenzuckten. Mit größter Selbstverständlichkeit betrat die Frau mit dem unvermeidlichen quergestreiften Pullover das Zimmer. Hatten sich die beiden denn so schnell angefreundet? Sina runzelte die Stirn.

»Ich kenne hier ein paar richtig heiße Läden, was Klamotten angeht«, fuhr Anni fort. »Brauche selbst auch so dies und das. Und Zeit hätte ich auch. Na, wie sieht's aus?«

»Klar, warum nicht. Na super, dann gehen wir zu dritt. Toll.« Ganz so begeistert wie ihre Worte klang Stephanie nicht, aber sie schien sich immerhin mit dem Gedanken anfreunden zu können. »Dann treffen wir uns doch in zehn Minuten. In Ordnung? Ich muss mich noch ganz schnell fertig machen.« Endlich gab sie ihre erstarrte Haltung auf, lockerte und senkte ihre Arme.

»Gut, dann bis gleich. In zehn Minuten bin ich wieder hier.« Sina wandte sich zum Gehen. Von der Tür aus erhaschte sie einen Blick auf die bisher verdeckte Schreibtischplatte. Eine Zeitschrift lag dort, daneben irgendetwas Helles, und ein halbvolles Glas Wasser stand herum. Besonders ordentlich ist die Kleine nicht, dachte Sina. So weit völlig normal.

Als sie merkte, dass Anni ihr nicht folgte, schloss sie die Zimmertür hinter sich. Dann begab sie sich zur Rezeption. Nach kurzem Nachdenken nahm sie sich die Medikationspläne vor und suchte darunter nach Steffis. Aber den gab es noch überhaupt nicht.

Pünktlich zum ausgemachten Zeitpunkt holte Sina Stephanie ab. Das Glas auf dem Schreibtisch war leer, die Tischplatte aufgeräumt. Stephanie war direkt aufgekratzt, plapperte munter in freudiger Erwartung der Shoppingtour. Anni wartete am Haupteingang auf sie, ebenso aufgedreht und redefreudig. Da fiel Sinas plötzliche Einsilbigkeit gar nicht weiter auf.

30.

Stahnke schloss die Zimmertür hinter sich, drehte den Schlüssel bis zum Anschlag und lehnte sich mit dem Rücken gegen das Türblatt, als gelte es, eine Horde wütender Orks am Eindringen zu hindern. Dabei ließ sich das, was wirklich über ihn herzufallen drohte, durch keine Tür dieser Welt aufhalten. Nämlich die Erinnerung an das, was er soeben erlebt hatte.

Von wegen Happy-Hippo-Schwimmen! Hippo vielleicht, aber happy auf gar keinen Fall. Und schwimmen konnte man das, was sich da in dem gekachelten Becken abgespielt hatte, auch nicht nennen. Hopsen auf der Stelle, watscheln unter Wasser, Ringelpietz mit anfassen, stützen, schieben und drehen. Und andauernd das Gequietsche, Gekreische und Geplatsche dieser unförmigen Moppel, Monster und Mutanten, diese dümmlichen, überwiegend hämischen Kommentare! Schon nach dreißig Sekunden hatte Stahnke die Nase voll davon gehabt. Wie er die komplette Stunde überlebt hatte, vermochte er nicht zu sagen.

Wütend hieb sich der Hauptkommissar mit der Faust auf den Bauch, wieder und wieder. Es tönte wie eine Basstrommel, und seine Haut begann zu brennen. Da waren sie doch, die Muskeln! Was machte es schon, dass sie schön warm eingepackt waren in einer flexiblen Isolierschicht? Froh sein sollte man doch, dass man sie besaß! In früheren Jahrtausenden der Menschheitsentwicklung hatte die Fähigkeit, überreichliche Nahrung in Fettzellen umsetzen zu können, doch sogar den Unterschied ausgemacht zwischen überlebensfähig und *nicht* überlebensfähig! Wenn es wochen- oder auch monatelang nichts oder nur wenig zu essen gab, hatten klapprige Hungerhaken logischerweise keine Chance. Ein Wunder, dass sie ihre mageren Gene überhaupt hatten weitergeben können!

Heute sah das natürlich alles anders aus. Wer benötigte im Zeitalter der *Just-in-time*-Produktion denn überhaupt noch Lagerhaltung? Keine Firma, kein Haushalt, kein Mensch. Was man gerade brauchte, das holte man sich, sobald man es brauchte, und keine Minute früher, beim Zulieferer, bei *Aldi*, an der Dönerbude. *Lean production, lean management, lean people!*

»Leckt mich doch alle fett«, knurrte Stahnke und warf sein nasses Schwimmzeug durch die offen stehende Badezimmertür. Zeit, sich mal wieder um etwas anderes als die eigenen Fettzellen zu kümmern. Wo war Sina, wo war Stephanie? War alles gut gegangen in der Zwischenzeit? Weder an der Rezeption noch im Aufenthaltsraum hatte er die beiden entdecken können. Blöd, dass er vergessen hatte, sich Sinas Handynummer geben zu lassen.

Dabei fiel ihm sein eigenes Mobiltelefon ein, und ein mulmiges Gefühl beschlich ihn. Als ob er etwas Wichtiges vergessen hätte. Hastig kramte er das Handy hervor.

Tot und stumm lag das kleine Gerät in seiner Hand. Stahnke fluchte leise durch Zähne, als er es reaktivierte. Kaum leuchtete das Display, da klingelte das Handy auch schon. Wetten, dass das Kramer ist, dachte Stahnke und drückte die grüne Taste. »Ja?«

»Kramer hier«, sagte Kramer.

Stahnke seufzte. »Warum habe ich bloß immer recht?«, murmelte er.

»Hast du ja nicht«, sagte Kramer tröstend. »Keine Sorge also diesbezüglich. Aber sag mal, dein Handy ...«

»Funkloch«, fuhr Stahnke dazwischen. »Langeoog ist berüchtigt dafür. Wusstest du nicht, wetten? Macht aber nichts, kann ja jedem passieren, mal etwas nicht zu wissen. Also, sag schon, was gibt es? Oder weißt du's nicht?«

Kramer holte hörbar Luft. Und beließ es dabei. »Neben allem anderen gibt es drei Dinge«, sagte er. »Erstens haben wir neue Tatortfotos. Nicht nur vom Tatort, sondern, wie es aussieht, auch vom genauen Zeitpunkt der Tat. Zweitens wissen wir, dass Stephanie ihrem Freund Lennert Tongers kürzlich die runde Summe von siebzigtausend Euro geliehen hat, ohne Sicherheiten oder Beleg, einfach so. Und drittens ...«

»Stopp.« Stahnke schnappte sich den Schreibtischstuhl. »Der Reihe nach. Was sind das für Fotos?«

Kramer berichtete von Mats Müllers Besuch. »Inzwischen liegen bearbeitete Vergrößerungen vor«, fuhr er fort. »Eindeutig der Moment der Tat, man sieht Stephanie nach dem Treffer stürzen. Leider ist der Täter nur im Halbprofil zu sehen, und auch das nicht besonders gut. Zu wenig Licht, da hilft auch alle digitale Bearbeitung nicht. Nur zweierlei ist einigermaßen deutlich zu erkennen.« Er zögerte.

»Nämlich?«

»Der Täter ist männlich. Und er hat eine Glatze.«

Stahnke pfiff durch die Zähne. »Jetzt kapierte ich auch dein *Zweitens*«, sagte er.

»Tja«, sagte Kramer. »Erst konnte ich in der geliehenen Summe kein Tatmotiv erkennen, wenn man bedenkt, für wie viel Stephanie eines Tages gut sein wird. Ich meine, wenn sie einmal erbt.«

»Du willst sagen, warum sollte er die goldene Gans schlachten, solange noch mehr und dickere Goldeier zu erwarten sind?«, fragte Stahnke. »Korrekte Überlegung, eigentlich.«

»Vorausgesetzt, die Beziehung ist überhaupt auf Dauer angelegt«, relativierte Kramer. »Was, wenn die beiden sich zoffen und trennen? Noch existiert keinerlei juristische Verbindung zwischen ihnen.«

»Und was, wenn der alte Venema sein Millionenvermögen noch zu Lebzeiten wieder verjuxt?« Auch Stahnke stellte fest, dass es durchaus Gegenargumente gab. »Die aktuelle Finanzkrise ist ja ganz schön lehrreich, was das betrifft. Es waren hochriskante Geschäfte, die Venema reich gemacht haben. Die können ihn auch genauso schnell wieder arm machen. Arm wie Island, sozusagen.«

»Na ja«, sagte Kramer. »Mit der These, unser Ex-Kollege Tongers habe sich diese siebzigtausend Eier, Verzeihung: Euro, ohne Quittung bei seiner Freundin geliehen und dann versucht, Stephanie zu erschießen, um sich die Rückzahlung zu ersparen, hätte ich trotzdem nicht an die Öffentlichkeit treten mögen.« Es raschelte; der Oberkommissar schien in irgendwelchen Papieren zu blättern. »Aber dann haben wir noch etwas erfahren.«

»Komm schon, lass dir nicht die Würmer aus der Nase ziehen«, knurrte Stahnke.

»Die Kollegen in Wittmund haben rausgekriegt, was Tongers mit dem Geld gemacht hat«, sagte Kramer. »Jedenfalls mit einem Teil davon. Hat eingekauft, bei verschiedenen Händlern, ganz legal und unauffällig. Hier eine Umluftanlage, dort ein Bewässerungssystem, dann wieder diverse starke Lampen, reichlich Steinwolle und Folien, Chemikalien, Kabel und so weiter. Und dann noch ein mittelgroßes Gewächshaus. Bedarf für den anspruchsvollen Hobbygärner. Als Bausatz.«

»Ehrlich?« Natürlich zog Stahnke keine von Kramers Aussagen in Zweifel. »Der spinnt doch. Wenn das wirklich ... Hanfanbau, ich bitte dich! Diese Leute fliegen doch alle früher oder später auf.«

»Woher willst du das wissen? Viele fliegen auf, sicher. Es werden auch viele Drogenkuriere geschnappt. Aber willst du etwa behaupten, wir erwischten sie alle?«

»Selbstverständlich nicht«, musste Stahnke zugeben. »Immer nur in etwa einen bestimmten Prozentsatz, je nachdem, wie gut unsere Informanten sind. Dass wir in letzter Zeit immer mehr schnappen, liegt vor allem daran, dass immer mehr unterwegs sind.«

»Siehst du«, sagte Kramer. »Bei den Hanfanbauern wird das ähnlich sein. Für jeden, den wir kriegen, bleiben etliche andere ungeschoren.«

»Das Risiko aber bleibt«, wandte Stahnke ein. »Und das bei ziemlich hohem finanziellem Einsatz.«

»Vergiss nicht, dass Tongers ein Kollege war«, erwiderte Kramer. »Er kennt die Methoden. Wenn einer hoffen darf, durch alle Maschen zu schlüpfen, dann einer wie er.«

»Trotzdem.« Stahnke blieb störrisch. »Zulieferer werden niemals die ganz großen Tiere in diesem Dschungel. Und dafür so viel wagen, sogar einen Mord? An einem geliebten Menschen?«

»Genau das bezweifle ich«, sagte Kramer schnell. »Ich behaupte, Lennert Tongers hat die ganze Sache mit Stephanie Venema überhaupt nur eingefädelt, um durch sie an Geld zu kommen. Von wegen Liebe! Schätze, einer wie er konnte einem jungen Mädchen ohne viel Erfahrung einiges vormachen.«

»Punkt für dich«, sagte Stahnke.

»Und was das *große Tier* angeht«, schob Kramer nach, »so setze ich auch in dieser Hinsicht Planung voraus. Startkapital durch Stephanie, dann Hanfproduzent auf Zeit, um die finanzielle Basis zu verbreitern, anschließend Einstieg auf höherer Ebene. Vor den rauen Sitten, die im organisierten Verbrechen herrschen, dürfte ein SEK-Geschulter wie er wohl keine Angst haben.«

»Vorsicht, Kramer, lass dich nicht von deinen eigenen Phantasiestrudeln fortreißen«, sagte Stahnke, »ich weiß, wovon ich rede! Fangen wir doch erst einmal klein an. Wie wäre es, den guten Mann mal aufzusuchen? Oder vorzuladen?«

»Schon versucht«, sagte Kramer. »Derzeitiger Aufenthaltsort unbekannt. Seine Wohnung wird observiert, er nutzt sie momentan eindeutig nicht. Keine Hinweise, wo er sein könnte.«

Stahnke fiel etwas ein. »Wo stammt der Junge auch noch her?«, fragte er.

»Langeoog«, antwortete Kramer wie aus der Pistole geschossen. »Er hat auch noch Verwandte dort. Genauer gesagt seine Eltern. Wurden angerufen, haben ihn angeblich seit Monaten nicht gesehen.«

Stahnke ächzte. Was war nur aus seinem Plan geworden, Anschlagsopfer Stephanie auf einer netten, ruhigen Insel zu isolieren und sie dort selbst in aller Ruhe und ungestört zu bewachen? Ein verdammtes Chaos war daraus geworden. Was sich an Fällen, Opfern und Verdächtigen auf Langeoog zu konzentrieren schien, hätte jeder Großstadt gut zu Gesicht gestanden.

Noch etwas kam dem Hauptkommissar in Erinnerung. »Waren es nicht drei Dinge, die du mir erzählen wolltest?«, fragte er. »Was ist denn Nummer drei?«

»Nummer drei ist«, sagte Kramer, »dass sich Kay-Uwe Venema auf den Weg nach Langeoog machen wird. Zusammen mit ein paar Geschäftspartnern. Morgen früh legt seine Yacht *Dagobert* in Bensersiel ab. Irgendwann im Laufe des Vormittags dürfte er bei euch sein.«

»Und wenn noch irgendjemand Zweifel hegen sollte, wo sich seine Tochter befindet, dann führt der Herr Reeder ihn höchstpersönlich auf direktem Weg hierher«, stöhnte Stahnke. »Verdammt.«

»Ich kann's nicht ändern«, beteuerte Kramer.

»Weiß ich doch«, sagte Stahnke. »Aber weißt du was?

Pack alles zusammen, was irgendwie von Nutzen sein könnte, Fotos, Berichte, Unterlagen, und komm auch hierher. So schnell es geht. Soll Manninga seine Komission doch selber leiten.«

»Ich soll auch nach Langeoog?« Kramer klang ungläubig.

»Klar«, sagte Stahnke. »Auf einen mehr oder weniger kommt es jetzt auch nicht mehr an.«

31.

Sie spürte es brennen. Sie spürte sich brennen. Endlich. Endlich wieder.

Wie eine kleine Sonne war die Hitze in ihrem Magen aufgegangen und hatte ihre wohltuenden Strahlen in alle Regionen ihres Körpers geschickt. Jauchzen hätte sie können vor Freude. Endlich tat sich wieder etwas, endlich kam sie ein gutes Stück weiter auf ihrem Weg, endlich, endlich durfte sie hoffen, ihr großes Ziel doch noch zu erreichen.

Aber sie musste vorsichtig sein. Die anderen durften nichts merken. Niemand durfte das.

Während des Einkaufsbummels mit den beiden anderen war es nicht so schwierig gewesen, wie sie gedacht hatte. Alle waren sie aufgekratzt, hatten gekichert und gegiggelt wie die Backfische, selbst Sina, obwohl die doch schon fast doppelt so alt war wie Stephanie und anfangs etwas abwesend geguckt hatte. Aber gute Laune steckte eben an, und so war keinem etwas aufgefallen. Die Verkäuferinnen in den Klamottenläden hatten das Trio amüsiert betrachtet, selbst die in den teureren, hatten selbst mitgelacht und mitgescherzt und am Ende dicke

Tüten gepackt und hohe Quittungen ausgestellt. Ach ja, für die Langeooger Boutiquen war es ein einträglicher Fischzug gewesen. Dafür ließ sich ein wenig Albernheit mit Sicherheit gut ertragen.

Sie selbst war die Aufgekratzteste von allen gewesen, hatte zuweilen geradezu neben sich gestanden und sich selber unerträglich exaltiert gefunden. All die Ängste, die sonst ihr Leben bestimmten, waren wie weggeblasen. Kein Problem mehr mit öffentlicher Aufmerksamkeit abseits unvermeidlicher Termine, keine Furcht mehr vor den interessierten Blicken junger und nicht mehr ganz so junger Männer. Warum auch? Wenn sie ihr Ziel erst erreicht hatte, konnte sie sicher sein, dass keiner dieser Blicke mehr Widerwillen, Spott oder Mitleid enthielt. Und jetzt, jetzt war sie ein gutes Stück vorangekommen auf dem Weg zu diesem Ziel. Da durfte sie sich schon einmal einen kleinen Vorschuss an Selbstsicherheit nehmen.

Etwas unangenehm allerdings waren die Schmerzen.

Nein, nicht das Brennen. Das war kein Schmerz, dass war etwas Herrliches, etwas Heiliges. Aber es löste allerhand aus in ihrem Körper, und nicht alles, was sie da fühlte, war mit Euphorie zu ignorieren. Vor allem das rasende Herz und die rasselnde Lunge, auf der ein übermäßiger Druck lastete, bereiteten ihr Probleme. Aber auch Glieder und Gelenke waren unangenehm spürbar. Ein Ziehen, ein Reiben – schwer zu definieren. Aber nicht schön.

Sie überspielte es. Das Keuchen mit Lachanfällen, die Schweißausbrüche mit Hinweisen auf den herrlichen Sonnenschein, was man ihr ohne weiteres abnahm, auch wenn es bereits auf den Abend zuging und die Temperaturen sanken. Den Gliederschmerzen begegnete sie mit unauffälligen gymnastischen Bewegungen, die sich vor allem beim Anprobieren gut kaschieren ließen. Alles in allem war sie richtig stolz auf sich. Passend zur Gefühlslage insgesamt.

Jetzt, zurück in ihrem Zimmer, lehnte sie mit dem Rücken am Türblatt, als gelte es, eine Horde grimmiger Verfolger am Eindringen zu hindern, und leerte gierig eine Flasche Mineralwasser. Nein, keinesfalls wollte sie dieses Feuer löschen. Aber kühlen musste sie ihren Körper doch. Schließlich ging ja nicht alles auf einmal. Das Tempo war hoch genug, die Brenntemperatur stimmte, das war schon gut so. Jetzt nicht übertreiben.

Sie spürte den halbvollen Tablettenstreifen durchs Taschenfutter hindurch. Gemach, gemach. Auch die Reserve würde schon noch zum Einsatz kommen. Und für Nachschub würde sie sorgen. Sie wusste ja inzwischen, wo sie welchen finden konnte.

Bis dahin aber galt: Bloß nicht auffallen. Nicht aus der Routine ausbrechen. Zum Beispiel nicht das Abendessen versäumen. Die Essenszeit hatte bereits begonnen, aber noch würde niemand sie vermissen. Bestimmt war der Andrang an der Theke nach wie vor groß. Wenn sie sich jetzt auf den Weg machte, war alles gut.

Schnell überprüfte sie ihr Aussehen vor dem Spiegel, schlüpfte in eines der neuen Tops, die sie sich geleistet hatte, und verließ ihr Zimmer. Leise summte sie vor sich hin.

32.

Essen gehen oder nicht? Stahnke rieb sich unschlüssig den Bauch. Sein traumatisches Happy-Hippo-Erlebnis hatte den Wunsch in ihm wachgerufen, wieder einmal energisch gegen seine Pfunde vorzugehen, je radikaler, desto besser. Was den Verzicht aufs Abendessen bedeuten würde. Dann aber hatte eine innere Reaktion eingesetzt. Wie käme er denn dazu, so einfach einzuknicken, seine eigene Stattlichkeit, mit der er sich doch letztendlich abgefunden hatte, plötzlich wieder in Frage zu stellen, zu verteufeln und zu verleugnen? Kein Stück! Das sprach doch für ein Abendessen außerhalb der Klinik, ein richtiges, eins, das sich gewaschen hatte.

Der Hauptkommissar hatte das Klinikportal bereits passiert, als er den Vier-Zentner-Koloss an seinen Unterarmstützen erblickte. Der schlurfte ihm entgegen, eine gefüllte Plastiktüte am rechten Zeigefinger baumelnd, ein verschwörerisches Grinsen im Gesicht. Der Kalorien-Dealer war bereits nirgendwo mehr zu entdecken.

Knapp erwiderte Stahnke den Gruß, machte auf dem Absatz kehrt und eilte zurück zu seinem Zimmer. Stumm schalt er sich einen kindischen Schwachkopf. Als ob es zwischen den Extremen, der Hungerkur und dem fettigen Friteusenfutter, keinen Mittelweg gäbe! Natürlich gab es einen, nämlich den der Vernunft. Und genau der wurde ihm hier geboten, dreimal täglich.

An der Gangkreuzung begegnete ihm Stephanie. Dass es ihr gut ging, hatte Sina ihm bereits per SMS versichert. Ausgezeichnet. Das Mädel war ganz offenbar auch auf dem Weg zum Speisesaal. Jetzt nur noch schnell die Windjacke wegbringen, dann würde er ihr folgen und sie im Auge behalten. Nichts konnte unauffälliger sein.

In seinem Zimmer angekommen, schlenzte er die Jacke etwas zu schwungvoll an den Haken. Sie rutschte ab und fiel zu Boden, laut aufschlagend, denn seine Dienstwaffe steckte leichtsinnigerweise in der Innentasche, und er musste noch einmal umkehren und sich nach der Jacke bücken.

Eine Bewegung erregte seine Aufmerksamkeit. Irgendwo draußen, vor seinem Terrassenfenster. Was war das gewesen? Er richtete sich auf, trat vorsichtig hinter die Gardine und spähte hinaus.

Da war es wieder. Der Vorhang im Zimmer schräg gegenüber hatte sich bewegt. In Stephanies Zimmer. Sollte das Mädchen nicht schon im Speisesaal sitzen?

Stahnke zuckte die Achseln. Das musste nichts bedeuten, sie konnte ja etwas vergessen haben. Vielleicht holte sie etwas, oder sie brachte etwas weg, genau wie er gerade. Ganz harmlos.

Jetzt bewegte sich Gardine im anderen Zimmer. Für einen Augenblick wurde dahinter eine Silhouette sichtbar, ehe die Jalousie niederglitt und die Terrassentür verbarg. Eine hochgewachsene, massiv wirkende Silhouette, eine ohne Langhaarfrisur.

Stahnke riss seine Windjacke so ungestüm wieder vom Haken, dass der Aufhänger knackend nachgab, zerrte seine *Glock* heraus und lud durch. Er hatte die Türklinke schon der Hand, als er sich Rechenschaft darüber ablegte, was er da tat. Wollte er wirklich mit vorgehaltener Pistole über den Flur stürmen, das ganze Haus in Aufruhr versetzen, seine ohnehin labile Tarnung endgültig platzen lassen? Und das, um womöglich nur einen diebischen Mitpatienten zu erschrecken?

Ohne Waffe aber ging es auch nicht. Schließlich konnte dieser Typ andere Pläne haben und ebenfalls bewaffnet sein.

Dabei war die Lösung doch so einfach. Stahnke nahm seine lädierte Jacke, drapierte sie über Hand und Pistole und machte sich endlich auf den Weg.

Wenige lange Schritte bis zur Gangkreuzung, dann links ab. Zum Glück war auf dem Flur niemand zu sehen. Welches Zimmer war es? Die Nummer wusste er nicht, aber es musste eigentlich die dritte Tür sein, von der Ecke aus gezählt. Was, wenn nicht? Peinlichkeit, vielleicht Schlimmeres.

Egal. Vorsichtig griff er nach dem Türknauf, die Waffe in Vorhalte. Die Tür war nur angelehnt. Sehr gut. Er holte noch einmal Luft, dann warf er die Tür auf, trat ins abgedunkelte Zimmer und machte einen schnellen Schritt nach rechts, heraus aus dem Lichtteppich, der vom Gang aus in den Raum fiel. Zu sehen war wenig, die Jalousie gegenüber schloss sehr dicht. Hoffentlich gewöhnten sich seine Augen schnell an diese Dämmerung.

»Stehen bleiben! Keine Bewegung!«

Irgendetwas zuckte links von ihm. Ein blanker schwarzer Schuh, der gedankenschnell im Flurlicht aufblinkte, ehe der Tritt die Tür traf und sie ins Schloss schmetterte. Der zweite Tritt traf Stahnkes Waffenhand, so blitzartig, dass er vor Überraschung aufschrie, noch ehe seine Nerven den Schmerz ans Gehirn hätten melden können. Die *Glock* knallte irgendwo gegen die Wand und polterte zu Boden.

Kampfsportler, zuckte es Stahnke durchs Hirn. Der war schon länger hier drin als er, sah daher auch mehr. Sah ihn. Der nächste Tritt war sicher schon unterwegs. Oder ein Schlag. Die schnellste Aktion war immer noch Faust zum Kopf. Kurzer, direkter Weg. Hart. Tödlich.

Stahnkes Konter-Entscheidung fiel innerhalb des Bruchteils einer Sekunde. Indianerprinzip: Wenn schon flüchten, dann vorwärts. Er riss seinen linken Arm hoch, duckte den Kopf ab und warf seinen Körper nach vorne. Lass ihn Rechtshänder sein, flehte er bei sich.

Seine Abwehrfaust aber ging ins Leere, dafür traf ihn ein Kniestoß in die linke Seite. Er schrie erneut auf, spürte aber sofort, dass nicht viel Kraft hinter diesem Stoß gesessen hatte. Offenbar eine spontane Improvisation, erzwungen durch seinen Vorstoß. Der Tritt, der ihn eigentlich hätte treffen sollen, hätte ihn bestimmt zu Boden geschickt.

Stahnke griff nach dem Bein seines Gegners, kam aber zu spät; seine Finger rutschten ab. Jeansstoff. Der Angreifer zog sich einen Schritt zurück. Der Hauptkommissar konnte ihn jetzt nicht nur hören, sondern auch schemenhaft sehen. Meine Chancen wachsen, dachte er.

Der andere verharrte jetzt in geduckter Haltung, die Fäuste erhoben, mit leicht pendelndem Oberkörper, das Gewicht von einem Fuß auf den anderen wechselnd.

Ein Kämpfer, eindeutig, dachte Stahnke. Kampfsportler oder Profi.

SEK?

Verdammt. Wo mochte seine Pistole liegen? Hauptsache, der andere entdeckte sie nicht zuerst.

Der Eindringling sprang, ohne sich vorher aufgerichtet zu haben, so dass Stahnkes Reaktion beinahe zu spät gekommen wäre. Im allerletzten Moment brachte er die linke Faust hoch und seinen Schädel nach rechts. Dieser Tritt hatte seinem Kopf gegolten. Stahnkes Arm lenkte ihn ab. Krachend traf die Sohle seine linke Schulter. Sein Körper wurde herumgerissen. Ein lange antrainierter Reflex ließ den Hauptkommissar das rechte Knie und den rechten Ellbogen hochreißen. Dann knallte er wuchtig mit dem Angreifer zusammen.

Der prallte zurück, beide gingen zu Boden. Zeitgleich mit dem Aufschlag meldete sich der Schmerz in Stahnkes Schulter. Der Hauptkommissar biss die Zähne zusammen und versuchte, auf die Füße zu kommen und seinen Gegner dabei nicht aus den Augen zu lassen, auch wenn diese sich mit Tränen füllten. Sein Kontrahent schien kurzfristig leicht benommen zu sein; Stahnkes Ellbogen musste sein Kinn zumindest gestreift haben. Dann begann er sich aufzurappeln, hielt jedoch inne und machte stattdessen einen pantherhaften Satz zur Seite.

Stahnke wusste sofort den Grund. Seine Waffe! Der andere musste sie entdeckt haben. Wenn der sie in die Finger bekam, war alles aus. Das musste Stahnke verhindern, egal wie.

Er stemmte sich hoch, ohne auf die stechende Schulter zu achten. Der Einbrecher war auf dem Bauch gelandet, die Arme ausgestreckt, seine Finger krallten sich um etwas Dunkles. Das musste die Pistole sein. Jetzt brauchte er sich nur noch auf den Rücken zu werfen, zu entsichern, und peng.

Stahnke warf seine Arme nach vorne und sprang ab,

als stünde er am Rand eines Schwimmbeckens. Happy Hippo ahoi! Die Richtung stimmte, aber reichte auch die Distanz? Es schien ewig zu dauern, bis seine Füße sich vom Boden lösen wollten, und noch länger, bis seine flache Flugkurve endlich abwärts wies. Dort tauchte jetzt ein Oval auf, das sich leicht von seiner dunkleren Umgebung abhob. Er sieht mich schon, dachte Stahnke, er zielt. Zu spät.

Dann schlug er auf, sein Bauch auf dem des anderen, sein rechter Ellbogen auf dessen Gesicht. Ein Schrei ging in lautem Fauchen unter, und wieder klapperte es metallisch über den Boden. Schwein gehabt, dachte Stahnke. Jetzt pack ich dich, du Hund.

Er entsann sich seiner Judo-Lektionen, schob seinen linken Arm unter den Hals des unter ihm Liegenden, fixierte dessen linken Arm mit seinem rechten, neigte den Nacken, um dem rechten Arm des anderen keinen Angriffspunkt zu bieten, und spreizte leicht die Beine, um seine eigene Lage zu stabilisieren. So, alles klar, dachte er. Jetzt kann er zappeln, soviel er will. So kann ich ihn ewig halten.

Hm, schön und gut. Und was sollte das nützen? In dieser Haltung konnte er ja nicht einmal telefonieren. Vom Anlegen der Handschellen ganz zu schweigen. Außerdem hatte er keine dabei.

Wer würde diesen Raum vermutlich als nächster betreten? Stephanie, überlegte er. Die könnte ich dann bitten, Hilfe zu holen. Hoffentlich schreit sie vor Schreck nicht gleich das ganze Haus zusammen.

Und was ist, wenn das Mädel nach dem Abendessen erst noch einen Kaffee trinken geht? Und sich dann festquatscht? Das kann Stunden dauern.

Stahnke grübelte, und seine Aufmerksamkeit ließ einen Augenblick lang nach. Sein Gegner reagierte sofort. Ein Ruck seines muskulösen Körpers, ein Druck der rechten Hand gegen Stahnkes Schulter, ein kräftiges Strampeln der Beine, und schon verflüchtigte sich der Kopf des Einbrechers überraschend leicht aus der eigentlich doch narrensicheren Armklammer. Lediglich etwas Weiches, Wolliges blieb zurück. Ehe sich der Hauptkommissar herumgewälzt hatte, war sein Gegner bereits auf den Beinen und feuerte einen weiteren wuchtigen Tritt ab, der Stahnkes linken Oberarm traf und kurzzeitig lähmte. Der Kriminalpolizist warf sich auf dem Rücken herum, um die nächste Attacke mit den Beinen abwehren zu können, und sah seine Aussichten rapide schwinden.

Die nächste Attacke aber kam nicht. Stattdessen wurde es so schlagartig hell, dass Stahnke die Augen zusammenkneifen musste. Mit einem Ruck hatte der Einbrecher die Jalousie hochgerissen, öffnete die Terrassentür und sprang hinaus. Für einen Sekundenbruchteil sah Stahnke einen kahlen Hinterkopf, auf dem sich die Abendsonne spiegelte. Dann war der Mann verschwunden wie ein Phantom. Nur eine blaue Strickmütze blieb in Stahnkes Händen zurück.

Ächzend richtete sich der Hauptkommissar zum Sitzen auf. Weiter kam er vorerst nicht; die Schmerzen ließen ihn keuchen. Zu einer Verfolgungsjagd sah er sich auf keinen Fall in der Lage.

Er zückte sein Handy. Lüppo Buss meldete sich nach dem zweiten Klingeln. »Ja?«

Knapp schilderte Stahnke das Geschehene. »Komm so schnell wie möglich her«, sagte er dann, »und bring dein Tatort-Kit mit.«

»Brauchst du einen Arzt?«, fragte der Inselpolizist besorgt.

»Ich hoffe nicht«, stöhnte Stahnke. »Und selbst wenn, schließlich ist das hier ja eine Klinik, warum also Eulen nach Athen tragen. Mach dir mal keine Sorgen. Spuren sichern ist jetzt wichtiger.«

»Du klingst ja ganz munter«, sagte Lüppo Buss. »Wie kommt's? Ich dachte, du hast gerade was aufs Maul bekommen, und dein Mann ist dir entwischt.«

»Stimmt auffallend.« Stahnke lachte; es tat weh. »Aber wenigstens kann ich mit Bestimmtheit sagen, dass der Eindringling keine Handschuhe getragen hat. Das weiß ich aus erster Hand, sozusagen.«

»Na prima«, sagte Lüppo Buss. »Was meinst du, gibt es auch eine Haarprobe?«

Stahnke betrachtete die erbeutete Mütze. Viel Halt hatte die nicht gehabt. »Haare? Das glaube ich eher weniger«, antwortete er.

33.

Philipp setzte die Flasche an, ohne den Glatzköpfigen aus den Augen zu lassen, und nahm einen tiefen Zug. Aquavit, igitt. Was fand sein Vater nur an diesem Zeug? Aber wenigstens war von dem Stoff immer reichlich im Haus, vor allem in letzter Zeit, und Vater sagte nie etwas, wenn Philipp die Bestände plünderte. Das tat er ganz offen und provokant, wie so vieles, von dem er wusste, dass es den Alten auf die Palme brachte. Der aber reagierte inzwischen überhaupt nicht mehr. Sieg für mich, dachte Philipp, ich bin ihm eben über.

»Und was hast du dir dabei gedacht?«, fragte er. »Sind Alleingänge neuerdings in Mode? Keine Absprachen mehr nötig, oder was?«

»War einen Versuch wert.« Der Kahle blieb cool. »Hätte ja sein können, dass die Tusse den Koffer einfach behalten hat. Und wenn du dich in dem Laden nicht blicken lassen kannst – für mich war das weiter keine Hürde.«

»Ja, das sieht man«, höhnte Philipp. Das Kinn des Kahlen wies einen blutunterlaufenen Fleck auf, und die vorsichtige Art und Weise, wie er sich vorhin niedergelassen hatte, deutete auf einige Prellungen hin. »Fast hätten sie dich gehabt, Mensch! Hast du darüber überhaupt mal nachgedacht? Und wenn sie dich geschnappt hätten, dann hätten die uns jetzt alle am Haken!«

Der Glatzköpfige schnaubte verächtlich. »Das ist deine größte Sorge, was? Dass dir etwas passieren könnte, dir, dem Knaben aus reichem Hause mit dem goldenen Schnuller im Arsch! Kerl, geh mir doch los. Ich weiß schon, was ich mache. Und ich weiß auch, was ich kann. Mit meiner Kampfsport-Ausbildung macht mich einer alleine so schnell nicht fertig, verlass dich drauf.«

»Hallo erst mal! Was hat dich denn gestochen?« Solche Töne schlug der Kahle doch sonst nicht an. »Willst du deinen Frust jetzt an mir ablassen, oder was? Da pass aber lieber mal auf ...«

Der Glatzköpfige erhob sich halb aus einem der formlosen Sitzsäcke, mit denen Philipp den seit Jahren ungenutzten Partykeller seines Vaters ausstaffiert hatte. »Pass du auf, Bürschchen!«, zischte er. »Ich weiß ja nicht, wofür du dich hältst, beziehungsweise ich weiß es schon, aber es gefällt mir nicht. Bisher hat es mich nicht weiter gestört, dass du dich hier als großer Boss aufgespielt hast. Aber fang bloß nicht an zu glauben, du wärst wirklich der Chef, du Milchgesicht.«

Philipp zuckte zurück. Widerstand gegen die eigene, angemaßte Autorität war er nicht gewohnt. Zu selbstverständlich erschien es ihm, dass alle, selbst die Erwachsenen, ja sogar sein Vater schweigend akzeptierten, was er verlangte oder einfach tat. Dass die meisten dabei auf den Einfluss und das Geld eben dieses Vaters schielten und dessen Verhalten wiederum von Resignation und Verzweiflung diktiert war, ahnte er zwar, aber er verstand es zu verdrängen. Lehrer und Ausbilder waren die Einzigen gewesen, die seine Machtspielchen nicht mitgespielt hatten. Ihnen war er durch Abbruch der Schule und später der Lehre einfach ausgewichen.

Und jetzt der Kahle. Wie sollte er mit dem umgehen? Da fehlte ihm einfach die Erfahrung. Und auch ein bisschen Mut.

Sein Schweigen dauerte jetzt schon zu lange, als dass eine scharfe Erwiderung noch glaubwürdig gewesen wäre. Außerdem traute sich Philipp gar nicht, es auf eine Eskalation ankommen zu lassen. Der Glatzkopf war nicht nur um einige Jahre älter als er, er war auch ganz schön kräftig. Und er verstand etwas vom Kämpfen. Kostproben davon hatte er schon gezeigt. Philipp wollte es nicht auf eine Kraftprobe ankommen lassen.

Also beließ er es dabei, den Kahlen weiter anzustarren, ohne sich zu rühren. Der verzog verächtlich den Mund, grunzte und ließ sich zurück in seinen Sitzsack sinken. Die beiden anderen glotzten Philipp ungläubig an.

»Wie auch immer«, sagte der, so gleichmütig es eben ging. »Reden wir lieber über den Kerl, der dir die Verzierung am Kinn verpasst hat. Was war das denn für einer? Schwarzenegger auf Diät? Oder haben die in der Klinik neuerdings überschwere Pfleger für die ganz harten Fälle?«

Der Kahle kniff die Augen zusammen, ließ sich aber nicht erneut provozieren. Offenbar verstand er, dass Philipp vor den beiden anderen sein Gesicht zu wahren versuchte, und akzeptierte das. »Ein großer, dicker Typ«, berichtete er. »Hatte was drauf. Und er hatte 'ne Waffe.«

»Eine Waffe?« Philipps Augen weiteten sich. »Ein Bulle etwa? Haben die geahnt, dass einer von uns kommt, und dir eine Falle gestellt?«

»Wenn, dann war es keiner von den hiesigen Bullen«, sagte der Kahle. »Die kenne ich. Andere Gewichtsklassen. Der Typ da hat mich als Erstes angesprochen, *stehen bleiben* und so, aber von Polizei hat er nichts gesagt. Das wäre eigentlich üblich. Vielleicht war es ja ein Konkurrent.«

»Ach du Schande«, platzte der Schwarzhaarige heraus. »Haben Hadid und seine Leute etwa schon was mitgekriegt?«

»Unwahrscheinlich.« Der Glatzkopf winkte ab. »Da schon eher dieser Riese, der seit einiger Zeit bei Philipps Altem an der Fischfriteuse jobbt. Den kenne ich, der war früher mal sehr aktiv in unserer Branche. Der kennt sich aus, und er hätte auch die passende Figur. Schlägt eine ganz nette Kelle.« Er rieb sich das Kinn. »Ist aber noch lange nicht erwiesen, dass er oder ein anderer Konkurrent dahintersteckt. Wer weiß, vielleicht war es ja auch nur ein Bodyguard.«

»Wie kommst du denn darauf?«, fragte der Dunkelblonde.

»Na ja. In solchen feinen Kliniken werden doch auch durchgeknallte Promis behandelt, oder? Die haben bestimmt auch Bodyguards dabei. Machen ja keinen Schritt ohne. Die Kleine, die unseren Koffer abgezockt hat, ist vermutlich die Tochter von einem ziemlich reichen Burschen. Also, wer weiß?«

»Eins weiß ich jedenfalls«, schaltete Philipp sich wieder ein. »Unseren Koffer können wir vergessen. Der ist weg, da kommen wir nicht mehr dran. Die Frage ist, was jetzt? Wenn wir im Geschäft bleiben wollen, müssen wir etwas unternehmen.«

»Nachschub an Stoff zu besorgen wäre kein Problem«, sagte der Kahle. »Aber die Holländer wollen *cash* sehen. Und bei mir ist Ebbe. Noch mal so eine Summe stemme ich nicht so einfach.«

»Und ich kann so schnell auch nichts besorgen«, jammerte der Schwarzhaarige. »Im Gegenteil, ich muss dringend die Kasse wieder ausgleichen, spätestens zum Wochenende. Sonst muss ich die Biege machen, und zwar ein für allemal. Weg von der Insel.« Es war ihm anzusehen, wie sehr ihn seine eigenen Worte erschreckten.

Der Vierte in der Runde schwieg.

Philipp spürte, wie ihm der Schweiß ausbrach. Es war höchste Zeit, wieder in die Vorhand zu kommen. Aber wie? Seine Idee, mit der er beim letzten Treffen geprahlt hatte, war alles andere als ausgegoren. Sicher, er wusste, dass die laufenden Einnahmen, die Langeoogs Hoteliers, Gastwirte und Einzelhändler Tag für Tag bei *Sparkasse*, *Volksbank* und *Oldenburgischer Landesbank* deponierten, ein Vielfaches dessen betrugen, was sie brauchten. Aber das hieß noch lange nicht, dass er auch einen Plan gehabt hätte, wie man an die Geldbombendepots herankam. So etwas wollte ausbaldowert sein, das brauchte Zeit, und genau die hatten sie nicht.

Der Kahle beobachtete ihn genau. Ließ ihn schmoren. Dann griff er betont langsam in die Innentasche seiner Jacke. »Ich hätte da einen Vorschlag«, sagte er leise. »Das heißt, natürlich nur, wenn es den Herren auch genehm ist.«

Seine drei Kumpane dachten an den Revolver und zuckten zusammen. Philipp runzelte die Stirn, die beiden anderen nickten eifrig und mit großen, runden Augen.

Das, was der Kahle präsentierte, war eine Zeitung. Keine aktuelle, sondern die Ausgabe mit dem Bild der blutüberströmten Stephanie Venema auf der Titelseite. Er schlug das Blatt knallend auf und ließ es auf das niedrigen Tischchen segeln. »Zufällig weiß ich, wer uns hier auf Langeoog die Ehre gibt«, sagte er. »Somit weiß ich auch, wer uns zu unserem notwendigen Investivkapital verhelfen kann. Und dank meiner Verbindungen weiß ich sogar, wie.«

Zwei der anderen schauten verständnislos. Philipp aber nickte. »Verstehe«, murmelte er. »Gute Idee. Könnte von mir sein.« Ein letztes Aufbäumen in seiner Rolle als Wortführer.

»Worauf willst du hinaus?«, fragte der Schwarzhaarige.

»Passt auf, ich erkläre es euch«, sagte der Kahle gönnerhaft. Die vier rückten enger zusammen.

34.

»Ahhh!« Stahnke schrie gequält auf. Der Schmerz raste durch seine malträtierte Schulter. Seine Position machte ihn nahezu bewegungsunfähig, so dass er nicht in der Lage war, sich zur Wehr zu setzen oder auch nur auszuweichen. Er war hilflos ausgeliefert. »Gnade!«, keuchte er.

»Weichei«, erwiderte Sina freundlich. »Was seid ihr Männer doch nur für Jammerlappen. Gut, dass nicht ihr die Kinder kriegt.«

»Du doch auch nicht! Also gib nicht so an«, knurrte Stahnke zurück.

Sina, die rittlings in seiner Kreuzregion Platz genommen hatte, verlagerte ihr Gewicht nach hinten. Wieder stöhnte Stahnke.

»Alles total verspannt hier. Die paar Prellungen und Blutergüsse kann man vernachlässigen. Aber dass du dich selber so vernachlässigt hast – unglaublich.«

Sina knetete weiter, energisch und fest, aber mit kundigen, weichen Händen. Stahnke maulte nur noch aus Prinzip weiter vor sich hin, bettete seinen Kopf auf die verschränkten Arme und genoss.

»Hast du überhaupt Zeit für mich?«, fragte er. »Ich denke, du hast heute Abend Dienst.«

»Wir sind zu zweit«, beruhigte sie ihn. »Einer der Vorteile solch einer teuren Klinik; anderswo wäre ich alleine. Meine Kollegin weiß, dass ich hier einen Sonderfall zu verarzten habe.«

»So ist es richtig«, sagte Stahnke, »immer die Kollegen für dich arbeiten lassen! Mach ich auch gerade. Lüppo Buss und diese Insa Ukena bearbeiten den Tatort erkennungsdienstlich. Hoffentlich finden sie ein paar brauchbare Fingerabdrücke oder andere verwertbare Spuren.« Stephanie Venema war einstweilen in einem der

Dienstzimmer im Obergeschoss untergebracht worden. In einem schwer zugänglichen Bereich des Hauses, wie Stahnke sich persönlich vergewissert hatte.

Eine Weile massierte Sina schweigend, dann fragte sie: »Glaubst du, ihr kriegt den Kerl?«

Sinas Frage ließ Stahnke hochschrecken. Fast wäre er mitten in der Massage auf der Wolldecke, die Sina auf dem Boden ausgebreitet hatte, eingenickt. »Welchen Kerl?«

»Na, den, der dich so zugerichtet hat!«

»Was soll das denn heißen! Ich habe ihn zugerichtet, nicht der mich.«

»Deshalb liegt er jetzt ja auch hier, bewegungsunfähig und bereit zum Verhör«, höhnte Sina. »Ach nein, stimmt ja gar nicht, das bist ja du!«

»Er ist geflüchtet, sobald er eine Chance dazu hatte«, betonte Stahnke. »Moralisch bin ich der Sieger, darauf lege ich Wert. Ich hatte ihn gut fixiert, echt erste Sahne.« Dass der Haltegriff in eine Sackgasse geführt hatte, weil er beide Kontrahenten handlungsunfähig machte, verschwieg er. »Entkommen ist er nur wegen seiner blöden Glatze. War glitschig wie ein türkischer Ölringer, und musikalischen Hinterkopf hatte er auch keinen. Wie soll man so einen Eierkopf denn auch festhalten?«

»Glatze, aha.« Sina knetete noch fester. »Natur- oder Krawallglatze?«

»Was weiß denn ich! Aber alt war der Typ nicht, falls du jetzt andeuten willst, ich hätte nicht einmal mit einem Greis fertig werden können. Nee, der stand voll im Saft, Mitte zwanzig, schätze ich, muskulös und durchtrainiert.«

»Glaubst du, es war ein Neonazi? Ich meine, von wegen Glatze, Schlägertyp und so. Hatte er etwa auch Springerstiefel an?«

Stahnke dachte an die Tritte. »Feste Schuhe auf jeden Fall. Wenn der mich gleich zu Anfang, als ich noch so gut wie blind war im Halbdunkel, voll erwischt hätte, dann gute Nacht! Aber Stiefel, ich weiß nicht. Wie kommst du überhaupt auf Neonazi?«

»Na ja, wäre ja nicht der erste Nazi-Anschlag auf einen leitenden Polizisten. Denk an Passau. Wenn man gezielt gegen die Burschen vorgeht, werden sie leicht persönlich.«

Stahnke musste an den Rechtsradikalen denken, dem er einmal mit gezielten Knüppelhieben auf die Kniescheiben Informationen entlockt hatte. Vor der Reaktion seiner Kollegen hatte er damals Sorge gehabt, aber die war erschreckend zustimmend ausgefallen. Angst vor Rache der Neonazis war nie ein Thema gewesen. Musste er sich etwa an diesen Gedanken gewöhnen?

Aber hier lagen die Dinge auf jeden Fall anders. »Es war ja kein Anschlag auf mich. Der Typ ist hier eingebrochen und hat etwas gesucht, ich habe ihn dabei überrascht, er wollte fliehen. Überhaupt nichts Persönliches. Und was die Glatze angeht – die wird heute doch bestimmt genauso oft aus modischen Gründen getragen wie aus natürlichen oder gesinnungsmäßigen. Schau dich doch bloß mal um!«

»Tu ich doch dauernd, was glaubst du denn«, sagte Sina und ließ ihn an ihrem Erschauern teilhaben. »Schrecklich. Selbst Modepunks kann ich eher verstehen als solche Modenazis. Ich stelle mir solche Typen immer im Rollkragenpullover vor. Dämlich wie Dödel.«

»Ferkel.« Stahnke griente in seine fülligen Unterarme hinein. »Du weißt ja, Obszönität liegt ganz im Auge des Betrachters. Dem Reinen ist alles rein, und den Schweinen ... au!«

»Selber Schweinchen.« Sina ließ von seinen Schultern ab, zwickte ihn kurz in die Taille und begann dann, seine Rückenmuskeln mit ihren Knöcheln zu traktieren. »Du meinst also, da wollte sich einer den Drogenkoffer schnappen. Ganz schön hartnäckig, die Dealer hier auf der Insel.«

»Sowieso. Nach dem, was Lüppo Buss mir erzählt hat, enthält das Ding Stoff in einem Marktwert von sechsstelliger Höhe. Du hast es doch auch gesehen.«

»Stimmt. Aber kenne ich mich etwas mit dem Marktwert von Drogen aus? He, das war doch wohl keine Fangfrage!«

»Wer fängt denn hier wen, hä?« Stahnke räkelte sich genüsslich unter Sinas Gewicht und in ihrer Wärme. »Außerdem sollen doch auch Medikamente drin gewesen sein. Und mit denen kennst du dich aus.«

»Richtig.« Sina schnippte mit den Fingern. »Medikamente. Auf Steffis Schreibtisch. Da kamen die her.«

»Genau, Stephanie.« Stahnke hatte kaum zugehört. »Sie wäre ein weiterer Grund, in dieses Zimmer einzudringen. Der Hauptgrund, genau genommen. Wenn sie das Ziel des Einbrechers gewesen wäre, dann wäre das schlimm, sehr schlimm. Aber ich glaube das nicht.«

»Und warum?« Sina bearbeitete Stahnkes Rücken jetzt in seiner ganzen Länge. Die Falten ihres Pullis berührten seine Haut. Diesmal war er es, der erschauerte.

»Weil er keine Kanone bei sich hatte«, sagte Stahnke leise. »Darum.« Nach einer Pause ergänzte er: »Es sei denn, es wäre dieser Lennert Tongers gewesen. Bei seiner Ausbildung braucht der keine Waffe, um zu töten.«

Sina schwieg; Stahnke hatte ihr die Hintergründe des Falles und der Tongers-These inzwischen grob skizziert. Ihre Bewegungen wurden langsamer und sanfter. »Heftig«, murmelte sie wie als Kontrast dazu.

»Nein, heftiger muss nicht«, sagte Stahnke ebenso leise. »Ist schon sehr gut, so sanft, wie du das machst.«

Sie lächelte. »Wie war das noch mit der Reinen und dem Schwein?«

»Gib mir ruhig Tiernamen. Hauptsache, du hörst nicht auf.«

Sie ließ sich vornüber auf seinen Rücken sinken, hakte ihre Arme unter seine. »Ach, Kerl. Was soll ich mit dir bloß machen.«

»Vorschläge?«

»Nein, muss nicht.« Sie drehte den Kopf zur Seite, schmiegte sich an ihn, schloss die Augen, ließ sich im Rhythmus seiner Atemzüge wiegen wie von einer Meeresdünung. »Du fühlst dich so gut an«, flüsterte sie. »Fest und stark und doch auch sanft und weich. Bedienungsfreundlich verpackt, sozusagen.«

Ein unterdrücktes Lachen ließ seinen Körper erbeben. »Dann magst du mich also doch noch ein bisschen?«, fragte es aus der Tiefe der See.

»Ich hab dich immer gemocht«, sagte sie, ohne die Augen zu öffnen. »Das weißt du doch.«

»Und warum hast du mich dann ... abgelegt?«

»Weißt du doch auch.« Nicht einmal seine dusseligen Fragen machten sie ärgerlich. Das wollte etwas heißen.

Er schwieg.

»Keine weiteren Fragen?«

»Doch, schon. Vor allem eine. Ich weiß aber nicht, wie ich sie formulieren soll.«

»Ach, so schüchtern. Wie süß.« Sie drehte ihren Kopf zurück, rieb ihre Nase an seiner Haut, sog seinen Duft ein und küsste ihn zärtlich in den Nacken. Sie wusste genau, wie sein Körper darauf reagierte. Ihrer tat es auch.

Sie richtete sich auf. »Dann frag eben nicht«, sagte sie, erhob sich auf die Knie, gab seinen Körper frei und zog sich ihren Pulli über den Kopf. »Dreh dich lieber um.« Sie verharrte in dieser Stellung, die Arme hinter dem Kopf verschränkt, die Augen geschlossen, und wartete auf seine Hände.

35.

»Na, was hältst du davon?«, fragte Lüppo Buss.
Insa Ukena legte den Kopf schräg und musterte die Produkte ihrer gemeinsamen Arbeit kritisch. »Einige davon müssten etwas taugen«, sagte sie. »Bin zwar etwas aus der Übung, aber ich denke, damit können wir uns sehen lassen.«
»Na denn.« Der Oberkommissar streifte sich die Schutzhandschuhe ab. »Mal gespannt, wie viele verschiedene Fingerabdrücke wir haben. In diesem Zimmer haben doch bestimmt schon viele Patientinnen gewohnt.«
»Aber hier wurde auch immer sehr ordentlich sauber gemacht, das merkt man«, erwiderte seine Kollegin. »Das schränkt die Anzahl hoffentlich ein. Trotzdem, es bleiben immer noch genügend Kandidaten übrig. Ärzte und Personal, etwaige Besucher von Stephanie Venema, unser Kollege Stahnke aus Leer …«
»Und der Täter«, ergänzte Lüppo Buss hoffnungsvoll. »Außerdem haben wir ja noch die Wollmütze.«
»Darauf würde ich nicht viel geben.« Insa Ukena winkte ab. »Keine Haare, das dürfte feststehen, und mit dem bloßen Auge kann ich auch keine Hautschuppen entdecken. Aber egal, natürlich schicken wir das Ding ein. Im Labor haben die ja auch andere Möglichkeiten.«
»Und die Abdrücke?«, fragte Lüppo Buss.
»Schicke ich nach Aurich. Die machen das online«, sagte Insa Ukena. »Gleich morgen früh.«
»Gut.« Der Inselpolizist gähnte herzhaft. »Wird auch Zeit, dass wir mal ein bisschen Ruhe kriegen. Ich sehe zu, dass ich nach Hause komme. Kollege Stahnke schläft bestimmt auch schon.« Neidisch schaut er durchs Fenster auf das schräg gegenüber liegende Zimmer. Schimmerte dort etwa noch Licht durch die zugezogenen Vorhänge? Na, vielleicht war der Hauptkommissar beim Lesen eingeschlafen.

Vor dem Haupteingang verabschiedeten sich die beiden Kriminalbeamten voneinander und gingen in verschiedene Richtungen davon. Insa Ukena blieb jedoch nach wenigen Schritten stehen, vergewisserte sich, dass Lüppo Buss außer Sicht war, drehte um und ging zurück zur Barkhausenstraße, Richtung Ortszentrum. Obwohl es längst dunkel und schon empfindlich kühl geworden war, begegneten ihr noch allerhand Nachtschwärmer, und auch an den Tischen vor dem *Café Leis* saßen noch zahlreiche Gäste. Hier war es einigermaßen windgeschützt, außerdem bekam man zu seiner Bestellung auf Wunsch auch eine Wolldecke serviert, so dass es sich um das eine oder andere Glas länger draußen aushalten ließ. Gute Geschäftsidee, dachte Insa anerkennend, während sie sich umschaute.

Hinrika Oltmanns hatte sich gleich in zwei Decken eingekuschelt, und von dem Glas, das sie soeben an ihren gespitzten Mund führte, stiegen Dampfwolken auf. Grog, kombinierte Insa Ukena, als sie den bernsteinfarbenen Inhalt des Glases funkeln sah, doppelt Zucker, doppelt Rum. Die alte Dame liebte es kräftig.

»Schön, dass du Zeit für mich hast«, sagte Insa Ukena, als sie sich zu ihr setzte, »und vielen Dank für deine Geduld. Ich bin ja leider doch um einiges zu spät.«

»Da nich för, mein Kind«, sagte Hinrika Oltmanns fröhlich. »Ich sitt hier immer gerne, hier kummt ja elk un een vörbi. Bietje ragen, bietje rallen, so geiht de Tied woll rum.« Sie klopfte mit dem gläsernen Stab an ihr halbleeres Grogglas: »Klar geht sie rum. Wie soll sie denn auch wohl Whiskey gehen, wenn man Grog trinkt, wat?«

Insa Ukena kannte Hinrika Oltmanns von der gemeinsamen ehrenamtlichen Tätigkeit im Trägerverein des Schifffahrtsmuseums im Haus der Insel her. Dort hatte sie schon früher, als Schülerpraktikantin, nützlich gemacht. Und natürlich war auch damals schon Hinrika die Seele des Betriebs gewesen. Sie war inzwischen über 90 und kultivierte neben ihrer willkürlichen Mischung aus Hoch- und Plattdeutsch auch einen ganz speziellen Humor.

Insa Ukena lachte. Mochten doch viele Insulaner Hinrika Oltmanns albern oder auch bescheuert finden; das waren ohnehin zumeist die, die den ganzen Tag mit Eurozeichen in den Augen herumliefen. Sie selbst fand die alte Dame, die sich gerne Tant' Rika nennen ließ, herrlich schräg.

Dienstbeflissen eilte ein Kellner herbei. Insa Ukena orderte trockenen Rotwein, und auch Hinrika Oltmanns bestellte frischen Grog, obwohl sie ihr Glas noch längst nicht gelenzt hatte. »Düürt ja man jümmers en Seetje, bit he weerkummt, dann sitt ick neet up 't Dröög«, erklärte sie augenzwinkernd.

Obwohl ihr kleiner Körper wie ausgetrocknet wirkte und ihr Gesicht so faltig war wie ein Waschbrett, strahlte die alte Frau so viel Kraft, Zähigkeit und Lebensfreude aus, dass Insa Ukena wieder einmal richtig neidisch wurde. Mit 90 Jahren noch so fit, das hätte ich gerne schriftlich, dachte sie. Und wenn man bedenkt, was die Gute Tag für Tag so trinkt! Diese Daten, zusammen mit Tant' Rikas Foto, könnten jede Anti-Alkohol-Kampagne ad absurdum führen.

»Kennst du den, wie der Pastor zu Hein kommt, um ihm das Saufen madig zu machen?«, fragte die Oberkommissarin.

»Erzähl mal«, sagte Tant' Rika mit funkelnden Augen.

»Kommt also der Pastor zu Hein, dem Säufer, und sagt: ›Hein, mir ist zu Ohren gekommen, dass du leider dem Teufel Alkohol mehr zugetan bist, als deiner Gesundheit zuträglich ist.‹ Oder so ähnlich. Weiß ja nicht, wie Pastoren so reden.«

»Un' denn seggt Hein: ›Nee, dat stimmt heel neet, ick hebb ja all so'n Tatterich, dat meeste verklecker ick all bi 't Inschenken‹«, fiel ihr Tant' Rika ins Wort. »So geiht de doch, of neet?« Sie lachte gackernd. Einige Badegäste schauten sich amüsiert nach ihr um.

»Nein, nein, den meinte ich nicht«, sagte Insa Ukena. »Aber der ist auch nicht schlecht.«

»Wie geht deiner denn?«, fragte Hinrika Oltmanns. Ihr Augenfunkeln ließ erkennen, dass sie innerlich schon wieder in den Startlöchern hockte, um auch diese Pointe zu klauen. Das war eins ihrer geliebten Rituale.

»Der Hein hat natürlich eine Buddel auf dem Tisch, und auch zwei Gläschen, und schenkt gleich ein. Der Pastor soll mittrinken, als höflicher Gast, dann kann er ja nicht mehr gegen den Schnaps meckern, denkt sich Hein.«

»Da siehst du mal«, sagte Tant' Rika nickend. »Klarer macht klar im Kopf. Meine Rede, seit siebzehnneunundachtzig.«

»Jetzt übertreiben Sie aber, junge Frau«, ließ sich der Kellner vernehmen, der unversehens neben ihrem Tisch auftauchte. Außer gefüllten Gläsern hatte er auch gleich eine Decke für Insa Ukena mitgebracht. Seiner Sprachfärbung nach stammte er aus der Umgebung von Berlin. »Siebzehnneunundachtzig, da war doch französische Revolution, wa. Kann mir nicht vorstellen, dass Sie damals schon sprechen konnten.«

»Ha! Ick wull di wat, du dösige Fent!« Tant' Rika piekte mit ihrem Grogstäbchen nach dem Ober, der behände auswich, sein schwankendes Tablett geschickt ausbalancierend. Ihn und die alte Dame schien eine innige Geschäftsbeziehung zu verbinden. Grinsend verschwand er im Café.

Hinrika Oltmanns kicherte wie ein Backfisch. »So«, wandte sie sich dann wieder an Insa Ukena. »Wo wass dat nu mit dien Paster un Hein un sien Buddel Kuur?«

»Der Pastor kriegt also sein Gläschen Schnaps hingestellt«, nahm die Oberkommissarin den Faden wieder auf. »Aber der Pastor ist darauf vorbereitet. Er zieht ein Taschentuch heraus, faltet es auseinander, und darin ist ein Regenwurm. Ein lebendiger. Den hat er nämlich vorher in Heins Vorgarten ausgebuddelt.«

»Iiih, wat 'n Swienkram.« Tant' Rika schüttelte sich wohlig. »Düsse Pastoren, de kennen aber ook van nix wat van af.«

»Wie auch immer.« Insa Ukena fuhr ungerührt fort: »Er nimmt also den Wurm und lässt ihn in sein Schnapsglas fallen. Der Wurm taucht in den Klaren ein, zuckt noch einmal und ist tot. ›So‹, sagt der Pastor und blickt Hein eindringlich an, ›verstehst du, was ich dir damit sagen will?‹«

Die Oberkommissarin machte eine kleine Kunstpause, um die Pointe besser zur Wirkung zu bringen. Exakt lang genug, dass Hinrika Oltmanns ihr in die Parade fallen konnte: »Un denn lacht Hein un seggt: ›Mensch, ja, Herr Paster! Wat 'n fein Mittel tegen Wurms!‹«

Tant' Rika lachte triumphierend, aber auch so ehrlich von sich selbst begeistert, dass Insa Ukena gar nicht anders konnte, als einzustimmen. »Hast ihn also doch schon gekannt!«, rief sie zwischen zwei Lachsalven aus.

Hinrika Oltmanns streckte eine magere, klauenhafte Hand zwischen ihren Decken hervor und legte sie der Jüngeren auf den Unterarm. »Mach dir nichts draus«, sagte sie tröstend. »Es gibt nun mal nichts Neues auf dieser Welt. Immer nur Altes im neuen Gewand, glaub mir. Wenn man dahinter guckt, ist alles schon mal da gewesen. Werd du mal erst so alt wie ich, dann merkst du das auch.«

Insa Ukena schlang sich die Decke, die der Kellner ihr gebracht hatte, um Leib und Oberschenkel. Auf einmal war ihr doch kalt geworden.

Tant' Rika rührte in ihrem neuen, heißen Grog, zerstampfte die Zuckerstückchen gründlich und nahm einen herzhaften Schluck. »So«, sagte sie dann, ganz wie der Pastor zu Hein, »und nu segg mal, wat hest up't Hart, mien Tüütje? Du wolltest doch was von mir, nicht?«

»Stimmt.« Auch Insa Ukena nahm einen Schluck aus ihrem Glas. »Es ist wegen Angela Adelmund.«

»Och nee, das arme Ding.« Die Nachricht von dem Mädchen, das tot in einem Müllcontainer gefunden worden war, hatte sich natürlich wie ein Lauffeuer über die ganze Insel verbreitet. »Weiß man schon genau, woran sie gestorben ist?«

»Medikamente«, antwortete Insa Ukena vage. »Und Unterernährung. Kein Fremdverschulden. Also kein Mord. Davon gehen wir jedenfalls aus.«

»Kein Fremdverschulden!« Hinrika Oltmanns spuckte die Worte förmlich aus. »Kein Mord! Ein Mädchen hungert sich fast zu Tode, gibt sich dann mit irgendwelchen Pillen den Rest, und ihre Leiche wird auf den Müll geschmissen. Und dann sagt ihr, es wäre ganz allein ihre Schuld! Kein Mord! Das gibt es ja wohl nicht.« In ihrer Empörung sprach die alte Dame ein gestochen deutliches Hochdeutsch.

»Damit meine ich doch nur, dass kein anderer sie umgebracht hat. Also dass es keinen Mörder gibt«, verteidigte sich die Oberkommissarin.

Tant' Rika beugte sich vor. »Und ob es den gibt«, zischte sie. »Und nicht nur einen, das kann ich dir sagen. Die kleine Angela ist doch nicht von alleine gestorben. Da stecken gleich mehrere dahinter.«

Insa Ukena runzelte die Stirn. »Wie meinst du das?« Das hörte sich nach einer Räuberpistole an, nach komprimiertem Inselklatsch der übleren Sorte. Wegen so etwas hatte sie Hinrika Oltmanns nicht sprechen wollen.

»Wie ich das meine?« Die alte Dame redete sich in Rage, blieb aber leise. »Wer hat sie denn reingebracht in diese Anstalt, diese Klinik? Wer hat sie krank gemacht? Das musst du dich fragen. Angela ist als uneheliches Kind aufgewachsen. Vater unbekannt, offiziell. Weißt du, was das bedeutet? In der Stadt mag das ja mittlerweile nichts Ungewöhnliches mehr sein, aber auf dem Dorf, da ist das schlimm, und hier auf der Insel ganz besonders. Da kriegst du bei jeder Gelegenheit beigepult, dass du nichts wert bist. Jedenfalls nicht so viel wie alle anderen. Wenn schon dein eigener Vater nichts von dir wissen will, musst du doch minderwertig sein, das liegt klar auf der Hand. Mich würde das auch krank machen.«

»Du meinst – deshalb?« Insa Ukena war verblüfft. Sie hatte Magersucht für ein Phänomen der Gegenwart gehalten, für eine Krankheit, die es in Tant' Rikas Jugend schlicht noch nicht gegeben hatte. Sollte sie da etwa falsch liegen?

»Wenn die Seele krank wird, dann ist das immer 'n komplizierten Kram«, sagte Hinrika Oltmanns. »Da gibt es meist mehr als eine Ursache. Und die Folgen, die sind auch immer verschieden. Aber das sind nur Äußerlichkeiten. Im Prinzip ist es doch immer dasselbe. Es gibt eben nichts wirklich Neues, verstehst du, mien Deern?«

Die Oberkommissarin war sich da absolut nicht sicher, aber sie nickte dennoch.

»Bei Angela kam noch 'n anderer Kerl dazu«, fuhr die alte Dame fort. »Dieser ... wie heißt der noch? Der jetzt so 'ne Glatze trägt. Is 'n heel origen Fent. Mit dem war das Mädchen jedenfalls zusammen. Eine ganze Zeit lang. Länger als der mit ihr, weißt Bescheid?«

»Er hat sie betrogen?«

»Nach Strich und Faden. Und das nicht etwa heimlich. Geprahlt hat er damit, in fast jeder Kneipe hier, dass er überall rumvögelt, hier auf der Insel und auch drüben in Deutschland, und wenn er mal wieder die Kurve gekratzt hatte, konnte er ja immer wieder bei Angela ins warme Bettchen kriechen. Ich wette, jeder hier hatte die Story schon dreimal gehört, ehe Angela sie geglaubt hat. Mein Gott, was kann einem die Liebe doch auf die Augen gehen!«

»Und dann? Was hat sie dann gemacht?«, fragte die Inselpolizistin. »Ihm die Meinung gegeigt?«

»Dann«, sagte Hinrika Oltmanns, »hat sie ein Messer genommen und sich selber blutig geschnitten. Erst die Arme, dann die Beine. Am Ende gab es wohl keine einzige Stelle an ihr, die nicht vernarbt war. Dat arm Schloofke. Hat sich die Schuld an allem immer nur selber gegeben.«

Sie trank ihr immer noch dampfendes Grogglas in einem Zug leer. Insa Ukena verzog das Gesicht, als sie sich vorstellte, wie das in Gaumen und Speiseröhre brennen musste. Aber Tant' Rika schien einen Schlund aus Leder zu haben.

»Zwei Kerle also«, sagte die Oberkommissarin. »Der Vater, der sein Kind verleugnet, und der Freund, der sie betrügt und verhöhnt. Glaube ich sofort, dass die beiden schuld sind an ihrem Tod. Aber weißt du, Mörder vor dem Gesetz sind sie deshalb noch lange nicht.«

»Weiß ich«, sagte Tant' Rika. »Bin ja nicht dösig. Aber es sind nicht nur diese zwei, die Schuld haben. Es gibt noch einen Dritten.«

»Wen?«

»Den Kerl, der ihr dieses Teufelszeug besorgt hat«, sagte die alte Dame. »Derselbe, der auch vielen anderen Leuten auf Langeoog Zeugs besorgt, das es im Laden nicht zu kaufen gibt. Angela hat er auch beliefert. Mit Pillen, die sie genommen hat, um ihren Körper für das Leiden ihrer Seele zu bestrafen. So verstehe ich das jedenfalls. Ob sie gewusst hat, dass diese Pillen einmal ihr Tod sein würden, weiß ich nicht. Aber er, er muss es gewusst haben. Für mich ist er ein Mörder. Aber vor dem Gesetz, wie du so schön sagst, ist er das wohl auch nicht.«

»Da bin ich nicht so sicher«, murmelte Insa Ukena. »Nein, ganz bestimmt nicht. Das werden wir noch sehen.« Sie trank ihr Rotweinglas leer. »Ich glaube übrigens, ich weiß, wen du meinst. Trotzdem wäre es schön, wenn du mir den Namen sagen könntest.«

»Philipp Stapelfeld«, sagte Tant' Rika, ohne zu zögern. »Und den Namen von dem Glatzenheini sag ich dir auch. Sowie er mir wieder eingefallen ist.« Sie lächelte kokett: »Dat düürt woll mal 'n Seetje in mien Oller. Aber keine Angst, es ist alles noch hier drin.« Sie tippte sich an die Schläfe.

Die Oberkommissarin beugte sich vor. Langsam wurde es Zeit, die Frage zu stellen, derentwegen sie überhaupt hergekommen war. »Und was ist mit Angelas Vater? Weißt du seinen Namen auch?«

Tant' Rikas Augen funkelten wieder. »Klar«, sagte sie.

»Und?«

Die alte Dame flüsterte ihr den Namen ins Ohr.

Insa Ukena lehnte sich zurück und pfiff leise durch die Zähne. »Sieh an«, murmelte sie.

36.

Als sie zu Bett gegangen war, hatte sie sich gut gefühlt. Auch gar nicht aufgeregt, was erstaunlich war angesichts dessen, was der Tag gebracht hatte. Sie hatte sich eingekuschelt, angenehm gewärmt von dem Feuer, das in ihr brannte, nicht mehr so heiß und lodernd wie zu Anfang, aber immer noch deutlich spürbar. Eigentlich hätte sie aufgeregt sein sollen, sich im Bett hin und her wälzen, auf den beschleunigten Schlag ihres Herzens lauschen. So hatte sie es sogar selbst erwartet. Dann aber hatte sie sich nur hingelegt, die Augen geschlossen und war nach wenigen Minuten eingeschlafen. Herrlich.

Dafür aber war sie mitten in der Nacht wieder wach geworden. Und da war gar nichts mehr herrlich gewesen. Eine unheimliche Leere und Kälte hatte sie plötzlich in sich verspürt. Ihre Herzschläge waren so langsam und schleppend gewesen wie die schlurfenden Schritte eines tödlich Verwundeten, und die Schmerzen in ihrem Magen waren auf einmal vermengt gewesen mit einem Gefühl, das sie hasste wie kein anderes auf der Welt: Hunger.

Natürlich war der Hunger zu ihrem ständigen Begleiter geworden, seit sie darum kämpfte, endlich ihr großes Ziel zu erreichen. Dieser Hunger war zu ihrem guten

Freund geworden. War er zur Stelle, dann war alles gut. Dann machte sie es richtig. Hunger war der zuverlässige Indikator dafür, dass sie sich auf dem rechten Weg befand und zügig in die richtige Richtung strebte. Diese Art von Hunger war etwas Angenehmes, etwas Gutes, und sie hatte längst gelernt, ihn zu genießen.

Dieser Hunger hier war etwas ganz anderes. Ein junger, ungebärdiger Wolf, den sie in ihren Eingeweiden trug wie ein ungeborenes Kind, der dort wild um sich trat und biss, der seine Zähne und Klauen dorthin schlug und bohrte, wo sie am empfindlichsten, am schutzlosesten war. Und der ihr unmissverständlich klarmachte, dass er nur auf eine einzige Art zur Ruhe zu bringen war.

Sie musste essen.

Entsetzt sprang sie aus dem Bett, rannte ins Bad, füllte den Zahnputzbecher mit Leitungswasser und stürzte den Inhalt in sich hinein. Dreimal, viermal, fünfmal. Normalerweise klappte das. Alle Magersüchtigen tranken Unmengen Wasser, um ihre Mägen zu füllen und ihre Verdauungssäfte bis zur Wirkungslosigkeit zu verdünnen. Das elende Hungergefühl ließ sich damit ganz gut betäuben, jedenfalls so lange, bis wieder genügend mentale Energie verfügbar war, um das schmerzhafte Gefühl in ein angenehmes umzudeuten. Abgesehen davon waren ein paar Liter Wasser im Magen hilfreich beim routinemäßigen Wiegen. Manche Patientin ersparte sich damit einen Kalorienspartag im Rollstuhl.

Diesmal aber verfehlte das Wasser seine Wirkung. Der ungeborene Wolf ließ sich nicht ertränken, sondern biss und strampelte nur noch wüster. Sie stöhnte auf und krümmte sich zusammen. Klappernd fiel der Plastikbecher auf die Bodenfliesen.

Sie schaute auf ihre Uhr, schaffte es aber nicht, die Zeit abzulesen. Alles verschwamm vor ihren Augen, nichts ergab einen Sinn. Der Wolf wütete und tobte weiter, die Schmerzen schwollen immer mehr an. Bald würde sie ihnen nicht mehr standhalten können.

Jedenfalls nicht alleine. Sie brauchte Hilfe.

Was half gegen wilde Wölfe?

Feuer. Sie musste das schützende Feuer wieder entfachen.

Wo sich die restlichen Tabletten befanden, wusste sie genau. Stöhnend richtete sie sich auf, stolperte zum Schrank und riss die Tür auf. Zwischen den gestern erst neu gekauften Wäschestücken befand sich ein zusammengerolltes Paar Socken. Mit prickelnden, kraftlosen Fingern zupfte sie das Knäuel auseinander. Gott sei Dank, der Kunststoffstreifen war noch da.

Wie viele Tabletten sollte sie nehmen? Acht Stück waren noch da. Zwei vielleicht? Oder vier? Dann hatte sie noch ein paar für morgen übrig. Wer konnte wissen, wann es wieder Nachschub gab?

Als sie zurück ins Bad stolperte, um den Wasserbecher erneut zu füllen, war der Schmerz schon so stark geworden, dass sie zu wimmern begann. Schnell drückte sie die Tabletten in ihre Handfläche, warf sie sich in den Mund und schüttete Wasser hinterher. Wie viele waren das jetzt gewesen? Sie wusste es nicht, aber der Wolf schien noch immer keine Ruhe zu geben. Also wiederholte sie den Vorgang. Und dann noch einmal.

Bis die Verpackung leer war.

Einmal noch trank sie den Becher leer, dann wankte sie zurück ins Zimmer, setzte sich auf den Stuhl am Fenster und zog die Knie ans Kinn. Draußen war es pechschwarz, kein Mond zu sehen, und die Sterne mussten von Wolken verdeckt sein. Keine schöne Nacht. Eine Nacht für Wölfe.

Das Feuer loderte auf, so stark und grell, wie es noch nie gelodert hatte. Ihr Herz begann zu trommeln, und der Schweiß schien ihr aus allen Poren gleichzeitig zu brechen. Das war gut. Das würde sie heilen. Das würde sie endlich reinigen.

Heller und höher flackerten die Flammen. Das war längst kein Lagerfeuer mehr. Das war ein Scheiterhaufen.

Ohne einen Laut rutschte sie von ihrem Stuhl und blieb regungslos auf dem Boden liegen.

37.

Es war noch ziemlich dunkel, als Philipp Stapelfeld die Nase aus der Haustür steckte, der Wind war kräftig, und die Temperatur fühlte sich absolut nicht nach Sommer an. Er kehrte noch einmal zurück in den Windfang und wechselte seine Lederjacke gegen einen gefütterten Anorak mit hohem, winddichtem Kragen und Kapuze. Ein teures Kevlar-Teil, stellte Philipp fest, wind- und wasserdicht. Ausgezeichnet. Dass die Jacke seinem Vater gehörte, störte ihn kein bisschen. Im Gegenteil. Je mehr der Alte sich ärgerte, desto besser.

So früh am Morgen war die Insel wie ausgestorben. Klar, irgendwo waren die Bäcker schon an der Arbeit, und in den Hotels und Pensionen quälten sich die Angestellten, die das Frühstück vorzubereiten hatten, gerade aus den Betten. Auf den Straßen aber war es noch gähnend leer. Selbst Jogger waren noch keine unterwegs. Vielleicht auf der Höhenpromenade oder am Strand. Das aber mussten dann schon ganz hartgesottene sein, bei diesem kalten Wind.

Der Weg zum Bahnhof kam ihm lang vor. Fußmärsche war er nicht gewohnt. Auf der Insel fuhr er gewöhnlich Fahrrad, und wenn er in Deutschland war, fuhr er ein Auto, das jetzt in Bensersiel in seiner angestammten Garage stand. Ein veritabler BMW X5, ein hochbeiniger Bolide mit fast 300 PS. Leider nur geleast, sonst hätte er seine aktuellen Geldsorgen auf dem Automarkt lösen können, jedenfalls zu einem großen Teil. Sein Fahrrad war auch keins von der billigen Sorte. Leider hatte es einen Platten, und Torben war noch nicht dazu gekommen, es zu reparieren. Philipp selber gab sich mit so etwas nicht ab.

Am Bahnhof wartete Kevin schon mit dem Elektrokarren auf ihn. Wortlos schwang Philipp sich auf den

Beifahrersitz und nickte ihm zu. Gehorsam ließ Kevin das gedrungene Gefährt anrucken. Klappt doch immer noch ganz gut mit der Autorität, dachte Philipp. Jedenfalls, solange der Kahle nicht dabei ist. Der Kahle wird so langsam zum Problem.

Probleme waren dazu da, um gelöst zu werden. Aber dieses war jetzt noch nicht dran. Immer schön eins nach dem anderen.

Sie passierten den Flughafen, die Reitanlage, das Wäldchen und den Bolzplatz, ließen sich von ihrem skurrilen Fahrzeug und dessen greinendem Motor durch den struppigen Hammrich schaukeln, immer entlang der Inselbahnlinie, beglotzt von Kühen und Pferden, die ebenso wenig wie Philipp schon bereit schienen, den grauenden Morgen aktiv anzugehen. Die haben es gut, dachte er. Die brauchen nicht, wenn sie nicht wollen. Aber ich muss.

Der Fährhafen kam in Sicht. Auch er war noch wie ausgestorben. Bis zur ersten Morgenfähre war es noch ein Weilchen hin. Kevin bog nach links ab, dorthin, wo der Mastenwald des Yachthafens in den grauen Morgenhimmel ragte und sie mit vielstimmigem Geklimper und Geklapper ungesicherter Fallen an hohlen Aluminiummasten begrüßte. Sie hielten auf eine große Halle zu. Kevin stoppte vor dem Rolltor.

Torben und der Kahle warteten schon. »Kommt mal mit«, sagte der Glatzköpfige statt einer Begrüßung. Ohne eine Reaktion abzuwarten, wandte er sich einer kleinen metallenen Tür seitlich des Rolltores zu. Der Kleine folgte ihm auf dem Fuße. Kevin suchte Philipps Blick, ehe er ausstieg. Philipp nickte, und sie schlossen sich ebenfalls an.

Das Problem wird größer, dachte Philipp.

Die Tür führte in eine Art Lagerraum, in dem Tauwerk, aufgerollte Planen, halbvolle Farbdosen, kleine Außenborder, Bootshaken und anderes Ausrüstungsgut lagen, standen und hingen. Eine Geruchsmischung aus Lösungsmitteln, Treibstoff, Sisal und Moder hing betäubend dick in der Luft. Der Kahle schien das gar nicht zu bemerken. Er näherte sich zielstrebig einer weiteren Metalltür, die in eine kleine Werkstatt führte. Hier lagerte Werkzeug aller Art, es gab elektrische Sägen und Schleifmaschinen, eine Standbohrmaschine und sogar eine Drehbank. Philipp wusste, dass der Kahle hier seine Nachschlüssel anfertigte und noch andere Sachen austüftelte, über die er ebenso wenig sprach wie über seine geheimnisvolle Geldquelle.

Vor einem grauen Stahlspind, der wie ein Fels in einer Brandung aus Taurollen, Segeltuchpäckchen und alten Schwimmwesten stand, zog er ein Schlüsselbund aus seiner Hosentasche, öffnete ein mächtiges Vorhängeschloss und klappte eine hohe, schmale Tür auf. Beifall heischend blickte er sich um.

»Na, was sagt ihr?«

Philipp sagte erst einmal nichts, ebenso wenig wie die beiden anderen. Zwei Maschinenpistolen, zwei Sturmgewehre. Damit hatte er nicht gerechnet.

Der Kahle weidete sich an ihrem Staunen. »Geil, was?« Er nahm eine der Maschinenpistolen aus dem Schrank, hängte sich den Gurt über die rechte Schulter, fasste Pistolengriff und Handschutz und markierte eine 45-Grad-Salve aus der Hüfte. Philipp zuckte zusammen, als die anderen Gewehre ins Rutschen kamen und gegen die metallenen Schrankwände klapperten. Der Kahle lachte hämisch. »Nerven, Jungs! Wenn wir mit diesen Dingern losgehen, dann muss man uns das auch glauben. Also, fasst mal zu! Und keine Angst, Magazine sind noch keine drin.«

»Wie bist du denn da drangekommen?«, fragte Philipp. Am liebsten hätte er sich auf die Zunge gebissen. Das klang zu ehrfürchtig, das klang schwach, das war falsch.

»Kleinigkeit«, protzte der Glatzkopf.

Einer nach dem anderen griffen sie zu. Philipp nahm sich eines der langen, schweren Sturmgewehre, und der Kahle zeigte ihm, wie er es richtig halten musste. »Den rechten Zeigefinger immer längs am Abzugsbügel. Vor allem, nachdem du entsichert hast.« Der kleine Sicherungshebel hatte drei Stellungen. »Ganz oben ist Dauerfeuer, dann haust du zwanzig Schuss in wenig mehr als einer Sekunde raus.« Zwanzig Schuss, das war der gesamte Inhalt eines der kantigen Magazine, die von unten eingeklinkt werden mussten. Immer zwei dieser kleinen schwarzen Kästen waren mit Klebeband verbunden. »Dann geht das Nachladen schneller. Einfach mit einer Hand aus- und wieder einklinken.«

Philipp spürte, wie sein Gaumen trocken wurde. Aber er wusste, dass es kein Zurück mehr gab. Und letztlich hatte er es ja so gewollt.

»Geschossen wird nur auf meinen Befehl hin«, sagte er mit kratziger Stimme. »Am besten nur ein paar Warnschüsse und dann gar nicht mehr. Ist das jedem klar?«

»Klar«, bestätigte Kevin. Der Kleine nickte. Der Kahle grinste breit und anmaßend. »Klar, Boss«, sagte er laut.

Dann zog er zwei dunkelblaue Seesäcke aus dem Spind. »So, jetzt packt die Knarren erstmal wieder weg. Und gebt mir die leeren Magazine. Volle habe ich schon vorbereitet. Nicht, dass wir da nachher etwas verwechseln.« Wieder das breite Grinsen. Der Kahle schien voller Vorfreude zu sein.

»Jetzt kommt das Schönste«, sagte er, nachdem er die Seesäcke weggeschlossen hatte. »Los, kommt mal mit in die Halle.«

Die eigentliche Bootshalle war riesig und beinahe leer. Die Hochsaison stand bevor, da war jedes einsatzfähige Boot im Wasser, klar zum Urlaubstörn. Lediglich eine eingestaubte Segelyacht mit geklapptem Mast und vertörnten Wanten und Stagen ruhte noch auf ihrem rostigen Slipwagen. Ein paar Dingis lehnten an der Außenwand, und in einer Ecke standen Trailerboote, solche, die erst unmittelbar vor dem Einsatz gewassert wurden. Diese Ecke steuerte der Kahle an.

Auf einem der Trailer lag ein großes Schlauchboot, silbergrau, mit stabilem Boden, hoch ragendem Bug, Spritzverdeck, großem Geräteträger und fest eingebautem Steuerstand. Am breiten Spiegelheck hingen zwei schwarze, klotzige Mercury-Außenbordmotoren, ältere Modelle zwar, aber erkennbar frisch gewartet und jeder weit über einhundert PS stark. An diesem Boot hätten Greenpeace-Aktivisten ihre helle Freude gehabt.

»Wem gehört das Ding?«, fragte Philipp.

»Einem Kunden«, sagte der Kahle vage. »Der Typ kommt jedes Jahr nur ein- oder zweimal her. Hat eindeutig zu viel Geld und weiß nicht, wo er es zuerst ausgeben soll. Im Moment ist er gerade auf Safari in Afrika. Keine Gefahr, dass er in den nächsten zwei oder drei Wochen hier auftaucht.«

»Ist das Boot nicht zu bekannt, wenn es immer hier liegt?«, fragte Kevin.

Der Kahle macht eine wegwerfende Handbewegung. »Schlauchboote sind Massenprodukte. Solche Dinger gibt es viele. Das Einzige, woran man es sicher identifizieren könnte, ist die Registriernummer, die jedes Boot tragen muss wie ein Auto sein Nummernschild. Und die habe ich schon geändert.«

»Alles klar«, sagte Kevin. »So weit jedenfalls.« Dann fragte er, ohne jemanden Bestimmtes anzusehen: »Und wie ist nun unser genauer Plan?«

»Na, dann passt mal auf«, sagte Philipp wichtigtuerisch. Der Kahle grinste wieder und ließ ihn gewähren.

38.

Sina klopfte leise, horchte dann. Nichts. Kein Geräusch war aus dem Zimmer zu hören. Sie klopfte wieder, etwas stärker diesmal. Aber immer noch blieb alles still.

Zugegeben, es war noch sehr früh. Noch lange nicht Frühstückszeit. Aber Stephanie musste zur Blutuntersuchung, dafür hatte sie nüchtern zu sein, und sie hatte es versäumt, die entsprechende Benachrichtigung gestern Abend aus ihrem Postfach zu nehmen. Und ausgerechnet heute früh war die hausinterne Telefonanlage ausgefallen. Also hatte sich Sina bereit erklärt, die junge Patientin in ihrem Zimmer abzuholen, ehe sie womöglich etwas zu sich nahm.

Nicht, dass diese Gefahr bei einer Magersüchtigen sonderlich groß gewesen wäre. Aber wissen konnte man ja nie. Außerdem musste sie, wie alle ihre Mitpatientinnen und Mitpatienten, gleich morgens gewogen werden. Auch das ein Ritual, auf das Stephanie noch nicht eingeschworen war.

Sina klopfte noch einmal, spielte schon mit dem Generalschlüssel, den sie dabei hatte. Damit ließ sich das Wecken sicherlich leiser durchführen. Aber worauf sollte sie Rücksicht nehmen? Hier oben schlief zur dieser Zeit sonst niemand, das wusste sie. Also ballte sie ihre Hand zur Faust und bollerte gegen das Türblatt.

Die Tür öffnete sich einen Spalt, und Stephanies völlig verstrubbelter Kopf erschien. »Was ist denn los?«, fragte sie, halb verschlafen, halb erschrocken. »Brennt es, oder was?«

»Nur fast«, sagte Sina. »Tut mir leid, dass ich dich so grob aus dem Schlaf reißen musste.« Sie erklärte Stephanie, worum es ging. Die nickte, versprach, in zehn Minuten unten zu sein, und verschwand wieder in ihrem Interimszimmer.

Sina eilte die Treppen hinunter. Nachschauen, ob Stahnke, den sie irgendwann in den frühen Morgenstunden alleine hatte weiterschnarchen lassen, es wohl doch noch von der Wolldecke auf dem Boden bis in sein Bett geschafft hatte.

Stephanie ließ die Blutabnahme und die Wiegeprozedur stoisch über sich ergehen, so als habe das Ganze nicht wirklich etwas mit ihr zu tun. Selbst das anschließende Pflaster in ihrer Armbeuge kam ihr unwirklich vor. Ihre anschließend schüchtern vorgebrachte Frage, ob sie denn schon wieder in ihr angestammtes Zimmer zurück könne, wurde mit einem Achselzucken beantwortet. Also ging sie zurück in den ihr zugewiesenen Raum im Obergeschoss, der noch unpersönlicher wirkte als der erste, vollendete ihre Morgentoilette, traf die Entscheidung, dass ihr neuer Jogginganzug einen dieser Örtlichkeit durchaus angemessenen Vormittagsdress darstellte, und fühlte sich bereit, endlich zum Frühstück zu gehen.
    Nur war es immer noch nicht Frühstückszeit.
    Was tun? An Lesestoff hatte sie bei ihrem gestrigen Einkaufsbummel nicht gedacht, auf ihren iPod hatte sie noch keine Lust, und einen Fernseher gab es auf diesem Zimmer nicht. Sie konnte hinunter in den Aufenthaltsraum gehen und den großen Fernseher einschalten, überlegte sie. Aber womöglich wurde dort gerade noch geputzt. Außerdem kam ihr die Vorstellung, am frühen Morgen im Jogginganzug halböffentlich vor einem Großbildschirm abzuhängen und irgendwelchen Kommerzfunk-Sperrmüll zu glotzen, reichlich asozial vor. So sinnlos war ihr Leben nun auch wieder nicht.
    Dann fiel ihr Anni ein. Die musste doch auch schon auf den Beinen sein! Vielleicht hatte sie ja Lust zum Quatschen. Einen Versuch war es wert. Stephanie sprang auf, verschloss ihre Zimmertür hinter sich und hopste fröhlich die Treppen hinab.

»Anni?« Sie klopfte und horchte. Schwer zu sagen, ob sich in Annis Zimmer etwas rührte; der ganze Flur hier war belebt, von überall her drangen Geräusche von Schritten, morgendlichen Verrichtungen, Unterhaltungen und Radios zu ihr her. Kam irgendetwas auch von jenseits der Tür?

Ja, doch. Da war etwas. Aber was? Kaum zu identifizieren. Auf jeden Fall war dieses Zimmer nicht leer.

Stephanie zuckte zurück, denn die Erinnerung an das, was sich gestern Abend in ihrem eigenen Zimmer zugetragen hatte, machte ihr Angst. Was, wenn sich auch hinter dieser Tür ein Einbrecher befand? Kalter Schweiß brach ihr aus, und ihre Hände begannen zu zittern. Am besten, sie sagte gleich vorne an der Rezeption Bescheid.

Sie nickte sich Bestätigung zu, folgte ihrem eigenen Entschluss aber nicht. Für einen Moment hatte das Geräusch jenseits der Tür ein wenig lauter geklungen, gerade so laut, dass sie ahnte, was es war.

Ein Stöhnen.

Heiße Schauer durchströmten Stephanies Körper, aber sie war nicht geschockt. Sie musste durch diese Tür. Aber wie? Draußen gab es keine Klinken, nur Knäufe. Und die Türen waren stabil. Gar nicht so leicht, sie unbefugt zu öffnen.

Sie bemerkte, dass sie immer noch ihren eigenen Zimmerschlüssel in der Hand hielt. Auf dem Anhänger, einem massiven Messingoval, stand keine Zimmernummer eingeprägt, sondern lediglich ein Buchstabe. Das große H. Was das wohl hieß? *Hotel* sicher nicht. Der Raum, den sie übergangsweise bewohnte, war sonst ein Raum für Klinikpersonal. Vielleicht für Ärzte, die nachts Bereitschaft hatten? Und was hieß dann H? *Hausarzt?* Quatsch. *Hautarzt?* Gab es hier nicht. Oder *Hauptarzt?* Noch blödsinniger.

Einer plötzlichen Eingebung folgend, schob sie den Schlüssel ins Annis Türschloss. Er passte. Sie versuchte ihn zu drehen – es ging. Es klickte, und die Tür war entriegelt.

H wie *Hauptschlüssel*! Sie hatte keine Ahnung, warum man ihr den gegeben hatte. Vermutlich, weil der richtige gerade nicht zur Hand gewesen war. Steckte vielleicht in der Hosentasche eines Arztes, der nach seiner Nachtschicht todmüde nach Hause gewankt war. Auf jeden Fall ein Geschenk des Himmels.

Sie stieß die Tür ganz auf.

Anni lag mitten im Zimmer auf dem Teppichboden, zusammenkrümmt wie ein Embryo, der Tür den Rücken zugewandt. Sie rührte sich nicht.

Stephanie keuchte vor Entsetzen. Mit einem Satz war sie bei der Liegenden, hockte sich neben sie, befühlte Stirn und Hände. Der Kopf war warm, die Hände eiskalt.

Was sollte sie tun, was musste sie tun? Vor einiger Zeit hatte sie an einem Sanitätskurs teilgenommen, das war ja noch in der Schule gewesen. So weit weg. Aber noch gar nicht so lange her. Also, was?`

Ansprechen. Prüfen, ob die Person bei Bewusstsein ist. Gut. »Anni! Anni!!« Sie sprach sie an, schrie sie an, schüttelte ihre Schulter, ohrfeigte sie. »Einen kurzen Schmerzreiz setzen« hieß das, plötzlich war die Erinnerung wieder da.

Anni aber zeigte keine Reaktion. Schlaff schlenkerten Kopf und Körper unter Stephanies Bemühungen. Eindeutig bewusstlos.

War sie überhaupt noch am Leben?

Stephanie tastete nach Annis Puls, erst am Handgelenk, dann am Hals, aber das Einzige, was sie sicher spürte, war ihr eigener Herzschlag, der mit unglaublichem Tempo donnerte und Leib und Glieder beben ließ. Mit Mühe nur schaffte sie es, ihren Kopf zu beugen, der unter dem ungeheuren Druck zu platzen schien, und ihr Ohr über Annis Mund zu halten. Auch das hatte man ihr in dem Kurs beigebracht. Feststellen, ob die Atmung noch funktioniert.

Aber da war nichts. Anni atmete nicht.

Die Angst nahm Überhand. Oh Gott, Anni war tot!

Aber sie ist doch noch nicht kalt, sagte sich Stephanie. Wenn ihr Herz wirklich ausgesetzt hatte, dann konnte das noch nicht lange her sein. Und wenn das so war, dann kam es jetzt auf jede Sekunde an.

Stephanie drehte die Leblose auf den Rücken, kniete sich neben deren Oberkörper, legte ihre linke Hand flach auf den Brustkorb und begann mit der rechten rhythmisch draufzudrücken. Eins, zwei, drei, vier. Und weiter. Nicht, um das mutmaßlich inaktive Herz wieder zum Schlagen zu bewegen, sondern um sauerstoffreiches Blut aus den Lungen in den restlichen Körper zu pumpen, vor allem ins Gehirn. Auf diese Weise konnte man verhindern, dass es zu Hirnschäden kam, und zwar eine ganze Weile lang. So hatte sie es gelernt.

Achtundzwanzig, neunundzwanzig, dreißig. So. Stephanie stoppte, schnaufte, wischte sich den Schweiß ab. Und was jetzt?

Beatmen. Verdammt, jetzt wurde es ernst. Sie griff nach Annis bleichem Kopf, schob das Kinn zurück, vergewisserte sich, dass der Hals überstreckt und die Luftröhre frei war. Was noch? Ach ja, die Mundhöhle. Das hätte sie eigentlich ganz zu Anfang machen müssen. Todesmutig steckte sie ihre Finger zwischen Annis Zähne, versuchte sich nicht vorstellen, wie es sein würde, wenn die Liegende plötzlich einen Beißkrampf bekam, und tastete. Da war die Zunge, sehr gut, sie war also nicht nach hinten in den Hals gerutscht. Sonst war nichts zu fühlen, kein Erbrochenes, keine Zahnprothese. Lächerlicher Gedanke.

Sie atmete tief ein und presste ihre Lippen auf Annis. Wie weich diese Lippen waren! Kein Vergleich mit Lennerts. Sie begann zu pusten. An der Übungspuppe hatte man immer deutlich sehen können, wie sich die Lungen füllten. Sie schielte in Richtung Brustkorb, konnte nichts erkennen. Tastete mit der Hand. Landete auf Annis Busen, zuckte zurück.

Ihr ging die Luft aus, und sie löste ihren Mund wieder von Annis. Wie oft musste sie wohl pusten? Keine Ahnung mehr. Zweimal? Dreimal klang gut, entschied sie und wiederholte den Vorgang. Diesmal hatte sie den Eindruck, dass Annis Brust sich tatsächlich hob. Okay, einmal noch. Und dann wieder pumpen. Eins, zwei, drei, vier.

Und wie lange sollte das so weitergehen?

Was trieb sie da eigentlich? Das hier war doch eine Klinik, da wimmelte es nur so von Ärzten! Die mussten viel mehr Ahnung von Erster Hilfe haben als ausgerechnet sie.

Sie hätte die Rezeption anrufen können, normalerweise. Dort hinten auf den Nachttisch stand das Haustelefon. Aber das funktionierte heute Morgen nicht, das wusste sie von Sina.

»He!«, schrie sie, so laut sie konnte. »Hallo! Hilfe! Hier ist ein Notfall! Hallo!«

Doch der Korridor, der ihr eben noch so belebt und unruhig vorgekommen war, schien plötzlich wie ausgestorben. Niemand kam vorbei, niemand antwortete. Ihr Schreien schien ungehört zu verhallen.

Panisch schluchzte sie auf, während sie Annis Brustkorb immer weiter bearbeitete. Jetzt war sie auch noch mit dem Zählen durcheinander gekommen. War das jetzt siebzehn oder schon siebenundzwanzig? Herrgott, sie würde die Frau, der sie zu helfen versuchte, noch umbringen!

Trotzdem, sie traute sich nicht, ihre Versuche zu unterbrechen, um nach vorne zur Rezeption zu rennen. Das konnte erst recht Annis Tod sein.

»He! Hilfe! Hilfe!«

Wieder beugte sie sich über Annis Gesicht, überstreckte Kopf und Hals, presste die Lippen auf ihre. Und pustete.

Ihr Blick fiel über Annis Brust hinweg auf das Klinikbett. Das Nachtschränkchen mit dem toten Telefon. Die Lampe. Die Schalter und Druckknöpfe an der Wand. Einer davon war rot.

He. Moment mal.

Sie sprang auf, hechtete hinüber zum Bett und drückte mit aller Kraft den Alarmknopf.

Dann kniete sie sich wieder neben die Liegende und presste rhythmisch ihren Brustkorb. Als sie erneut bei zwölf angelangt war, drang ein leises Röcheln aus Annis Mund. Gleichzeitig ertönten Rufe und Fußgetrappel vom Gang.

Tränen liefen ihr übers Gesicht.

39.

Als Lüppo Buss auf seiner Morgenrunde am Supermarkt vorbeiging, sah er durch die Scheibe, wie der alte Korting, der Seniorchef persönlich, die Regale auffüllte. Das Hantieren mit den schweren Dosen und den sperrigen Kartons fiel ihm sichtlich schwer. Merkwürdig, dachte der Inselpolizist, das macht doch sonst der kleine Torben Huismann. Ob der krank ist? Oder vielleicht hat er wieder gesoffen und liegt noch in Sauer.

Dann fiel ihm ein, in welchem Kontext Beene Pottebakker diesen Namen erwähnt hatte. Gab es da einen Zusammenhang? Hatte der Kleine spitzgekriegt, dass Backe ihn verpfiffen hatte, und die Mücke gemacht? Vielleicht hatte der Riese selbst gleich alle vier gewarnt. Warum? Weil er etwa doch mit ihnen unter einer Decke steckte?

Oder war es womöglich alles Mist gewesen, was Backe ihm gestern gesteckt hatte? Wenn ja: Was hatte Pottebakker zu verbergen?

»Herr im Himmel«, knurrte der Oberkommissar vor sich hin, während er die Grüße der Passanten erwiderte, die immer zahlreicher wurden. Dieses Herumspekulieren konnte einen noch zum Wahnsinn treiben! Wie Stahnke das nur immer aushielt?

Na, das würde er ihn ja gleich selbst fragen können. Noch war es ein bisschen früh dafür, noch saß der Hauptkommissar vermutlich beim Frühstück. Lüppo Buss grinste hämisch bei dem Gedanken. Über das Essen, das es in der Kalorien-Klinik gab, kursierten allerhand Gerüchte. Jedenfalls über das für die Dicken. Backe war beileibe nicht der Erste, der sich ein Zubrot damit verdiente, den Ärzten dort einen Strich durch alle Diätpläne zu machen. Zubrot, ha! Ob Stahnke auch schon kalorienreiches Zubrot geordert hatte?

Statt zur Klinik abzubiegen, schlenderte der Inselpolizist einfach weiter, die Barkhausenstraße bis zum Ende und dann halb rechts. Der Morgen war noch recht kühl, aber auch dieser Tag versprach wieder schön zu werden. Der frische Wind würde sich legen, die Sonne an Kraft gewinnen. Im Verlauf der nächsten Tage sollte es dann immer wärmer werden, hatte der Langzeitwetterbericht versprochen. Konnte es einen schöneren Ferienbeginn geben?

Klar, natürlich, konnte es. Einen ohne komplizierte Fälle, die zu allem Elend auch noch miteinander verwoben schienen.

Lüppo Buss bog rechts ab. Warum, fragte er sich. Weil es dort zu Stapelfelds Haus ging, logo. Aber was gab es dort um diese Zeit zu gucken? Keine Ahnung, dachte er. So viel zum Thema Unterbewusstsein.

Thees Stapelfelds Haus war eine Schau. In Deutschland, in einer der feineren Gegenden einer mittelgroßen Stadt, wäre es vielleicht nicht weiter aufgefallen. Hier auf der Insel aber war der Platz für Privathäuser begrenzt und daher kostbarer. Wenn Häuser hier groß waren, dann bargen sie in der Regel auch Gästezimmer oder Appartements unter ihren Dächern. Alles andere war unproduktiver Luxus. Nicht, dass die Langeooger keinen Luxus mochten. Aber Produktivität mochten sie eben noch mehr. Darin unterschieden sich die Zugezogenen nicht von den Eingeborenen.

Stapelfelds Haus war purer Luxus. Ausgedehnt, voll unterkellert, zweigeschossig, reetgedeckt, Regentraufen und Fensterrahmen aus Kupfer, ein riesiger, über Eck angebauter Wintergarten, Teepavillon im Garten. Und und und. Typischer Neureichen-Protz eben.

Und für wen das alles? Für einen alternden, verbitterten Raffzahn. Stapelgeld, so nannte man ihn nicht ohne Grund, auch wenn er hier welches zum Fenster rausgeworfen hatte. Ebenfalls nicht ohne Grund. Wer eine solche Position aufbaute und verteidigte, der musste auch deutlich zeigen, was er wollte und was er konnte. Auch, was er sich leisten konnte. Klappern gehört zum Handwerk.

Nicht, dass es mit dem Verteidigen besonders gut geklappt hätte. Sicher, mit einigen harten Konkurrenten von der Insel war Stapelfeld fertig geworden. Manch einen hatte er mit harten Bandagen aus dem Ring geboxt. Aber der erste ernste Rivale aus Deutschland, dieser Venema, hatte ihm sehr schnell gezeigt, was eine Harke ist. Seitdem spielte der Alte nur noch die zweite Geige. Mit Abstand. Und sein protziges Vorzeigehaus war nicht mehr als eine Muschelschale, außen prachtvoll, aber innen leer.

Na ja, ganz leer nicht. Stapelfeld junior lebte ebenfalls hier, wenn er auf der Insel weilte. Der aber benutzte diesen Luxusbau demonstrativ wie eine Absteige. War es nicht sein Fahrrad, das da im Vorgarten mitten auf dem Rasen lag? Der Hinterreifen halb abgezogen, drum herum leere Bierflaschen und ausgetretene Kippen. Wenn das mein Sohn wäre, dem würde ich was erzählen, dachte Lüppo Buss.

Ein Gedanke, der ihn auf Nicole brachte. Über Kinder hatten sie bisher noch nicht gesprochen. Nun ja, warum auch, nur nichts überstürzen. Inzwischen aber waren sie ja schon eine ganze Weile zusammen. Und so absurd war die Idee schließlich nicht. Lüppo Buss fühlte sich noch jung genug, und Nicole – na, die war es sowieso.

Die Haustür öffnete sich. Thees Stapelfeld war heute früh besonders grau im Gesicht, aber er hielt sich betont aufrecht. Sein offenes Sakko flatterte ebenso im Wind wie seine Krawatte und die zerzausten Haare. Falls er sich heute Morgen gekämmt hatte, war das nicht mehr festzustellen.

»Moin!« Der Oberkommissar hob die Hand zum Gruß

»Moin.« Stapelfeld raffte sein Sakko zusammen und knöpfte es zu, nickte sparsam, verlangsamte aber seinen Schritt und schaute den Inselpolizisten aufmerksam an. »Wieder etwas passiert?«

Hat allen Grund, so zu fragen, dachte Lüppo Buss. Wenn ich hier antanze, heißt das meistens Ärger. Stress mit seinem Sohn, Leiche in seinem Müllcontainer, dann wieder Stress mit seinem Sohn ... und in dieser Richtung kam noch einiges auf ihn zu, wenn sich Backes Tipps als richtig erwiesen.

»Nein, heute mal nicht«, sagte der Oberkommissar trotzdem und lächelte ermutigend. »Ich wollte deinem Sohn nur noch ein paar Fragen stellen. Wegen der Sache mit dem Bagger, am Strand, du weißt schon.«

»Ich weiß.« Stapelfeld war stehen geblieben. »Hat er also doch etwas damit zu tun gehabt?« Er blickte den Inselpolizisten durchdringend an.

»Ich brauche ihn nur als Zeugen.« Lüppo Buss bemühte sich, neutral und unverbindlich zu gucken und sein Lächeln nicht absterben zu lassen. Was hatte er auch vollkommen planlos hierher zu laufen und sinnlose Fragen zu stellen! Jetzt musste er schon lügen, um aus der Nummer wieder rauszukommen. Verdammtes Unterbewusstsein.

Stapelfeld zögerte einige Sekunden. »Philipp ist nicht im Haus«, sagte er dann. »Ist schon früh losgegangen heute. Weiß nicht, wann er wiederkommt.«

»Was, schon unterwegs?« Es war allgemein bekannt, dass Philipp Stapelfeld ein Langschläfer war. »Will er zurück nach Deutschland?«

Thees Stapelfeld schüttelte den Kopf. »Nein, sicher nicht. Sonst hätte er gepackt.« Seine Miene verdüsterte sich, und Lüppo Buss stellte sich bildlich vor, wie Philipps Sachen überall im väterlichen Haus verstreut herumlagen. Der Bengel machte es seinem Vater wirklich nicht leicht.

»Was hat er denn dann vor?«

»Weiß nicht.« Stapelfeld zuckte resigniert die Achseln. »Mir erzählt er ja nichts. Da musst du schon einen von seinen Freunden fragen.«

Risse in der Erfolgsmenschenmaske, dachte der Oberkommissar. Richtig gequält sieht er aus. Alles wegen Philipp? Oder wegen Venema? Vielleicht steckt da noch mehr dahinter.

»Na dann.« Er schlenkerte mit den Armen, suchte nach einem halbwegs geschickten Weg, diesen immer peinlicher werdenden Dialog zu beenden. »Ich muss dann auch mal wieder los. Heute steht eine Menge an.«

»Immer noch diese … diese Sache? Ermittelt ihr denn weiterhin alleine, oder bekommt ihr Unterstützung vom Festland?«

»Ja und nein. Wie das so ist. Natürlich werden wir unterstützt, Laboranalysen und so. Trotzdem, hier vor Ort bleibt das meiste doch an Insa und mir hängen.« Lüppo Buss war erleichtert, trotz der indirekten Erwähnung seines ungeliebten Vorgesetzten aus Deutschland. Endlich waren sie beim Smalltalk angelangt. Jetzt noch ein paar Worte über das Wetter, dann konnte er sich guten Gewissens verabschieden.

»Aber es sind doch fremde Ermittler hier, oder? Jedenfalls habe ich davon gehört. Unter anderem so ein dicker Typ, der in der Klinik wohnt, richtig? In meinem Laden war der auch schon.«

»Ach der.« Leugnen zwecklos, dachte der Oberkommissar, während ihm der Schweiß ausbrach. »Der ist hier zur Kur. Bisschen abspecken. Hat er nötig.« Er klopfte sich auf den eigenen, durchtrainierten Bauch.

»So. Na dann.« Stapelfeld hob zwei Finger zum Gruß, nickte knapp und ging mit langen Schritten davon, Richtung Ortsmitte. Er ging flott, aber seltsam asymmetrisch, den linken Arm angewinkelt, so als traue er sich nicht, ihn frei ausschwingen zu lassen.

Lüppo Buss blickte ihm nachdenklich hinterher. Eindeutig angeschlagen, dachte er. Aber noch fällt er nicht. Noch hält die Fassade. Aber die Risse sind schon tief. Irgendwann bröckelt der ganze Bau, und dann fällt alles in sich zusammen.

40.

»Und wie ist sie an das Zeug gekommen?«, fragte Stahnke.

Insa Ukena zuckte die Achseln. »Der Koffer ist längst beim LKA in Hannover«, sagte sie. »Nachdem ich ihn hier abgeholt hatte, ist er permanent unter Aufsicht oder unter Verschluss gewesen. Bis zum Abtransport per Hubschrauber. Da war ebenfalls ein Kollege dabei. Meiner Ansicht nach kann da nichts entnommen worden sein.«

»Muss das Zeug, das Anni genommen hat, denn unbedingt aus dem Drogenkoffer stammen?«, fragte Sina.

Die Oberkommissarin zog die Augenbrauen hoch. Nicht zum ersten Mal. Die Anwesenheit von Sina Gersema bei dieser Unterredung im klinikeigenen Konferenzraum missfiel ihr ganz offensichtlich. Vor allem Sinas »ungeklärten Status« hatte sie moniert. Stahnke aber hatte sich auf keine Diskussion eingelassen, sondern schlicht auf seinen eigenen Status als Hauptkommissar und leitender Ermittler verwiesen. Was seine Kollegin durchaus nicht zufriedengestellt, aber ihren Widerspruch beendet hatte. Zumal Lüppo Buss ihr nicht beigesprungen war, sondern sich auf ein Achselzucken beschränkt hatte.

»Woher sonst?«, fragte der Hauptkommissar zurück. »Die Klinik hält Medikamente dieser Art nicht vor. Eindeutiges Dementi. Warum auch? Bezüglich der Behandlungsziele ist solches Zeug absolut kontraproduktiv.«

»Die Tabletten könnten doch aus einer früheren Lieferung stammen.«

»Könnten, ja, durchaus. Das Nächstliegende aber scheint doch der vertauschte Koffer zu sein.«

»Stephanie?«, fragte Insa Ukena.

»Möglich«, sagte Stahnke.

»Schwachsinn!«, brauste Sina auf. »Wie käme sie denn dazu? Dafür ist sie doch gar nicht der Typ! Stephanie und Dealerin, das ist eine absurde Vorstellung.«

»Stephanie Venema ist krank, das dürfen wir nicht vergessen«, sagte Insa Ukena ruhig. »Die Krankheit stellt einen eigenständigen Teil ihrer Persönlichkeit dar. Mal weniger einflussreich, mal mehr, je nach Krankheitsstadium und momentaner Form. Wenn die Krankheit am Ruder ist, tun die Betroffenen Dinge, die sie sonst nicht täten. Sind Sie nicht Psychologin? Dann sollten sie das doch eigentlich wissen.«

Sina starrte die Oberkommissarin bitterböse an, errötete und schwieg.

»Gehört zu diesen Dingen auch das Töten eines Menschen?«, fragte Stahnke. »Annemarie Poppinga wäre an diesem Zeug immerhin fast gestorben. Ganz über den Berg ist sie immer noch nicht.«

»Das war doch keine Absicht«, sagte Sina kleinlaut.

Insa Ukena sagte nichts.

»Andererseits ist es Stephanie Venemas Einsatz zu verdanken, dass diese Anni noch lebt«, fuhr Stahnke fort. »Eine Tötungsabsicht können wir also wohl ausschließen.«

»Soweit man bei einer durch Krankheit gespaltenen Persönlichkeit überhaupt irgendetwas ausschließen kann.« Insa Ukena ließ nicht locker. Sina funkelte sie böse an.

»Wann können wir denn mit Stephanie sprechen?«, fragte der Hauptkommissar.

»Heute Vormittag wohl nicht mehr«, sagte Sina. »Unser diensthabender Arzt hat ihr ein Beruhigungsmittel verabreicht. Im Moment schläft sie.«

»Wo?«

»In ihrem angestammten Zimmer«, sagte Insa Ukena. »Wir haben es nach abgeschlossener Untersuchung wieder freigegeben.«

»War sie nicht im Obergeschoss besser aufgehoben?«, fragte Stahnke. »Das Zimmer lag doch viel abgeschiedener.«

»Was ja sowohl Vor- als auch Nachteile hätte«, erwiderte seine Kollegin. »Aber keine Sorge, sie ist in den nächsten Stunden permanent unter Aufsicht, auf ärztliche Anweisung hin. Ich dachte mir, das ist doch viel unauffälliger, als wenn wir uns selber eingeschaltet hätten.«

Widerwillig pflichtete Stahnke bei. »Und was ist mit ihren Sachen?«

»Wurden bereits eingepackt und nach unten gebracht«, sagte Insa Ukena prompt. »Nicht ohne dass ich sie bei der Gelegenheit in Augenschein genommen hätte. Gefahr im Verzug, dachte ich mir. So wird es auch in meinem Bericht stehen.«

Stahnke nickte beifällig. Und er nickte noch einmal, als die Oberkommissarin zwei kleine Plastiktüten präsentierte. Die eine enthielt mehrere gefüllte Medikamentenstreifen, die andere einen leeren. »Diese Tabletten hier habe ich bei Stephanie Venema gefunden«, berichtete sie, »und die leere Verpackung im Zimmer von Annemarie Poppinga.«

Sina vergrub ihr Gesicht in ihren Handflächen.

»Und was sonst noch?«, fragte Stahnke. »Ich meine, bei dieser ... Frau Poppinga?«

»Keine weiteren Medikamente«, sagte Insa Ukena.

»Also spricht tatsächlich alles dafür, dass Anni Poppinga den Stoff von Stephanie Venema erhalten hat.«

Die Oberkommissarin nickte.

In diesem Augenblick klopfte es, und ehe noch jemand etwas sagen konnte, flog die Tür auf. Kay-Uwe Venema betrat den Konferenzraum.

Stahnke erhob sich, als er den Reeder auf sich zustürmen sah, und ging er ihm einen Schritt entgegen. Veenemas Timing geriet durcheinander; er musste abrupt abstoppen, um den mächtigen Körper des Hauptkommissars nicht zu rammen, und seinen Kopf in den Nacken legen, um ihm in die Augen blicken zu können. Das nahm der Choreographie seines Auftritts viel von ihrer Schärfe.

»Was ist mit meiner Tochter?«, stieß er hervor. Die Worte klangen weniger herrisch als geplant.

Stahnke hasste diese kleinen Kraft- und Machtspielchen, aber er beherrschte sie. Jahre des Umgangs mit seinem Vorgesetzten Manninga waren eine effiziente Schule gewesen. »Ihrer Tochter geht es gut«, sagte er freundlich.

»Und warum kann ich dann nicht zu ihr?«

»Stephanie hat einer Mitpatientin das Leben gerettet. Jetzt hat sie ein Beruhigungsmittel bekommen und schläft. Das ist alles.«

»Das ist alles?!« Venema schien noch nicht gewillt zu sein, die Rolle des Anklägers aufzugeben. Unverkennbar aber begann der Druck zu weichen.

Stahnke streckte seine Hand aus, um sie dem Reeder beruhigend auf die Schulter zu legen, als ihm Insa Ukena in die Parade fuhr. »Nein, das ist noch nicht alles«, sagte sie. »Es deutet vieles darauf hin, dass Ihre Tochter sich nicht zugelassene Medikamente illegal beschafft und an eine dritte Person weitergegeben hat. Zu deren Schaden.«

Alle wandten sich der Oberkommissarin zu, Stahnke mit gerunzelter Stirn, Sina wütend, Venema entsetzt. »Was soll das?«, fragte er bedrohlich leise. »Wollen Sie meine Tochter des Drogenhandels beschuldigen?«

»Ihre Tochter, Herr Venema«, sagte die Polizistin ruhig, »ist krank. Sehr krank. Ich glaube nicht, dass Ihnen das klar ist, jedenfalls in ganzer Tragweite. Aber Sie müssen sich darüber im Klaren sein, wenn Sie ihr helfen wollen. Was ich voraussetze.«

Venema tastete nach einer Stuhllehne, ohne Insa Ukena aus den Augen zu lassen, und setzte sich. Stahnke tat es ihm gleich.

»Ihre Stephanie«, fuhr die Oberkommissarin fort, »ist schwer magersüchtig. Eine Krankheit, die ihr ganzes Leben beeinträchtigen wird, an der sie sogar sterben kann, wenn nicht schnell und kompetent eingegriffen wird. Die Ursachen dieser Krankheit liegen im seelischen Bereich, und das seelische Befinden wiederum wird maßgeblich durch diejenigen Menschen beeinflusst, die einem am nächsten stehen. Eine erfolgversprechende Therapie muss diese Menschen unbedingt einbeziehen, und die Menschen müssen das auch wollen. In Stephanies Fall also vor allem Sie und Stephanies Freund.«

Venema machte einen verwirrten Eindruck. Das erste Mal, dass ich ihn so sehe, dachte Stahnke.

»Welcher Freund?«, fragte der Reeder. »Sie hat keinen Freund.«

»Das wissen Sie bloß nicht«, sagte Insa Ukena. »Bestimmt wissen Sie manches nicht von Ihrer Tochter.«

»Es gibt ihn«, bestätigte Stahnke, »und er heißt Lennert Tongers.«

Venema wurde blass. »Wie bitte?«, flüsterte er.

Erneut klopfte es an der Tür. Wieder wurde sie ohne Aufforderung geöffnet.

»Kramer!« Dem Hauptkommissar war eine gewisse Erleichterung deutlich anzumerken. »Komm, setz dich. Die meisten Anwesenden kennst du ja. Das ist unsere Kollegin Insa Ukena.«

Kramer nickte in die Runde, setzte sich auf den angebotenen Stuhl, ohne die Rückenlehne in Anspruch zu nehmen, und stellte eine prall gefüllte Aktentasche neben sich auf den Boden.

Venema räusperte sich. »Diese ... diese Medikamente«, sagte er mit belegter Stimme. »Die meine Tochter ... weitergegeben haben soll. Die stammen doch aus diesem vertauschten Koffer, richtig?«

»Soviel wir wissen.« Stahnke nickte.

»Und meine Tochter soll sich, äh, etwas davon angeeignet haben?«

»Das wäre die wahrscheinlichste Erklärung. Übrigens auch die mit Abstand harmloseste.«

»Wenn sie wirklich so krank ist, wie Ihre Kollegin behauptet, kann man sicherlich davon ausgehen, dass Stephanie im Moment dieser Handlung – wenn sie sie denn begangen haben sollte – nicht voll verantwortlich war für das, was sie tat. Richtig?«

Er verhandelt schon wieder, dachte Stahnke. Unglaublich. Kalt wie eine Hundeschnauze! Statt an die Gesundheit seiner Tochter denkt er nur an seinen Vorteil. Na gut, auch an den Vorteil seiner Tochter. Aber eben rein formal, nicht menschlich. Nein, menschlich ist das nicht.

Er ließ Venemas Frage unbeantwortet, starrte den Reeder nur an.

»Dann«, fuhr dieser fort, »dürfte der Hauptschuldige in diesem Fall doch derjenige sein, der sich diese illegalen Drogen und Medikamente beschafft und sie zum Zwecke des Inverkehrbringens hierher transportiert hat. Für mich ist das eindeutig. Und? Wissen Sie denn inzwischen wenigstens, um wen es sich dabei handelt?«

»Ja, das wissen wir. Mit großer Wahrscheinlichkeit jedenfalls.« Lüppo Buss, der die Diskussion bis zu diesem Zeitpunkt schweigend verfolgt hatte, richtete sich in seinen Stuhl auf.

»Ist ja interessant«, knurrte Stahnke. »Und wann, bitte,

hattest du vor, mir das zu verraten?« Seine ganze Aufmerksamkeit galt jetzt dem Inselpolizisten; Venema schien er von einer Sekunde auf die andere vergessen zu haben.

»Genau jetzt«, parierte Lüppo Buss gelassen. »Falls du den Zeitpunkt für angemessen hältst, natürlich.«

Insa Ukena verbarg ihr Lächeln hinter vorgehaltener Hand.

»Die Information ist noch nicht überprüft«, fuhr der Inselpolizist fort. »Aber ich halte sie für glaubwürdig. Demnach sind es vier junge Männer, allesamt gebürtige Langeooger, die den Drogenhandel hier gemeinsam durchziehen. Derjenige, der für den Transport zuständig ist, soll Philipp Stapelfeld sein.«

»Dieser Philipp ist hier in der Klinik gut bekannt«, warf Sina ein. »Er hat wohl einige Patienten öfter mal besucht. Patientinnen überwiegend. Vor allem ...«

»Angela Adelmund«, ergänzte Insa Ukena. Ihre Stimme klang flach, und ihr Blick ging ins Leere. »Das wirft ein völlig neues Licht auf einiges von dem, womit wir es hier zu tun haben. Denn seit gestern Abend weiß ich, wer Angelas Vater ist.«

»Thees«, sagte Lüppo Buss. »Thees Stapelfeld. Stimmt's?«

»Wie kommst du denn darauf?«, fragte Stahnke.

»Weil ich ihn ein bisschen kenne. Und gesehen habe, wie er sich verändert hat.« Er wandte sich an seine Kollegin. »Habe ich recht?«

»Ja«, sagte die Oberkommissarin. »Ich habe es von Hinrika Oltmanns. Normalerweise hat das, was die so erzählt, Hand und Fuß.«

»Dann heißt der bisher unbekannte Vater der magersüchtigen Toten also Stapelfeld«, sagte Stahnke. »Schön, dann wissen wir das auch. Herr Stapelfeld hatte eine uneheliche Tochter. Aber warum ... ach so.« Endlich begann er eins und eins zusammenzuzählen.

»Weil Thees Stapelfeld, einer der einflussreichsten und wohlhabendsten Geschäftsleute auf Langeoog, mit einem missratenen Sohn als Alleinerben gestraft ist«, erläuterte Lüppo Buss. »Seine einzige Hoffnung war seine uneheliche Tochter. Sie hätte er zu seiner Nachfolgerin aufbauen und als Haupterbin einsetzen können. Sobald sie aus dieser Klinik heraus war.«

»In die er sie vermutlich selbst hineingebracht hat, indem er sie so lange verleugnete«, sagte Sina.

»Möglich«, sagte Insa Ukena. »Ich bezweifle aber, dass er sich das klargemacht hat. Was er jedoch weiß, ist, dass seine Tochter in dieser Klinik gestorben ist. Gestorben an hohen Dosen eines illegalen Medikaments, das ihr ein gewissenloser Dealer verschafft hat. Nämlich Philipp Stapelfeld.«

»Mord an der eigenen Schwester«, murmelte Sina entsetzt.

»Nun, Mord wohl kaum«, warf Stahnke ein. Auch er zeigte Wirkung. »Mord setzt Absicht voraus. Können wir davon ausgehen? Zumal er ja gar nicht wusste, mit wem er es zu tun hatte.«

»Und was, wenn doch?«, rief Insa Ukena. »Was, wenn ihm sehr wohl bewusst gewesen wäre, dass sie seine große Konkurrentin um das väterliche Erbe war? Wenn er ihr das Teufelszeug absichtlich untergejubelt hätte? Ich halte das für absolut denkbar.«

Stahnkes Blick fiel auf Venema. Er sollte überhaupt nicht hier sein, dachte er. Verdammt. Immerhin halten wir hier eine dienstliche Besprechung ab. Das kann mich meinen Job kosten.

Venema war blass geworden. Leichenblass. Klar, dass er den Namen Stapelfeld kannte, immerhin war er dessen Hauptkonkurrent hier auf Langeoog. Dass auch der eine Tochter hatte, die magersüchtig und hier in der Klink gewesen war – eine schmerzliche Parallele. Dass diese Tochter tot war, gestorben an Überdosen eines verbotenen Medikaments, vor allem aber doch an ihrer seelischen Krankheit – ein Schlag in die Magengrube.

Ich muss das beenden, dachte Stahnke. Laut sagte er: »Zunächst einmal entsteht hier eine neue Bedrohungssituation. Es ist davon auszugehen, dass Thees Stapelfeld, sobald er erfährt, dass sein Sohn unmittelbar am Tod seiner Tochter beteiligt war, massiven Groll gegen ihn hegen wird. Da Stapelfeld senior vermutlich ohnehin mental angeschlagen ist – Kollege Buss deutete so etwas an –, könnte es sein, dass er sich zu einer Affekthandlung hinreißen lässt. Also müssen wir verhindern, dass es dazu kommt. Demzufolge ...«

Er unterbrach sich, weil Lüppo Buss seinen Arm hob.

»Ich habe Thees Stapelfeld heute früh gesehen, und er kam mir merkwürdig vor«, sagte er. »Nicht nur sein Verhalten, auch die Art, wie er ging. Bin nur nicht drauf gekommen, woran das lag. Aber jetzt weiß ich es.« Er saugte seine Lippen zwischen die Zähne, ehe er fortfuhr: »Er trug eine Faustfeuerwaffe unter seinem Jackett.«

41.

Was, wenn ich diese Gackertussen nicht zufällig beim Einkaufen belauscht hätte? Was, wenn der Kahle bei seinem missglückten Einbruch nicht zufällig diese Zeitung eingesackt hätte? Dann würde ich jetzt nicht hier sitzen, dachte Philipp Stapelfeld, während er sich krampfhaft an seinem halbrunden, glatten Sitzplatz festzuhalten versuchte. Dann würde ich mir keinen nassen Arsch holen. Und womöglich auch keine blutige Nase.

»Komm lieber rein ins Boot, sonst gehst du noch verloren!«

Der Kahle thronte hinter dem Steuer, die Knie durchgedrückt, den Hintern gegen die Rückenlehne des Sitzes gestemmt, und schien die ganze Aktion zu genießen. Wieder und wieder ließ er die beiden Außenborder aufheulen und das leichte Boot vorwärts stürmen, dass sich die sanft bewegte See unter dem verstärkten Kunststoffboden anfühlte wie ein knüppelhartes Waschbrett. Der dicke Schlauch unter Philipps Gesäß bockte unberechenbar wie ein Rodeopferd, während ihm der Fahrtwind die Gischt eimerweise um die Ohren fetzte. Torben und Kevin hatten sich längst in den Schutz des Spritzverdecks verzogen, und das war auch vernünftig so. Philipp aber wollte seine herausgehobene Position unbedingt behaupten. Schlimm genug, dass die Führungsrolle automatisch mehr und mehr auf den Kahlen überging, je länger die Aktion dauerte. Wenigstens wollte er gegenhalten.

Als sich das Boot plötzlich in eine enge Kurve legte, wäre es trotzdem beinahe um ihn geschehen gewesen. Der Kahle lachte: »Bist du sicher, dass du keine Schwimmweste willst?«

Schwimmweste, na klar! Das würde so richtig Eindruck machen. Statt einer Antwort fletschte Philipp die Zähne und klammerte sich eisern fest.

Das Motorengebrüll erstarb und wurde von einem brummeligen Surren abgelöst; der Kahle hatte den Fahrthebel nach hinten gezogen. Das Boot wurde abrupt langsamer, senkte seinen Bug und dümpelte in den eigenen Wellen. Sie näherten sich bereits wieder der Hafeneinfahrt, da war es gut, nicht durch übermäßig schnelle Fahrt zu viel Aufmerksamkeit zu erregen.

»Geiles Teil«, schwärmte Kevin. »Warum haben wir nicht schon früher so etwas benutzt? Ich meine, für die Transporte?«

»Viel zu riskant«, winkte Philipp ab. »Irgendwann fällst du dem Zoll auf, dann kontrollieren sie dich, und du bist dran. Die Fähre ist viel besser, da gehst du einfach in der Menge unter. Narrensicher.«

»Das haben wir ja gesehen«, sagte der Kahle trocken. Er hielt seinen Blick stur auf die Hafeneinfahrt gerichtet. Gerade liefen zwei Segelyachten unter Motor aus und begannen mit dem Segelsetzen. Der Abstand war groß genug, kein Problem.

»Viele Insulaner haben schnelle eigene Boote«, stichelte Torben weiter. »Da wird viel hin und her gedüst zwischen Langeoog und Deutschland. Das ist auch so eine Menge, in der man unauffällig verschwinden kann.«

»Hat dein Vater nicht selbst so ein Boot?«, fragte Kevin. »Das hätten wir doch einfach ...«

»Minor Offshore 25«, unterbrach der Kahle. »Knapp acht Meter lang, 300 PS, Volvo-Diesel Z-Drive. Schönes Spielzeug. Jedenfalls, wenn man mal eben hundertvierzigtausend Ocken übrig hat.«

»Du kennst dich ja gut aus«, sagte Philipp erstaunt. So langsam begann ihm der Kahle unheimlich zu werden.

»Logo«, antwortete der. Und beließ es dabei.

Die Segelyachten hatten die Hafeneinfahrt glücklich hinter sich gebracht und nahmen Kurs auf das Seegatt. Das Schlauchboot beschleunigte ein wenig und glitt zwischen den Molenköpfen hindurch. Direkt voraus lag der Fähranleger, und rechter Hand, hinter einer ausgedehnten, schillernden Schlickfläche, tauchten die Stege des Yachthafens auf. Dort hatten sie vor etwa einer Stunde das Schlauchboot gewassert. Niemand hatte davon Notiz genommen. Inzwischen waren die Hafenanlagen weitaus belebter. Zahlreiche Spaziergänger flanierten über die Molen und Anlagen. Die ersten Fähren hatten an- und wieder abgelegt, ein Strom neuer Urlauber wälzte sich in Richtung Inselbahn. Wie eine bunt gescheckte Herde, die freiwillig zum Melken stapft, dachte Philipp. Sein Vater wurde reich und immer reicher davon. Für ihn ein Grund, auch die Touristen zu hassen.

»So«, sagte Torben. »Geübt haben wir jetzt lange genug, finde ich. Wann geht es denn nun endlich los?«

Der Kahle blickte auf, blieb aber stumm.

»Wenn ich es sage«, antwortete Philipp. Jetzt fühlte er sich wieder deutlich wohler auf seinem glatten Sitzplatz.

42.

Die Rollläden waren unten, und nur die Schreibtischlampe, zur Wand gedreht und mit einem Tuch verhängt, sorgte für einen schwachen, diffusen Schimmer im Raum. Stephanie lag in ihrem Bett wie aufgebahrt, die Arme seitlich vom Körper über der Bettdecke, das Gesicht genau nach oben gerichtet, und schlief. Zwei Meter vom Bett entfernt stand ihr Vater und schaute auf sie hinab. Sein Gesicht wirkte geisterhaft, die Haut bleich, die Augenhöhlen tief, Nase und Ohren unnatürlich groß. Auch er bewegte sich nicht.

Fremdartig sieht er aus, konstatierte Sina, die sich in eine Zimmerecke zurückgezogen hatte – diskret, aber wiederum nicht so diskret, dass sie die Szene nicht genauestens beobachtet hätte. Sie selbst stand da wie die beiden Security-Leute draußen vor der Tür, wie unbeweglich, die Arme verschränkt, aber die Augen überall. Venema hatte einen privaten Sicherheitsdienst engagiert, rund um die Uhr, Ablösung alle vier Stunden. Deutlicher hätte er seine Meinung über die Arbeit der Polizei kaum ausdrücken können.

Er schaut seine Tochter an, als hätte er sie noch nie zuvor gesehen, registrierte die angehende Psychologin. Vielleicht sieht er sie jetzt mit anderen Augen. Was ja ganz heilsam sein könnte, für beide. Väter tun sich bekanntlich immer schwer damit, den Moment zu erkennen, von dem an ihre Töchter keine Kinder mehr sind. Manche erkennen diese Entwicklung überhaupt nicht. Ob Venema zu denen gehört?

Wäre gut, wenn er wenigstens jetzt etwas erkennen würde. Notfalls mit anderen Augen, warum nicht, Hauptsache es führt zu etwas. Zu einer Veränderung. Stephanie brauchte dringend Veränderung. Nur schwer zu sagen, welche. Das mussten die beiden miteinander ausmachen.

Sina kreuzte ihre Arme hinter dem Kopf und stützte sich mit Schultern und Ellbogen an der Wand ab. Vielleicht aber erkennt er auch immer noch nichts, überlegte sie. Typen wie dieser Venema glauben sich gerne im Besitz der absoluten Wahrheit, und das macht sie ziemlich beratungsresistent. Meistens liegen sie ja auch richtig, der Erfolg gibt ihnen recht. Aber gerade das macht die Einsicht, dass sie doch einmal daneben liegen könnten, noch schwerer. Ein Grund für das elende Managerproblem in Deutschland. Was, wenn er nicht nur fremd aussieht, sondern plötzlich auch anfängt zu fremdeln? Wenn er sich durch ihr Leiden verletzt fühlt, wenn er beleidigt ist, weil er ihr durch zu viel Fürsorge die Luft zum Atmen genommen hat? Und wenn er sie dann als Reaktion darauf zurückstößt, gerade wenn sie seine Nähe am nötigsten hat?

Dann, dachte Sina, fällt sie in ein noch tieferes Loch. Und wer ihr da wieder heraushelfen könnte, das steht in den Sternen.

Stephanie seufzte leise im Schlaf. Ihr Vater bewegte sich nicht. Er machte keinen Versuch, sich ihr zu nähern, ihr die Hand auf die Stirn zu legen, sie zu streicheln. Stand einfach nur da und schaute sie an.

Gespenstisch, dachte Sina abermals. Diesmal jedoch nicht aus optischen Gründen.

Endlich, nach langen Minuten, bewegte sich Venema doch. Er hob die Hand, schaute auf seine Uhr, straffte seine Schultern, drehte sich um. Und kam auf Sina zu.

»Ich muss jetzt weg«, sagte er im Flüsterton. »Geschäfte. Ich bin finanziell ziemlich engagiert hier auf Langeoog, wissen Sie. Als ich wusste, dass ich herkommen würde, habe ich gleich zwei Termine machen lassen. Die kann ich jetzt nicht platzen lassen.«

Sina nickte langsam, ohne ihre verschränkten Arme voneinander zu lösen. Wenn er mich gebeten hätte, ihm einen bequemeren Stuhl zu besorgen, dachte sie. Aber nein, kein Gedanke, einfach abzuwarten, bis Töchterchen wieder aufwacht. Stattdessen Geschäfte. Ein lebendes Klischee, dieser Kerl.

»Der erste Termin ist auf meiner Yacht, der zweite im Hotel *Dünenlust*«, fuhr Venema fort. »Sind Sie so nett, meiner Tochter das mitzuteilen? Sie kann mich jederzeit anrufen. Über Handy. Die Nummer hat sie bei sich eingespeichert. Ihnen gebe ich sie zur Sicherheit ebenfalls.« Er reichte Sina eine schlichte, aber edel wirkende Visitenkarte. »Okay?«

»Okay.« Sina löste sich nun doch aus ihrer abweisenden Haltung, nahm die Karte und nickte noch einmal. »Soll ich Ihrer Tochter noch etwas bestellen?«

Venema fixierte sie mit kalten Augen. Sein Blick war durchdringend. »Denken Sie ruhig, was Sie denken möchten«, sagte er. »Von mir aus können Sie denken, ich hätte meine Tochter nicht lieb. Aber das Gegenteil ist der Fall. Und genau deswegen tue ich, was ich tun muss. Ich bin keiner von diesen Vätern, die Kindern das Leben schenken, weil ihnen gerade nichts Besseres einfällt. Ich habe eine genaue Vorstellung von dem Leben, das ich ihr schenken will. Eine Vorstellung, die Stephanie teilt. Genau deshalb muss und werde ich Prioritäten setzen. Und exakt das tue ich.« Er nickte Sina zu, wandte sich ab, verließ das Zimmer und schloss die Tür unhörbar hinter sich.

Erst jetzt wurde Sina bewusst, dass sie den Atem angehalten hatte. Gierig schnappte sie nach Luft, als hätte sie nach langem Tauchen gerade erst den Wasserspiegel durchstoßen. Wie wäre das, wenn dieser Mann mein Vater wäre? Wahrscheinlich wäre ich ihm dankbar, dachte sie. Unendlich dankbar würde ich mich fühlen. Und so tief in seiner Schuld, dass mir nur noch die Verzweiflung bliebe.

Ein dumpfes Knurren riss sie aus ihrer Erstarrung. Sie schreckte hoch. Einmal, zweimal, dreimal knurrte es. Der Ton kam vom Schreibtisch her. Dort lag, zusammen mit anderen persönlichen Dingen, Stephanies Handy.

Sina atmete tief durch. Gott sei Dank, nur eine SMS bei aktiviertem Vibrationsalarm.

Von wem die wohl kam? Von Stephanies Vater wohl kaum, überlegte Sina, der hatte ja gerade erst das Zimmer verlassen. Wer kam noch in Frage?

Lennert natürlich.

Hmmm. Das war natürlich privat, klarer Fall. Andererseits ... war sie nicht praktisch Stephanies Therapeutin? Und verlieh ihr das nicht gewisse Rechte, um nicht zu sagen Pflichten, die über solch profanen Dingen wie Privatsphäre rangierten?

Nein. Selbstverständlich nicht. Andererseits ... Sie hatte mitbekommen, wie sehr Stephanie auf Nachricht von ihrem Lennert wartete, wie sehr es sie verletzte, dass er zwar auf derselben Insel wie sie weilte, aber kaum Zeit fand, sich um sie zu kümmern. Was, wenn diese SMS wiederum etwas Verletzendes enthielt, wovor sie Stephanie schützen musste? Oder wenn es im Gegenteil etwas Positives war, etwas Schönes, das sie dem Mädchen unbedingt sofort mitzuteilen hatte, selbst wenn sie sie dafür aus ihrem Heilschlaf wecken musste?

Ach, verdammt, warum machte sie sich hier etwas vor? Sie war einfach furchtbar neugierig. Und Neugier war schlimmer als Heimweh. Auf leisen Sohlen schlich Sina zum Schreitisch, schnappte sich das Mobiltelefon und ließ sich die SMS anzeigen.

Hi Engel! Nur diesen einen Termin noch. Bootsfahrt, geschäftlich. Hoffe auf Durchbruch. hdl cu Lennert.

So geräuschlos wie möglich legte Sina das Handy wieder weg. *Hab dich lieb* und dann keine Zeit für seine Freundin! Was für ein Arsch, dachte sie. Von ihrem Vater weg, hin zu diesem Typen – wo ist da der Fortschritt? Zwei aus einer Gussform. Armes Kind. Nee, dafür wecke ich sie nicht.

43.

Schiffe waren Venemas Geschäft. Genau genommen nur ein Teil seiner inzwischen breit gestreuten Geschäfte, allerdings ein wichtiger, die Wurzel, die Mutter aller Geschäfte sozusagen. Zu Schiffen hatte er ein rationales Verhältnis. Er beurteilte sie nicht nach Linien oder Eleganz, sondern nach Tonnage und Effizienz. Ein Schiff, das guten Gewinn brachte, war ein gutes Schiff, selbst wenn es erst durch seinen Untergang für den richtigen Profit sorgte. So war das, und so war es richtig.

Die *Dagobert* aber betrat Venema niemals, ohne sie zu streicheln.

Mit knapp fünfzehn Metern Länge war diese Yacht groß genug, um ebenfalls als Schiff bezeichnet zu werden, und Venema tat das auch. Trotzdem, der Unterschied zwischen den gigantischen, ungeschlachten Profitbringern und diesem Traum aus Mahagoni, Teak, Edelstahl, glasfaserverstärktem Kunststoff und Karbon konnte größer nicht sein.

Sein Bootsmann hatte die Trawleryacht mit dem Heck zum Steg festgemacht. »Römisch-katholisch« nannte man das, vermutlich, weil diese Art des Anlegens vor allem im Mittelmeerraum verbreitet war. Oder hatte dieser Begriff etwa einen schweinösen Hintergrund? Aus der katholischen Kirche kamen ja immer mal wieder unappetitliche Vorgänge an Licht. Vor allem solche mit kleinen Jungs.

Venema lächelte. Nicht, dass ihm solche Exzesse gleichgültig gewesen wären. Keineswegs. Nein, Fehlverhalten aller Art resultierte aus Schwächen, und Schwächen lagen nun einmal in der menschlichen Natur. Das Schöne dran war, dass man sie ausnutzen konnte. Menschen mit Schwächen waren zugängliche Menschen. Mit ihnen konnte man gute Geschäfte machen, weil man ihnen Bedingungen diktieren konnte. So einfach war das.

Natürlich nur, wenn man über genügend Fingerspitzengefühl verfügte. Das tat Venema.

Er betrat die achtern liegende, offene Plicht, ließ seine Fingerspitzen über den seidigen Lack der Schotten gleiten, prüfte das Stabholzdeck mit einem schnellen Blick und fand es makellos. Das ganze Schiff blitzte und funkelte in der Sonne. Wimpel knatterten in den Wanten des Signalmastes, die Nationalflagge blähte sich träge am Heck. Ach, war das herrlich.

Van der Vlieth und Cummings schienen das genauso zu sehen. Sie hatten es sich bei offenen Türen im Deckshaus bequem gemacht und begrüßten ihn zweisprachig, lautstark und bester Laune. Venema befürchtete schon, die beiden hätten sich trotz der frühen Stunde bereits über die Bordbar hergemacht, doch auf dem Tisch dampften nur Kaffeebecher. Die beiden freuten sich schlicht und einfach auf die bevorstehende Ausfahrt. Und das, obwohl sie bei sich zu Hause in Kapstadt und Miami ungleich schönere Ozeanreviere direkt vor der Tür hatten.

»*Hello, Mister V*!« Cummings winkte ihm aufgeräumt zu. »Alles klar auf Ihrer Insel, ja? Oder ist das etwa noch nicht ganz Ihre?«

»Ach, was nicht ist, kann ja noch werden, was?« Van der Vlieth zwinkerte beidäugig. »Unser Mister V ist kein Sprinter, Cummings. Für ihn sind ein paar von diesen wunderschönen deutschen Wörtern erfunden worden: Gründlichkeit und Nachhaltigkeit!«

»Gründlichkeit und Nachhaltigkeit, haha!« Während van der Vlieth mit leichtem niederländischem Akzent gesprochen hatte, kaute Cummings die Wörter in breitem Texanisch durch. »*Great*! Fast so schön wie *Fafagnugn*!«

»Ja genau, Fahrvergnügen. Wie sieht es denn nun aus damit? Die Überfahrt war ja schon ganz nett, aber können wir jetzt nicht mal langsam los, raus auf die Nordsee? Dafür sind wir heute doch so unchristlich früh aufgestanden.«

»Aber ja, na klar, wir können! Habe ich Ihnen doch

versprochen.« Er gab seinem Bootsmann, der sich an Oberdeck in Bereitschaft hielt, einen Wink. »Einmal rund Langeoog und ein bisschen weiter raus. Zum Mittagessen sind wir dann schon wieder zurück. Wir haben ein paar feine Leckereien an Bord, Sie werden sehen. Mein Bootsmann hat alles besorgt und vorbereitet.«

Das Boot begann leicht zu vibrieren; der Bootsführer hatte die beiden Maschinen vom Fahrstand auf der Flybridge aus gestartet. Zweimal 370 PS, Diesel der Marke Cummings. Über diese Namensgleichheit hatte sie heute früh schon gelacht. »Sind nicht von mir, die Dinger«, hatte sein Gast gewitzelt: »Schade eigentlich.«

Verdammt richtig, dachte Venema. Wenn man bedenkt, was diese Dinger kosten, dann wünscht man sich schon, der Hersteller zu sein.

Na ja, was nicht war, konnte ja noch werden.

Eine junge Frau stieg die breiten Stufen von den Gästekabinen zum Deckssalon herauf. Eine hochgewachsene, sportlich-schlanke Frau mit platinblonder Wuschelfrisur, weißem Top und weißen Shorts und reichlich brauner Haut dazwischen. Van der Vlieths Begleiterin Laurine, nicht einmal halb so alt wie er. Venema hatte sich nicht die Mühe gemacht zu fragen, in welchem Verhältnis die beiden zueinander standen. Auf jeden Fall hatten sie, ohne zu zögern, eine gemeinsame Kabine mit Doppelkoje bezogen.

Aber was hieß hier Doppelkoje. Auf dem viereinhalb Meter breiten Schiff, das nur wenig unter zwanzig Tonnen wog, waren luxuriöse Betten Standard. Überhaupt war die *Dagobert* mit allem ausgestattet, was gut und teuer war. Verzicht oder gar Selbstkasteiung, früher beim Wassersport unvermeidlich, fanden hier nicht statt. Dafür kostete dieser schwimmende Traum auch die Kleinigkeit von sechshunderttausend Euro. Na ja, keine schlechte Geldanlage. Venema liebte die *Dagobert*, aber er war deren Namensgeber doch zu ähnlich, als dass er diesen Aspekt hätte vergessen können.

»Einmal rund um die Insel?«, fragte Laurine. Sie sprach mit dem gleichen Akzent wie van der Vlieth. »Und was ist mit Wasserski? Ich dachte, wir können da draußen Wasserski laufen! Bisschen bewegen, bisschen Spaß haben!«

Tatsächlich verfügte die *Dagobert* über ein entsprechend stark motorisiertes Schlauchboot, das einsatzbereit in seiner Halterung auf dem Salondach ruhte und mit dem schwenkbaren Mastbaum jederzeit zu Wasser gelassen werden konnte. Auch zwei Paar Wasserskier waren vorhanden, deutlich sichtbar oben angelascht. Venema hatte sie noch nie benutzt. Ihm waren sie eher wie Dekoration vorgekommen.

»Na ja«, wand er sich, »so viel Zeit haben wir eigentlich nicht ...«

»Ach komm, *Mister V*«, unterbrach van der Vlieth. »Sei kein Spielverderber. Lass doch der Jugend ihren Spaß!« Er lachte fettig. »Wenn wir draußen im Watt sind, an der Inselspitze, am Ostkap oder an der Bill oder wie die hier sagen, dann lassen wir deinen Dampfer ein bisschen dümpeln, setzen Cummings ins Schlauchboot und lassen Laurine ein bisschen hinterher flitzen. Wir beide erledigen so lange den geschäftlichen Kram. Na, was meint ihr, einverstanden?«

Cummings machte eine zustimmende Handbewegung. Er und van der Vlieth waren ein eingespieltes Team. Vermutlich reichte es wirklich, mit einem der beiden zu verhandeln. Venema entschloss sich, gute Miene zu machen. »Na gut, okay dann.«

»Oh toll, danke schön.« Laurine jauchzte exaltiert auf, fiel Venema um den Hals und küsste ihn schmatzend. Der Reeder hatte Mühe, das Gleichgewicht zu halten, und klammerte sich notgedrungen an ihr fest. Sie ist knapp so groß wie Stephanie, dachte er. Aber wie anders fühlt sie sich an!

Der Bootsmann hatte inzwischen die Leinen losgeworfen. Grummelnd begann sich die *Dagobert* voraus zu bewegen, das Plätschern des Schraubenwassers immer noch lauter als das Laufgeräusch der Maschinen. Langsam glitt die Yacht aus ihrer Box und rundete den Stegkopf. Die große Schlickfläche an der Mole war inzwischen überspült; die Flut war schon recht weit fortgeschritten. Wenn sie sich mit Laurines Wasserski-Gelüsten nicht allzu lange aufhielten, konnten sie zurück im Hafen sein, ehe die Ebbe die Schlickfläche wieder freigelegt hatte. Gut so. Mit ihren Einsfünfunddreißig Tiefgang war die *Dagobert* zwar halbwegs wattenmeertauglich, aber Venema wollte lieber nicht zu viel riskieren. Falls sie bei Ebbe irgendwo aufliefen, konnte es leicht sechs oder mehr Stunden dauern, bis das erneut steigende Wasser sie wieder flott machte. So viel Zeitverlust konnte er sich nicht leisten, von der Peinlichkeit einmal ganz abgesehen.

Als sie die Hafeneinfahrt erreicht hatten, bewegte der Bootsmann die Fahrthebel ganz leicht nach vorne. Sofort nahm die *Dagobert* Fahrt auf, ohne spürbare Anstrengung, als seien knapp zwanzig Tonnen ein Pappenstiel. Zwar war die Trawleryacht nicht unbedingt auf Geschwindigkeit, sondern auf Komfort und Optik gebaut, aber langsam war sie beileibe nicht. Sechzehn Knoten lief sie locker, genug, um selbst einen oder mehrere Wasserskiläufer zu ziehen. Die Höchstfahrt mochte bei zwanzig Knoten liegen. Venema hatte das Schiff bisher noch nicht ausgereizt.

Die Yacht schlug einen eleganten Bogen um eine einlaufende Fähre und wich einem Jollenkreuzer aus, dessen Besatzung gerade die Segel setzte. Der Wind wehte immer noch frisch, hatte aber seit dem Morgen nachgelassen, und Venema hatte den Eindruck, als würde er bald noch weiter abflauen. Ideales Wetter für einen Verhandlungs-Törn. Na ja, und zum Wasserskilaufen auch nicht schlecht.

Als sie die Molenköpfe der Einfahrt hinter sich hatten, legte der Bootsführer verabredungsgemäß Backbordruder. Erst einmal nach Osten, in Richtung Spiekeroog. In dieser Richtung stand auch bei Hochwasser weniger Wasser als im breiten, westlich gelegenen Seegatt zwischen Langeoog und Norderney. Wenn sie die flachere Passage hinter sich brachten, solange die Flut noch auflief, waren ihre Chancen gut, im Falle einer Grundberührung schnell wieder freizukommen. Auf der Seeseite der Inseln und im Seegatt dagegen stand immer genügend Wasser, dort konnten sie auch bei fortgeschrittener Ebbe problemlos manövrieren.

Nicht, dass die Gefahr sonderlich groß war, überhaupt irgendwo aufzulaufen. Die *Dagobert* verfügte über die neueste, satellitengestützte Navigationstechnik; selbst auf der Flybridge konnte sich der Bootsführer jederzeit aktuelle Karten in jedem gewünschten Ausschnitt und jeder Vergrößerung auf den Bildschirm rufen und sich seine Position metergenau anzeigen lassen. Per Echolot wurde stets die exakte Wassertiefe angezeigt, und eine Warnautomatik für Untiefen gab es auch. Trotzdem, auf See war grundsätzlich alles möglich, ebenso wie vor Gericht. Also ging Venema lieber auf Nummer sicher.

Alle traten jetzt hinaus an Deck. Die Gäste, um den Ausblick auf Insel und Küste zu genießen, Venema, um sich an dem Schauspiel zu weiden, wie die *Dagobert* durch die sanften Wellen schnitt, dass es nur so rauschte und schäumte. Angesichts der Größe seiner Yacht sah man es nicht sofort, wie schnell sie unterwegs war. Wenn man aber am Bug senkrecht nach unten blickte und sah, wie der Steven den Wasserspiegel förmlich zersplittern ließ, bekam man einen Eindruck davon.

Natürlich auch, wenn man auf die kleineren Boote schaute. Immer wieder fühlten sich die Eigner kleiner Flitzer durch den Anblick der dahin rauschenden Trawleryacht herausgefordert, wie die Fahrer aufgemotzter und tiefer gelegter Polos, die glaubten, einem Chrysler Nassau unbedingt ein Rennen liefern zu müssen. Venema besaß selbst so einen Boliden, mit Sechs-Liter-Maschine und zweihundertsiebzig Stundenkilometer schnell. Ach ja, es machte immer wieder Spaß, diese kleinen Spritzer erst anzulocken und dann mit einer Bewegung des Gasfußes zu vernichten.

Ganz so lief es auf dem Wasser nicht, schließlich gab es eine Menge Vollgleiter, die tatsächlich wesentlich schneller waren als die *Dagobert*. Aber kaum eine andere Yacht lief solch ein Tempo mit solchem Komfort. Vor allem die kleinen Boote mussten bei diesem Speed mächtig kämpfen. Schon bei leicht bewegtem Wasser gerieten sie ins Rütteln und Schlagen, wenn sie mithalten wollten, und setzten ihre Besatzungen ungewollten Duschbädern aus. Auch das war nett zu beobachten, am besten mit einer Kaffeemuck oder einem Glas Sherry lässig in der Hand.

Auch heute waren wieder ein paar von diesen Flitzern unterwegs. Ein hochmotorisierter Daycruiser schaffte es tatsächlich, der Trawleryacht zu enteilen, wobei zeitweise nur noch seine Schraube Kontakt mit dem Wasser zu haben schien. Venema glaubte, das Geschirr in den Schapps des kleinen Fahrzeugs scheppern zu hören. Ein Schlauchboot mit gleich zwei Außenbordern am Heck dagegen heftete sich nur kurzzeitig ans Kielwasser der *Dagobert*, dann ließ es sich zurückfallen. Venema streckte sich und strich sich die Haare aus dem Gesicht. So war es schön, so konnte es bleiben.

Das Inselufer war inzwischen zurückgewichen. Sie näherten sich der Langeooger Plate, einer Sandbank, die nur bei Hochwasser überspült wurde. Vor einigen tausend Jahren sollten alle Ostfriesischen Inseln noch solche Platen gewesen sein, ehe das ewige Wechselspiel von Wellen, Wind und Strömung aus ihnen bewohnbare Fleckchen Erde gemacht hatte. Fleckchen Sand, genau genommen, und die Bewohnbarkeit wurde auch jeden Winter aufs Neue in Frage gestellt. Ohne massives, teures Eingreifen des Menschen mit seiner Küstenschutztechnik wären manche dieser weißen Goldgruben vielleicht schon wieder im Meer versunken oder würden das in absehbarer Zeit tun. Tja, Geldanlagen auf diesen Inseln zogen weitere Investitionen nach sich. Aber sie lohnten sich dennoch.

Na schön, irgendwann in diesem oder dem nächsten Jahrhundert würde es damit natürlich vorbei sein. Der inzwischen unvermeidliche und auch nicht wegzudiskutierende Klimawandel und der damit verbundene deutliche Anstieg des Meeresspiegels würden den Inselchen unweigerlich den Garaus machen. Aber das war noch lange hin, was also interessierte es ihn?

Für ihre Tour kam jetzt die kniffligste Stelle. Wenn sie hier aufliefen, dann kamen sie entweder sofort wieder frei, oder es drohte eine lange Zeit des unbeweglichen Wartens. Venema stieg die Stufen zur Flybridge hoch. Sein Bootsmann hatte die Fahrt bereits gedrosselt, damit sich das Heck mit den empfindlichen Schrauben nicht zu tief ins Wasser saugte, und hielt das Echolot im Blick. Alles im grünen Bereich, wie es schien.

Der Blick von hier oben war noch atemberaubender als der vom Seitendeck, obwohl man doch nur etwas mehr als zwei Meter höher stand. Voraus war das östliche Ende von Langeoog zu sehen, gleich dahinter schon Spiekeroog, und das Wasser dazwischen zeigte direkt einen Schimmer karibischen Blaus. Ansonsten war es hier im Wattengebiet, gespeist von den schlammigen Fluten der immer aufs Neue ausgebaggerten Flüsse Weser und Ems, von einem eher unappetitlichen Graugrünbraun. Schon schade, was diese Vertiefungen auch dem Gebiet rund um die vorgelagerten Inseln antaten. Aber die Maßnahmen dienten den großen Werften und der Hafenwirtschaft, und so hütete Veenma sich natürlich, auch nur ein Wörtchen dagegen zu sagen, auch wenn ihn die Beeinträchtigung seines neuen wirtschaftlichen Standbeins mächtig fuchste.

Der Bootsführer drehte sich kurz zu ihm um und hob den rechten Daumen. Aha, die kritische Stelle war passiert, die *Dagobert* hatte wieder freies Wasser. Alles klar. Venema konnte sich den nächsten Punkten seiner Tagesordnung widmen.

Van der Vlieth und Laurine erwarteten ihn schon am Fuß des Niedergangs. »Wie sieht's aus? Hier wäre es doch ideal für Wasserski. Das Wasser ist schön ruhig und sieht sauber aus. Also, was ist?«

Tatsächlich befanden sie sich zwar schon im Seegatt, der Durchfahrt zwischen den Inseln hindurch zur Nordsee, aber noch in Lee von Langeoog. Eine halbe Meile weiter stand eine deutlich höhere See; dort rollten die Wellen ungehindert vom offenen Meer in Richtung Küste. Venema schickte sich ins Unvermeidliche und signalisierte seinem Bootsführer, beizudrehen und das Beiboot zu Wasser zu lassen.

Nachdem die Ankerkette durch die Klüse gerasselt war und Cummings sich mit dem Antrieb des Schlauchbootes vertraut gemacht hatte, spürte Venema van der Vlieths Hand auf seiner Schulter. »Ziehen wir uns doch mal kurz in den Salon zurück«, sagte er halblaut. Venema nickte und ging voraus.

Der Südafrikaner setzte sich gar nicht erst hin. »Also, ich habe für dich sowjetische Kampfpanzer, Typ T-72, und zwar zweiundvierzig Stück. Außerdem fünfzehn Flugabwehrkanonen und zwei Mehrfach-Raketenwerfer.« Er zwinkerte dem Reeder zu: »Früher hießen die Dinger Stalinorgeln. Ach ja, Qualität kommt nie aus der Mode, was?«

»Und was ist mit dem Kleinzeug?«, fragte der Reeder ebenso leise zurück.

»Geht nach Gewicht«, sagte van der Vlieth. »Panzerfäuste habe ich etwas mehr als zwei Tonnen. Und natürlich Maschinenpistolen, das Lieblingsspielzeug aller Kindersoldaten! Fünfundneunzig Tonnen. Damit kann man schon eine kleine Rebellenarmee ausrüsten.«

»Will ich gar nicht wissen«, knurrte Venema. »Ob Rebellen oder Regierungssoldaten, sind ja doch allesamt Halsabschneider.«

»So ist es«, pflichtete van der Vlieth bei. »Und dank unserer Hilfe brauchen sie sich nicht mehr aufs Abschneiden von Hälsen zu beschränken. Ist ja auch viel hygienischer.«

Mit einer Bewegung seiner flachen Hand schnitt Venema das fette Lachen ab. »Lass das. Sag mir nur, von wo nach wo. Und wann.«

»Wann? So schnell es geht. Schließlich muss Ersatz her für die Ladung, die uns die Piraten abgenommen haben, mitsamt deinem Schiff. Geladen wird in Okjabrsk, Ukraine. Bestimmungshafen Mombasa, Kenia. Von dort ...«

Wieder unterbrach Venema: »Dann müssen wir ja auch wieder entlang der somalischen Küste fahren! Hast du etwa einen Deal mit diesen Piraten dort laufen?«

Bedauernd schüttelte van der Vlieth den Kopf: »Hätte ich gerne, aber da unten ziehen schon andere die Fäden. Mit denen lege ich mich lieber nicht an. Aber keine Sorge, inzwischen dürfen die deutschen Kriegsschiffe, die dort unten stationiert sind, Jagd auf Piraten machen. Natürlich nur auf die kleinen, die armen Schweine in den Booten. Nicht die großen Fische, wenn man das so sagen kann. Die wirst du nämlich niemals auf dem Wasser finden!«

Natürlich kannte Venema die neue Gesetzeslage. Allerdings hatte er auch mitbekommen, dass die ersten kritischen Fragen gestellt wurden: Warum nämlich deutsche Soldaten mit teurer deutscher Ausrüstung, alles bezahlt vom deutschen Steuerzahler, am Horn von Afrika die Schiffe deutscher Reeder schützten, die nicht einmal die deutsche Flagge und einen deutschen Heimathafen am Heck führten. Und ob es denn in Ordnung sei, deutsche Steuergelder für die Interessen von Leuten auszugeben, die seit Jahren nichts unversucht gelassen hatten, ihren Leuten so geringe Heuer und in Deutschland so wenig

Steuern zu zahlen wie nur möglich. Aber wie auch immer, er hoffte auf die deutsche Politik. Die hatte sich von Fragen der Logik noch nie allzu sehr irritieren lassen.

»Gut«, sagte der Reeder. »Konditionen wie gehabt? Dann geht der Deal von mir aus klar.«

»Wie gehabt«, bestätigte van der Vlieth. »Habe meinen Kunden verklickert, dass es billiger nicht geht. Gebe Gott, dass ihnen keiner etwas anderes erzählt. Du siehst, ich gehe wieder mal ein erhebliches Risiko ein, damit du deinen Reibach machen kannst.«

»Und das tust du natürlich aus reiner Menschenfreundlichkeit.«

Van der Vlieth knuffte ihn in die Rippen. »Natürlich nicht. Du weißt, von welchen Konditionen wir reden.«

Und ob Venema das wusste. In Zeiten nachlassenden Welthandels konnte ein Waffenschieber wie van der Vlieth mehr als genug Reeder finden, die seine Ware mit Kusshand transportierten und die Frachtraten einstrichen, ganz egal, wie blutig das Geld war. Solange es nur viel war. Unter diesen Umständen konnte er mit Fug und Recht von demjenigen, der den Zuschlag bekam, eine Prämie verlangen. Und zwar, auch das war Usus, sofort und in bar.

Venema war darauf vorbereitet. »Momentchen«, sagte er.

Van der Vlieth nickte. Gehörte alles zum üblichen Ritual.

Der Reeder stieg hinab in seine Eignerkammer, bückte sich neben dem großzügigen Mahagonibett, zog eine Schublade mit Wäsche so weit heraus, wie die Sicherung es zuließ, und kippte sie in einer oft geübten Weise. Klickend löste sich die Arretierung, und die Schublade ließ sich ganz herausziehen. Darunter befand sich ein Einlegeboden aus Sperrholz. Dank einer kleinen Bohrung ließ er sich anheben. Unter dem Sperrholz wiederum lag ein flacher, unauffälliger schwarzer Aktenkoffer.

Venema nahm ihn und verschloss das Versteck. Gegen die berüchtigte »Schwarze Gang« des Zolls mochte es vielleicht nicht viel helfen, aber ein Gelegenheitsdieb fand es ganz sicher nicht.

Venema kehrte zurück in den Salon, stellte den Koffer auf den polierten Intarsien-Tisch und öffnete ihn. »Zweihunderttausend«, sagte er. »Willst du nachzählen?«

»Zählst du die Waffen?«, fragte van der Vlieth grinsend zurück. »Oder die Toten?« Er klappte den Koffer zu und zog ihn an sich.

»Herr Venema«, ertönte es vom Oberdeck. »Herr Venema, kommen Sie bitte mal rauf!« Die Stimme seines Bootsführers.

»Was gibt es denn?«, fragte er laut zurück, wartete die Antwort aber nicht ab, sondern stürmte an Deck.

An Steuerbord vertäut lag das Beiboot der *Dagobert* mit im Leerlauf blubberndem Außenborder, die Wasserski-Schleppleine bereits an Bord. Cummings und Laurine standen auf dem Seitendeck der Yacht, die Frau in Neoprenweste und kurzer Hose, und schauten irritiert zur anderen Seite hinüber. Von dort näherte sich in schneller Fahrt ein zweites Schlauchboot. Ein deutlich größeres und stärker motorisiertes. Venema beschlich das Gefühl, dieses Boot heute bereits gesehen zu haben. Was allerdings unmöglich war, denn auf dem Geräteträger des Schlauchbootes rotierte blitzend eine blaue Signalleuchte. Nein, ein Polizeiboot hatte er heute noch nicht gesehen.

Was zum Henker wollten die Bullen von ihm?

Fast sofort fiel es ihm ein. Klar, sie dümpelten ja im Nationalpark Wattenmeer herum! Und sie hatten ein Boot mit Wasserskiausrüstung längsseits. Mit etwas Pech befanden sie sich sogar in einem als Ruhezone I ausgewiesenen Gebiet. Da war Wasserski natürlich absolut verboten. Mist.

Andererseits auch wiederum egal, denn die Tat hatte ja noch gar nicht stattgefunden. Und ob ein Versuch, beziehungsweise die Vorbereitung dazu, schon strafbar war, das sollten die Rechtsverdreher unter sich ausmachen. Schlimmstenfalls kam ein Bußgeld dabei heraus. Portokasse.

Das eigentliche Problem aber war ein anderes. Die Bullen würden an Bord kommen, das konnte er ihnen nicht verwehren.

»Van der Vlieth«, zischte er nach unten, »pack den Koffer weg!«

»Was ist denn los da oben?« Statt sofort in seine Kabine abzutauchen, streckte der Südafrikaner seinen Schädel durchs Türschott. Himmel, der Kerl war doch sonst nicht so langsam im Kopf!

Da rauschte das Schlauchboot mit dem blitzenden Blaulicht auch schon heran. Erst unmittelbar vor der Backbord-Seitenwand der *Dagobert* machte der Steuermann einen Aufschießer. Gischt schäumte und spritzte, der pralle Auftriebskörper radierte leicht an der lackierten Bordwand, dann lag das Boot längsseits. Der Mann dort am Steuerstand verstand sein Handwerk.

Vier Männer bauten sich an der Reling auf. Einer drosch einen großen Karabinerhaken gegen einen Relingspfosten, klinkte ihn ein und machte das Schlauchboot mit einem Handgriff fest. Füße wurden auf die Schanz gestellt, Hände griffen nach Relingsrohren. Blitzschnell schwangen sich alle vier Männer an Bord.

Sie waren blau und schwarz gekleidet, stellte Venema fest, und sie waren bewaffnet. Martialisch bewaffnet sogar. Zwei trugen Maschinenpistolen vor dem Bauch, zwei hatten Sturmgewehre umgehängt. Typ G3, ziemlich gebraucht aussehend, vermutlich aus Bundeswehrbeständen, er kannte sich da aus. War das nicht etwas viel Aufwand für eine schlichte Ordnungswidrigkeit?

Als Cummings stöhnte und Laurine schrill aufschrie, bemerkte auch er, dass die vier Männer außerdem blaue Wollmützen mit Augenschlitzen über Köpfen und Gesichtern trugen. Wer immer diese Kerle waren, Polizisten waren das nicht.

Einer der vier strauchelte, fing sich an der Kajüte ab und fluchte. Seine Mütze verrutschte, er sah nichts mehr und riss sich die Tarnung vom kahlen Schädel.

»Lennert!«, schrie Venema. »Lennert Tongers!«

44.

Lüppo Buss wischte sich den Schweiß von der Stirn. »Zuletzt wurde er im Hafengebiet gesehen«, stieß er hervor. »Beim Yachthafen, nicht am Fähranleger. Da ist er aber nicht mehr. Habe alles abgesucht. Verdammt.« Er warf sich förmlich in seinen Schreibtischstuhl, so abgekämpft fühlte er sich. Seine Ansicht vom Polizistenalltag auf einer Nordseeinsel hatte sich gründlich gewandelt.

»Was hat Stapelfeld denn da zu suchen?«, fragte Insa Ukena. »Hat er denn überhaupt ein Boot?«

»Ja, hat er«, antwortete ihr Kollege. »Aber wie es heißt, benutzt er es nicht oft. Er geht nur gelegentlich hin und klütert dran rum. Spinnweben vom Kajütschott putzen und so. Damit keiner merkt, wie wenig er rumkommt. Sagt jedenfalls sein Stegnachbar.«

»Hey, scharf kombiniert!« Insa Ukenas Anmerkung war ironisch gedacht, aber es klang auch Anerkennung durch.

Lüppo Buss nahm das zufrieden zur Kenntnis. »Leider bringt uns diese Erkenntnis auch nicht weiter«, sagte er.

»Nicht unbedingt. Wenn er erstens nicht bei seinem eigenen Boot war und wir zweitens davon ausgehen, dass er hinter seinem eigenen Sohn her ist, dann lässt das doch immerhin den Schluss zu ...«

»... dass Philipp in der Hafengegend war?« Lüppo

Buss verzog den Mund. »Wenn, dann im Fährhafen. Um Langeoog zu verlassen, was ja nicht unlogisch wäre, falls er mitbekommen hat, wer ihn so alles im Visier hat. Aber was sollte der Junge im Yachthafen? Von Wassersport hält der überhaupt nichts. Und wenn er nicht auf Vaters Boot gewesen ist …«

»Tja, auf wessen Boot denn dann?« Die Oberkommissarin lächelte. »Ist dir aufgefallen, dass wir jetzt schon anfangen, gegenseitig unsere Sätze zu beenden? Wie ein altes Ehepaar.« Dass sie ihren Kollegen soeben zum ersten Mal geduzt hatte, fiel ihr erst hinterher auf.

Klar verhalten wir uns wie ein altes Ehepaar, dachte Lüppo Buss. Streiten uns herum und haben keinen Sex miteinander. Aber das behielt er lieber für sich, denn er wusste die deutliche Klimaverbesserung im Polizeibüro an der Kaapdüne durchaus zu schätzen.

»Tja, wessen Boot?«, echote er stattdessen. »Da kommen natürlich so einige in Frage, denn viele Langeooger haben Boote, etliche Insulaner haben Kinder, und die wiederum …« Er wartete, aber diesen Satz beendete Insa Ukena nicht. »Also, da hätte unser Philipp schon Kontakte«, endete der Inselpolizist schließlich.

»Die er aber nicht nutzt, weil Boote ihn ja nicht interessieren«, sagte die Oberkommissarin. »Warum also sollte er gerade jetzt den Yachthafen ansteuern? Vielleicht, weil dort ein Boot liegt, das gewöhnlich …«

»Venema?« Lüppo Buss schüttelte entschieden den Kopf. »Was hat Philipp denn mit dem zu tun? Da sehe ich keine Verbindung.« Er hatte den Satz noch nicht ganz beendet, da wusste er schon, dass das so nicht stimmte.

»Gibt es doch«, korrigierte denn auch die Oberkommissarin. »Philipp Stapelfelds Drogenkoffer fällt Stephanie Venema in die Hände. Vater Venema kommt mit seinem Boot auf die Insel. Vermutlich weiß Stapelfeld junior nicht, dass der Koffer längst in Händen der Polizei und nicht mehr auf Langeoog ist. Was könnte er vermuten?«

»Dass Kay-Uwe Venema hergekommen ist, um die Drogen abzugreifen?« Lüppo Buss hielt seine Arme vor der Brust verschränkt, signalisierte Ablehnung, und zwar mit jeder Faser seines Körpers. »Ein schwerreicher Reeder soll sich in Drogengeschäfte einmischen, und das auf unterer Ebene? Also weißt du!«

»Nun weise das mal nicht so weit von dir. Hinter jedem großen Vermögen steckt ein Verbrechen, weißt du das etwa nicht? Und nicht immer liegt dieses Verbrechen in der Vergangenheit.« Sie griente. »Zugegeben, etwas abenteuerlich klingt die These schon, und ich beharre auch nicht darauf. Aber wir müssen wohl oder übel alles abklopfen, was uns in den Sinn kommt. Irgendetwas davon wird sich nicht widerlegen lassen, und das ...«

» ... das muss dann die Lösung sein, so unwahrscheinlich es auch klingt«, vollendete Lüppo Buss ihren Satz. »Mit freundlichen Grüßen, dein Sherlock Holmes.«

So ganz bei der Sache aber war der Inselpolizist bei seinen Worten nicht. Nein, dachte er, die Drogen sind nicht die Verbindung zwischen Philipp und Venema. Die nicht. Aber irgendeine Verbindung gibt es. Irgendwas ist dran an Insas These, abenteuerlich oder nicht. Wenn ich nur draufkäme, was.

Das Diensttelefon klingelte. Insa Ukena ging ran, meldete sich und lauschte. Haltung und Gesichtsausdruck spannten sich. Sofort ließ Lüppo Buss von seinen Grübeleien ab und konzentrierte sich wieder auf das Hier und Jetzt.

»Ist gut.« Die Oberkommissarin legte auf und griff nach ihrer Jacke. »Das war dieser Beene Pottebakker. Backe, wie du ihn nennst. Sagt, dass er den alten Stapelfeld gesehen hat. Weiß der Henker, woher der schon wieder weiß, dass wir nach Thees suchen.«

»Das weiß inzwischen doch längst die halbe Insel.« Lüppo Buss kontrollierte seine Dienstwaffe. Falls Stapelfeld wirklich bewaffnet war. Von wegen: Inselpolizist, ein Stückchen skurriler Touristenkitsch. Jetzt wurde es ernst. »Wo hat er ihn denn gesehen?«, fragte er.

»In der Nähe der Klinik«, antwortete seine Kollegin.

45.

»Lennert!«, schrie Venema noch einmal, blanke Angst in der Stimme, während der Glatzköpfige auf ihn zustürmte, die MP im Anschlag. Der Kerl hatte es eindeutig auf ihn abgesehen. Das las der Reeder zweifelsfrei aus dem Blick des Mannes, der starr auf ihn gerichtet war. Entschlossenheit sprach daraus. Nicht etwa Mordlust. So als würde dieser Mann nicht von Hass getrieben, sondern von einem Auftrag, den es zu erfüllen galt.

»Piraten!«, kreischte Laurine. Es war absurd, es war idiotisch, aber dies war genau das Wort, das diese Situation beschrieb. Das einzige Wort. Und weil das so war, wiederhole Laurine es wieder und wieder. Cummings stand neben ihr, die Kajüte zwischen sich und dem Enterkommando, stumm vor Entsetzen.

»Was ist denn da los? Spinnt ihr alle?« Van der Vlieth hatte immer noch nichts kapiert. Statt sich und das Schwarzgeld in Sicherheit zu bringen, trat er sogar noch aus dem Schutz des Salons heraus, den Koffer tatsächlich offen in der Hand. Sofort blickte er in zwei Gewehrmündungen und erstarrte. Was für ein Blödmann, dachte Venema, seiner Todesangst zum Trotz.

»Lennert!«, rief der Reeder noch einmal.

Es knallte und polterte, dann flog ihm der Kahle förmlich entgegen, rammte ihn mit seinem glatten Schädel, warf ihn gegen die Salonwand. Und brach zusammen. Hinter ihm tauchte der Bootsführer auf. Er musste sich, ganz wie von Venema erhofft, von der Flybrigde aus über das Salondach angeschlichen und den kahlen Angreifer im Sprung mit einem Tritt zu Boden geschickt haben. Der lag jetzt auf dem Bauch, ausgeknockt, wie es aussah, denn er rührte sich nicht.

»Danke, Lennert!«, keuchte Venema.

Sein Bootsmann leistete sich den Luxus einer Antwort nicht, sondern wirbelte auf dem Fußballen herum, riss das linke Bein in der Rotation hoch, ohne sich dabei in der Reling zu verfangen, gerade rechtzeitig, um einem zweiten Angreifer das Sturmgewehr zur Seite zu treten. Ein Schuss löste sich, Mahagonisplitter wirbelten durch die Luft. Laurines Schreien verstummte wie mit dem Messer gekappt. Lennert Tongers duckte sich und rammte dem Schützen seinen rasierten Schädel gegen das Brustbein. Mit einem dumpfen Laut ging auch dieser Mann zu Boden.

Venema rang immer noch nach Luft; sein Herz raste, Todesangst und Panik klangen nur langsam ab. Gott sei Dank, dass er diesen Lennert Tongers hatte! Der verlangte zwar regelmäßig eine Stange Geld dafür, bei solchen Gelegenheiten den Bootsführer zu spielen, aber schließlich verfügte er ja auch nicht nur über die notwendigen Patente. Als ehemaliger SEK-Beamter mit Einzelkämpferausbildung diente er gleichzeitig als Bodyguard, ebenso unauffällig wie effizient.

Bereinigt war die Situation allerdings noch nicht. Noch lange nicht, wie Venema feststellte. Die beiden Enterer, die noch auf den Beinen waren, dachten gar nicht daran, es ebenfalls mit Tongers aufzunehmen. Sie hatten sich aufs Achterschiff zurückgezogen; einer der beiden schnappte sich van der Vlieth und hielt ihn wie einen Schutzschild vor sich. Der andere – na super, der hatte den Koffer. Große Klasse.

»Stehen bleiben«, schrie der, der hinter dem Südafrikaner in Deckung gegangen war. Seinen linken Arm hatte er van der Vlieth um den Hals gelegt, mit der rechten

Hand hielt er das Sturmgewehr, das lang und bedrohlich unter dem rechten Arm des Waffenschiebers hervorragte. Ein weiterer Schuss peitschte. Diesmal flogen Teakholzsplitter aus dem Stabholzdeck direkt vor Venemas Füßen. Tongers hob beide Hände und verschränkte sie über seinem haarlosen Kopf. Auch der Reeder hob die Hände.

»Zurück! Los da, ihr beiden!«, rief der Gewehrträger. Seine Stimme klang jugendlich und nervös. Vielleicht setzte sich Tongers deshalb, ohne zu zögern, in Bewegung, rückwärts, sorgfältig darauf achtend, nicht auf die Liegenden zu treten. Venema spielte kurz mit dem Gedanken, sich im Rücken seines Bootsmannes zu bücken und dem benommenen Angreifer die Maschinenpistole abzunehmen, entschied sich aber dagegen. Zu riskant. Er wusste genau, was ein Geschoss aus einem G3 anrichten konnte, schließlich hatte er genügend Umgang mit Leuten, die mit so etwas Handel trieben. Ein menschlicher Körper allein reichte da nicht als Deckung.

Zurück, das hieß in diesem Fall nach vorn, drei Stufen hoch aufs geräumige Vordeck der *Dagobert*. Dort angekommen, kauerte sich Venema vor dem Kajütaufbau zusammen, so, dass er von hinten durch keines der großen Fenster zu sehen war. Auch Cummings und Laurine, die ebenfalls aufs Vordeck gescheucht wurden, gingen in Deckung. Tongers dagegen blieb seitlich an der Reling stehen und behielt die Szenerie achtern im Blick.

Der vierte Angreifer, der ebenfalls eine MP am Schulterriemen trug, stellte den Koffer ab und näherte sich den beiden Liegenden. Derjenige, den Tongers mit dem Kopf erwischt hatte, richtete sich mühsam zum Sitzen auf und lehnte sich mit schmerzverzerrtem Gesicht rücklings an die Kajütwand. Das Atmen schien ihm schwerzufallen. Vielleicht hatte ihm der Kopfstoß die eine oder andere Rippe angebrochen. Der andere, der mit der Glatze, lag immer noch bewegungslos auf dem Bauch und rührte sich auch nicht, als der vierte Mann ihn unsanft mit dem Fuß anstieß. Daraufhin zog sich der Vierte, der etwas kleiner war als die anderen, wieder nach achtern zurück.

Venema erhob sich halb und lugte von seiner leicht erhöhten Position das Seitendeck entlang. Die beiden da hinten machten einen verwirrten Eindruck. Womöglich war der bewusstlose Glatzenträger der Anführer der Piraten, überlegte der Reeder. Der dort mit dem G3 führte zwar das große Wort, aber hatte der Kahle nicht auch das Schlauchboot gesteuert? Jetzt war der Chef vorübergehend ausgefallen, und ein weiterer Angreifer war verletzt. Zwar hatten die Piraten das Schiff in ihrer Gewalt, aber die Lage war trotzdem kritisch. Gut, dachte Venema. Eine Chance, mein Geld zurückzubekommen. Tongers ist meine Trumpfkarte. Aber Vorsicht, die Jungs sind nervös, das macht sie gefährlich wie angeschlagene Boxer.

Der mit dem G3 schien jetzt eine Entscheidung getroffen zu haben. Er schubste van der Vlieth aufs Achterdeck, drückte ihn auf die Sitzbank und zwang ihn, sich mit dem Gesicht nach unten lang auszustrecken. Den Kleinen mit der MP wies er an, den Südafrikaner in Schach zu halten. Dann wandte er sich nach vorne, das Gewehr im Hüftanschlag, und begann sich der Gruppe auf dem Vorschiff zu nähern. Unterwegs nahm er mit der linken Hand den Koffer auf.

Venema erkannte sofort, was der Maskierte vorhatte. Dessen halbe Entermannschaft war außer Gefecht gesetzt, die ganze Situation verfahren. Der wollte sich mit der Beute aus dem Staub machen, und zwar alleine! In bester Piratentradition, genau genommen. Venema verstand ihn gut. Jeder musste schließlich sehen, wo er blieb.

»Tongers«, zischte er leise. »Der will flitzen. Pack ihn dir, wenn er ins Boot steigen will.« Beim Klettern über die Reling war das lange G3 hinderlich. In diesen Sekunden würde der Pirat verwundbar sein.

Lennert Tongers blickte zu Venema herüber und nickte.

Eine Sekunde lang ließ er das Seitendeck unbeobachtet. Genau eine Sekunde zu viel. Der kahlköpfige Pirat, der gerade noch wie betäubt an Deck gelegen hatte, schoss hoch wie vom Katapult geschnellt, rammte dem Bootsmann seinen Schädel in den Magen, packte ihn am Oberschenkel und wuchtete ihn über die Reling. Das Letzte, was Venema von Tongers registrierte, waren zwei staunend aufgerissene Augen und ein stummer, kreisrunder Mund. Dann platschte es laut, und an Stelle des glatzköpfigen Bootsmanns stand der glatzköpfige Angreifer an der Reling und starrte Venema an.

Seine MP hatte der Pirat an Deck liegen gelassen; sie hätte ihn bei seiner Attacke nur behindert. Das Fünkchen Hoffnung, das diese Tatsache in Venema entfachte, erlosch jedoch sofort, denn der Angreifer griff in seine Jacke und zückte einen Revolver. Ein großes, dunkles, ungeschlachtes Ding, das einfach nur böse aussah. Die Mündung wies genau auf Venemas Kopf. Der Reeder peilte ebenso über den Lauf hinweg wie der Pirat. Und was er sah, machte ihm erst richtig Angst.

Der schießt, dachte er. Der will mich töten.

Ein Reflex, der ihn selbst überraschte, riss ihm die Beine unter dem Körper weg. Der Schuss krachte, noch ehe Venema bäuchlings auf das Teakdeck geklatscht war. Das Projektil pfiff über ihn hinweg. Sofort rollte er sich zur Seite, knallte mit dem Knie hart gegen die Ankerwinde, ohne Schmerz zu spüren. Der nächste Schuss riss eine gewaltige Furche in den Decksbelag, so nah, dass hölzerne Splitter Venemas Haut durchdrangen. Auch das würde schmerzen – falls er das noch erleben sollte. Denn als er sich zurück rollte, über die Furche hinweg, wusste er, dass er diesmal zu langsam gewesen war. Auf diese kurze Entfernung musste der Pirat einfach treffen.

Klick. Was für ein himmlisches Geräusch! Der dritte Schuss löste sich nicht. Entweder war die Patrone defekt, oder die Kammer war leer. Ein Aufschub von einer Sekunde, denn da waren noch drei weitere Kammern, und der Angreifer brauchte seinen Finger nur noch einmal zu krümmen, Ladehemmungen gab es bei einem Revolver nicht.

»Bist du wahnsinnig?« Ein Gewehrlauf tauchte hinter dem Salonaufbau auf, der Mündungsfeuerdämpfer traf die Hand des Schützen. Der nächste Revolverschuss löste sich trotzdem, das Projektil jedoch traf die verchromte Ankerwinde und flog als winselnder Querschläger gen Himmel.

Wütend baute sich der Schütze vor dem Gewehrträger auf. Natürlich war es der nervöse junge Mann, den Venema längst im Schlauchboot wähnte, mitsamt dem Geldkoffer. »Was fällt dir ein?«, fauchte der Kahle ihn an. »Das hier ist meine Sache, kapiert?«

»Ist es nicht!«, schrie der Maskierte mit überschnappender Stimme. »Das weißt du genau! Kein Blutvergießen, wenn es irgendwie geht, so war es abgemacht. Und was machst du? Was soll das denn! Die leisten doch alle keinen Widerstand, bis auf den einen, und den hast du gerade über Bord geworfen!«

»Ganz genau, das war ich. Sowas bringt ihr ja nicht, ihr Memmen.« Der Kahle hielt den Revolver jetzt auf dem Maskierten gerichtet. Dessen Hände krampften sich um sein Sturmgewehr. Beide hatte nur Blicke für ihr Gegenüber.

Venema brauchte eine Sekunde, ehe er sein Glück begriff. Dann stemmte er sich auf Knie und Hände hoch und krabbelte, so schnell es eben ging, mit schmerzenden Gliedern aufs Steuerbord-Seitendeck und warf sich dort in den Schutz der Aufbauten. Nicht zu fassen, dachte er. Von wegen Piraten. Das sind doch echte Kindsköpfe.

Nichtsdestoweniger hatten diese Kindsköpfe nach wie vor Waffen in den Händen, und wenn sie jetzt nicht anfingen, sich gegenseitig abzuknallen, dann hatten sie auch nach wie vor das Schiff in ihrer Gewalt. Und ihn, Venema, dazu. Ebenso wie den Geldkoffer.

Apropos. Wo war der geblieben? Der Maskierte hatte ihn achtern aufgenommen, aber als er auf dem Vordeck erschienen war, um seinen Kumpan am Morden zu hindern, hatte er ihn nicht dabei gehabt. Entweder hatte er ihn unterwegs gleich ins Schlauchboot geworfen, oder er hatte ihn an Deck abgestellt, um die Hände frei zu haben.

Nun, das ließ sich feststellen. Direkt vor Venema befand sich die seitliche Schiebetür des Steuerstandes, und sie war offen, ebenso wie ihr Pendant auf der Backbordseite. Einen Blick konnte der Reeder riskieren, ohne sich in Gefahr zu bringen. Er tat es.

Da stand der Koffer.

Venema war ein Mann schneller Entschlüsse. An Backbord lag das rote Beiboot der *Dagobert*, nur mit einer einzigen Leine gesichert; der leistungsstarke Außenborder blubberte im Leerlauf vor sich hin. Die beiden Piraten standen sich an Steuerbord auf dem Vordeck gegenüber, Auge in Auge. Niemand achtete auf den Geldkoffer. Niemand außer Venema.

Adrenalin durchpulse ihn, drängte das Schmerzgefühl in Armen, Brust und Knie in den Hintergrund. Geräuschlos und geschmeidig wie ein Aal schob sich der Reeder über die Süllkante ins Steuerhaus hinein und über dessen glatten, mit weichem Velours ausgelegten Boden hinweg zur anderen Seite. Der Koffer stand genau griffbereit. Von vorne waren immer noch erregte Stimmen zu hören. Ein Kontrollblick? Nein. Einfach zugreifen, entschied Venema. Entweder es klappte oder es klappte nicht.

Er langte nach dem lederbezogenen Griff, hob den Koffer an, kippte ihn vorsichtig, balancierte ihn lautlos über die Süllkante unterhalb der Schiebetür zu sich hinein. Und lauschte. Die beiden schrien sich immer noch an. Sie hatten nichts bemerkt.

Ganz vorsichtig schob sich der Reeder rückwärts, erhob sich erst auf Hände und Knie, dann in die Hocke. Als er das Backbord-Seitendeck erreicht hatte, flog sein Atem und er zitterte so sehr, dass er den Koffer mit beiden Händen fassen musste. Aber nur einen Moment lang. Dann huschte er zur Reling, beugte sich darüber und ließ den Koffer behutsam ins Beiboot gleiten. Im letzten Moment dachte er daran, die Festmacherleine zu lösen, dann folgte er seiner wertvollen Beute.

Dass der pralle Seitenschlauch des Bootes von Gischt benetzt war, stellte er erst fest, als sich das glatte Ding unter der Sohle seines Bordschuhs förmlich verflüchtigte. Venema verlor den Halt. Krachend schlug er auf den Bodenbrettern des Schlauchbootes auf, stieß sich den Kopf am metallenen Benzintank. Bunte Funken tanzten vor seinen Augen, aber die Erregung sorgte dafür, dass er bei Bewusstsein blieb. Er hielt inne und lauschte.

Die Wellen rauschten sanft, der Außenborder blubberte ungeduldig. Zwischen seinem Schlauchboot und der behäbig dümpelnden *Dagobert* knarrte ein Fender. Ansonsten war es still. Totenstill.

Also hatten sie ihn gehört. Oder sie vermissten den Koffer. Oder beides.

Venema hechtete sich förmlich nach achtern, packte den Griff des Außenbordmotors, riss ihn zu sich heran und drehte das Gas auf. Ungestüm brüllte der Motor los, das Boot bäumte sich auf und machte einen derartigen Satz nach vorne, dass der Reeder gegen den hölzernen Bootsspiegel knallte. Ehe er sich aufgerappelt hatte, war das leichte Boot auch schon an der *Dagobert* vorbei. Venema starrte auf das Vorschiff seiner eigenen Yacht und in die Augen zweier Piraten. Er fuhr in die falsche Richtung.

Wieder riss er am Gasgriff, durch den zugleich der Motor geschwenkt und das Boot somit gesteuert wurde, und zwang das Beiboot in eine scharfe Rechtskurve, weg von der Yacht und auf Gegenkurs, ab durchs Seegatt und hinaus zur Nordseite der Insel, während er gleichzeitig sein Gewicht nach vorne verlagerte. Lächerlicher Gedanke, hinter einem aufgeblasenen Schlauch Deckung vor Gewehrkugeln zu suchen! Aber Reflex war Reflex, und außerdem half die Verlagerung dem Boot, schneller ins Gleiten und damit auf höhere Geschwindigkeit zu kommen.

Als er es krachen hörte, selbst durch das Geheul des hohe Touren drehenden Motors hindurch, wandte das Beiboot der Dagobert gerade den Heckspiegel zu. Die Kugel pfiff dicht an ihm vorbei, und hätte er den Bug des Bootes durch seine Gewichtsverlagerung nicht nach unten gedrückt, hätte das Geschoss vermutlich dort den Schlauch durchschlagen und seine Flucht abrupt beendet. Die zweite Kugel streifte sogar das Motorgehäuse. Die Kerle schossen sich auf ihn ein, trotz der wachsenden Distanz. Der Reeder spürte seine Todesangst zurückkehren. Der nächste Schuss würde sitzen.

Als das Beiboot die 180-Grad-Wende vollendet hatte und die Yacht automatisch wieder in Venemas Blickfeld rückte, stellte der fest, dass er immer noch am Leben war. Und er sah auch, warum. Nur der Kahle hatte geschossen, mit seinem Revolver. Erstaunlich, wie gut der mit dieser Waffe, die trotz ihres langen Laufs doch nur für kurze und mittlere Distanzen gedacht war, umgehen konnte. Allerdings hatten sich nur noch zwei funktionierende Patronen in der Trommel befunden. So war Venema ein womöglich tödlicher dritter Schuss erspart geblieben.

Der nervöse Typ mit dem G3 hatte nicht geschossen. Dessen Visier ließ sich auf bis zu vierhundert Meter einstellen. Entsetzt stellte Venema fest, dass er noch immer nicht weit genug von der *Dagobert* entfernt war. Er sah, wie der Kahle dem maskierten Nervösen die Waffe zu entreißen versuchte und wie die beiden rangelten. Offenbar wollte der Nervöse nicht loslassen. Dann ließ der Kahle von ihm ab und verschwand hinter dem Salonaufbau. Der Nervöse folgte ihm.

Venema atmete durch und konzentrierte sich darauf, das kleine Boot, das wie ein kräftig geschleudertes

Steinchen über die niedrigen Wellen hüpfte, auf Kurs zu bringen. Richtung Oststrand, so schnell es irgend ging. Dort war meist nicht so viel los. Sein Plan war simpel: Nicht allzu weit vom Ort entfernt an den Strand gehen, vielleicht in der Nähe der Melkhörndüne. Den Koffer irgendwo deponieren. Und dann die Polizei rufen.

Hm. Warum nicht gleich? Sein Handy hatte er ja dabei. Schließlich waren seine Gäste an Bord in Lebensgefahr, und Bootsmann Lennert Tongers spaddelte in der trüben Nordsee. Eigentlich war es wohl seine Pflicht, die Bullen sofort zu alarmieren. Seufzend zückte er das Mobiltelefon.

Und wenn die Polizei nun besonders flott reagierte? Wenn der Wasserschutz mit seinen schnellen Schiffen zur Stelle war, ehe er den Strand erreichte, oder wenn er dort bereits von Beamten erwartet wurde? Wie sollte er dann den Inhalt seines Koffers erklären? Das würde ihm kaum gelingen, und die strahlend weiße Weste des erfolgreichen Reeders, Managers und Investors würde empfindlich befleckt werden. Und das ausgerechnet auf Langeoog, dort, wo er noch so viel vorhatte.

Nein, das kam nicht in Frage. *No go.* Sollten van der Vlieth und seine Bagage ruhig noch ein Viertelstündchen länger Angst ausstehen. Geschah ihnen ganz recht, wenn man bedachte, womit sie so reich geworden waren.

Und wenn die Bullen nun ihn, Venema, nachher fragten, warum er sie nicht schon früher angerufen hatte?

Auch kein Problem. Dafür gab es eine sehr einfache Lösung. Lächelnd hob Venema das Handy hoch und ließ es lässig ins schaumig gequirlte Schraubenwasser plumpsen. Uups, so ein Pech aber auch. Das nannte man dann wohl höhere Gewalt.

Unwillkürlich war sein Blick dem Handy achteraus gefolgt. Gerade rechtzeitig, um zu sehen, wie das große Schlauchboot der Piraten aus dem Sichtschutz der *Dagobert* herausschoss und die Verfolgung aufnahm. Auf dem

Geräteträger blitzte immer noch dieses alberne Blaulicht. Zwei Gestalten befanden sich an Bord. Einer davon war mit Sicherheit dieser Kahlkopf. Und der andere? Vermutlich der Nervöse, der jetzt keine Maske mehr trug, wohl aber noch sein G3. Der Kleinere mit der MP war an Bord zurückgeblieben, stand an der achteren Schanz und gestikulierte. Der Vierte der Bande lag wohl immer noch mit angeknacksten Rippen auf dem Seitendeck. Von Lennert Tongers war keine Spur zu sehen.

Soll er selber sehen, wo er bleibt, dachte Venema, machte sich so flach wie möglich und schob seinen Körper nach vorne, so weit es eben ging, ohne den vibrierenden Gasgriff aus den Fingerspitzen zu verlieren. Vollgas und optimale Gleitfahrt, sonst hatte er keine Chance, vor dem doppelt motorisierten Boot der Verfolger sein Ziel zu erreichen.

Er peilte die Richtung, korrigierte den Kurs, während sein Boot in die Wellen hämmerte und ihn mit Gischtwolken überschüttete. Dann drehte er sich prüfend um. Und fluchte. Kein Zweifel, die Verfolger kamen näher. Und zwar schnell.

46.

»Wo ist er?«, fragte Stahnke. Obwohl er nur wenige Schritte gerannt war, musste er ein Keuchen unterdrücken. Verdammte Wampe.

»Der Spanner? Da hinten war er. Aber jetzt ist er schon wieder weg.« Die junge Frau winkelte den rechten Arm an und knickte ihr Handgelenk ab, so dass die unvermeidliche Zigarette direkt neben ihrem Wangenknochen qualmte. Einem Wangenknochen, der unmittelbar mit gelblicher Haut bespannt zu sein schien, ohne jegliche Zwischenschicht.

»Wieso Spanner?«, fragte Stahnke, während er sich bemühte, nicht allzu auffällig in die Richtung zu starren, die die Dürre mit einer Bewegung ihres spitzen Kinns angedeutet hatte. Diverse Spaziergänger waren dort zu sehen, einzeln und in Gruppen. Alle waren in Bewegung, keiner von ihnen glich Stapelfeld.

»Wieso? Weil der andauernd hier rumhängt und uns anglotzt. Alle paar Tage.« Die Dürre lächelte geziert. »Von der Sorte gibt es mehrere. Sogar welche, die mit dem Fernglas gucken, von weiter weg. Sind aber meistens Touristen. Dieser Typ ist der einzige, der immer wieder kommt. Weil er von hier ist.«

Nur kurz fragte Stahnke sich, woher die Dürre das wissen konnte. Vermutlich, weil sie selbst schon so lange hier war. Beziehungsweise immer wieder herkam. Weil diese verfluchte Krankheit sie nicht aus ihren knochigen Klauen ließ.

»Haben Sie ihn denn mal angezeigt? Oder hat eine Ihrer, äh, Mitpatientinnen das gemacht?«

Die Frau zuckte die Schultern, und Stahnke musste sich zwingen, nicht nach ihren Oberarmen zu greifen, um sie am Herabfallen zu hindern. »Warum denn?«, fragte sie. »Er tut uns ja nichts.« Sie führte ihre Zigarette an die Lippen, die unnatürlich prall aus ihrem eingefallenen Gesicht ragten, und schenkte dem Hauptkommissar einen koketten Blick.

Nein, sicher nicht, dachte der. Er tut euch vermutlich sogar einen Gefallen. Indem er euch dabei hilft, euch für attraktiv zu halten, daran zu glauben, dass ihr euch auf dem richtigen Weg befindet, auf dem Weg zu einem selbstgewählten Ziel. Statt auf dem Weg in die Selbstzerstörung.

Kramer, mit dem Stahnke gerade noch zusammen am Konferenztisch gesessen hatte, die Fotos vom Mordanschlag auf Stephanie betrachtend und diskutierend, erwartete ihn am Eingang, in halber Deckung, die Hand unauffällig unter seiner dünnen Sommerjacke. Sina stand hinter ihm.

»Nichts?«, fragte der Oberkommissar.

Stahnke schüttelte den Kopf. »Nein. Schon wieder weg. Weiß der Henker, wohin.«

Sein Handy klingelte. Inzwischen achtete der Hauptkommissar sehr darauf, stets empfangsbereit zu sein. »Ja?«

Es war Backe. »Ich steh hier in den Dünen«, sagte der Riese. Windgeräusche bestätigten seine Aussage, machten sie aber zugleich schwer verständlich. »Hier tut sich etwas sehr Interessantes. Draußen auf dem Wasser, aber die kommen näher. Sie sollten mal gucken kommen.«

»Was tut sich denn? Wer kommt näher?«, rief Stahnke ins Telefon. »Und wo genau sind Sie überhaupt?«

Es krachte und knatterte. »Peilbake«, hörte Stahnke heraus. Das war ziemlich weit im Osten der Insel. »Und was genau tut sich dort?«, wiederholte er mit erhobener Stimme.

Wieder rauschte es im Handy. Stahnke hörte Backe sprechen, seine Worte aber wurden von Windgeräuschen und Übertragungsstörungen bis zur Unkenntlichkeit zerhackt. Alle bis auf zwei. »Philipp« war herauszuhören. Und dann noch etwas, das wie »Pier-Ratten« klang. Oder auch wie »Piraten«. Drehte Backe jetzt endgültig durch?

Dann brach die Verbindung ganz ab.

Stahnke steckte sein Handy ein. »Backe«, murmelte er. »Peilbake. Philipp. Und irgendetwas Unverständliches, das nach Piraten klang. Das war alles.« Hilfesuchend blickte er Kramer und Sina an.

»Wir müssen da hin«, sagte Kramer sofort. »Am besten schnell.«

»Und Stephanie? Was ist mit der?«

Kramer breitete die Arme aus. »Die beiden Sicherheitsleute sind ja hier, nicht wahr? Venema hat bekanntlich selbst drauf bestanden. Jetzt können die auch mal etwas tun für ihr Geld.«

Stahnke sagte nichts. Wenn schon Kramer auf die Vorschriften pfiff ...

»Gibt es hier Fahrräder?«, fragte Kramer.

Sina nickte. »Die meisten Kollegen in der Klinik haben Räder. Ich frage mal schnell. Bestimmt kann ich welche ausleihen.« Sie eilte zurück zur Rezeption.

»Wie viele wird sie auftreiben?«, fragte Kramer.

»Drei natürlich«, murmelte Stahnke. »Und versuch gar nicht erst, ihr das auszureden.«

Lächelnd zuckte Kramer die Achseln.

Wenige Minuten später war Sina zurück, ein Sortiment Fahrradschlüssel in der Hand. Natürlich waren es drei.

Als sie losradelten, die Willrath-Dreesen-Straße ostwärts, achtete keiner auf den älteren Herrn, der sie vom Straßenrand aus beobachtete, von einem zur Dekoration aufgestellten Strandkorb gut gedeckt. Er ließ die drei Radler passieren, dann musterte er die in der Nähe abgestellten Fahrräder, griff sich eins, das nicht abgeschlossen war, und schwang sich routiniert in den Sattel. Dass sein Gefährt trotzdem ins Schlingern kam, lag daran, dass der ältere Herr nur mit einer Hand lenkte, weil er sein im Wind flatterndes Sakko mit der anderen vor der Brust geschlossen hielt. Trotzdem kam er flott voran, die Dreiergruppe immer im Blick.

47.

»Da, nimm!«, schnauzte der Kahle, wies auf das Steuer, das er mit einer Hand hielt, und erhob sich aus seinem Sitz. »Setz dich hier hin!«

Widerstrebend stemmte sich Philipp aus der Hocke hoch und fasste nach dem profilierten Rad. Das rasende Schlauchboot bockte und stampfte dermaßen, dass er sich kaum weit genug aufrichten konnte, um den Platz hinterm Steuer einzunehmen. Warum wollte Karl, Karl der Kahle, die Hände frei haben? Das G3 hing nach wie vor am Schulterriemen vor Philipps Bauch, und er hatte nicht die Absicht, es herzugeben. Karl war ein Idiot. Wollte er sich unbedingt zum Mörder machen? Und ihn gleich mit?

Der Kahle aber hangelte sich nur zum Geräteträger, riss das Blaulicht ab und warf es über Bord. Zweifellos eine richtige Maßnahme. Bei ihrem Angriff hatte ihnen das mit Lassoband befestigte Spielzeug einen Überraschungseffekt verschafft, jetzt aber sorgte es nur für unerwünschte Aufmerksamkeit.

Philipp konzentrierte sich auf das rote Schlauchboot voraus. Ja, sie kamen näher. Bald würden sie es eingeholt haben. Und was dann? Klar, das Geld wollte er mindestens ebenso sehr wie Karl. Aber nicht um jeden Preis. Zu zweit sollte es doch möglich sein, diesem reichen Sack beizukommen, ohne ihn gleich endgültig plattzumachen! Schließlich hatte der Geld wie Heu, der würde doch lieber auf zweihundert Riesen verzichten als ins Gras zu beißen.

Aus den Augenwinkeln sah er, wie Karl seinen Revolver nachlud. Wollte dieser Wahnsinnige denn um jeden Preis ein Blutbad?

Philipp wusste genau, wie viel er dem Kahlen verdankte. Der kannte Venemas *Dagobert* in- und auswendig, weil er im Yachthafen jobbte und sich immer mal wieder von betuchten Eignern für Wartungs- und Ausbesserungsarbeiten anheuern ließ, mit denen sich die feinen Herren nicht die Finger schmutzig machen wollten. So hatte der Kahle mitbekommen, was für Transaktionen sich an Bord dieses Millionärsspielzeugs zu vollziehen pflegten. Er hatte auch das Versteck des Geldkoffers gefunden, ganz zufällig, als er eine defekte Koje reparieren sollte. »Lattenrost durchgerammelt«, hatte er den Schaden dreckig grinsend beschrieben. Diese Geldsäcke ließen nichts anbrennen.

Schließlich war Karl sogar derjenige gewesen, der zuerst erfahren hatte, dass die *Dagobert* wieder einmal Kurs auf Langeoog nehmen würde. Weil nämlich Venema persönlich ihn angerufen hatte, um sich seiner Dienste zu versichern. Natürlich ohne zu ahnen, dass er damit quasi eine Einladung aussprach. Und dann hatte der Kahle diese Zeitung im Klinikzimmer der Magertusse gefunden, als er vergeblich nach dem Drogenkoffer gesucht hatte. Der Zeitungsrand war bekritzelt mit dem Bootsnamen und einer verlockenden Summe. Karl hatte kombiniert, dass diesmal etwas zu holen war. Während er, Philipp, die Mädels beim Einkaufen belauscht und die erwartete Ankunft Venemas bestätigt gefunden hatte. Tja, so simpel ging es manchmal zu.

Nur das Abgreifen des Geldes, das war leider nicht so simpel abgelaufen, wie sie sich das vorgestellt hatten. Nicht zuletzt, weil Karl der Kahle halbwegs ausgetickt war. Und wenn die ganze Aktion nicht doch noch im Chaos enden sollte, dann musste Philipp verdammt aufpassen, dass das nicht noch einmal geschah.

Das rote Boot hatte jetzt die Ostspitze der Insel passiert und bog nach links ab. Ob Venema wusste, wie flach das Wasser über den Sandbänken war? Aber so ein Schlauchboot hatte ja kaum Tiefgang, außerdem musste gerade ungefähr Hochwasser sein, und sollten die Außenbordmotoren tatsächlich Grundberührung haben, dann klappten sie automatisch nach hinten und oben weg. Eingebauter Schutzmechanismus. War das Unterwasserhindernis passiert, brachte der Schraubendruck den Motor sofort zurück in die Fahrposition, und weiter ging es. Außer natürlich, man knallte auf einen Stein oder sonst etwas Hartes. Dann brach der Scherstift, eine Art Sollbruchstelle zum Schutz des Propellers, und man musste zum Paddel greifen. Wäre natürlich super, wenn Venema das passierte, dachte Philipp, während er das silbergraue Schlauchboot ebenfalls nach Backbord schwenken ließ. Dann wäre der hilflos, und wir könnten ihn einfach einsammeln. Schade, dass Wünsche nur im Märchen etwas halfen.

»Pass auf, wo du hinsteuerst!«, schnauzte Karl ihm ins Ohr. »Bleib doch in seinem Kielwasser, du Träumer!«

Philipp korrigierte den Kurs und verbiss sich eine Antwort. Jetzt war keine Zeit für Hahnenkämpfe um die Rangordnung. Dafür war ein andermal Zeit, spätestens dann, wenn sie Kevin und Torben wieder gegenübertraten. Oha, würden die sauer sein! Die würden sich nur schwer besänftigen lassen. Am besten mit Venemas Geld.

Das rote Boot fuhr jetzt unmittelbar vor ihnen. Sie konnten sehen, wie sich der Reeder auf die vorderen Bodenbretter schmiegte, um das letzte bisschen Fahrt aus seinem unterlegenen Fahrzeug herauszukitzeln, und jedes Mal, wenn er sich nach ihnen umdrehte, wurden seine schreckgeweiteten Augen ein wenig größer. Den Außenborder steuerte Venema mit den Fingerspitzen, und seine andere Hand war leer. Bewaffnet war er also nicht. Dann würde er hoffentlich auch keinen sinnlosen Widerstand leisten, wenn sie gleich längsseits gingen. Und dem Kahlen keinen Vorwand liefern. Dumm war er ja nicht, dieser Reeder. Eine Tatsache, in die Philipp seine ganze Hoffnung setzte.

Das rote Boot verschwand jetzt schon fast unter dem Bug der Verfolger. Einer Eingebung folgend, ließ Philipp das silbergraue Boot ein wenig nach rechts aus dem Kielwasser des Flüchtenden ausscheren. Falls Venema jetzt anfing, Haken zu schlagen, mussten sie ihm den Weg in die offene Nordsee abschneiden, mussten ihn auf den Strand von Langeoog zutreiben. Dann saß er in der Falle, dann hatten sie ihn.

Schon tauchte Venemas Boot an ihrer Backbordseite auf. Der Reeder versuchte auszuweichen, traute sich aber nicht wesentlich näher an den Strand heran. Seine Blicke wurden immer verzweifelter.

Karl trat neben Philipp, machte sich bereit zum Sprung, sobald die beiden Boote sich berührten. Den Revolver hatte er eingesteckt. Immerhin etwas, dachte Philipp. Zentimeter um Zentimeter reduzierte er den Abstand, nahm gleichzeitig ein wenig Gas weg, um die Geschwindigkeit anzupassen. Jeden Augenblick musste es so weit sein.

Ein lauter, metallischer Knall ertönte von achtern, gefolgt von einem trommelfellzerreißenden Röhren. Der gerade noch hoch übers Wasser ragende Bug des silbergrauen Schlauchboots tauchte in die nächste Welle ein. Philipps Oberkörper ruckte nach vorn und schlug schmerzhaft auf das Lenkrad. Neben ihm krachte der Kahle der Länge nach auf die Bodenbretter. »Was war das?«, schrie er mit gurgelnder, überschnappender Stimme.

Steine, dachte Philipp. Man muss wirklich höllisch aufpassen, was man sich wünscht.

48.

Sie hatten sich für den Pirolatalweg entschieden, weil der in Strandnähe verlief, und sich auf eine zeit- und kraftraubende Radfahrstrecke eingestellt. Aber noch ehe sie die Melkhörndüne erreicht hatten, einen beliebten Aussichtspunkt, kam ihnen ein Radler entgegen, der aus der Distanz so aussah, als müsste er sich mit einem Kinderrad abplagen. Als er die drei bemerkte, hielt er an und schwenkte ein Paar überlanger Arme über seinem Kopf.

»Backe«, rief Stahnke überflüssigerweise. »Ich denke, er will uns etwas zeigen. Warum hat er nicht auf uns gewartet?«

Wie als Antwort auf eine Frage, die er gar nicht hatte hören können, wies Beene Pottebakker hinaus aufs Wasser. Zwei Schlauchboote näherten sich gerade dem Strand, ein rotes und ein silbergraues. Stahnke hörte auf zu treten und ließ sein Fahrrad ausrollen. Boote, sogar Schlauchboote, fand er immer interessant. Aber allein deswegen hatte Backe sie ja wohl nicht alarmiert.

Kramer überholte seinen Vorgesetzten. Ein paar Meter weiter bremste er scharf und zog ein kleines Fernglas aus seiner Jackentasche. Unglaublich, dachte Stahnke. Ist dieser Typ denn auf jede Situation vorbereitet?

Als er Kramer erreichte, hatte der die beiden Boote bereits im Visier. »Venema«, murmelte er, gerade so laut, dass Stahnke ihn trotz des Windes verstehen konnte. »Im vorderen Boot. Und in dem dahinter ... zwei Mann, mindestens einer davon bewaffnet.« Er nahm das Glas von den Augen. »Was hat dieser Pottebakker am Telefon gesagt? Piraten? Sieht fast danach aus.« Er hielt Stahnke das Fernglas hin und knöpfte sein Jackett auf. Natürlich, an seine Dienstwaffe hatte er auch gedacht.

Aber in diesem Punkt konnte der Hauptkommissar mithalten.

Er schaute durch den kleinen Feldstecher. Etwas Rotes flitzte durchs Gesichtsfeld. Der sichtbare Sektorausschnitt war verdammt klein, und auch mit der Lichtstärke war es nicht gerade weit her, was aber am helllichten Tag nicht weiter schlimm war. Vergrößerung und Schärfe stimmen jedenfalls. Da, jetzt hatte er das rote Boot fest im Blick. Ja, eindeutig, das war Venema. Seine Gesichtszüge waren auf diese Distanz nicht eindeutig auszumachen, wohl aber Statur und Silhouette. Er war es. Und er war auf der Flucht.

Das zweite Boot schob sich ganz von alleine ins Blickfeld. Es war größer und doppelt motorisiert. Warum hatte es Venema nicht schon längst eingeholt? Aha, deswegen. Das Schraubenwasser gab die Antwort. Eine doppelte Schaumspur hätte es sein müssen, es gab jedoch nur eine einzige. Einer der beiden Motoren musste defekt sein. Glück für den Reeder. Hatten Leute wie er nicht immer Glück?

Stahnke versuchte die Gesichter der beiden Verfolger zu identifizieren. Keine Chance. Der eine jedoch, der sprungbereit neben dem Steuermann stand, trug eine Glatze. Vermutlich schwitzte er, denn die Sonne spiegelte sich darin. Der Hauptkommissar senkte das Fernglas. Zu seiner eigenen Überraschung hörte er sich leise, aber aggressiv knurren. Hoffentlich hatte Sina, die gerade fordernd die Hand nach dem Glas ausstreckte, das nicht gehört!

Also doch. Die Mosaiksteinchen fügten sich zusammen, endlich. Lennert Tongers, Stephanies heimlicher Freund, Haschischproduzent in spe, Klinikeinbrecher, Gegner im Zweikampf. Es reichte ihm also nicht, Venemas Tochter abzuzocken. Jetzt ging er den Alten persönlich an. Was schwebte ihm wohl vor – Entführung? Erpressung? Ganz wie die Piratenkollegen vor der somalischen Küste es machten. Aber wer konnte denn so blöd sein, ein solches Manöver vor Langeoog zu versuchen?

Wie auch immer, wir werden ihn fragen, dachte Stahnke. Jetzt kommt erst einmal Runde zwei. Und diesmal wirst du ausgezählt, Lennert Tongers.

»Venema will an Land«, sagte Kramer und wies auf eine Stelle am Strand ziemlich weit rechts von ihrem Standort. »Offenbar dort hinten. Wahrscheinlich, weil dort die Dünen dem Strand am nächsten sind.«

»Hier wäre es besser, hier sind *wir* am nächsten«, sagte Stahnke. Aber wie sollten sie den Reeder auf sich aufmerksam machen? Schüsse in die Luft verboten sich, schließlich waren auch hier Spaziergänger unterwegs, und dort unten mitten in der Brandung und bei heulenden Außenbordmotoren war es nicht einmal sicher, dass Venema weit entfernte Schüsse überhaupt hören würde. Eine Signalpistole, ja, die wäre jetzt gut. Aber an so etwas hatte nicht einmal Kramer gedacht.

Sina hingegen dachte an etwas Näherliegendes. Sie kramte in ihrer Hosentasche, bis sie ihr Handy fand, suchte kurz im Verzeichnis und drückte die Wahltaste. Gut, dass sie Venemas Nummer vorhin gespeichert hatte!

Allerdings auch nutzlos, wie sich herausstellte. »*The person you've called is temporarily not available.*« Mist. Oder vielmehr *shit*, um im sprachlichen Rahmen zu bleiben. »Keine Chance!«, rief sie den anderen zu. Synchron bestiegen sie ihre Fahrräder. Backe winkte bereits ungeduldig. Und das rote Schlauchboot hatte den Strand beinahe schon erreicht.

49.

Sein Herz raste, dass es schmerzte. Als dieses verdammte silbergraue Schlauchboot längsseits gegangen war, als die Auftriebskörper beider Boote knarrend aneinander entlang radiert hatten, als ihn dieser sprungbereite Glatzkopf mit seinen kalten Augen ins Visier genommen hatte, da hatte Venema wirklich und wahrhaftig geglaubt, nun sei es aus. Vorbei die Jagd, erlegt das Wild, und er selbst auf der Strecke. Doch dann war es anders gekommen, und er wusste immer noch nicht so richtig, warum. Irgendetwas war mit dem Antrieb der Verfolger passiert; einer der beiden Motoren musste kaputtgegangen sein, warum auch immer. Jedenfalls hatte sein eigenes, unterlegenes Bötchen scheinbar einen Satz nach vorn gemacht, ohne zu beschleunigen. Und Venema hatte neue Hoffnung geschöpft.

Groß war sein Vorsprung aber nicht, stellte er fest. Die anderen hatten nicht gestoppt, waren nur langsamer geworden; einer der beiden Außenborder funktionierte also noch, und sie verfolgten ihn weiterhin. Und zwar so, dass ihm der Weg hinaus auf die Nordsee versperrt blieb. Nun, warum auch nicht. Solange da draußen kein Polizeifahrzeug auszumachen war, zog ihn nichts dorthin. Er musste an Land, Deckung in den Dünen nehmen und den verräterischen Koffer verstecken. Genau genommen hatte sich an seinem Plan nichts geändert.

Der Strand kam näher. Venema steuerte rechtwinklig auf das Ufer zu, ohne die Geschwindigkeit zu reduzieren. Irgendwann würde es zur Grundberührung kommen, und dann wollte er das Fahrtmoment so lange wie möglich nutzen. Boot und Motor würden dabei Schaden nehmen, aber das interessierte ihn jetzt nicht. Hier ging es um wertvollere Dinge. Zum Beispiel sein Leben.

Sehr belebt war der Strand nicht, aber alles andere als

menschenleer. War das gut oder schlecht? Man würde ihn sehen, vielleicht sogar erkennen. Sein Verhalten würde kritische Fragen nach sich ziehen. Aber er wurde schließlich verfolgt, damit ließ sich fast alles erklären. Und die Verfolger würden sich nicht trauen, auf ihn zu schießen. Vor aller Augen. Das war das Gute.

Hoffentlich.

Ein Blick zurück. Verdammt, sie kamen wieder näher. Hatten sie den Defekt etwa repariert? Dem Kahlen war handwerklich einiges zuzutrauen, das wusste er. Schließlich kannte er Karl Onnen schon seit geraumer Zeit. Manche Reparatur hatte der für ihn erledigt, und zwar fachmännisch. So einer wusste sich immer zu helfen, und sei es auch nur, dass er den kaputten Motor über Bord gehen ließ, um das Boot zu entlasten. Auf jeden Fall wurde die Lage für Venema wieder brisanter, und es wurde Zeit, dass er endlich an Land kam.

Ein dumpfer Schlag achtern schreckte ihn auf. Grundberührung! Und gleich noch einmal. Der Außenborder wippte in seiner Halterung, und jedes Mal, wenn die Schraube aus dem Wasser auftauchte, heulte die Maschine gequält auf. Venema ging in die Hocke, eine Hand am Koffer. Je näher der Strand rückte, desto häufiger wurden die Schläge, bis sie sich zu einem einzigen andauernden Rumpeln vereinigten. Der Antrieb der Schraube und die Bremswirkung des Schaftes arbeiteten gegeneinander, und die Bremse gewann die Oberhand. Schnell löste der Reeder die Arretierung, klappte den Außenborder hoch und drückte dabei den roten Schalter. Der Motorenlärm erstarb. In das Rauschen des Wassers und das leise Zischen am Rumpf des darüber hinweg gleitenden Bootes mischte sich ein schleifendes Geräusch. Und dann, mit einem spürbaren Ruck, hatte sich das Boot im Sand festgefahren.

Venema sprang über Bord, in das Wasser, das ihm hier kaum noch bis zu den Waden reichte, und rannte, dass es spritzte, den schwarzen Geldkoffer hin und her schlenkernd, um die Balance nicht zu verlieren. Wie bescheuert das aussehen musste! Und wie bescheuert war es, in seiner Situation überhaupt an so etwas zu denken!

Wenige Meter waren es nur bis zum Spülsaum, zum trockenen Strand. Ein paar Urlauber lagen auf ihren Badelaken und blickten ihm entgeistert entgegen. Er sah sie, ohne sie wahrzunehmen, hatte selbst nichts als die Dünen im Blick. Verdammt, was war der Strand breit! Und der weiße, feinkörnige Sand schien seine Bemühungen, flott vom Fleck zu kommen, verspotten zu wollen, so hinterhältig bremste er seinen Lauf, rutschte unter seinen Sohlen davon, ließ ihn ins Leere treten, straucheln und beinahe fallen. Ströme von Schweiß liefen ihm über Stirn und Wangen, als dauere seine Flucht bereits Stunden. Und genau so kam es ihm vor.

Ein lautes Schleifgeräusch hinter ihm ließ ihn herumfahren, obwohl er sich fest vorgenommen hatte, auf gar keinen Fall zurückzuschauen. Da war das silbergraue Boot der Verfolger, mit dem hoch ragenden Bug fast im Spülsaum, vom größeren Gewicht oder durch größeres Geschick des Steuermanns viel weiter auf den Sand hinauf befördert als sein eigenes. Da waren die beiden Piraten, die mit Anlauf und so weit vorne wie möglich von Bord sprangen, um keine Sekunde und keinen Zentimeter zu verlieren. Jetzt schreckten die Badegäste endgültig hoch, denn nun war klar, dass hier etwas Ungewöhnliches vorging. Etwas Bedrohliches dazu, denn das lange Gewehr vorm Bauch des Nervösen war unübersehbar.

Venema stolperte, vermied jedoch einen Sturz und rannte weiter, von Panik vorwärts gepeitscht. Sein Vorsprung war erbärmlich gering, und seine Verfolger waren deutlich jünger und bestimmt schneller und ausdauernder als er. Nur, wenn er die Dünen vor ihnen erreichte, hatte er überhaupt eine Chance.

Immerhin fielen keine Schüsse. Also vermieden es die

Piraten tatsächlich, ihr blutiges Handwerk vor Publikum zu verrichten. Oder schossen sie etwa nur deshalb nicht, weil sie sich absolut sicher waren, ihr Opfer auch so zu erwischen? Todsicher?

Der Sandboden vor ihm begann anzusteigen. Der Ausläufer der ersten Randdüne war erreicht, Gott sei Dank. Noch einmal nahm er alle Kraft zusammen, sprintete, solange es eben ging, während der Sand in fließenden Kaskaden unter seinen Tritten davonrutschte. Seine Augen brannten vom Schweiß, während er nach der günstigsten Aufstiegsstelle spähte. Da, ein illegaler Trampelpfad zwischen zwei Dünenkämmen. Mit der freien Hand griff er in das Gestrüpp, das hier überall wucherte, und zog sich daran hoch. Büschelweise verlor das Kraut den Halt und flog davon, aber ein wenig Hilfestellung gab es dem Flüchtenden doch. Ein schneller Blick über die Schulter zeigte, dass die Verfolger nicht mehr näher gekommen waren. Venemas Hoffnung kehrte zurück.

Ein verbogener Drahtzaun stellte sich ihm in den Weg, flankiert von einem Hinweisschild. Venema tauchte unter dem Draht hindurch, ohne an Geschwindigkeit zu verlieren. Das Laufen fiel ihm jetzt leichter. Klar, die erste Dünenkuppe war erreichte. Vor ihm ersteckte sich der Dünengürtel wie ein in der Wellenbewegung erstarrtes, weiß und grün geschecktes Meer. Noch ein paar Schritte, und es ging bergab, hinein in das Labyrinth der winkellosen Erhebungen, das Unterschlupf und Schutz versprach. Venemas Beine, Brust und Lunge schmerzten höllisch, trotzdem stieß er ein Lachen hervor. Ein irres Lachen, wie er zugeben musste.

Eine Düne hinunter zu rennen war auch nicht viel leichter als hinauf, stellte er fest. Immerhin aber brachte ihn hier jedes Gleiten, jedes Stolpern nur weiter voran. Hauptsache, er fiel nicht auf die Nase, dann war alles gut.

Im Nu war er unten. Der Trampelpfad war wieder erkennbar, führte auf eine weitere hohe Düne zu und gabelte sich an deren Fuß. Nach rechts schlängelte sich der Weg zwischen zwei weiteren, kleineren Erhebungen hindurch – Richtung Ortschaft und, was entscheidend war, in einen perfekten Sichtschutz hinein. Venema sprang, rutschte und schlingerte nach rechts. Diesmal behielt er sein Triumphgefühl für sich. Nur noch wenige Sätze, dann …

Das Krachen eines Schusses hallte zwischen den Dünen wider wie Donner in einer Schlucht. Venema warf sich auf den Bauch, wühlte sich ins Gestrüpp, versuchte hinter einer Bodenwelle Deckung zu nehmen. Aktionen, die sein Unterbewusstsein diktierte. Auch die lächerliche Tatsache, dass er sich den Koffer schützend über den Kopf zu halten versuchte, entsprang keiner bewussten Überlegung.

Das zweite Projektil riss ihm den Koffer aus der Hand, ließ das kostbare Behältnis nach links über den Sand schlittern. Zwischen dem Reeder und seinem Geld lag jetzt der freie, offene Dünenweg. Und hinter ihm, so viel stand fest, lauerte der Tod. In Form des Kahlen mit dem klobigen Revolver. Venema hatte die Waffe am Sound erkannt. Das G3 hätte trockener geklungen, und dessen Geschoss hätte vermutlich sein wahres Ziel getroffen.

Jetzt ertönte solch ein trockener Schuss. Venema spürte feuchte Wärme zwischen seinen Beinen. Hatte er sich nicht so viel darauf eingebildet, in keiner Situation die Beherrschung zu verlieren? Hatte er nicht auch heute schon mehrfach kaltes Blut bewiesen? Aber der sicher bevorstehende eigene Tod gehörte wohl nicht zu den Situationen, die sich beherrschen ließen.

Moment mal. Dieser letzte Schuss war von vorne gekommen, nicht von hinten, von wo sich seine Verfolger näherten. Und es war auch kein Gewehrschuss gewesen. Also hatten die Piraten Verstärkung bekommen, hatten ihn eingekreist. Das war es dann wohl endgültig.

»Halt, stehenbleiben!«, schrie eine Stimme vor ihm.

Eine männlich tiefe Stimme, die Venema bekannt vorkam. »Polizei! Waffen weg und Hände hoch. Keiner rührt sich, verstanden?«

Jetzt erkannte er die Stimme. Das war doch dieser fette, inkompetente Hauptkommissar, der mit seinen verwegenen Plänen alles durcheinandergebracht hatte! Wo kam denn der jetzt her? Vermutlich vom Himmel geschickt, dachte Veenma, während er in den Dünensand ächzte. Wenn er sich die Hose nicht bereits vor Angst genässt hätte, dann hätte er es jetzt vor lauter Erleichterung getan.

Von hinten peitschte ein weiterer, dumpf grollender Schuss. Mist, zu früh gefreut.

»Lennert Tongers!«, schrie die Bullenstimme. »Geben Sie auf, Sie haben keine Chance! Waffe weg!«

Tongers? Wieso Tongers?

Der Bulle spinnt total, dachte Venema. Die Todesangst kehrte zurück, und der Reeder versuchte, sich tiefer in den Sand zu wühlen.

50.

»Sie reagieren nicht«, murmelte Stahnke. Durch den schütteren Bewuchs des Dünenkamms, auf dem sie Deckung gesucht hatten, beobachtete er die Kuppe des gegenüberliegenden Sandhügels. Auch dort wiegten sich Strandhafer, Sanddorn, Queller und was für Grünzeugs auch immer im Wind. Dort hielten sich die beiden Bewaffneten verborgen. Und sie machten keinerlei Anstalten, aufzustehen und sich zu ergeben.

Unten im Dünental lag Venema, von Stahnkes Position aus praktisch ohne jede Deckung. Zwischen ihm und seinen Verfolgern konnte höchstens eine flache Sandwelle liegen. Sobald er sich erhob, um die kleine Seitendüne zu umrunden oder zu erklimmen, hatten die Piraten freies Schussfeld.

Ha! Piraten vor Langeoog. Sogar *auf* Langeoog. Was für ein fleischgewordenes Hirngespinst! Aber nicht wegzuleugnen, so viel stand fest.

»Kramer«, rief Stahnke halblaut nach hinten. Eine Windböe trieb ihm eine Portion Sand in Augen und Mund, und so musste er die Kramer zugedachte Anweisung förmlich ausspucken. »Ruf Lüppo Buss an, er soll sofort hier rauskommen. Seine Kollegin auch. Wir brauchen Verstärkung.«

Kramer nickte, schob sich zwei Meter zurück und nestelte sein Handy aus der Jackentasche. Ein paar weitere Meter zurück hockten Sina und Backe, weisungsgemäß in sicherer Deckung. Der Riese hob eine seiner riesigen Hände an den Mund. »Soll ich mal außen herum? Ich könnte mir einen der beiden von hinten packen.« Seine raue Stimme war auch gegen den Wind problemlos zu verstehen.

»Gar nichts machen Sie!«, schnauzte Stahnke. »Und du auch nicht, Sina, verstanden? Ihr beiden solltet gar nicht hier sein. Das ist Polizeiarbeit.«

Sina guckte beleidigt, blieb aber stumm und rührte sich nicht. Backe grinste. »Ich kann kein Wort verstehen!«, rief er und schob sich rückwärts in Richtung Dünenflanke. Zwei Sekunden später war er außer Sicht.

»Blödmann«, knurrte der Hauptkommissar. Dabei konnte er in dieser verfahrenen Situation für jede Hilfe herzlich dankbar sein. Beene Pottebakker aber war Zivilist, und er war unbewaffnet. Reiner Selbstmord, es mit zwei schießwütigen Wegelagerern aufzunehmen.

Apropos: Seit seinem zweiten Warnruf war es dort drüben ruhig geblieben. Stahnke hob Kramers Fernglässchen an die Augen. Weißer Sand und grünes Gestrüpp, mehr war nicht zu erkennen. Die beiden Piraten lagen gut gedeckt. So gut, dass sie praktisch unsichtbar waren.

Waren sie überhaupt noch da?

Außen herum. Von hinten packen. Backes Idee war ebenso gut wie naheliegend. Was, wenn Lennert Tongers und sein Komplice auf denselben Gedanken gekommen waren?

Kramer robbte sich wieder heran. »Die Kollegen sind unterwegs«, sagte er halblaut. »Und Insa Ukena hat mir noch etwas sehr Interessantes erzählt.«

Unwirsch winkte Stahnke ab. »Hat das nicht Zeit? Wir haben doch wirklich gerade andere Sorgen.«

»Die Fingerabdrücke.« Kramer blieb stur. »Die von dem Einbrecher in Stephanies Zimmer. Die sind nicht von Lennert Tongers.«

»Nicht?« Stahnke war perplex. Zu sehr hatte er sich inzwischen mit der Motivlage des ehemaligen Kollegen angefreundet. Wieder einmal zerplatzte eine seiner Spekulationen wie eine Seifenblase.

»Identifiziert wurden die Abdrücke aber trotzdem«, fuhr Kramer fort. »Sie gehören einem gewissen Karl Onnen. Lüppo Buss kennt ihn. Einer von denen, die mit Philipp Stapelfeld zusammen den hiesigen Drogenhandel betreiben. Früher soll er mal mit der verstorbenen Angela Adelmund zusammen gewesen sein.«

Aha, das war doch mehr als ein Anhaltspunkt. Stahnke versuchte, sowohl den gegenüberliegenden Dünenkamm als auch Venema unten im Tal im Auge zu behalten, während gleichzeitig alle möglichen Kombinationen, die sich aus der neuen Erkenntnislage ergaben, in seinem Kopf rotierten. Multitasking auf hohem Niveau. Wenn das nur gut ging.

»Außerdem trägt dieser Karl Onnen eine Glatze. Seit Jahren schon. Wird deshalb auch Karl der Kahle genannt«, fuhr Kramer fort.

Klick. Der Mann auf dem Foto von der Modenschau,

der, der mit einem schallgedämpften Revolver auf Stephanie geschossen hatte. Derselbe Mann, der mit derselben Waffe dort drüben auf der Düne lauerte, nachdem er zuvor, vermutlich zusammen mit Philipp Stapelfeld, versucht hatte, Kay-Uwe Venema zu überfallen. Endlich passten mal wieder ein paar Puzzleteilchen zusammen. Wobei noch völlig unklar war …

»Vorsicht«, zischte Kramer. »Da unten!«

Im Dünental, jenseits der niedrigeren Erhebung, tauchte der Glatzköpfige auf, den Stahnke bis gerade eben noch für Lennert Tongers gehalten hatte. Zwei lange Sätze, dann hatte er Venema, der seine Arme über dem Kopf verschränkt hielt, frei im Schussfeld. Mit gespreizten Beinen kam er im stiebenden Sand zum Stehen und hob seinen schwarzen, klobigen Revolver. Mit beiden Händen. Diesmal wollte er offenbar auf Nummer sicher gehen.

Stahnke hob seine Pistole, visierte gleichfalls, krümmte den Zeigefinger, suchte den Druckpunkt seiner Waffe. Die Schussentfernung war für ihn mehr als doppelt so groß wie für den Kahlen. Es half nichts, er würde auf dessen Körper zielen müssen. Mit allen denkbaren Konsequenzen.

Eine zweite Gestalt huschte aus dem Dünenschatten, ein Sturmgewehr im Anschlag, bewegte sich auf den Kahlen zu. Und rannte ihn über den Haufen.

Fast hätte Stahnke abgedrückt, aber da der Kahle vornüber in den Sand plumpste und der zweite Mann keine Anstalten machte, seine Waffe einzusetzen, konnte er sich gerade noch bremsen. Spinnen die denn, fragte er sich, spinnen die denn alle? Das war ja wohl der Gipfelpunkt des Irrsinns.

Im nächsten Augenblick tauchte ein breiter, lederbedeckter Rücken über Kimme und Korn auf. Backe erschien auf der Bildfläche, natürlich mitten im Schussfeld des Hauptkommissars, und machte Anstalten, sich auf den am Boden Liegenden zu stürzen. Der Gewehrträger taumelte rückwärts, offenbar ebenso überrascht wie Stahnke, und sah untätig zu, wie Backe dem Glatzkopf den Revolver aus der Hand trat und sich in dessen Kreuz kniete. Na super, dieser Mann war damit ausgeschaltet. Dafür aber bot Backe dem anderen ein ebenso bequemes wie wehrloses Ziel. Irrsinn war eben doch jederzeit noch zu toppen. Wie konnte Backe nur so dämlich sein.

Der dunkelhaarige Pirat streifte den Riemen seines Gewehrs von der Schulter. Stahnke visierte erneut.

Der Pirat warf sein Gewehr in den Sand. Und Stahnke war kurz davor, mit seiner Dienstwaffe das Gleiche zu tun. Nein, wirklich, dachte er. Wenn sich hier keiner an die Regeln hält, spiele ich nicht mehr mit.

Der Dunkelhaarige machte zwei Schritte zur Seite. Er bückte sich, nahm einen schwarzen Koffer auf, der unbeachtet hinter Strandhaferbüscheln gelegen hatte, presste ihn an sich und rannte zwischen den Dünen davon.

Mühsam richtete sich Stahnke auf und klopfte sich den Sand ab. Unten, wo gerade noch Kay-Uwe Venema auf dem Bauch gelegen hatte, war nur noch ein feuchter Fleck im Sand; auch der Reeder hatte sich aus dem Staub gemacht. Na fein, dachte der Hauptkommissar. Immerhin. Einen Piraten dingfest gemacht, den anderen entwaffnet. Geht ja keinen etwas an, wie und durch wen. Den Rest kann Lüppo Buss erledigen. Dann kam er wenigstens auch noch im Protokoll vor.

Gerade, als er die Düne hinabzusteigen begann, ertönte ein Knall. Er kam aus der Richtung, in die der dunkelhaarige Kofferdieb geflohen war, und sein Klang erinnerte nicht im Entferntesten an eine polizeiliche Dienstwaffe.

51.

Wo dieser blöde Pottebakker auf einmal hergekommen war, wusste er nicht. Auch nicht, was er jetzt machen sollte, ganz alleine mit Venemas Koffer in den Dünen. Was jetzt werden sollte nach diesem Piratenstück, in dessen Verlauf seine Mannschaft dezimiert worden war wie einst die zehn kleinen Negerlein. Er wusste nur, dass er es auf genau diesen Koffer und das Geld darin abgesehen hatte, und dass er ihn jetzt in seinen Händen hielt. Immerhin etwas. Jetzt erst einmal aus dem Staub machen, etwas Abstand zwischen sich und alle anderen bringen. Der Rest würde sich schon finden.

Und dann stand auf einmal sein Vater vor ihm.

Dass der alte Mann grau im Gesicht war und leidend aussah, daran hatte Philipp sich gewöhnt. Wozu Mitleid? Das war der Mann, der schuld war an allem, was in seinem jungen Leben schief gelaufen war, entweder tatsächlich oder aber deshalb, weil sich solch eine machtgierige, von Habsucht und Ehrgeiz zerfressene Gestalt hervorragend dazu eignete, Schuld auf sie zu übertragen. Am daraus resultierenden, zur Schau getragenen Leid seines Vaters hatte Philipp sich ergötzt, wohl wissend, dass ein einziges Wort von ihm genügt hätte, um wieder Vaters Liebling zu sein. Nur, dass er dieses Wort eben niemals gesagt hatte.

»Geh weg«, schnauzte er seinen Vater an. Aber der blieb mitten auf dem Dünenpfad stehen, aufrecht, die Hände an den Revers seines Sakkos, und blockierte den Weg. Philipp machte Halt.

Sein Vater hatte sich verändert, stellte er fest. Sein leidender Ausdruck hatte sich womöglich noch verstärkt, aber es war etwas anderes hinzugekommen. Etwas, das Philipp sehr gut kannte.

Blanker Hass.

»Geh mir aus dem Weg«, versuchte er es noch einmal. Aber er stellte fest, dass er auf einmal ängstlich klang und dass er sich selbst auch nicht gehorcht hätte.

»Du hast sie umgebracht«, sagte sein Vater mit tödlich ruhiger Stimme.

»Wen soll ich was haben?«, entgegnete Philipp mit der Dreistigkeit eines diebischen Kindes, das den angelutschten Lolli hinter dem Rücken verbarg. »Wovon redest du?« Verdammt, was wusste sein Vater von Angela Adelmund? Und was ging die ihn an?

»Umgebracht«, wiederholte der alte Mann. »Deine eigene Schwester.«

»Meine ... was?« Sämtliche Ausreden, die Philipp sich für den Fall der Fälle zurechtgelegt hatte, flatterten davon wie tote Blätter im Herbstwind. »Seit wann habe ich ... eine Schwester?«

»Du *hattest* eine Schwester«, sagte sein Vater, und der gallenbittere Klang seine Worte spiegelte sich auf seinem Antlitz wider. »Du hast sie umgebracht mit deinem verfluchten Gift. Verbrannt hast du sie, innerlich. Und dann hast du ihre Leiche in meinem Container abgelegt, um auch noch mich zu verbrennen. Erzähl mir also nicht, du hättest nicht genau Bescheid gewusst.«

»Gewusst?« Nichts hatte er gewusst. Angela? Wie konnte die seine Schwester sein? Seiner Schwester hätte er doch niemals ... dieses Zeug, natürlich wusste er, wie gefährlich das war. Aber sie wollte es doch, immer mehr davon wollte sie, und sie hatte auch das Geld, woher auch immer ... natürlich, von ihrem Vater, von ihrer beider Vater! So war das also. Aber er hatte es nicht gewusst, und das mit dem Container, das war doch reiner Zufall! Er hatte sie gefunden, tot, unter den Büschen außerhalb der Klinik, und er hatte sich gedacht, wenn man sie so finden würde, ohne Papiere und Kleider, mitten im Müll, dann würde man alles mögliche vermuten, bloß nicht die Wahrheit, die bittere Wahrheit ...

Das musste sein Vater doch verstehen, das musste er doch begreifen, wenn Philipp es ihm erklärte, und das tat er doch gerade. Aber dann merkte er, dass er gar nichts sagte, nichts sagen konnte, dass er nur stumm den Mund auf und zu klappte. Und dass sein Vater, so wie er guckte, seine Wahrheit auch nicht verstehen würde. Geschweige denn verzeihen.

»Vater!«, krächzte er.

Sein Vater sagte nichts mehr, blickte ihn nur kalt und voller Verachtung an. Dann öffnete er sein Sakko. Eine Pistole kam zum Vorschein, ebenso groß wie der Revolver des Kahlen und noch klobiger.

»Vater!«

»Du hast sie verbrannt«, flüsterte Thees Stapelfeld und richtete die Waffe auf seinen Sohn. »Dafür sollst du auch brennen.« Dann drückte er ab.

Philipp hatte die Entschlossenheit in den Augen seines Vaters gesehen. Alles, was ihm noch zu tun einfiel, war, den Geldkoffer hochzureißen und sich dahinter zu verstecken.

Der Schuss krachte, und ein gewaltiger Aufprall riss Philipp den Koffer aus den Händen und schleuderte ihn zu Boden. Auf dem Rücken liegend fand er sich wieder. Fassungslos stellte er fest, dass er noch lebte – und dass der Koffer brannte, gleißend rot, leuchtend und qualmend wie eine Phosphorfackel. Jetzt erst erkannte Philipp, womit sein Vater auf ihn geschossen hatte: Mit der Signalpistole seines Bootes. Das höllische Geschoss, dessen Glut selbst mit dem Wasser der gesamten Nordsee nicht zu löschen gewesen wäre, fraß sich durch den Koffer und dessen Inhalt, so wie es sich durch sein Gesicht und seinen Kopf, durch seine Brust und sein Herz oder auch durch seinen Bauch und seine Gedärme gebrannt hätte, je nachdem, wo es eingeschlagen wäre. Philipp wurde übel. Vor einem derart epischen Hass nahm sich sein eigener kümmerlich und kindisch aus.

Der Geldkoffer brannte lichterloh. Aufflammende, halb verkohlte Scheine flatterten in der Hitze empor, schwebten über der Düne wie todgeweihte Glühwürmchen, die sich in der Tageszeit geirrt hatten, verzehrten sich bis zur Unkenntlichkeit und sanken als winzige schwarzgraue Ascheflöckchen auf den weißen Sand nieder. Die Leuchtkugel fauchte und feuerte unermüdlich weiter, bis von Venemas umkämpftem Schwarzgeld auch nicht der geringste Rest übrig geblieben war.

Philipp starrte seinen Vater an. Dessen Zeigefinger bewegte sich vor und zurück, jedoch ohne Wirkung, denn seine Leuchtpistole besaß nur einen Lauf, und ans Nachladen schien er nicht zu denken. Eine maßlose Enttäuschung breitete sich auf Thees Stapelfelds Gesicht aus, ein Ausdruck, den Philipp nur zu gut kannte und der ihm jetzt noch viel mehr zusetzte als der zuvor gezeigte Hass. Unglaublich, wie gerne sein Vater ihn umgebracht hätte!

»Hände hoch! Waffe weg!«

Nicht zum ersten Mal heute brüllte der dicke Polizist, der da von hinten angeschnauft kam, diese Worte. Wegzuwerfen hatte Philipp nichts mehr, also hob er wortlos die Arme. Sein Vater, der ihn immer noch starr fixierte, hatte die Signalpistole bereits in den Sand plumpsen lassen und trat ein paar Schritte zurück. Das Leuchtgeschoss, das seine Energie endlich doch verausgabt hatte, erlosch mit einem Röcheln. Vom Koffer waren nur noch unkenntliche Aschereste übrig.

»Was war das denn hier?«, fragte Stahnke, während er Vater und Sohn mit der Waffe vor sich her und zueinander scheuchte. Die Signalpistole hob er mit spitzen Fingern auf, betrachtete sie ungläubig und steckte sie ein. Die beiden Angesprochenen vermieden es sorgfältig, einander anzusehen oder gar zu berühren.

»Nun?«

»Er hat versucht, mich zu erschießen. Mit der Signalpistole. Stellen Sie sich das einmal vor! Ich wollte ihm gut zureden, wollte ihn davon abhalten, alles noch schlimmer zu machen, aber er ... unglaublich.«

Philipp glotzte seinen Vater mit offenem Mund an. Hatte der das wirklich gerade gesagt?

Der Hauptkommissar zückte ein Paar Handschellen und fesselte Philipp mit geübten Griffen die Hände auf dem Rücken. »Dann können Sie ja von Glück reden, dass die Leuchtkugel Sie nicht getroffen hat«, sagte er. »Ein Treffer hätte zu fürchterlichen Verbrennungen geführt. Phosphor, mein lieber Mann!«

»Wem sagen Sie das«, bestätigte Thees Stapelfeld.

»Na dann«, sagte Stahnke. »Kommen Sie bitte mit.«

Wieder hatte Philipp den Eindruck, den Mund voller ungesagter Worte zu haben und beinahe daran zu ersticken. Dieses Gefühl aber ließ nach, machte einer Art Ohnmachtsempfinden Platz, das unerwartet angenehm war. Aus war das Rattenrennen, aus und vorbei. Ihm waren die Hände gebunden, buchstäblich, und damit waren ihm auch alle Entscheidungen aus den Händen genommen. Widerstandslos ließ er sich von dem Hauptkommissar am Oberarm umdrehen und den Dünenpfad entlang dirigieren. Genug war genug, jetzt sollten die anderen sagen, wie es weitergehen sollte.

»Da hätten wir sie«, sagte Stahnke, als er bei seinem Kollegen Kramer angekommen war. »Familie Stapelfeld, Vater und Sohn.«

Kramer hatte den Kahlen inzwischen von seiner Zwei-Zentner-Last befreit und ihm ebenfalls Handfesseln angelegt. »Wieso Vater?«, fragte er.

Erstaunt drehte Stahnke sich um. Hinter ihm war niemand.

»Nanu«, sagte er. »Seit wann flieht denn das Opfer?«

Philipp spürte, wie ihm ein Lachen den Hals hinauf stieg, ein Lachen, das sich nicht stoppen ließ und das nicht mehr enden wollte. Ein Lachen, das vollkommen wahnsinnig klang.

52.

Praktisch, dass es Leute gab, die Fahrräder einfach unabgeschlossen in der Gegend herumliegen ließen! Sehr leichtsinnig, selbst auf einer Ferieninsel. Venema hatte sich das am besten passende ausgesucht, im guten Gefühl, dem Besitzer oder Mieter damit eine heilsame Lehre zu erteilen. Nach Gebrauch würde er das Rad natürlich stehen lassen, und der Eigentümer würde es schon irgendwie zurückbekommen. Auf so einer Insel ging ja nichts verloren.

Knapp der Lebensgefahr entronnen, hätte sich der Reeder beinahe schon wieder obenauf gefühlt, stark und mächtig und unangreifbar. Beinahe – wäre da nicht dieses klamme Gefühl an seinen Oberschenkeln und zwischen seinen Beinen gewesen, dort, wo der Fahrtwind gemeinsam mit seinem Urin Verdunstungskälte erzeugte. Das rief ihm widerlich deutlich ins Gedächtnis, wie schwach, machtlos und angreifbar er sich noch Minuten zuvor gefühlt, dass er sich vor Angst in die Hose gepinkelt hatte.

Auf seiner hellen Bordhose war der große Fleck auch noch unangenehm deutlich zu sehen. An den Knien war die Hose ebenfalls angeschmuddelt, und auch sein Pulli hatte etwas abbekommen. Solange er auf den Rad saß und fuhr, konnte er damit leben; niemand nahm sich die Zeit, ihn eingehend zu betrachten und sein Äußeres zu bewerten. Anders sah es aus, sobald er sein Ziel erreicht hatte. Dann musste er sich etwas einfallen lassen.

Wohin er wollte, ja: musste, war klar. Zur Klinik. Zu Stephanie. Was interessierte ihn das Schicksal seiner Yacht! Lennert Tongers war ein ausgezeichneter Schwimmer, er hatte es bestimmt zurück an Bord geschafft, und der kleinste der vier Piraten, der zuletzt noch an Bord und aktionsfähig gewesen war, dürfte für Tongers kein adäquater Gegner gewesen sein, bewaffnet oder nicht. Außerdem waren van der Vlieth und Cummings ja auch noch da. Nein, die *Dagobert* würde schon wieder in den Yachthafen zurück finden, und die paar Einschusslöcher ließen sich relativ leicht beseitigen. Das würde dieser Karl Onnen ... Nein, der nicht. Den hatte die Polizei ja gepackt, Gott sei Dank.

Würde der Glatzköpfige plaudern, würde er aussagen, was er und seine Mittäter an Bord gesucht und gefunden hatten? Tja, sicher würde er das. Der Reeder konnte keinen Grund erkennen, warum nicht. Onnen war zwar gewitzt, von seiner mentalen Natur her aber eher primitiv. Er würde das tun, wovon er sich einen Vorteil versprach. Venema kannte diese Haltung; sie war angenehm berechenbar, und er hatte sie bei vielen Menschen gefunden und für seine Zwecke ausgenutzt. Dieser Stahnke würde wohl auch wissen, wie man das machte.

Aber andererseits: Das Geld war verbrannt! Nichts mehr übrig als verstreute Asche im Sand. Der entscheidende Beweis war in Rauch aufgegangen. Venema hatte das Vater-Sohn-Duell aus sicherer Entfernung beobachtet. Damit war die Strategie klar. Er, Kay-Uwe Venema, hatte dieses angebliche Schwarzgeld nie gesehen oder davon gewusst. Seine Geschäftspartner brauchte er auf diese Linie gar nicht erst einzuschwören, die würden sowieso alles abstreiten, war man ihnen nicht haarklein nachweisen konnte. Ja, so pflegten sie zu agieren, er und seinesgleichen, und sie fuhren sehr gut damit.

Als Venema sich der Klinik näherte, hatte er noch immer keinen Plan, was seine äußere Erscheinung betraf. Es war Mittagszeit, und alle Straßen und Wege waren sehr belebt. Vor- und Nachteil zugleich; sonderlich auffallen würde er in der Menge nicht, unbemerkt bleiben aber auf gar keinen Fall.

Kurz entschlossen hielt er vor dem ersten Bekleidungsgeschäft, das er sah, zog sich seinen Pulli über den Kopf und band ihn sich um die Hüften. Extra nachlässig, so dass es aussah, als sei er beim Radfahren verrutscht. Die vorne baumelnden Ärmel kaschierten den Fleck in der Hose zumindest halbwegs. Zum Glück verfügte der Laden über eine Umkleidekabine. Venema schnappte sich eine großzügig geschnittene Badeshorts vom nächstbesten Ständer und tauchte hinter den Vorhang. Erleichtert pellte er sich das feuchte Zeug von der Haut und stieg in die luftige Badehose. Hose und Unterhose rollte er zu einem festen Bündel, Flecken nach innen, nicht ohne vorher Schlüssel und Portemonnaie herausgenommen zu haben. Socken trug er in seinen Bordschuhen ohnehin keine. Schnell den Pulli übergezogen und die Ärmel hochgestreift. Ein Blick in den Spiegel: Hallo, Herr Venema! Ziemlich unkonventionell gekleidet heute, sehr locker, wohl in der Sommerfrische, was? Aber doch präsentabel wie immer, trotz der kleinen Schrammen hier und da.

Das Ohnmachtsgefühl begann endlich zu weichen. Äußerlichkeiten waren eben doch verdammt wichtig. Nur Dummköpfe konnten das leugnen.

Er zahlte, ließ sich eine Tüte für seine Sachen geben und schwang sich wieder auf sein Fahrrad. Bis zur Klinik waren es keine zwei Minuten mehr. Sollte er den Haupteingang benutzen? Eigentlich sprach nichts mehr dagegen, trotzdem war ihm eher danach, seine Tochter zu überraschen. Seine Selbstzufriedenheit schlug in Übermut um. Stephanies fast ebenerdiges Zimmer hatte doch eine kleine Terrasse. Die Lage hatte er sich gemerkt. Von dort würde er kommen, wie weiland Romeo zu seiner Julia über den Balkon, sich vergewissern, ob sie wach war, und sacht an die Scheibe klopfen, bis sie ihn bemerkte. Und freudig anstrahlte. Oder, falls die Terrassentür offen stand, was zwar leichtsinnig, bei diesem Wetter aber nicht ausgeschlossen war, würde er leise ins Zimmer treten, sich den Bodyguards stumm zu erkennen geben, falls diese nicht ohnehin auf dem Flur standen, und seine Tochter mit einem Küsschen wecken. Auf die Wange, natürlich. Er lächelte voller Vorfreude.

Am richtigen Flügel der Klinik angelangt, nahm er sich nicht einmal die Zeit, das Fahrrad auf den Ständer zu stellen, sondern ließ es in den nächsten Busch fallen. Da war Stephanies Terrassentür, zwar nicht offen, aber auf Kipp gestellt; sie würde ihn also hören können, wenn er sie leise rief. Nichts wie ab durch die Beete.

Aus dem niedrigen Gebüsch direkt vor ihm erhob sich eine Gestalt, so überraschend, dass Venema in der Bewegung erstarrte. Ein älterer Mann mit grauem, verbittertem Gesicht. Er kannte ihn. Es war Thees Stapelfeld.

Und die Waffe, die Stapelfeld in der Hand hielt, kam Venema auch bekannt vor. Sie sah so ähnlich aus wie die des Kahlköpfigen, schwarz und klobig und sehr, sehr bösartig.

»Ich wusste, dass du hier aufkreuzen würdest«, sagte Stapelfeld. »Ich weiß nämlich auch, wie es ist, eine Tochter hier drin zu haben. Zu wissen, dass man selber sie hier hineingebracht hat, letzten Endes. Und dass es keinen Weg gibt, wie man sie aus eigener Kraft hier wieder rauskriegt.«

Der Reeder traute seinen Ohren nicht. Was redete der Mann da?

Dann begann es ihm zu dämmern. Stapelfeld war derjenige, auf den er zuerst gestoßen war, als er damit begonnen hatte, einen Teil seines Geldes hier auf Langeoog zu investieren, um es vor der sich anbahnenden Finanzkrise und dem dadurch bedingten Einknicken des weltumspannenden Transportmarktes in Sicherheit zu bringen. Dieser Mann hier war sein Konkurrent, und genau so war er mit ihm umgegangen. Verdrängung, der Stärkere setzt sich durch, *survival of the fittest*, so war das nun einmal im Wirtschaftsleben! Das war doch nichts Persönliches. Konnte es sein, dass dieser Mann das nicht begriffen hatte?

Stapelfelds Augen blieben ebenso auf sein Gegenüber gerichtet wie die dunkle Mündung seines Revolvers. Er schien geradezu darauf zu warten, dass Venema zu begreifen begann. Endlich sagte er: »Alles, was ich in den vielen Jahren aufgebaut habe, habe ich für meine Kinder getan. Für Philipp, meinen Filius, ebenso wie für Angela. Dass meine Familie gerade deshalb vor die Hunde gegangen ist, daran trage ich selbst die Schuld, keine Frage. Ich habe mich damit getröstet, dass sich alles wieder kitten lässt, wenn ich mein Ziel erst einmal erreicht habe. Bis vor kurzem habe ich das geglaubt. Aber dann hast du dafür gesorgt, dass mir alles, was ich aufgebaut habe, unter den Fingern zerrinnt. Dass sich all die Opfer, die ich gebracht habe, nach und nach als sinnlos erweisen. Dass ich am Ende wieder der kleine Inselhöker sein werde, der ich mal war und der ich um keinen Preis bleiben wollte. Das musste ich verhindern. Dumme Sache, dass es beim ersten Versuch nicht geklappt hat; dieser Karl Onnen hat zwar mein Geld genommen, aber sein Ziel verfehlt. Jetzt ist es vielleicht schon zu spät. Angela ist tot. Seitdem bin ich wie ausgebrannt. Philipp ist ein Mörder, und genau genommen bin ich das auch.« Stapelfeld lächelte, was seine Miene nur noch bitterer machte. »Das heißt aber nicht, dass ich darauf verzichten werde, diese Sache zu Ende zu bringen.«

Venema war immer noch weit davon entfernt, wirklich zu begreifen, was diesen Mann umtrieb und was er eigentlich von ihm wollte. So stürzte er sich auf den Punkt, den er verstanden zu haben glaubte. »Das Attentat auf Stephanie? Das haben Sie in Auftrag gegeben? Weil Ihre eigene Tochter gestorben ist? Sind Sie noch bei Trost?« Eine innere Alarmglocke schrillte; diese Worte hatten die akute Gefahr für sein Leben sicher nicht vermindert. Aufwallende Wut aber erstickte jedes Gefühl für Selbstschutz. Wie konnte dieser Provinzkasper es wagen, auf seine Tochter schießen zu lassen!

Stapelfeld aber schüttelte nur leicht den Kopf. »Wenn einer Stephanies Leben in Gefahr gebracht hat, dann du selber«, sagte er ruhig. »Glaub mir, ich weiß, wovon ich rede. Ihre Verletzung war nie geplant. Der Schuss, der sie gestreift hat, hat dir gegolten.« Er wartete einen Moment, um diese Information wirken zu lassen, und fuhr fort: »Leider war der Mensch, den ich damit beauftragt habe, dich zu beseitigen, nicht fähig, das richtig zu besorgen. Ich nehme an, du weißt, wie das ist: Wenn du willst, dass etwas richtig erledigt wird ...«

» ... dann tu es selbst«, murmelte Venema vor sich hin. Er hätte sich dafür schlagen können, aber er konnte die Worte einfach nicht zurückhalten.

»Genau.« Stapelfeld nickte, und das bittere Lächeln verschwand aus seinem Gesicht. Seine hagere Hand schloss sich fester um die klobige Waffe.

Aus, dachte Venema. Nicht zum ersten Mal an diesem Tag. Es reichte. »Dann tu's endlich!«, brach es aus ihm heraus. »Wenn du mich töten willst, dann laber hier nicht rum, sondern schieß!«

Eine schattenhafte Gestalt, die vom Himmel zu fallen schien, tauchte plötzlich zwischen den beiden Männern auf, umflattert von einem weiten Umhang. Venema glaubte zu träumen. Ein Engel, schoss es ihm durch den Kopf, das muss ein Engel sein. Batman ist dunkler.

Es war Stephanie. Mit einem Satz war sie über das Geländer ihrer kleinen Terrasse gesprungen, im Nachthemd, mit offenem Bademantel und ungebändigtem Haarschopf, den Rücken ihrem Vater zugewandt. »Nein«, rief sie Stapelfeld zu, der wie erstarrt dastand. »Nein! Tun Sie das nicht!«

»Geh aus dem Weg, Kind«, stieß Stapelfeld hervor. »Mach Platz.« Seine Erstarrung löste sich. Er trat einen Schritt zur Seite, um Venema wieder ins Visier zu bekommen. Stephanie aber vollzog seine Bewegung nach und blieb schützend vor ihrem Vater, die Arme ausgebreitet.

»Wenn Sie ihn töten wollen, dann müssen Sie mich mit umbringen«, sagte sie entschlossen.

»Lass das«, schrie Stapelfeld. »Er ist es doch überhaupt nicht wert!«

Venema spürte diese Worte wie die heiße Klinge eines Dolches, der ihn wieder und wieder durchbohrte. Was, wenn Stapelfeld recht hatte?

»Das ist nicht Ihre Entscheidung«, sagte Stephanie ruhig. »Ich weiß, was Sie durchgemacht haben; die Tür stand die ganze Zeit halb offen, ich habe alles mitgehört. Daher weiß ich auch, was Sie angerichtet haben. Es reicht jetzt. Mit Blut kann sich niemand rein waschen. Die Hände nicht, und die Seele auch nicht.«

Stapelfeld begann zu zittern. Die Mündung seiner Waffe senkte sich.

»Sie hat recht«, sagte eine Männerstimme hinter ihm. »Versuchen Sie es lieber mit Sand. Oder mit Asche. Und vor allem mit leeren Händen.«

Stapelfeld ließ die Pistole fallen. Stahnke, der sich ihm von hinten genähert hatte, stieß auf keinerlei Widerstand mehr.

53.

Insa Ukenas Apartment war winzig, und obwohl die Wohnküche der größte Raum darin war, vermochte sie doch kaum all die Menschen zu fassen, die sich an diesem Abend um den hölzernen Tisch drängten. Mit dem Resultat, dass einige der Leute mehr auf- als nebeneinander saßen. Was ihnen allerdings nichts auszumachen schien, denn die allgemeine Laune war bestens.

Zu Insas Überraschung hatte Stahnke das Kochen übernommen. »Spaghetti mit Gorgonzola-Zucchini-Sauce, mit viel Knoblauch, wie wär's?« Ihre skeptische

Zustimmung war, sobald das Gericht auf dem Tisch stand, ehrlicher Begeisterung gewichen. Nur Stahnkes Mengen-Vorstellungen, die ihre sämtlichen Töpfe zum Einsatz brachten, hatte sie reichlich übertrieben gefunden. Das änderte sich, als sie sah, wie alle zulangten. Bloß gut, dass ich über anständige Weinvorräte verfüge, dachte sie.

Die Oberkommissarin füllte ihr Glas nach und prostete ihrem Sitznachbarn zu. Dass Kollege Kramer Schulter an Schulter und Oberschenkel an Oberschenkel mit ihr saß, fand sie alles andere als unangenehm. Oliver hieß er also, na ja, da gab es Schlimmeres. Patenter Kerl, auf jeden Fall. Sie mochte seine beherrschte, souveräne Art. Und wie er sich anfühlte, das mochte sie auch.

Stephanie hatte zwischen Stahnke und diesem Backe Platz genommen. Ausgerechnet! Zart und zerbrechlich wie eine Porzellanfigur saß sie da, eingeklemmt zwischen diesen grobschlächtigen Klötzen. Ein absurder Anblick. Aber auch sie schien guter Dinge zu sein, und, darauf achtete Insa besonders, sie aß. Mit gutem Appetit sogar, wie es schien, und ihre Serviette benutzte sie nur, um sich Lippen und Finger damit abzutupfen. So, wie es sein sollte.

»Bloß gut, dass dieser Karl Onnen sofort angefangen hat zu plaudern.« Stahnke ließ sich in seiner Schilderung dessen, was eigentlich sowieso alle längst wussten, auch von seinem immer aufs Neue gefüllten Mund nicht bremsen. »Vermutlich redet er immer noch, jedenfalls solange er sich etwas davon verspricht. Dass er sich von Stapelfeld senior hat anwerben lassen, wie er sich in der Werkstatt am Yachthafen selber einen Schalldämpfer gebastelt hat, dass er das Geld brauchte, um es in den Drogenhandel zu investieren, und mit wem zusammen er den betrieben hat. So wussten wir jedenfalls gleich, wer hinter allem steckte, und konnten uns zusammenreimen, was Thees Stapelfeld als Nächstes vorhatte. Stellt euch vor, ich wäre nicht mehr rechtzeitig bei der Klinik angekommen!«

»Trotzdem, das letzte Fahrrad hättest du mir überlassen sollen«, warf Kramer ein. »Eins hatte Venema geklaut, das zweite Stapelfeld senior. Das dritte, das noch dort lag, wo wir es zurückgelassen hatten, war eigentlich meins. Und ich fahre bestimmt schneller als du!«

»Das steht überhaupt nicht fest. Schließlich bin ich besser im Training.« Stahnke stopfte sich eine weitere Riesenportion aufgewickelter Spaghetti, die vor sämiger Sauce nur so tropften, in den Mund und fuhr unerschrocken fort zu reden. »Was man schon daran erkennt, dass ich ja rechtzeitig zur Stelle war, um Stapelfeld am Schuss zu hindern.« Er schluckte unüberhörbar. »Außerdem habe ich den höheren Dienstrang. Und der führt automatisch zu höherer Leistung. Ich hoffe, das ist dir klar.«

Die Stimmung war gelöst, alle waren freundlich gestimmt und schon leicht angeheitert. So wurde selbst über diesen Witz herzhaft gelacht. Stahnke strahlte.

»Das hättet ihr euch alles sparen können, wenn du diesen Thees Stapelfeld nicht in den Dünen hättest laufen lassen«, stichelte Sina, die rechts neben Stahnke saß. Sie gab Lüppo Buss, ihrem anderen Nebenmann, einen Wink, und der schob ihr einen der Saucentöpfe zu. »Immerhin hatte er gerade auf seinen eigenen Sohn geschossen«, fuhr sie fort, »das muss man sich mal vorstellen! Und du nimmst ihn nicht einmal fest. Er macht sich davon, klaut eins unserer Fahrräder, holt sich von zu Hause ein neues Schießeisen – eine eingetragene Waffe übrigens, ganz legal! – und ist rechtzeitig dort, wo er Venema vermutet, um ihm aufzulauern. Ganz großes Damentennis, wenn du mich fragst.«

»Woher sollte ich das denn wissen?«, maulte Stahnke. »Den Schuss aus der Signalwaffe hatte ich nur gehört, nicht beobachtet. Als ich hinkam, lag die Waffe zwischen den beiden im Sand, und Philipp kriegte die Zähne nicht auseinander. Warum sollte ich die Worte seines Vaters bezweifeln? Immerhin ist Philipp der Dealer und Pirat, oder etwa nicht?«

Sina streichelte seinen Oberschenkel. »War doch nur Spaß«, hauchte sie ihm ins Ohr. Ihr Atem war heiß und mit Knoblaucharoma gesättigt. Stahnke fühlte sich gleichermaßen besänftigt und hochgradig erregt. Er legte die Gabel weg und schlang seinen Arm um Sinas Taille. Die sich als schmaler erwies als gedacht.

»He, was willst du denn von mir?«, rief Lüppo Buss geziert und schlug Stahnke spielerisch auf die Finger. Sie saßen wirklich alle sehr, sehr eng.

»Diese Fotos.« Kramer schüttelte sinnierend den Kopf. »Die von der Modenschau. Dass wir die nicht sofort richtig gedeutet haben! Im Nachhinein kann ich das überhaupt nicht begreifen. Es war doch so klar, dass der Schuss dieses Kahlköpfigen nicht Stephanie gegolten hat, sondern ihrem Vater! Stephanie hatte nur das Pech, im entscheidenden Moment in die Schussbahn zu geraten. Venemas Glück war, dass er sich genau im richtigen Augenblick nach seiner Kamera bücken musste. Dann lag er flach und Onnen dachte, er hätte sein Ziel erreicht.«

»Ja, aber verletzt wurde nun einmal Stephanie«, wandte Insa ein. »Und damit hatte der ganze Fall von vornherein seinen Stempel weg. Es ist mehr als schwer, sich im Verlauf einer Ermittlung von solch einer Vorgabe zu lösen. Wie soll man auch draufkommen, dass in einer Sache, in der man weder Täter noch Motiv kennt, nicht einmal das Opfer das richtige ist? Praktisch unmöglich.« Zur Bekräftigung rubbelte sie mit der Hand über Kramers Rücken. Olivers Rücken, korrigierte sie sich selbst, und aus dem kameradschaftlichen Rubbeln wurde ein sanftes Streicheln.

Kramer fing einen Blick von Stahnke auf. Keinerlei Spott war darin.

»Und wo treibt sich dein Vater jetzt rum, Stephanie?«, fragte Backe. »Warum ist er heute Abend denn nicht mit hier?«

Stephanie lachte auf. »Längst wieder auf dem Festland. Wichtige Termine, unaufschiebbar.« Sie zuckte die Achseln. »Ist mir wurscht, ob's stimmt oder ob er sich nur schnellstens verdrücken wollte. Die Schwarzgeldaffäre wird ja wohl im Sand verlaufen, weil das Corpus delicti restlos verbrannt ist und Daddy gnadenlos alles abstreitet. Aber trotzdem dürfte ihm der Kontakt mit gewissen Polizeibeamten doch eher unangenehm sein. Auch wenn die ihm das Leben gerettet haben.« Sie prostete Stahnke zu.

»Na, sein Leben gerettet haben doch in erster Linie Sie.« Der Hauptkommissar gab sich bescheiden, seine Selbstzufriedenheit aber war kaum zu übersehen.

Stefanie schaute zu Lennert hinüber. Er saß am Kopfende des Tisches und war der mit Abstand Schweigsamste in dieser Runde. Vielleicht, weil er seine Rolle in dieser Geschichte – immerhin hatte er die *Dagobert* mitsamt zwei dingfest gemachten Nachwuchspiraten und den befreiten Geiseln an Bord ganz alleine sicher in den Hafen gebracht – nicht ausreichend gewürdigt fand. Vielleicht aber auch, weil Stefanie sich nicht neben ihn gesetzt hatte.

Klar hätte er sich mehr um sie kümmern müssen. Dass er keine Zeit für sie gefunden hatte, obwohl sie seinen Beistand so nötig gehabt hätte, war natürlich nicht richtig gewesen. Aber er hatte doch auch an sein berufliches Fortkommen denken müssen, an seine wirtschaftliche Zukunft, die doch irgendwie auch ihre war, oder etwa nicht? Nicht einmal seine eigenen Eltern hatte er besucht, obwohl er es ihnen doch versprochen hatte. Die Jobs, die er stattdessen für Stephanies Vater erledigte, brachten gutes Geld ein, bar und steuerfrei, und Geld war nun einmal wichtig. Dass er weder Vater Venema von seinem Verhältnis zu seiner Tochter etwas hatte verraten können noch ihr von seinem Verhältnis zu ihm, das musste Stephanie doch verstehen. Oder?

Und die Sache mit der angeblichen Hanfzucht, diesen lächerlichen Verdacht, den hatte er schnell ausgeräumt. Von wegen Rauschgift! Exotische Pflanzen würde er züchten, in ganz großem Stil, wie es sonst nur die Holländer machten. Das nötige Ackerland dazu hatte er bereits gepachtet, die für den Anfang nötige Ausrüstung und das Saatgut besorgt, und dank Stephanie verfügte er über ausreichend Startkapital. Trotzdem, jeder Cent war wichtig, gerade jetzt in der Zeit des Geschäftsaufbaus. Warum verstand sie das denn nicht?

Überhaupt war Stephanie wenig begeistert gewesen, als er ihr seine Pläne endlich offen auf den Tisch gelegt hatte, stolz wie Oskar. Genau genommen hatte sie sogar enttäuscht gewirkt. Was war denn an der Pflanzenzucht auszusetzen? Nach seinen Erfahrungen als SEK-Beamter hatte er sich nach etwas Ruhigem, Solidem gesehnt. Und genau das hatte er doch gefunden!

Ob er sie vielleicht doch vorher hätte fragen sollen?

Stephanies Gedanken waren über diesen Punkt längst hinaus. Ich muss meinen eigenen Weg finden, dachte sie, und ich werde ihn gehen. Selbstständig, und zumindest einige Zeit lang allein. Nur nicht so werden wie Anni, der es zwar schon etwas besser ging, die außer Lebensgefahr war, die sich aber trotzdem immer noch in den Fängen dieser grausamen Krankheit wand. Und das auch auf absehbare Zeit tun würde. Sie aber musste sich lösen, von Daddy, aber auch von Lennert, wenigstens vorerst. Auf eigenen Füßen stehen. Und der Weg, ihr Weg, das würde nicht der über den Laufsteg sein. Lächerlich. Allein Daddys Idee war es in Wirklichkeit gewesen, seinen kleinen Engel im Modehimmel schweben zu sehen, ein buntes Anziehpüppchen für alle Zeit! Absurd, einfach nur absurd. Und so leicht zu erkennen. Sie hatte nur einmal die Augen richtig aufmachen müssen.

Nein, ab sofort würde sie ihre Entscheidungen selbst treffen. Zunächst noch einige Zeit in der Klinik bleiben, um der Krankheit, ihrer Krankheit, systematisch auf den Grund zu gehen. Dafür sorgen, dass Angelas Asche so verstreut wurde, wie sie sich das gewünscht hatte, auch wenn das illegal war. Dann wieder zur Schule gehen und das Abitur machen. Trotz allem. Und danach? Das würde man sehen, wenn die Zeit gekommen war.

Herrlich, diese Spaghetti. Stephanie kaute, schluckte und strahlte. Ab heute würde alles anders werden. Ohne Zwang und Druck und ferne Ziele. Aufrecht würde sie gehen, und solange es ihr Weg war, den sie ging, war es doch vollkommen gleichgültig, wohin er führte.

Plötzlich wurde ihr bewusst, dass alle anderen sie anschauten wie eine leuchtende Erscheinung. Schon wollte sie die Augen niederschlagen, züchtig und gesittet und peinlich berührt. Aber sie entschied sich anders. Stattdessen erhob sie ihr Glas und rief: »Auf den ersten Schritt!«

War das Leben nicht schön?

Ende

PETER GERDES

1955 in Emden geboren, lebt in Leer (Ostfriesland). Verheiratet, drei erwachsene Töchter. Studium der Germanistik und Anglistik, anschließend als Journalist und Lehrer tätig. Literarische Anfänge Ende der 70er Jahre; schreibt seit 1995 vor allem Kriminalliteratur und betätigt sich als Herausgeber. Mitglied im *Verband deutscher Schriftsteller (VS)* und im *Syndikat*, Leiter der *Ost-Friesischen Krimitage*. Liebt Fahrräder, Motorräder und fast alles, was schwimmt.
Kriminalromane: *Ein anderes Blatt* (1997); *Thors Hammer* (1997, beide NA als Doppelband 2008); *Ebbe und Blut* (1999, TB 2006, NA 2007, 2010); *Der Etappenmörder* (2001); TB unter dem Titel *Der Tod läuft mit* (2007);. *Fürchte die Dunkelheit* (2004); *Solo für Sopran* (2005, NA und Hörbuch 2006) *Der siebte Schlüssel* (2007, NA 2010); *Sand und Asche* (2009).
Kriminalgeschichten: *Stahnke und der Spökenkieker* (2003). Anthologieherausgaben (Auswahl): *Mordkompott – Kriminelles zwischen Klütje und Kluntje* (2000); *Mordlichter* (2001); *Flossen höher! Kriminelles zwischen Fisch und Pfanne* (2004, mit Heike Gerdes). *Fiese Friesen – Kriminelles zwischen Deich und Moor* (2005); *Inselkrimis – Kriminelles zwischen Strand und Düne* (2006). *Unsere Ems – Ein Lesebuch vom Leben am und im Fluss; Friesisches Mordkompott – Herber Nachschlag* (2009); *Friesisches Mordkompott – Süßer Nachschlag* (2010; alle mit Heike Gerdes).

Wo das Verbrechen wächst, wachsen auch Typen wie Stahnke. Nicht einer der handelsüblichen, um alle Illusionen gebrachten Privatdetektive, keiner aus dem literarisierten Heer der revolvertragenden Vorstadtalkoholiker, sondern ein Mann in den klassisch »besten Jahren«, ein Melancholiker, ein »Bauchdenker«, der seine kriminalistischen Fähigkeiten im Rang eines Hauptkommissars noch dem Staat zu leihen bereit ist und lieber zweimal nachdenkt, bevor er schweigt. Peter Gerdes präsentiert seinen Ermittler mit einem spröden Charme, einer glaubwürdigen Kantigkeit, die nicht in das seichte Wasser des Klischees abdriftet. Und mit einem eleganten Augenzwinkern. (...) eine kaum genug zu lobende Qualität.
Anja Knocke, Lesart

Gerdes schreibt einfach gut.
Dorothea Puschmann, Capricorn

Gerdes schreibt Krimis, wie man sie sich schöner nicht wünschen kann. Sehr spannend, schlüssig, wunderbar formuliert und immer lustig, dabei geprägt von Liebe zu Land und Leuten – wunderbar. Mehr davon!
Dorothea Baumm, Lübecker Nachrichten

Peter Gerdes
**Ein anderes Blatt
Thors Hammer**
2 Oldenburgkrimis
978-3-939689-11-9
352 S.; 9,90 Euro

Peter Gerdes
Ebbe und Blut
Ostfrieslandkrimi
978-3-934927-56-8
224 Seiten
8,90 Euro

Peter Gerdes
Wut und Wellen
Inselkrimi, Langeoog
978-3-939689-34-8
320 Seiten
9,90 Euro

Peter Gerdes
**Fürchte die
Dunkelheit**
Kriminalroman
978-3-934927-60-5
272 S.; 11,90 Euro

Peter Gerdes
Solo für Sopran
Inselkrimi
Langeoog
978-3-934927-63-6
208 S.; 9,90 Euro

Peter Gerdes
**Der siebte
Schlüssel**
Ostfrieslandkrimi
978-3-934927-99-5
320 S.; 9,90 Euro

Regula Venske
Bankraub mit Möwenschiss
Inselkrimi – Juist
978-939689-18-8
208 S.; 8,90 Euro

Regula Venske
Juist married
oder Wohin mit der Schwiegermutter?
Inselkrimi – Juist
978-934927-85-8
224 S.; 8,90 Euro

Tatjana Kruse
Wie klaut man eine Insel?
Inselkrimi – Borkum
978-3-934927-96-4
176 S.; 8,90 Euro

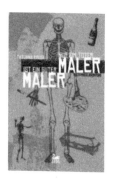

Ulrike Barow
Dornröschen muss sterben
Inselkrimi – Baltrum
978-939689-14-0
224 S.; 8,90 Euro

Ulrike Barow
Endstation Baltrum
Inselkrimi – Baltrum
978-939689-09-6
208 S.; 8,90 Euro

Tatjana Kruse
Nur ein toter Maler ist ein guter Maler
Inselkrimi – Norderney
978-3-939689-26-3
208 Seiten; 8,90 Euro

Mordanschlag be...

Nachwuchs-Model Step... Laufsteg angeschossen. ... unerkannt. Wird er es ... Um die 17-Jährige a... zu bringen, schickt ihr Vater, der reiche Reeder Venema aus Leer, sie in eine Klinik auf Langeoog, wo auch ihre Magersucht behandelt werden soll. Unterwegs aber erwischt sie den falschen Koffer. Und dessen brisanten Inhalt will sein Besitzer unbedingt wiederhaben. Abends fallen bei einer wilden Schülerparty am Strand Schüsse – aus derselben Waffe, mit der auch auf Stephanie geschossen wurde. Und es tauchen

Piraten vor Langeoog

auf. Inselpolizist Lüppo Buss ist alarmiert. Und der schwergewichtige Stahnke ermittelt undercover – in einer Klinik für Essgestörte. 'Noch ahnt er nichts vom bevorstehenden

Duell in den Dünen ...

ISBN 978-3-939689-15-7

9,90 Euro